Thomas Bogenberger · Hattinger und der Nebel

Schon seit Tagen ist der Chiemsee in dichten Herbstnebel gehüllt. Auf einem stillgelegten Bauplatz wird eine Leiche gefunden. Der Tote ist ein windiger Immobilienmakler, der sich durch seine dubiosen Geschäfte am Chiemsee nicht gerade viele Freunde gemacht hatte. Kommissar Hattinger steht vor einem Rätsel, denn schon bald gibt es mehr Verdächtige als ihm lieb ist. Und das Morden geht weiter.
Auch sonst gibt es wenig Anlass zur Freude: Hattinger wird von Albträumen geplagt, ihm wird die Wohnung gekündigt und ausgerechnet jetzt will seine Tochter Lena bei ihm einziehen. Wenn sich nur bald der Nebel lichten würde …

„Eines darf Heimatkrimis nicht passieren: Die Figuren dürfen nicht der Lächerlichkeit preisgegeben werden. Solange die Kombination von komischen Elementen den Heimatkrimi beleben, gelingt er. Werden sie zum Selbstzweck, entgleitet die Aufklärung zur Farce. Findet sich aber die Balance zwischen diesen Elementen, wird der Heimatkrimi zu großer Kunst. Wie „Hattinger und die kalte Hand“.

DIE WELT

Thomas Bogenberger wurde 1952 in Traunstein geboren. Nach dem Umweg über ein abgeschlossenes Medizinstudium zog es ihn zurück auf die Bühne. Heute komponiert und schreibt er Film-, Hörspiel- und Theatermusik und lebt in seiner alten Heimat Prien am Chiemsee. 2011 erschien der Krimi „Chiemsee Blues – Hattinger und die kalte Hand“ (3. Auflage), der 2013 vom ZDF verfilmt wurde.

Thomas Bogenberger

HATTINGER UND DER NEBEL

Mit einer kleinen Sprachkunde
von Thomas Bogenberger

PENDRAGON

1

„Zefix! Mensch …“

Eva ließ abrupt den Schwanz los, den sie gerade noch umklammert hatte. Die junge Frau fluchte leise vor sich hin, während sie ihre Hand mit einem Tempotaschentuch reinigte.

„Is des jetzt vielleicht der Dank dafür, dass i dir helfen wollt? Blödes Viech! Aua …“

Der fette graue Kater hatte ihr die Krallen in den Daumenballen gefetzt, bevor er das Weite suchte.

Eben noch schien er mit dem Kopf in einem Loch im Bauzaun festzustecken und miaute jämmerlich. Sie wollte dem Tier aus seiner misslichen Lage helfen und versuchte, vielleicht etwas ungeschickt, es an seinem Schwanz wieder rauszuziehen. Das undankbare Mistvieh wusste ihre Hilfsbereitschaft nicht zu würdigen. Es hatte sich blitzschnell selbst befreit, und jetzt blutete sie.

Es tat richtig weh …

Eva holte ein neues Tempo aus ihrer Handtasche und presste es gegen ihren Daumenballen. Selbst schuld, was musste sie sich auch immer in alles einmischen?

Während sie wartete, dass es zu bluten aufhörte, fiel ihr Blick durch das Loch im Zaun, in dem gerade noch der Kopf des Katers gesteckt hatte.

Was zum … Was war das denn?

Das kann doch nicht sein, dachte sie. Da war etwas kurz aufgeblitzt, was nach einem …

Sie bewegte sich ein bisschen, um besser zu sehen, und verlor es wieder aus den Augen.

Bei ihrer Kurzsichtigkeit konnte sie sich ja auch getäuscht haben. Bestimmt hatte sie sich getäuscht, beruhigte sie sich. Das war doch völlig unmöglich, dass da …

Auf einmal fühlte sie sich beobachtet.

Eva Meier sah sich um. Der Nebel begann schon aus den umliegenden Feldern aufzusteigen und die schmale Straße lag einsam und verlassen da.

Da war keine Menschenseele.

Nur der Kater stand abwartend in sicherer Entfernung und schien zu beobachten, was sie jetzt unternehmen würde.

Eva wandte sich wieder dem Bauzaun zu und schaute noch mal durch das Loch. Da war nichts als Sand. Trotzdem versuchte sie wieder ihren vorherigen Blickwinkel einzunehmen, denn dieses verschwommene Ding, was sie an ein … – sie wagte gar nicht, es zu benennen – erinnert hatte, ließ sie einfach nicht mehr los.

Nein. Sie musste sich getäuscht haben. Sie konnte es nicht … da war es wieder!

Also doch …

Eva zwang sich, genauer hinzusehen und näherte ihren Kopf vorsichtig dem Bauzaun.

Als ihre Stirn schon fast die Bretter berührte und das Bild endlich scharf wurde, gab es keinen Zweifel mehr: Ein blaues Auge glotzte sie an, aus dem sandigen Boden jenseits des Zauns.

Das Auge war starr und tot.

Evas Schrei war umso lebendiger.

2

„Herr Kommissar, Herr Kommissar …“

Albrecht Ostermeier sah mit einem spöttischen Lächeln auf Hattinger herab und zog in aller Ruhe seine Pistole aus der Jackentasche. Er entsicherte sie, dann zielte er auf Hattingers Herz.

„Habe ich Sie nicht gewarnt? So geht das doch nicht.“

Ostermeier schüttelte missbilligend den Kopf.

Hattinger brach der kalte Schweiß aus.

Er saß Ostermeier völlig wehrlos gegenüber. Er wusste, wo seine Dienstwaffe jetzt war: In seinem Schreibtisch im Büro. Und er wusste, wozu Ostermeier fähig war, schließlich hatte der schon ein paar Leute umgebracht, da käme es ihm auf einen mehr oder weniger nicht an.

„Irgendwann bekommt man die Quittung, Herr Kommissar.“

Ostermeiers Stimme war klar und freundlich. Er kam mit der Waffe im Anschlag langsam auf Hattinger zu.

Wie zum Teufel konnte er ihn jetzt noch aufhalten? Hattingers Gehirn raste vollkommen unproduktiv. Er begann zu zittern. Er musste Ostermeier irgendwas sagen, irgendetwas …

Es wollte ihm nichts einfallen. Sein Kopf war leergefegt und der Typ kam immer näher und er saß hier, an diesen Stuhl gefesselt.

Ostermeier lächelte nachsichtig.

„Sie denken immer noch, dass man alles mit Worten aus der Welt räumen könnte, nicht wahr?“

Er war jetzt nur noch eine Armlänge von Hattinger entfernt. Der wand sich in den Fesseln, aber die gaben keinen Millimeter nach.

Ostermeier sah Hattinger mit sanften grauen Augen an, seine kurzgeschorenen weißen Haare glänzten im Gegenlicht, er senkte die Waffe auf Hattingers Brust.

„Neeiiin!!!“, schrie Hattinger. „Ostermeier, bitte …“

Weiter kam er nicht. Ostermeier drückte ab.

Ein dumpfer Schlag zerriss die Stille …

In dem Moment klingelte der Wecker. Hattinger stand mit einem Satz senkrecht im Bett. Benommen taumelte er hin und her und versuchte sich irgendwo festzuhalten.

„Was is …?“

Er konnte gerade noch verhindern vom Bett zu fallen und kam zitternd neben dem Nachtkästchen zu stehen. Endlich war er wach.

„Scheiße …“

Hattinger schlug auf den Wecker, um das penetrante Klingeln abzuwürgen. Er wischte sich den Schweiß von der Stirn und setzte sich auf die Bettkante. Der Wecker stand auf zwölf. Es war taghell, also 12:00 Uhr mittags …

Er zog die Nachttischschublade auf und suchte nach dem angebrochenen Päckchen Zigaretten, das da drin sein musste. Er rauchte ja nicht mehr, aber … Schließlich fand er es unter allem möglichen Krimskrams. Daneben lag seine Dienstwaffe.

Er steckte sich eine Kippe an und nahm einen tiefen Zug.

Gott, war er froh! Nur ein Albtraum …

Er musste husten und zog gleich noch mal.

Ein Albtraum, schon wieder … Und immer Ostermeier. Sollte das jetzt vielleicht zur Gewohnheit werden?

Dabei war Ostermeier schon seit Monaten tot. Erschossen von einem Scharfschützen der Polizei. Vorher hatte er selbst zwei Menschen umgebracht, ein akribisch geplanter Rachefeldzug. Beim dritten hatten sie ihn gestoppt.

Seitdem wurde er für Hattinger immer lebendiger. Er fragte sich nur, warum? Warum ausgerechnet Ostermeier?

Früher hatte er fast nie Albträume gehabt. Wenn überhaupt, dann war er vielleicht mal von einer Klippe oder von einem Felsvorsprung gefallen, ohne unten anzukommen.

Noch ziemlich steif in den Knochen erhob er sich vom Bett. Er ging mit der Zigarette ans Fenster und machte es auf.

Neblig war's draußen, ein kalter, feuchter Luftzug wehte ins Zimmer. Er nahm einen letzten Zug und warf die Kippe in den Garten. Mit schlechtem Gewissen.

Kaffee … Das war das Einzige, was ihn jetzt aufstellen würde.

Er griff sich Jeans von dem klamottenüberladenen Hocker, roch an seinem ausgeleierten blauen Lieblings-Sweatshirt – das musste noch einen Tag herhalten, beschloss er – und schlüpfte in die ausgelatschten Mokassins.

Auf dem Weg in die Küche stoppte er kurz im Bad und warf sich eine Handvoll Wasser ins Gesicht. Dabei drang ihm angesichts der Menge von Kosmetikzeugs vor dem Spiegel wieder ins Bewusstsein, dass Lena schon da war, seit gestern. Er hatte seine Tochter noch gar nicht richtig gesehen, nur ihre üblichen Ausläufer in der Wohnung …

Gestern hatten sie mit der ganzen Mannschaft bis vier Uhr morgens in Eiseskälte ein Waldstück observiert, und das vergebens. Um fünf Uhr war er nach Hause gekommen, da schlief selbst Lena schon, die kleine Nachteule. Und jetzt schlief sie natürlich immer noch.

In der Küche warf er die Espressomaschine an und sah sich um. Es war ernüchternd. Da sah es schon wieder aus … Und das nach einem Tag! Er würde mal wieder ein ernstes Wort mit Lena reden müssen. Auch wenn es sinnlos war. Mit 16, da ist Hopfen und Malz verloren, da bestimmen die Hormone die Tagesordnung und nicht die Vorstellung der Erziehungsberechtigten.

Hattinger setzte sich mit dem doppelten Espresso an den Küchentisch und schob mit dem linken Unterarm eine Abstellfläche für die Tasse frei.

Unter einem Teller mit abgenagten Chicken Wings – Lena hatte ihn verdonnert, für kulinarische Notfälle immer ein paar Packungen in der Kühltruhe zu haben – kam ein Umschlag zum Vorschein, mit ziemlich vielen Marken drauf.

Ein Einschreiben. Seit wann lag das denn da?

Er schaute auf den Absender … Von seinem Vermieter. Was wollte der denn? Der meldete sich doch sonst nie. Hattinger riss den Umschlag auf.

Als er den Brief rausholen wollte, klingelte sein Handy. Der Klingelton sagte unmissverständlich, dass es dienstlich war. Auch das noch! Er hatte heute eigentlich frei.

Widerwillig folgte er dem hartnäckigen Geräusch bis in die Innentasche seines neuen Sakkos, das über einer Stuhllehne hing. Mit dessen Architektur war er noch nicht so vertraut. Sein altes war wie eine zweite Haut für ihn gewesen, aber das hatte ihm so ein Irrer bei einem Verhör zerrissen.

„Hattinger", knurrte er, als er das Ding endlich zu fassen kriegte.

„Wildmann hier, hallo."

Ein Anruf seines Assistenten Karl Wildmann an Hattingers freiem Tag konnte nichts Gutes bedeuten, gerade wenn er versuchte, möglichst fröhlich zu klingen.

Hattinger grunzte ein unwilliges „Ja?" in sein Telefon, während er mit der Linken das Einschreiben aus dem Umschlag fummelte.

„Ähm … Stör ich?" Wildmanns Frage war rein rhetorisch, aber immerhin höflich gemeint.

„Ja." Hattinger entfaltete den Brief. „Was gibts?"

„Ich glaube, du musst kommen. Tut mir leid …", meinte Wildmann.

Betreff: *Kündigung wg. Eigenbedarfs,* las Hattinger.

Er starrte den Brief an.

Sehr geehrter Herr Hattinger, wir bedauern, dass wir das Mietverhältnis für unsere Wohnung in Wasserburg wegen Eigen…

„Des gibts doch ned …", entfuhr es ihm.

„Wie bitte?", kam Wildmanns Stimme aus dem Handy.

Hattinger antwortete nicht. Ohne Hoffnung überflog er den Rest des Briefes.

„Chef?"

Hattinger war fassungslos. Mit allem hätte er gerechnet, aber nicht damit!

Er warf den Brief auf den Tisch.

Wildmann wusste nicht, ob sein Chef überhaupt noch auf Empfang war.

„Hallo …? Hattinger? Wir haben hier ein Auge, möglicherweise mit Anhang …“

3

Ein dicker, grauer Kater durchquerte das Baugrundstück, über das sich der herbstliche Nebel gelegt hatte. Er näherte sich vorsichtig der Stelle, die jetzt von hellen Scheinwerfern erleuchtet war, und senkte seinen Kopf auf den Boden wie eine Baggerschaufel, um ausgiebig zu schnuppern.

Fred Bamberger, der Chef der Spurensicherung, versuchte den Kater mit einem sanften Fußlift unter dem Bauch zu verscheuchen. Das Vieh war offensichtlich recht zutraulich, aber Bamberger wollte sich keine Spuren versauen lassen. Der Kater maunzte ihn vorwurfsvoll an.

„Da! Des war er! Der Kater, der mi so kratzt hat … Der is schuid, dass i überhaupt durch des Loch gschaut hab. Hätt i's bloß seinlassen, jetz hab i wahrscheinlich wochenlang Albträume!"

Das Wort Albträume stieß Hattinger unangenehm auf. Die aufgebrachte Frau, die auf den flüchtenden Kater zeigte, war vielleicht Mitte 20, schätzte er. Sein Assistent Karl Wildmann hatte ihre Personalien schon aufgenommen. Er selbst wusste bis jetzt nur, dass sie Eva Meier hieß.

„Des war scho richtig, dass Sie gschaut ham. Wer woaß, wie lang die Leich da glegn wär, ohne Sie …", versuchte Hattinger sie zu beruhigen. „Und Sie ham ganz sicher nix ang'rührt?"

„Naa, wia sollt i denn? I bin ja gar ned auf dem Grundstück gwesn. I hab ja nur durch des Loch im Zaun gschaut!"

Das hatte sie jetzt verschiedensten Polizisten bestimmt schon zum zehnten Mal erklärt, das könnten sie ihr doch jetzt langsam mal glauben, fand Eva Meier.

„Is Ihnen sonst irgendwas aufgfalln? Sie wohnen ja ganz in der Näh, oder?“, wollte Hattinger wissen. „War irgendjemand auf der Straß’ unterwegs? Oder ham S’ irgendwas ghört?“

Die Frau schaute sich um.

„Gsehn hab i niemand. Da is ja fast nie jemand unterwegs, wenn auf der Baustell nix passiert, und da passiert ja scho lang nix mehr. Aber so a Gfühl hab i ghabt, ois wie wenn jemand da wär …“

„Aha …“ Mit Frau Meiers Gefühl konnte Hattinger gerade wenig anfangen, auch wenn er aus seiner langjährigen Erfahrung als Kriminaler wusste, dass solche Gefühle bei Zeugen nicht selten auf einem realen Hintergrund beruhten.

Eva Meier sah sich immer noch um, als ob irgendjemand hinter ihr her wäre. Sie standen zusammen neben der Grundstückseinfahrt, die sich um die Ecke von besagtem Loch befand. Die Einfahrt war durch ein einfaches Baustellengitter gesichert gewesen, das sie vor etwa einer Stunde entfernt hatten, um besseren Zugang zu dem Baugelände zu haben. Es war ein recht großer Bauplatz, vielleicht 2 000 Quadratmeter, schätzte Hattinger, und er lag am hinteren Rand einer geplanten Neubausiedlung in Bernau. Dahinter ein Wäldchen, und in vielleicht 100 Metern Entfernung ein alter Bauernhof, der wohl schon bessere Tage gesehen hatte. Am linken Rand des Grundstücks war ein großer Humusberg aufgeworfen, dahinter ausgebaggerter Lehmboden, vermutlich aus der Baugrube, in der das betonierte Kellerfundament eines Ein- oder Zweifamilienhauses zu sehen war. Und dann der Sandhaufen, rechts hinter der Einfahrt, über dem Polizisten gerade ein großes weißes Zelt errichteten für die Spurensicherung. Es war Regen angesagt.

„Wissen Sie vielleicht, warum der Bau eingstellt worn is?“ Hattinger hatte bei seinem ersten Rundgang auf dem Gelände keinerlei Baumaschinen entdeckt, auch kein Baumaterial außer dem Sandhaufen. Ungewöhnlich erschien ihm, dass das Grundstück an den Straßenseiten von einem etwa zwei Meter hohen Holzzaun geschützt war.

„I hab ghört, dass denen as Geld ausgangen is, von meim Nachbarn. Aber nix Genaues weiß ich auch ned. Ich kenn die Leut ned. Konn i jetz dann gehn, Herr Kommissar?“

„Guad. Wahrscheinlich meld'ma uns, die nächstn Tag'. Oans no ...“, schickte er ihr hinterher, als sie sich zum Gehen wandte, „woher wissen Sie eigentlich, dass des a Kater is, und koa Katz?“

Das riesige graue Tier hatte sich neben der Einfahrt niedergelassen und sah Hattinger vorwurfsvoll an. So kam es ihm jedenfalls vor.

„I hab keine Ahnung. Aber a Freundin von mir, die hat früher genau so oan ghabt, des war a Kartäuserkater, der war genauso groß. Vielleicht deswegn ...“

„Aber Sie kennen ihn ned persönlich?“

„Naa. Der strawanzt ab und zua in der Gegend rum, aber i hab koa Ahnung, wem der ghört.“

„Ach, und no oans: Was ham Sie hier eigentlich wollen?“

„Ja i wohn ja da hinten, zwoa Straßn weiter, und ab und zua nimm i die Abkürzung durch'n Wald“, sie deutete über das Baugrundstück hinweg, „des is der kürzeste Weg zu meim Fitnessclub.“

Hattinger sah sie ein bisschen ungläubig an.

Eva Meier reagierte eingeschnappt.

„Da geh i seit zwoa Jahr hi. Ah wenn S' es ned glaubn, in der Zeit hab i scho 30 Kilo abgnomma!"

„Respekt. Ja, dann möcht ich Sie jetz ned länger aufhalten."

Als sie gegangen war, kam Karl Wildmann auf ihn zu. Er war als Erster vor Ort gewesen und hatte sich die Sache mit dem Auge angeschaut, bevor er Alarm schlug. Am Anfang war ja noch nicht klar gewesen, ob es sich nicht wirklich nur um ein einzelnes Auge handelte, vielleicht ein Tierauge, was da aus dem Sandhaufen lugte. Aber bei genauerer Betrachtung sah Wildmann daneben eine Nasenspitze im Sand, ein Stück Augenbraue, Wimpern und eine dunkle Locke, so dass man davon ausgehen konnte, dass es sich zumindest um einen menschlichen Kopf handelte.

Nachdem Hattinger eingetroffen war, beschloss er, mit Ausgrabungen zu warten, bis der Fotograf den Hügel dokumentiert und Fred Bamberger mit seinen Leuten die Umgebung abgesucht hätte.

„Wiederzubeleben gibts hier ja nichts mehr …", gab ihm Wildmann recht.

„Schaut so aus. Was macht die Rechtsmedizin?"

„Ist unterwegs. Dauert aber noch."

Klar, die mussten schließlich immer von München hier rausfahren. Hattinger fragte sich, ob die Münchner Kollegen nicht genauere Todeszeitpunktbestimmungen bekamen, weil die Rechtsmediziner schneller vor Ort waren. Müsste man mal untersuchen. Er hätte aber deswegen trotzdem nicht mit den Münchnern tauschen wollen. In München ging ja schon die Hälfte des Gehalts für Miete drauf …

Beim Stichwort Miete wurde ihm schmerzhaft dieses Kündigungsschreiben wieder bewusst. Mit so etwas hatte er wirklich nicht gerechnet. Er war immer gut ausgekommen mit seinen Vermietern. Aber klar, die hatten einen Sohn, der hatte geheiratet und Nachwuchs produziert, und jetzt brauchte er in Wasserburg eine Wohnung, da war es ja naheliegend, dass sie ihm kündigten!

Er versuchte sich mit dem Gedanken zu trösten, dass die Wohnung eigentlich sowieso zu groß war für ihn, seit seine Frau ausgezogen war. Und Lena war ja nur ab und zu da. Würde er sich eben etwas Kleineres suchen, Hauptsache es war in Wasserburg und es gab genügend Platz für Lenas Besuche. Trotzdem war es einfach beschissen! Er hatte sich an die Wohnung gewöhnt, sie war bezahlbar und er hatte keinerlei Lust auf Umzüge.

Wie auch immer, eines war klar: Nach Rosenheim würde er unter gar keinen Umständen ziehen, bloß weil er da arbeitete.

Rosenheim hatte für Hattinger was Deprimierendes. Und seine Beliebtheit dort war nicht gerade gestiegen, als er letzte Woche in einem Interview mit so einem lokalen Käseblatt Rosenheim als das Schwarze Loch im Chiemgau bezeichnet hatte. Und dass er die Rosenheim Cops bescheuert fand! Ouh ouh ouh …, da hatten sie aber auf ihn eingeprügelt, leserbriefmäßig: Wie gerade er als Leiter der Rosenheimer Mordkommission sich so eine unqualifizierte Entgleisung erlauben könne, und dass er doch hingehen solle, wo der Pfeffer wächst! Wo der Pfeffer wächst … also nach Madagaskar zum Beispiel, oder nach Sansibar … Das wär jetzt gar nicht schlecht.

Warm und weit weg auf jeden Fall, wohingegen es hier gerade arschkalt, neblig und dunkel war. Der November hatte die Gegend fest im Griff …

„Chef? Alles in Ordnung?"

Karl Wildmann kam mit einem langen Gegenstand in der Hand und riss ihn aus seinen düsteren Überlegungen. Hattinger hatte ihm vor Kurzem das Du angeboten, weil er ihn als Assistenten sehr schätzte, und auch so war er ein netter Kerl. Aber Wildmann hatte sich immer noch nicht richtig daran gewöhnt, so dass er mit einer ständig wechselnden Mischung aus Chef, Du und Hattinger jonglierte. Das Problem war, dass er seinen Chef nicht beim Vornamen nennen durfte, und die Kombination von Du und Hattinger kam ihm noch nicht so leicht über die Lippen wie etwa dem alten Haudegen Bamberger, der Hattingers Vornamen wahrscheinlich längst vergessen hatte.

„Bamberger hat gemeint, ich soll dir das schon mal zeigen."

„Mhm. Was hamma denn da?"

„Eine Eisenstange. Die haben wir da hinten am Rand der Baugrube gefunden, im Gebüsch." Er zeigte seinem Chef das etwa einen Meter lange Teil, natürlich in durchsichtiges Plastik verpackt. „Da sind ein paar verdächtige Flecken drauf."

Hattinger wog die Stange in der Hand. Mit dem schweren rostigen Trumm konnte man gut jemanden umbringen. Er gab sie Wildmann zurück.

„Oiso lass uns amoi spekulieren, solang ma nix bessers vorham: Wia kommt a Leich da in dem gottverlassenen Winkel in an Sandhaufn?"

Karl Wildmann nahm die Brille ab und begann die Gläser zu polieren. Wenn er die Brille nicht aufhatte, sah er noch mehr wie ein Schulbub aus, fand Hattinger.

„Ich würde sagen: Jemand kommt an einem trüben Nachmittag wie diesem hier vorbei. Weil es neblig und kalt ist, beschließt er spontan, sich umzubringen. Er kriecht in den Sandhaufen und wartet bis er tot ist. Herbstdepression …“

Hattinger schaute seinen Assistenten milde tadelnd an. Das mochte er an Wildmann, dass er in den unmöglichsten Situationen plötzlich einen Scherz raushaute.

„Aber im Ernst, wir wissen ja noch nicht, ob es eine Leiche ist. Vielleicht steckt ja auch nur der Kopf im Sand.“

„Aber selbst dann wärs ja unwahrscheinlich, dass der Körper irgendwo alloa rumlauft, wia da Störtebeker …“

„Stimmt. Der wäre vermutlich auch nicht über die Baugrube hinausgekommen“, meinte Wildmann.

Hattinger sah sich um.

„Vielleicht klapperst als Erstes die nächsten Häuser ab, ob irgendjemand was aufgfalln is?“ Für sehr wahrscheinlich hielt er das nicht, denn das nächste bewohnte Haus war mindestens 100 Meter entfernt von dieser Bauruine. Aber man konnte nie wissen.

„Gut, dann bin ich mal weg.“

Wildmann machte sich auf den Weg und Hattinger suchte nach Bamberger. Das Zelt über dem Sandhaufen war inzwischen fertig und Polizisten zogen gerade von außen die Reißverschlüsse zu, da hörte er eine vertraute Stimme:

„Herr Hattinger, des is ja schön, dass Sie uns scho wieder die Ehre geben …“

Hattinger drehte sich um.

„Ja die Frau Erhard, hallo."

Andrea Erhard war vor Kurzem zur stellvertretenden Chefin der Priener Polizei befördert worden, das hatte er mitbekommen. Er freute sich für sie, wenngleich er sie am allerliebsten für sein eigenes Team abgeworben hätte. Aber sie war so ein eingefleischtes Priener Urgestein, dass seine ersten Versuche in die Richtung wenig gebracht hatten.

„Und Sie helfen uns wieder? Da konn ja gar nix mehr schiaf geh'! Was ham S' denn da dabei?" Hattinger deutete auf die bunte Einkaufstasche, die Andrea Erhard vorsichtig am Boden abstellte. Der graue Kater kam sofort angelaufen und schnupperte neugierig daran. Hattinger hatte so eine Ahnung, aber eigentlich wagte er gar nicht zu hoffen, was die Kollegin antwortete:

„I hab ma gedacht, i bring scho amoi a bissl a Brotzeit mit ..."

Sie holte eine riesige Tüte mit Brezen und Semmeln aus der Tasche, und dann noch eine Backform mit warmem Leberkäs. Süßen Senf hatte sie natürlich auch dabei.

Hattinger hätte sie am liebsten umarmt.

„Wia ham jetz Sie gwusst, dass i am Verhungern bin?"

„Weibliche Intuition ... Des is gar ned so schwierig."

Kaum hatte sich Hattinger eine Leberkässemmel gemacht, kam auch schon Fred Bamberger angeschlichen. Er musste den Braten gerochen haben.

„Frau Kollegin, welch ein erfreuliches Wiedersehn!", schnurrte er, mit einem tiefen Blick in die

Brotzeittasche. „Da samma ja wieder bestens versorgt …“

„Bist du etwa scho fertig mit deiner Arbeit?“, pflaumte ihn Hattinger an.

„Scho soweit fürs Erste. Auf jeden Fall langts für a Brotzeitpausn. Dann kemma mi’m Ausgrabn ofanga. Die Rechtsmedizin miassat glei da sei.“ Er nahm sich eine Breze und schnitt sich ein Stück Leberkäs ab.

„Wen schicken die denn? Woaß ma des scho?“, wollte Hattinger wissen.

„Den Keul“, antwortete Bamberger und schob sich ein Stück Breze in den Mund.

Privatdozent Dr. Dr. Meinhard Keul war mit Sicherheit ein brillanter Pathologe und Rechtsmediziner, allerdings machte er sich nicht immer beliebt durch seine direkte, schnodderige Art. Er neigte dazu, andere immer ein bisschen wie Vollidioten zu behandeln.

„Da is er ja scho …“ Andrea Erhard deutete auf einen dunklen Audi mit Münchner Kennzeichen, der gerade hinter Hattinger und Bamberger in die Straße einbog.

„Der kriagt aber koan Leberkas …“, meinte Bamberger.

„Leberkas is wahrscheinlich ned sei Abteilung, solang ’s no koan mit Trüffel gibt“, beruhigte ihn Hattinger.

4

Wenn Arschlöcher fliegen könnten, wäre das hier ein Flughafen, stand auf dem weißen Metallschild, das an prominenter Stelle über der Werkbank aufgehängt war, inmitten anderer launiger Postkartensprüche und diverser Pin-Ups aus Penthouse und Playboy, die da schon jahrelang vor sich hingilbten.

Hansi, der Betreiber der kleinen Autowerkstatt, ein dauerjovialer Spruchbeutel, immer kurz vor der Explosion, kam mit dem Rollwägelchen, auf dem er lag wie ein Rennrodler, wieder unter dem grauen Audi hervorgerollt und sah den Besitzer desselben kopfschüttelnd an.

„Was hast'n mit dem gmacht? Der is ja ganz schee derdengelt." Er wuchtete sich hoch und ließ den Wagen auf der Hebebühne langsam zu Boden sinken.

„Mei …", erklärte der Besitzer achselzuckend.

„Des werd fei ned ganz billig …" Der Hansi umkreiste taxierend den Wagen. Er rüttelte demonstrativ am abgerissenen Auspufftopf, der bei dieser Behandlung ein hässliches Scheppern von sich gab. „Da brauch i ah nimmer mi'm Schweißn ofanga."

„Was schätzst …?"

Der Mechaniker fuhr sich mit den öligen Fingern durch die Haare, die dementsprechend aussahen. Er fummelte ein zerknautschtes Zigarettenpäckchen aus der Brusttasche seines dreckstarren blauen Overalls und zündete sich eine an, während er weiter den beschädigten Audi umrundete.

Vor dem Schild: *Kein offenes Feuer – Rauchen strengstens verboten,* blieb er stehen und stieß genüßlich eine lange Rauchwolke aus.

„Mei … kommt drauf o, wo i Ersatzteile brauch, und was i selber hi'biagn konn."

Der Hansi war gelernter Karosseriebauer. Er zog es allerdings vor, Hartz IV zu kassieren und nebenher die kleine Werkstatt zu betreiben, für Kumpels und Bekannte, schwarz natürlich. Nicht, dass er keine Arbeit gefunden hätte, aber er hatte einfach keine Lust mehr, sich von irgendeinem Chef schikanieren zu lassen. Hier war er sein eigener Herr.

Die Werkstatt war in einem alten Schuppen neben dem Bauernhof seiner Eltern untergebracht, bei denen er im ausgebauten ehemaligen Stall lebte. Technisch war alles vorhanden, was man brauchte, Werkzeug und Material aller Art stapelte sich in Metallregalen bis unter die Decke des Raumes, der so hoch war, dass man zumindest einen PKW mit der Hebebühne auf eine akzeptable Arbeitshöhe hieven konnte.

Auf der Werkbank stapelte sich eine Unmenge von Zeug, ein kreatives Durcheinander, alles ziemlich verdreckt und scheinbar chaotisch, aber beim Hansi hatte alles seinen Platz, er wusste genau, wo er hinlangen musste, wenn er etwas suchte. Er war ein guter Automechaniker, er kriegte so ziemlich alles wieder hin, auch wenn er dabei immer fluchen musste wie ein Scheunendrescher. Aber hier draußen konnte er rumschreien, wie er wollte, hier hörte ihn keine alte Sau.

Außerdem arbeitete er überwiegend nachts. Tagsüber ging er lieber zum Baden, im Sommer, oder er suchte auf Schrottplätzen rum, oder er fuhr mit seinem alten Pickup durch die Gegend und stellte den jungen Verkäuferinnen und Friseusen nach, denen er nachts ihre schrottreifen Karren für billiges Geld reparierte. Oder auch – vorzugsweise – für andersartige Gefälligkeiten. In dem Fall begnügte er sich mit den Materialkosten.

„Was glaubst, wia lang's dauert?"

„Mei, schau ma moi … Bis wann brauchst'n wieder?"

„Morgn, eigentlich … Spätestens übermorgn."

„Auweh … Des woaß i fei ned, ob i den Dreckskarrn bis übermorgn hi'kriag … Machst hoid amoi Urlaub, oder?"

„Du bist guad …"

„Magst a Bier? I hol ma oans."

„Guad, bringst ma ah oans mit …"

Während der Hansi über den Hof verschwand, um Bier aus dem Keller zu holen, sah sich sein Kunde neugierig in der Werkstatt um. Er war schon länger nicht mehr hier gewesen.

In der Ecke links neben der überfüllten Werkbank stand ein hellgrauer Metallspind mit geöffneten Türen. Da zog der Hansi immer sein winziges, abgegriffenes Notizbuch heraus, in dem er sich alles Wichtige über seine Aufträge notierte, genaue Typenbezeichnungen, Baujahr, Ersatzteilnummern, Arbeitsstunden etc., er war ziemlich akkurat in diesen Dingen, das musste man ihm lassen. Seine „Rechnungen" stellte er dann auf kleinen, weißen Post-it-Zetteln aus. Mit Computern hatte er jedenfalls nichts am Hut.

Neben dem Notizbuch lag ein Stapel Fotos im Spind. Gerade als er einen Blick auf das oberste werfen wollte, wozu er sich auf die Zehenspitzen stellte, stand der Hansi wieder in der Tür, mit den zwei Hellen in der Hand.

„Samma neigierig, ha?“, stellte er jovial fest. Er reichte seinem überraschten Gast ein Bier und prostete ihm zu.

„Schaug's da nur o! Die hat mi neilich bsuacht, da hab i glei a paar Fotos gschossn.“ Er nahm den Stapel Fotos heraus und blätterte ihn durch. Das eine oder andere hielt er grinsend hoch.

„A so a scharfe Matz, sag i dir ...“

Die junge strohblonde Frau auf den Fotos war mal mehr und mal weniger nackt. Der Hansi hatte sie hier in der Werkstatt auf ihrem Auto fotografiert.

„Da, schau da amoi des Fahrgstell o!“ Es war klar, dass er nicht den rostigen roten Polo meinte, auf dessen Kühlerhaube die Blonde drapiert war. „Du, da war aber Rambazamba da herin. Da is koa Aug trocken bliebn, des konnst ma glaum!“

Man glaubte es ihm unbesehen. Und es war ratsam, über seine sexistischen Scherze zu lachen, vor allem, wenn man gerade von seiner handwerklichen Gnade abhängig war.

Nachdem der Hansi genüsslich die weiteren Vorzüge seiner neuesten Eroberung erörtert und das Bier weggezischt hatte, zündete er sich noch eine an und widmete sich wieder der Frontpartie des verbeulten Wagens. Man sah ihm an, dass sich seine Begeisterung in Grenzen hielt.

„Oiso guad, i probier's“, verkündete er voller Gnade. „Aber dass oans klar is: Bargeld lacht! Verstehst? Sonst konnst as glei vergessn ...“

5

Wie träge weiße Maden bewegten sich Hattinger, Bamberger, Andrea Erhard, Dr. Keul, der Fotograf und ein paar weitere Polizisten in dem geräumigen weißen Zelt über dem Sandhügel, den sie langsam abtrugen, von Kopf bis Fuß in weiße Overalls gehüllt, mit Kopfhaube und Mundschutz versehen.

Eine gespenstische Szenerie eigentlich, wenn sie nicht Normalität gewesen wäre für die meisten Beteiligten. Keiner hätte den anderen erkannt, wenn er ihn nicht schon gekannt hätte, die Stimme, die Bewegungen … Eine Szenerie, die in Schwarzweiß an einen billigen 50er Jahre Science-Fiction-Film erinnern würde, die aber in Farbe und im Jetzt bittere und kalte Realität war.

Der herbstliche Abendnebel vom nahen Chiemsee, der den scheinwerferbestrahlten Bauplatz und das weiße Zelt mit einer zweiten dichten Hülle umgab, machte das Ganze noch unwirklicher.

Über eine Stunde lang hatten sie ihn ausgegraben, den Leichnam. Es war ein Mann, ein recht junger obendrein. Schicht um Schicht hatten sie abgetragen, vorsichtig mit kleinen Schaufeln, oder weggepinselt, noch vorsichtiger in unmittelbarer Nähe des Körpers, den Sand in stabilen Plastiksäcken gesammelt, mitsamt allem was drin war, alles fotografiert und kartografiert und die Säcke nummeriert und eingetragen.

Sie sprachen leise und konzentriert und notierten was sie sahen, um es so genau wie möglich festzuhalten für später, für die mühsame Rekonstruktion am Schreibtisch, und währenddessen machte auch keiner mehr Witze, um die Zeit zu überbrücken und die Stimmung aufrecht zu halten.

Schließlich lag der tote Körper vor ihnen im Sandbett, auf dem Rücken, den Kopf etwas angehoben und nach rechts verdreht, ein schlanker junger Mann, 25 Jahre war er vielleicht alt gewesen, als ihn sein wie auch immer geartetes Schicksal ereilte. Der Oberkörper war entkleidet und sah seltsam eingedrückt und verschrammt aus, die Arme waren eng am Körper angelegt, der Kopf wies auf der rechten Seite eine große, blutige Verletzung auf. Die Beine und Füße wirkten unversehrt, bekleidet mit schwarzen Jeans und schwarzen Socken, aber ohne Schuhe.

Der Rechtsmediziner hatte noch vor dem vollständigen Ausgraben die Körpertemperatur gemessen und festgestellt, dass der Körper zumindest noch nicht ganz die Umgebungstemperatur angenommen hatte, was auch durch das Vergraben im Sand sicher verzögert worden war, allerdings nicht in einem Ausmaß, dass die Leiche da schon tagelang hätte liegen können.

„Können S' des vielleicht a bissl genauer eingrenzen?", wollte Hattinger wissen.

„Die Thematik ist leider nicht ganz so trivial, wie es vielleicht für Hobbypathologen den Anschein hat …", belehrte der Privatdozent Dr. Dr. Meinhard Keul die Umstehenden. „Genaueres kann ich Ihnen leider erst sagen, wenn wir ein paar Parameter mehr ermittelt haben."

Hattinger fragte sich, was wohl ein Hobbypathologe sein mochte – einer, der in seiner Freizeit an Leichen rumschnippelte, oder im Urlaub, oder was?

„Ham S' vielleicht a vorläufige Hausnummer, so ganz grob wenigstens, für Normalsterbliche?"

„Nicht länger als 24 Stunden, würde ich sagen", ließ sich Dr. Keul herab, wiewohl er ungenaue Auskünfte dieser Art gar nicht schätzte.

„Des is ja scho amoi was ..."

Auch wenn die beiden sich nicht mochten, sollte das zumindest im Moment keine Rolle spielen. Hattinger hatte sich ein paar mal im letzten Jahr bei Obduktionen von seinem wenig begeisterten Assistenten vertreten lassen, natürlich hatte er immer gute Gründe gehabt, aber zufällig hatte es immer Dr. Keul getroffen, bei dem er durch Abwesenheit glänzte, so dass der sich in seiner Eitelkeit langsam persönlich abgelehnt fühlte. Daraufhin hatte er angefangen, die positiven Eigenschaften von Hattingers Vorgänger in immer blühenderen Farben zu malen. Und dass er es sehr bedauern würde, dass Hattinger offensichtlich nicht vom selben Kaliber sei wie der Alte ... Vielleicht lag es aber auch einfach daran, dass hier zwei völlig unterschiedliche Arten von Platzhirschen aufeinander trafen.

„Und zur Todesursache ...?"

Hattinger hatte es schon geahnt, dass das wieder eine falsche Frage war. Keul sah ihn an wie ein UFO.

„Das erwarten Sie doch nicht im Ernst, dass ich Ihnen jetzt dazu irgendwelche Halbgarheiten präsentiere? Ein natürlicher Tod ist unwahrscheinlich, das sehen Sie ja selbst. Kommen Sie morgen zur Obduktion, dann kann ich Ihnen mehr sagen. Einen schönen Abend noch, die Herrschaften ..."

Mit diesen Worten klappte Privatdozent Dr. Dr.

Meinhard Keul seinen Koffer zu und rauschte ab Richtung Auto. Hattinger sah ihm nach.

„I glaub, da komm i morgen ned drum rum. Vielleicht fahrn Sie mit, Frau Erhard?"

Andrea Erhard nickte pflichtschuldig. Obwohl sie eigentlich gern Zeit mit Hauptkommissar Hattinger verbrachte, war ihr anzumerken, dass sie nicht begeistert war.

6

Sarah Beck sah noch einmal aus dem Schaufenster, in alle Richtungen, als ob ihn das herbeizaubern könnte. Dann lief sie wieder ins Hinterzimmer, von dessen Fenstern man auf den kleinen Parkplatz hinaus sah, was genauso unsinnig war, denn natürlich hätte sie gar nicht übersehen und noch weniger überhören können, wenn ihr Chef wie üblich mit seinem alten röhrenden Porsche in den Hinterhof gefahren wäre.

Sie ging wieder in den Laden zurück.

„Das tut mir wirklich leid, ich weiß auch nicht, wo er bleibt. Normalerweise hält er seine Termine schon ein." Das hatte sie dem genervten Kunden, der schon fast eine Stunde wartete, mittlerweile auch schon mindestens fünf Mal versichert.

Der Mann schaute noch einmal auf seine Armbanduhr, dann stand er auf.

„Gut, das reicht jetzt. Dann gehe ich eben woanders hin. Ich verdiene mein Geld nicht mit Warten. Guten Tag, schöne Frau."

„Vielleicht lassen Sie mir Ihre Nummer hier, dann kann ich Sie benachrichtigen, wenn er kommt", schlug sie dem Mann in verbindlichem Ton vor, aber der klemmte seine schwarze Aktentasche unter den Arm und verließ das kleine Ladenlokal durch die Glastür.

„Die Nummer hat er ja", grummelte er, ohne sich noch mal umzudrehen.

Sarah Beck wartete darauf, dass er die Tür zuknallte, aber erstaunlicherweise verzichtete er darauf.

Sie entschloss sich, sicherheitshalber noch einmal eine Runde Anrufe zu starten. Sie griff zum Telefon und wählte. Seine Mailbox meldete sich wieder.

„Wo bist du denn? Das gibts doch gar nicht! Der Kunde ist jetzt weg! Der kommt auch nicht wieder … Hallooo! …“

Keine Reaktion. Sie legte auf. Während der letzten Stunde hatte sie alle in Frage kommenden Nummern angerufen, alle Leute abtelefoniert, die wissen könnten, wo er steckt.

Er war ein unzuverlässiger Windhund. Das wusste ja jeder. Von dem Termin heute hatte er ihr natürlich wieder mal nichts gesagt.

Gestern hatte er sich offiziell frei genommen, so weit, so gut. Sie solle halt ein bisschen Büroarbeit machen, hatte er gesagt, da würde ihr doch sicher was einfallen … Also hatte sie an der Buchhaltung weitergestrickt. Aber was heißt schon Buchhaltung? Das war ja alles ziemlich überschaubar. Vor allem die Einnahmen.

Sarah fragte sich zum wiederholten Mal, wie sie jemals in diese saublöde Lage geraten konnte. Der Typ war als Casanova stadtbekannt gewesen. Alle Alarmglocken hatten bei ihr geklingelt, und trotzdem hatte sie sich rumkriegen lassen. Und dann hatte er ihr den „Job“ angeboten! Fast kein Geld und auch so gut wie keine Arbeit … Er hatte sie schon immer nur fürs Bett und zu Repräsentationszwecken gebraucht. Eine gute Figur sollte sie machen in seinem heruntergekommenen Laden, im wahrsten Sinne des Wortes. Sie sollte den paar Kunden, die sich hierher verliefen, ihre Titten unter die Nase halten, damit sie auch ja dranblieben! Tiefer Ausschnitt und knallenge Jeans, das war ihre vorgeschriebene Berufskleidung.

Jetzt war's gut damit. Die Zeit war gekommen.

Beziehungsmäßig war das Ganze sowieso schon lang das reine Desaster. In den letzten paar Monaten hatte er schon wieder fünf neue Mäuse flachgelegt, vor ihrer Nase. Wie konnte man eigentlich so blöd sein? Wenn da nicht so ein gewisser Restcharme vorhanden gewesen wäre bei ihm, mit dem er sie immer wieder überredet hatte, doch wenigstens dem Laden treu zu bleiben, wäre sie sowieso schon längst weg gewesen. Und wenn er nicht diesen …

Nein.

Sarah Beck zupfte ihr Dekolleté zurecht.

Jetzt war Schluss.

Sie schaute auf die Uhr.

Eine halbe Stunde wartete sie noch, dann griff sie zum Telefon und wählte die 110.

7

„Karl, i schlag vor, du fahrst mit der Frau Erhard in die Pathologie“, warf Hattinger am nächsten Morgen in die Runde. „I werd mi um den Vermissten kümmern …“

Das hieß, es war eher eine Anweisung als ein Vorschlag. Die beiden Angesprochenen nickten pflichtschuldig, aber doch etwas missmutig.

Hattinger nahm ein halbwegs zivil aussehendes Foto vom Kopf der Leiche aus der Mappe und steckte es in eine Tasche seiner neuen Jacke, die über der Stuhllehne hing.

„Der passt ja schließlich, vom Alter her“, flunkerte er.

Hattinger war froh, dass er eine Ausrede gefunden hatte, um Dr. Keuls Sektionssaal noch einmal zu entgehen. Er glaubte eigentlich nicht wirklich, dass die Vermisstenmeldung, die gestern bei den Kollegen eingegangen war, etwas mit ihrem Toten zu tun hatte, denn der Vermisste war 35, wohingegen sie den Leichnam auf höchstens Ende 20 geschätzt hatten. Außerdem wäre es viel zu einfach gewesen.

Bamberger hatte gerade mit der Kriminaltechnik telefoniert.

„San übrigens wirklich Blutflecken, auf der Eisenstang.“

„DNA-Abgleich habts no ned, oder?“, wollte Hattinger wissen.

„Naa, nur an Schnelltest.“

Wildmann notierte wie immer alles mit. Er war selten ohne einen ganzen Stapel von Aufzeichnungen unterwegs. Er zog ein Foto von der Eisenstange heraus und rückte seine Brille zurecht.

„Waren Haare daran, oder Gewebeanhaftungen?“, fragte er Bamberger.

„So weit samma no ned. Mikroskopische Untersuchung steht no aus. Aber graue Katzenhaar’ waren dro!“

„Na bravo! Dann hat des Viech vielleicht die Stang ah no abgschleckt …“

Frau Erhard hatte noch in der Nacht den Eigentümer des Baugrundstücks ermittelt: Ein gewisser Harald Strenger aus Hittenkirchen. Sie hatten versucht, ihn anzurufen, aber bisher nicht erreicht. Sie schickten auch eine Streife vorbei, um nachzusehen, aber es war keiner da. Die restliche Nacht war draufgegangen, die Fundstelle gründlich abzuarbeiten, das Gelände zu sichern und schließlich in Prien – schon wieder mal – einen provisorischen Raum für die Mordkommission einzurichten, was Andrea Erhard mit umsichtiger Betriebsamkeit in die Hand nahm. Sie freute sich immer, wenn Hattinger und seine Mannschaft zu Gast waren, wenn mal was anderes los war als der tägliche Kleinkram. Und sie hatte es natürlich nicht versäumt, für ein ordentliches Frühstück zu sorgen und ein paar Kannen pechschwarzen Kaffee zu brauen. Auch jetzt, als stellvertretende Leiterin der Priener Polizei, ließ sie es sich nicht nehmen, das selbst zu machen.

„Dann gebn S’ ma doch bitte no die Daten von diesem Herrn Strenger, bei dem schau i selber nach. Wie alt is der?“

Andrea Erhard schlug nach.

„Der is 39 …“

„Mhm … Dann fass'ma doch amoi zamm, was ma bis jetz ham." Hattinger sah Karl Wildmann an.

Wildmann rückte seine Unterlagen zurecht.

„Also: Männliche Leiche, ca. 25 bis 30 Jahre …" Er schaute Hattinger an und korrigierte sich: „… bzw. 25 bis 35. Identität bisher unbekannt. Keine Ausweise oder andere Papiere, keine Uhr, kein Schmuck, keine Geldbörse oder Ähnliches, was auf die Identität hinweisen würde. Auch kein Handy. Fingerabdrücke des Toten sind bei uns nicht bekannt. Todeszeitpunkt liegt wahrscheinlich nicht länger als 20 Stunden vor Auffinden zurück. Todesursache vermutlich stumpfe äußere Gewalteinwirkung – würde ich jetzt mal schätzen, bis wir Genaueres wissen. Der Tote wurde in einem Sandhaufen vergraben, auf einem abgelegenen Bauplatz in Bernau. Der Bau wurde vor drei Monaten eingestellt. Befragung der Nachbarn war ohne Ergebnis, keiner hat irgendetwas Ungewöhnliches gesehen oder gehört, aber die Nachbarn sind auch alle relativ weit weg. Entdeckt wurde der Tote von Eva Meier, 26, Masseuse aus Bernau, wohnt zwei Straßen weiter …"

„Masseurin, 'tschuldigung …", korrigierte ihn Andrea Erhard.

„Ähm … Hab ich das nicht gesagt?"

„Nein, Masseuse ham S' gsagt. Aber des san ja eher die Damen vom horizontalen …"

Wildmann wurde ein bisschen rot.

„Tut mir leid, Masseurin, das hab ich natürlich gemeint."

„Ja, dann stellt si ja nur die Frage, warum s' den eigrabn ham, oder, wenn s'n scho eigrabn ham, warum s'n dann ned gscheit eigrabn ham, oder?", mischte sich Hattinger ein.

„Z'wenig Zeit vielleicht …", meinte Bamberger. Er schaufelte eine großzügige Ladung Zucker in seinen schwarzen Kaffee und rührte um. „So a Sandhaufen is ja schnell amoi umg'setzt. Aber a richtigs Grab schaufeln is scho no was anders."

„Und dann konnte der, der das gemacht hat, natürlich nicht damit rechnen, dass auch noch dieser Kater dazwischenkommt …", ergänzte Wildmann.

„Einer von den Nachbarn hat übrigens gsagt, dass der Bauplatz früher amal zu dem alten Bauernhof weiter hinten ghört hat. Berglerhof sagn die Einheimischen, der Besitzer heißt Lechthaler." Andrea Erhard hatte sich in der Nacht unter den Neugierigen umgehört, die auf den Polizeieinsatz aufmerksam geworden waren. Bei der Gelegenheit hatte sie auch gleich einen Fotografen von der Chiemseezeitung verscheucht, den irgendjemand informiert hatte.

„Ja, ich war auch auf dem Hof und hab geklingelt, es war aber niemand da", bestätigte Wildmann.

Hattinger stand auf und zog seine Jacke an, wobei er prüfte, wohin er das Foto gesteckt hatte. Er war ein Gewohnheitstier, und dass die Aufteilung der Innentaschen anders war als bei seiner alten, wo er alles blind gefunden hatte, machte ihn fuchsig. Das Teil würde er bald wieder aussortieren, so viel stand fest.

„Guad. Dann an die Arbeit. Auf gehts."

8

Hattinger fuhr die Bernauer Straße aus Prien hinaus. Es war noch nebliger als gestern, man sah keine 50 Meter weit, entsprechend langsam fuhren alle. Bis auf einen Wahnsinnigen, dem es nicht schnell genug ging, der trotz Nebels und Überholverbots an ihm vorbeizog und sauknapp vor ihm wieder einscherte, nur um kurz darauf mit aufheulenden Reifen rechts Richtung Frasdorf abzubiegen.

„Vollidiot!“

Hattingers Hand zuckte kurz nach dem Blaulicht, das auf dem Beifahrersitz lag, dann ließ er es aber doch bleiben. Er hatte keine Lust, sich so früh am Morgen schon mit einem Irren rumzuschlagen. Außerdem war er ja nicht bei der Verkehrspolizei. Er fuhr weiter Richtung Bernau. Aber eigentlich müsste man solche Typen sofort aus dem Verkehr ziehen, dachte er.

Er drehte das Autoradio auf. Auf Bayern 3 müssten eigentlich die *Frühaufdreher* laufen, die mochte er ganz gern, weil sie meistens unaufdringlich gute Laune verbreiteten. Stattdessen plärrte ihn dieser unsägliche Allgäuer mit seiner Müsliwerbung an: „Woisch, Kerle, du brauchschs aouh a gscheits ÖÖÖL!!!“

Hattinger schaltete um auf CD, um den Typen abzuwürgen. Er wusste selbst, was er brauchte und was nicht. *Bitte CD einlegen,* forderte ihn der CD-Player auf. Genervt schaltete er das Gerät wieder aus. Dieser Kerl mit seiner Müsliwerbung ging ihm so auf den Senkel, dass er notfalls meilenweit gefahren wäre, um ein anderes Müsli zu bekommen als das beworbene! Falls er überhaupt jemals auf die Idee käme, Müsli zu kaufen.

Vor Bernau an der Autobahnausfahrt war jetzt auch noch ein Stau, weil ein Kranwagen die Unterführung blockierte. Er nutzte die unfreiwillige Pause und kramte im Handschuhfach die CDs durch. Schließlich zog er eine heraus, die ihm Lena vor Kurzem gebrannt hatte: „Mumford & Sons". Die gefiel ihm richtig gut, obwohl er sonst eher auf ältere Rockmusik stand. Er hatte sogar mal wieder seine E-Gitarre ausgepackt und mitgejammt.

„*It's empty in the valley of your heart …*", sang er mit und drehte laut auf. „*But I will hold on hope, and I won't let you choke, on the noose around your neck …*" ging der Refrain. Noose hatte er vorsichtshalber nachgeschlagen, aber logischerweise hieß es „Schlinge". „*I will …*"

Und logisch, dass jetzt sein Handy klingeln musste! Das wäre ja auch zu viel verlangt, dass man mal fünf Minuten seine Ruhe hätte … Er fischte es aus der Jacke. Es war Lena. Er stellte die Musik leiser und ging dran.

„Hey, so ein Zufall, i hör grad dei' CD!"

„Paps, es ist wissenschaftlich längst erwiesen, dass es keine Zufälle gibt", meinte Lena.

„So?" Hattinger war skeptisch. Aber insgeheim war er manchmal fast geneigt, das zu glauben.

„Paps …? Gehts dir gut?"

„Wieso?"

„Ich hab den Brief gelesen. Der lag da so … Das ist doch scheiße, oder, das mit der Kündigung?"

„Jetzt mach dir moi koane Sorgen …"

„Und da kann man gar nichts machen?"

„Na ja, ma konn's vielleicht rauszögern, aber über kurz oder lang … Mir finden scho wieder was." Er gab sich Mühe, zuversichtlich zu klingen.

„Das heißt, du planst mich schon noch mit ein?" Lena klang ein bisschen unsicher.

„Klar! Was glaubst du denn?"

„Okay. Ich helf dir auch suchen, wenn du magst. Und umziehen …"

„Danke … Guad zu wissen."

„Wir schaffen das, Paps. Wollt ich nur gesagt haben. Tschüüss."

Schon hatte sie wieder aufgelegt, doch Hattinger war jetzt ein bisschen wärmer ums Herz. Er hatte schon überlegt, wie er's ihr beibringen sollte. Dabei hatte sie sowieso viel weniger gegen Veränderungen als er.

Irgendwann ging es auf der Straße wieder weiter, aber bis er in Bernau ankam, war eine geschlagene halbe Stunde vergangen – für fünf Kilometer! Und der Nebel wollte sich noch immer nicht lichten.

Schließlich stellte Hattinger seinen Wagen vor einem kleinen Laden ab. Der sah so aus, als hätte man in einem alten Wohnhaus die unteren Fenster zu zwei Schaufenstern aufgebohrt, und dem Stil nach zu urteilen, hatte dieser Vorgang irgendwann in den 50er-Jahren des letzten Jahrhunderts stattgefunden. Seitdem war wohl nicht mehr viel renoviert worden, bis auf die Eingangstür vielleicht, die hatte man irgendwann durch eine Glastür mit eloxiertem Aluminiumrahmen ersetzt, aber das war garantiert auch schon 30 Jahre her. Ein paar bunte Bilder von Häusern hingen in den Fenstern, und über der Eingangstür stand *Best Immobilien.*

Wenn man sich so anschaute, welchen Protz manch andere Immobilienbüros in der Region an den Tag legten – da wurde gern in polierte Marmorfassaden oder dorische Säulen investiert, ohne Rücksicht darauf, ob das jetzt ins nördliche Voralpenland passte oder nicht – so konnte man zu dem Schluss kommen, dass dieses hier nicht besonders gut zu laufen schien.

Hattinger gab sich erst einmal den Anschein, die Angebote in den zwei Schaufenstern zu studieren. Dabei fiel ihm auf, dass sogar die als „Schnäppchen" hervorgehobenen Preise von Eigentumswohnungen oder kleinen Häusern weit jenseits von Gut und Böse lagen, für ihn jedenfalls.

Da … Sogar eine Wohnung in Wasserburg/Innenstadt war darunter: Zwei Zimmer, Küche, Bad, für schlappe 240 000 Euro! Das war ja wohl … Was würde da eine Wohnung wie seine jetzige kosten?

Hattinger fühlte einen leisen Zorn aufkeimen. Wer sollte denn sowas bezahlen können? Ein geschiedener, unterhaltspflichtiger Polizist jedenfalls nicht.

Hinter den Aushängen im Laden war niemand zu sehen. Dabei hatte doch diese Frau Beck gesagt, sie würde ab acht Uhr im Büro sein. Hattinger drückte gegen die Ladentür, aber die war geschlossen. Er ging an der Seite des Gebäudes vorbei auf den Parkplatz und schaute durch ein Fenster ins Hinterzimmer des Ladens. Eine junge Frau saß hinter einem Schreibtisch und war offensichtlich dabei, Quittungen zu sortieren.

„Hallo …" Hattinger klopfte gegen die Scheibe. „Frau Beck?"

Die Frau schaute zum Fenster und stand auf. Sie

deutete Richtung Ladentür. Hattinger ging ums Haus. Frau Beck stand in der Tür.

„Hauptkommissar Hattinger."

„Sarah Beck", stellte sich die Frau vor, mit einer angenehm milden sonoren Stimme. Sie bat ihn herein.

Was er da sah, gefiel Hattinger auf Anhieb. Eine aparte Frau, Mitte 20 vielleicht, mit bernsteinfarbenen, schulterlangen Haaren und grünen Augen. Sie war ziemlich groß, und ihre Figur in dem engen Rollkragenpulli und den Jeans lud auch dazu ein, mindestens zweimal hinzuschauen: Schlank, aber nicht dürr, nicht so ein modischer Hungerhaken …

„Darf ich Ihnen einen Kaffee anbieten?"

Außerdem hatte sie etwas sympathisch Zurückhaltendes, fast Unsicheres in ihrer Art.

„Kaffee, ja gern …"

Nachdem Sarah Beck der betagten Espressomaschine einen Kaffee entlockt hatte, bat sie Hattinger, Platz zu nehmen.

„Also Frau Beck, Sie ham gestern Ihren Chef, den Herrn …"

„Beimer, Georg …", kam Sarah Beck zu Hilfe, noch bevor Hattinger sein Notizbuch gefunden hatte, in einer Tasche, die sein altes Sakko nicht gekannt hatte.

„Beimer, genau … Sagn Sie, da draußen steht doch *Best Immobilien*? Is der Herr Best der Besitzer?"

Sarah Beck lächelte, was ihr Grübchen auf die Wangen zauberte.

„Nein, das war, weil sie den Georg in der Schule immer als Mutter Beimer verarscht haben, als damals die Lindenstraße im Fernsehen startete. Hat er mir mal gestanden. Und dann hat er sich in Georg Best umbenannt, als er ins Immobiliengeschäft einstieg. Er hatte genug von Mutter Beimer. Von da an haben ihn seine Kumpels nur noch George Best genannt …"

„Wie der Fußballer? Der Engländer?"

„Ire war der, soviel ich weiß. Ich hab ihn mal gegoogelt, der war sogar ein ziemlich ähnlicher Typ wie der Georg."

„War?"

„Der ist schon vor ein paar Jahren gestorben. Hat sich wohl zu Tode gesoffen."

„Des muss mir entgangen sein. Der war a genialer Fußballer."

„Ja, das hab ich gehört. Und Frauenheld …" Sarah Beck lächelte. „War aber lang vor meiner Zeit …"

Das war Hattinger schmerzlich bewusst, wenn er sich Sarah Beck so anschaute. Er hätte sich gern weiter mit ihr über Fußball unterhalten, oder irgendwas anderes …

„Sie ham also gestern Nachmittag den Herrn Beimer als vermisst gemeldet. Wann ham S' ihn denn as letzte Mal gsehn?"

„Das war Mittwochmorgen. Dann hat er sich den Tag frei genommen. Und gestern Mittag hätte er eigentlich einen Termin mit einem Kunden im Büro gehabt. Er ist aber nicht erschienen."

„Also vorgestern Morgen war er as letzte Mal im Büro", notierte Hattinger mit.

„Nein. Nicht im Büro …, da war er …" Sarah Beck wand sich ein bisschen. „Er war bei mir, zuhause … zum Frühstück."

Hattinger wunderte sich über sich selbst, dass ihm das, was er aus ihren Worten folgerte, nicht gefiel.

„Heißt des … dann sind Sie … auch privat mit dem Herrn Beimer zusammen?“

Es war Sarah Beck sichtlich unangenehm, die Frage zu beantworten. „Nein, eigentlich … Wir … Ich hab mich von ihm getrennt, schon vor einiger Zeit, aber …“ Sie schaute hilfesuchend an die Decke. „Wir haben uns ab und zu … Wissen Sie, Herr Kommissar, das war so eine on-and-off-Beziehung, auch vorher schon, wenn Sie verstehen, was ich meine …?“

Hattinger nickte. Er wusste nur zu genau, was sie meinte, hatte er doch die letzten drei Jahre in so einer Beziehung verbracht, mit Mia, und erst vor kurzem einen Schlussstrich gezogen. Wobei er dessen Endgültigkeit seitdem auch schon gelegentlich angezweifelt hatte.

„Obwohl das sonst eigentlich nicht meine Art ist …“, fügte Sarah Beck noch hinzu und sah Hattinger entwaffnend gerade in die Augen.

„Ja. Ah …“ Einen Moment lang war er wie hypnotisiert … Diese Augen machten es einem schwer, nicht zu versinken …

Hattinger musste sich zur Ordnung rufen.

„Wissen Sie, was der Herr Beimer vorgestern gmacht hat, oder was er vorg’habt hat?“

„Nein. Er hat nur gesagt, er geht auf Wohnungsrecherche. Das hat er gern behauptet. Ehrlich gesagt hat das oft nur bedeutet, dass er sich bei einer neuen Eroberung ausgetobt hat.“

Das kam recht abgeklärt, nur ein kurzes resigniertes Zucken der Mundwinkel deutete auf eine Verletzung hin. Hattinger konnte nicht behaupten, dass er gerade Verständnis hätte für George Best.

„Und des macht Ihnen nix aus? Wenn Sie auch noch seine Angestellte sind und mit ihm zusammen arbeiten müssen?“

„Jetzt nicht mehr … Am Anfang war ich wütend, es hat mich rasend gemacht. Ich hab Anfälle gekriegt, hab ihm Sachen nachgeschmissen. Irgendwann hab ich gemerkt, es ist vorbei, es ist nur noch so eine Art Sucht, die mich hält. Und in den letzten Tagen hab ich beschlossen hier aufzuhören, sobald er mir ausgezahlt hat, was er mir noch schuldig ist.“

Hattinger sah sich in dem heruntergekommenen Büro um.

„Und wie hoch stehen die Chancen, dass er des kann?“

Sarah Beck zog die Schultern hoch.

„Er hat vor kurzem was erwähnt von einem Geschäft. Eine Villa von einem alten Herrn. Die wollte ihm irgendeiner seiner ‚Spezls‘ vermitteln. Da wäre angeblich ein ganz guter Gewinn drin gewesen.“

„A echte Spezlwirtschaft oiso …“, scherzte Hattinger.

Sarah Beck nickte.

„Völlig legal natürlich, sagt er“, beeilte sie sich hinzuzufügen. „Er macht schon gelegentlich mal ein gutes Geschäft. Aber ich glaube, ohne seine Spezls und seine Gspusis hätte er längst einpacken können.“

„Und es könnt ned sein, dass er jetzt grad bei irgendeiner von seinen Gspusis is?“

„Das glaub ich eigentlich nicht. Ich hab fast alle, die ich kenne, durchtelefoniert. Und ich kenne fast alle. Niemand hat ihn gesehen seit vorgestern.“

Sarah Beck schaute Hattinger schon wieder so an, dass es ihm durch und durch ging. Ernst. Offen. Sie flirtete nicht mit ihm, aber er spürte, dass er ihr sympathisch war. Schon lange hatte ihn keine Frau mehr so angenehm irritiert.

„Frau Beck, ham Sie a Foto da vom Herrn Beimer?"

Er hätte den Moment gern hinausgezögert, denn er glaubte nicht wirklich, dass der Vermisste ihr Toter von gestern war. Das schien ihm altersmäßig eher unwahrscheinlich. Und wenn er's nicht war, würde er sich verabschieden und die Sache wieder den zuständigen Kollegen überlassen müssen.

„Hier im Büro hab ich kein Foto", sagte Sarah Beck. „Ich hab gestern eins auf die Wache mitgenommen, da hat der Beamte gemeint: ‚Des brauchma jetz no ned. Jetz schau ma erst amoi, ob er ned in a paar Stund wieder aufkreizt …' Und jetzt liegts bei mir zuhause."

Bairisch konnte sie also auch, dachte Hattinger. Die Parodie dieses Polizisten war absolut überzeugend. Die Frau brachte ihn aus dem Konzept …

„Apropos zuhause: Ich hab Ihre Daten no ned vollständig bekommen von den Kollegen. Falls später noch was wär, wär's gut wenn ich Ihre Adresse, Telefonnummer und Geburtsdatum hätt …"

Sarah Beck schaute ihn an. Einen Augenblick dachte Hattinger, dass er jetzt mit dem Geburtsdatum ein bisschen weit gegangen war. Das hätte er sich ja auch später holen können. Er wollte aber wissen, wie alt sie war. Sie war sowieso zu jung für ihn, das war klar, sie war höchstens 25, aber …

„Aber gern." Sie lächelte wieder ihr Grübchenlächeln. „Ich schreib's Ihnen auf."

Sie griff sich einen Block und begann zu schreiben.

„Und a Foto von mir müssten Sie sich noch anschaun … Ah, oiso ned von mir persönlich natürlich“, korrigierte er sich, als er ihren fragenden Seitenblick bemerkte, „sondern von einem, den mir gestern gfundn ham, bzw. sei Leich …“

Fing er jetzt auch noch an zu stottern, verdammt?

„Ich bin nämlich von der Mordkommission, des hab i glaub i vorher gar ned erwähnt …“

Sarah Beck riss den Zettel von ihrem Block und reichte ihn Hattinger. Sie sah ihm wieder in die Augen, nur dieses Mal etwas verunsichert.

„Keine Angst, i glaub ned, dass es sich um Ihren George Best handelt, unser Toter is eher um die 25. Aber jetzt wo i scho amoi da bin …“

Hattinger zog das Foto des Sandhaufentoten aus seinem Jackett und zeigte es Sarah Beck.

Die hielt das Bild ins Licht und ihre Augen wurden noch ein Stück größer. Dann füllten sie sich langsam mit Tränen. Sie schaute das Foto lange an, dann gab sie es Hattinger zurück und setzte sich auf den Schreibtisch, mitten in die Stiftablage.

„Is er des?“

Hattinger konnte es kaum glauben.

Sarah Beck nickte.

Dann rutschte sie langsam vom Schreibtisch und Hattinger musste sie auffangen.

Es war völlig unprofessionell und unangebracht in der Situation, aber Hattinger hätte nicht behaupten können, dass es ihm unangenehm gewesen wäre, die Frau im Arm zu halten.

9

Andrea Erhard und Karl Wildmann hatten sich in München erstmal ein ausgiebiges Frühstück gegönnt, als Belohnung sozusagen, und weil sie in weiser Voraussicht vor der Obduktion im Rechtsmedizinischen Institut nichts gegessen hatten.

Wildmann war inzwischen schon einigermaßen gewöhnt daran, war er doch schon bei einigen Leichenöffnungen dabei gewesen, aber selbst er hätte nicht dafür garantiert, dass ein Frühstück davor nicht währenddessen wieder vorschnell ans Tageslicht gedrängt hätte.

Andrea Erhard war immer noch ziemlich bleich im Gesicht, obwohl sie sonst immer wohlgebräunt aussah. Sogar noch im November. Wildmann hatte sich schon gefragt, ob sie wohl regelmäßig ins Solarium ging, er hatte sich aber nicht getraut, sie zu fragen.

„Kann ma sich eigentlich da dran gewöhnen?“ Andrea Erhard nahm einen Schluck Kaffee. „Des konn i ma gar ned vorstelln. Des war jetzt mei zweite Obduktion, wo i dabei war, und irgendwie war die schlimmer wia die erste.“

Es gehörte eigentlich auch nicht zu Andrea Erhards Aufgaben, normalerweise. Aber in letzter Zeit hatte sie gelegentlich damit geliebäugelt, sich entsprechend fortzubilden und doch noch zur Kripo zu wechseln. Selbst wenn sie dann ihr geliebtes Prien verlassen müsste, wo sie alles und jeden kannte. Aber dass Hattinger einen ernsthaften Versuch unternommen hatte, sie für sein Team zu rekrutieren, schmeichelte ihr schon sehr. Außerdem mochte sie ihn. Und einen Mann, der sie davon abgehalten hätte, gab es sowieso nicht in ihrem Leben. Die Arbeit war schon interessanter als das, was sie bisher an Polizeiarbeit kannte. Allerdings würde sie sich bei der Mordkommission an diese Obduktionen wohl oder übel gewöhnen müssen.

Wildmann zuckte mit den Schultern.

„Bei mir kommen jetzt schon einige zusammen, aber ich hab mich nicht wirklich daran gewöhnt. Es ist immer wieder eine Überwindung. Ich muss immer noch versuchen, mich abzulenken, nur die Fakten zu sehen, zu notieren. Das hilft mir noch am ehesten. Sobald ich an den Mensch denke, der da liegt …“

Wildmann pfefferte lustlos seine Eier im Glas.

„Am schlimmsten ist manchmal, dass man den Geruch nicht abstellen kann. Ich war einmal bei einer Exhumierung …“

„Geh jetz hörn S' auf!“

Andrea Erhard schob den Rest Rührei mit Schinken zur Seite. Jetzt war ihr der Appetit endgültig vergangen.

„Tut mir leid …“ Wildmann schaute auf die Uhr. „Sollen wir dann fahren?“

„Sie können ja nix dafür. Aber es werd eh Zeit.“

Wildmann schaufelte schnell noch seine Eier im Glas weg bis sie zahlen konnten – man wusste ja nie, wann man wieder was kriegen würde in dem Job – dann brachen sie auf zu ihrem Wagen. Eine Zeitlang sagte keiner von beiden etwas. Andrea Erhard fuhr wie immer routiniert und souverän. Wildmann kritzelte in seinen Unterlagen herum. Auf der Autobahn wurde es Andrea Erhard zu langweilig.

„Oiso, dann erzähln S' doch no amoi die Fakten, damit dass d' Zeit vergeht.“

Das kam Wildmann ganz gelegen, konnte er doch noch mal laut denken und verdichten, was er Hattinger in Prien berichten würde.

Dr. Keul hatte ihnen vor allem den Zustand des Hirns des Toten ausführlich erklärt, als er es nach dem üblichen Aufsägen der Schädelkalotte entnommen hatte. Es zeigte eine deutliche Contusio Cerebri, also eine Hirnquetschung mit Stoßherd unter der Schlagstelle auf der rechten Kopfseite und Gegenstoßherd auf der gegenüberliegenden Seite, dazu massive Einblutungen in die Gehirnsubstanz. Mit an Sicherheit grenzender Wahrscheinlichkeit war diese Verletzung schon tödlich, wenn auch vielleicht nicht unmittelbar. Dr. Keul hielt übrigens die Eisenstange durchaus für einen möglichen Verursacher dieser Verletzung.

„Das passt ganz gut von der Form der Impression her. Können wir aber mit Röntgentechniken noch genauer darstellen."

Weiter zeigte er ihnen nach Öffnung von Brustkorb und Bauchraum ausgedehnte Rippenserienfrakturen beidseits, dazu Quetschungen von Herz und Lungen, einen Leberriss und obendrein eine Milzruptur. Auch diese Verletzungen waren in ihrer Kombination tödlich, wenn nicht durch sofortigen Herzstillstand, dann aber doch sicher durch inneres Verbluten.

„Sehr viel freies Blut haben wir aber hier nicht drin, deshalb gehe ich davon aus, dass sein Herz nicht mehr lange geschlagen hat."

„Und wie, glauben Sie, könnte diese große Verletzung entstanden sein?", wollte Wildmann wissen.

„Warten Sie's ab. Schauen Sie mal. Ich hab mir

schon vorher erlaubt, mal einen Blick rein zu werfen …“, sagte Dr. Keul fast entschuldigend.

Er sprach offensichtlich vom Mund des Toten, den er jetzt aufhielt. Dann setzte er sich eine Stirnlampe mit Lupenbrille auf und fischte vorsichtig mit der Pinzette etwas winzig Kleines heraus und legte es auf eine weiße Unterlage.

„Hier bitte, da haben Sie es.“

Dr. Keul war sichtlich zufrieden.

Wildmann und Andrea Erhard kamen nicht ganz mit.

„Sehen Sie sich's nur genau an“, forderte Keul sie auf.

Auf der Unterlage lag ein dünnes, flaches, unregelmäßig geformtes, ein winziges dunkles Etwas, das sie eine Weile ratlos betrachteten, bis Andrea Erhard plötzlich ein Licht aufging.

„Lack! Oder …?“

„Ganz genau. Es fanden sich mehrere Lacksplitter, auch in der Kopfwunde. Aber nicht am Körper. Und noch etwas haben wir schon vorher sichergestellt.“

Er zeigte ihnen die Folien, mit denen er die Haut des Toten abgeklebt hatte. Darauf waren kleine, dunkle Sprengsel zu erkennen.

„Das muss erst noch analysiert werden, aber ich würde mich schon jetzt zu 90 Prozent festlegen, worum es sich handelt.“

Für einen akribischen Menschen wie Dr. Keul war das schon eine fast wagemutige Aussage.

„Nämlich?“, ermunterte ihn Wildmann, als sich Dr. Keul mit seiner Ansage Zeit ließ.

„Rost.“

„Rost?“

„Ich würde schon meinen, ja."

Als Wildmann und Andrea Erhard immer noch auf dem Schlauch standen, entschloss sich Dr. Keul, seine Analyse des mutmaßlichen Geschehens zu verkünden:

„Wie gesagt, wir müssen diese Spuren alle noch mikroskopisch und chemisch analysieren, bzw. Ihre Kriminaltechnik, aber ich bin mir ziemlich sicher, dass diese ausgedehnten Brust- und Bauchverletzungen durch ein Kraftfahrzeug verursacht wurden."

Andrea Erhard und Wildmann schauten sich an.

„Zuerst ist vermutlich diese Kopfwunde entstanden, durch einen Schlag mit einem schweren Gegenstand. Ob es diese Eisenstange war, kann man letztendlich nur sicher durch die Anhaftungen an der Stange klären. Kann sein, dass der lose Rost von der Stange stammt. Zumal sich auch Rostpartikel in der Kopfwunde befinden."

„Und dann is er noch angfahrn worden?", wollte Andrea Erhard wissen.

„Angefahren würde ich nicht sagen, jedenfalls nicht im Stehen", beschied sie Dr. Keul, „sonst müsste er entsprechende Verletzungen an den Beinen haben, Brüche, zerschmetterte Knie oder Ähnliches. Seine Beine sind aber unverletzt. Die üblichen Stoßstangenverletzungen fehlen also. Das könnte zwar bedeuten, dass der Mann versucht hat, über das Auto hinwegzuspringen, aber ich glaube nicht, dass er dazu noch in der Lage war ..."

Dr. Keul ließ seine Ausführungen erst mal wirken, dann fuhr er fort.

„Der Mann war nach dem Angriff mit der Stange vermutlich nicht sofort tot, aber wahrscheinlich bewusstlos. Er wäre auch vermutlich nicht mehr aufgewacht, aber der Täter wollte auf Nummer sicher gehen und hat anschließend noch seinen Oberkörper überrollt. Das war's dann. Anschließlich hat man ihm noch Hemd und Jacke oder was auch immer ausgezogen. Ich vermute, dass es etwas stabiles war, wie zum Beispiel eine Lederjacke, denn er hat auch keine direkten Schnitte oder Risse in der Haut, nur diese Schrammen, in denen sich übrigens Textilfasern befinden. Vielleicht hat der Täter befürchtet, dass eine erkennbare Reifenspur auf den Kleidern war, oder er wollte die Identifizierung erschweren, aber das ist ja Ihre Sache. Beim Ausziehen wurden vermutlich noch die kleinen Lacksplitter und Rostpartikel, die von dem KFZ stammen, über der Leiche verstreut."

Der Pathologe sah Andrea Erhard und Karl Wildmann selbstbewusst an.

„Gut, das wär's von meiner Seite für den Moment. Schriftlichen Bericht kriegen Sie, und wenn Sie noch Fragen haben, wissen Sie ja, wo Sie mich finden."

Damit betrachtete er die Vorführung für beendet. Andrea Erhard und Wildmann waren beeindruckt. Mit diesem Ergebnis hatten sie nicht gerechnet.

„Ach ja, und grüßen Sie mir Ihren Chef …", rief ihnen der Rechtsmediziner noch hinterher, als sie sich zum Gehen wandten.

Ein leicht sarkastischer Unterton war nicht zu überhören in Privatdozent Dr. Dr. Meinhard Keuls Grußbotschaft.

10

„Mir hamma'n. Unser Toter im Sand is ein Herr Beimer, Georg, 35, Immobilienmakler, wohnhaft in Bernau. Spitzname: George Best, früher: Mutter Beimer …"

Unwillkürlich musste Andrea Erhard schmunzeln, sie verkniff es sich aber gleich wieder. Hattinger hatte sie und Wildmann überrascht mit der Identität des Toten, als sie von München wiederkamen. Er schien auch selbst noch überrascht, dass der Vermisste wirklich ihr Toter war, hatten sie den doch alle für jünger gehalten.

„Der hat si' guat ghoitn. A ortsbekannter Weiberheld offensichtlich. Vielleicht hält einen des jung …"

Hattinger berichtete den beiden Kollegen von seinem Gespräch mit Sarah Beck, und dass er sie anschließend vom Notarzt versorgen ließ, weil sie zusammengeklappt war. Mit so etwas hatte sie anscheinend nicht gerechnet. Sie versicherte zwar, dass es ihr schon wieder gut ginge, aber der Notarzt diagnostizierte einen Schock und wies sie vorsichtshalber zur Beobachtung in die Klinik ein.

„Sie wohnt übrigens in Prien."

Hattinger reichte Sarah Becks Adresse weiter an Andrea Erhard. Was er natürlich ausließ in seiner Wiedergabe des Gesprächs war die nicht zu leugnende Anziehung, die diese Frau auf ihn ausgeübt hatte. Als sie auf dem Weg in die Klinik war, hatte er sich endlich ihren Zettel angesehen: Sie war 28! Genau genommen fast 29, nächste Woche hatte sie Geburtstag. 29, überlegte er, das war zwar immer noch jung, aber zumindest nicht völlig abwegig …

„Is des vielleicht a so a hübsche, große Rothaarige?“, wollte Andrea Erhard wissen.

„Wieso, kennen Sie die scho wieder?“

„I glaub scho. Mei Cousin war amoi in die verschossn. Is aber nix draus worn, glaub i …“

Andrea Erhard war ein Phänomen. Wenn es um Prien ging, ersetzte sie ein halbes Einwohnermeldeamt.

Hattinger wurde neugierig.

„Wissen S' vielleicht no mehr über sie?“

„Naa, eigentlich ned. Aber dass die in am Immobilienbüro arbeitet? I hab ma immer gedacht, die müsst eigentlich Model sein.“

„Mei … Wenn ma die heutigen Maßstäbe der Modebranche anlegt, is sie zu klein, zu dick, zu alt. So schauts aus. Da brauchst unter 1 Meter 85 gar ned anfangen. Aber Sie ham scho recht, sie schaut wirklich guad aus.“

„Und sie is ned blöd. Die hat damals mit meim Cousin Abitur gmacht. Dass die in a so am windigen Laden jobbt?“

„Mei, wo die Liebe hinfällt …“, antwortete Hattinger, nicht ohne einen gewissen Zynismus. „Auf jeden Fall sollt' ma alles über sie rausfinden, und natürlich vor allem über unsern toten Herrn Beimer, alias Best. Was sagt denn die Pathologie?“

„Lässt einen schönen Gruß ausrichten“, meinte Wildmann.

Dann berichtete er ausführlich von der Obduktion und Dr. Keuls Schlussfolgerungen.

Hattinger lauschte gespannt und notierte sich ein paar Stichpunkte.

„Da schau her …“, sagte er nur, als Wildmann

geendet hatte. Jetzt konnte er sich auch das Aussehen des Toten erklären.

„Erschlagen und überfahren also?"

„So siehts aus, ja. Das Überfahren hat ihm sozusagen den Rest gegeben, auch wenn er an der Kopfverletzung wahrscheinlich schon gestorben wäre. Aber nach der hat er vermutlich noch gelebt."

Hattinger ließ das erst mal auf sich wirken.

„Dann wollt wohl jemand ganz sicher gehen, dass er des ned überlebt. Des heißt, wir müssen von Vorsatz ausgehn. Könnt's denn auch um'kehrt gwesn sei?"

„Sie meinen, a Verkehrsunfall mit anschließendem Verdeckungsmord?", fragte Andrea Erhard.

„Theoretisch ja", antwortete Wildmann. „Aber wenn ich Dr. Keul richtig verstanden habe, ist der Mann ziemlich sicher im Liegen überrollt worden. Er wird sich wohl kaum freiwillig vor ein Auto gelegt haben."

Hattinger nickte.

„Es sei denn", wandte Andrea Erhard ein, „dass er irgendwas reparieren wollt an dem Auto?!"

„Wär theoretisch möglich, wenn ah ned wahrscheinlich …", pflichtete ihr Hattinger bei. „Ausschließen kemma no gar nix im Moment."

Er sah sie an und dachte wieder mal, dass er sie ganz gut gebrauchen könnte in seinem ständigen Team. Auch wenn sie heute mal keine Semmeln, Brezen oder Hörnchen dabei hatte. Wieso eigentlich nicht? Wahrscheinlich hatte ihr die Obduktion den Appetit verdorben.

Den Toten hatten sie also, jetzt fehlte nur noch der Mörder.

„Nächste Schritte – Vorschläge?“

Wildmann brauchte nicht lange zu überlegen.

„Wir zerlegen Beimers Wohnung und sein Leben. Umfeld, Beruf etc., einfach alles. Freunde, Freundinnen, Geschäftsbeziehungen, Büro, nicht zu vergessen seine Angestellte …“

„Mhm.“ Hattinger nickte und sah Andrea Erhard an.

„Alles, was mit dem Baugrundstück zammhängt“, ergänzte sie. „Kann natürlich Zufall sein, dass der Beimer da vergraben worn is, aber eigentlich glaub i ned an Zufall.“

„Des hab i heut scho amoi ghört, des mit dem Zufall. Und i glaub eigentlich ah ned dran. Apropos Grundstück: Langsam werds Zeit, dass ma den Grundstücksbesitzer derwischen, diesen Strenger. Des is doch seltsam, dass der einfach verschwunden is?“

„Und dann ist natürlich die Analyse der Lacksplitter absolut vordringlich. Bamberger müsste die Proben schon haben. Im Idealfall sollten wir den Wagentyp ermitteln können, zumindest die Marke“, steuerte Wildmann noch bei.

Es klopfte an der Tür. Der Dienststellenleiter Poschner kam herein.

„Und, Herr Poschner, gibts irgendwas über den Beimer?“

Hattinger hatte ihn gebeten, schon mal den Computer zu befragen und ins Archiv zu schauen, bis Erhard und Wildmann wieder da wären.

„Ja, konn ma sagn. Nix Aktuelles zwar, aber des kannt scho von Interesse sei. I hab mi ah glei wieder an den Fall erinnert, wie ich die Akte gsehn hab.“

Er reichte Hattinger einen ganzen Stapel Kopien.

„Dann erzähln S' uns doch bitte am besten, woran Sie sich erinnern", forderte Hattinger ihn auf.

Poschner setzte sich.

„Des war a traurige Angelegenheit. Verkehrsunfall nach der Disco, um vier Uhr in der Früh. I war damals bei der Aufnahme dabei. Des war furchtbar ... Drei tote junge Leut, zwischen 17 und 19. Des Auto is voll Stoff gegen an Baum. Der Beimer hat als Einziger überlebt, fast unverletzt. Der war damals 20. Bsoffn warn s' alle vier. Es war dem Beimer sei Wagn, aber er hat behauptet, er is ned gfahrn. Des Auto war aber vorn auf der Fahrerseite no am wenigsten zerstört. Die Vermutung war, dass er nach dem Unfall den toten Beifahrer hinters Steuer gsetzt hat, aber man hats ihm letztendlich ned nachweisen können, oiso is keine Anklage erhoben worden."

Poschner machte eine Pause und die Bilder schienen wieder in ihm aufzusteigen.

„In der Nacht hats gschütt' wie blöd, die Feuerwehr hat des Dach aufgschnitten, um die Jugendlichen rauszuholen, da hats des ganze Blut und alles so abgspült, dass ma nix mehr hat nachweisen können, bis ma überhaupt auf die Idee kommen is, dass ma die Spuren sichern müsst. Am Anfang war des ja no alles ganz unklar ... Der Beimer is in der Wiesn gsessn und war ned ansprechbar."

Man sah Poschner an, dass ihn der Fall immer noch bewegte, nach über 15 Jahren.

„Danke Herr Poschner. Da ham S' uns ja auf einen Schlag a ganze Handvoll Motive gliefert ..."

„Nix zu danken." Er stand auf. „Dann wünsch ich gutes Gelingen."

Als Poschner gegangen war, meinte Andrea Erhard,

sie könne sich erinnern, dass die Geschichte damals durch alle Zeitungen gegangen sei.

Wildmann griff sich die Akten und begann sie durchzublättern.

Hattinger schaute aus dem Fenster. Immer noch hatte sich der Nebel nicht gelichtet. Würde er vermutlich heute auch nicht mehr.

„I hab des Gfühl, des werd unübersichtlich …"

11

Hattinger informierte Staatsanwalt Reißberger telefonisch über die neuesten Entwicklungen. Der gab sofort seine Zustimmung zum Öffnen und Durchsuchen der Wohnung von Georg Beimer. Sarah Beck hatte erklärt, sie habe keinen Schlüssel dazu, nie gehabt. Mit Harald Strengers Haus wollte er sich noch Bedenkzeit geben, sie sollten erst alles daran setzen, ihn zu erreichen.

Als Hattinger die Sache mit dem Autounfall erzählt hatte, atmete Reißberger hörbar durch.

„Das ist mir klar, dass das ein starkes Motiv ist, vor allem angesichts des Tatwerkzeugs. Ich schau mir den Fall selber noch mal an. Aber da sollten wir äußerst sensibel agieren, das muss ich Ihnen sicher nicht sagen, Hattinger …"

Nein, das brauchte er Hattinger nicht zu sagen. Dem war es klar, dass er da bei den Familien der toten Jugendlichen alte Wunden aufreißen würde.

Poschner kam noch einmal herein und meinte, da sei ein Journalist von der Chiemseezeitung draußen und hätte gern Auskunft über den Fall. Was er dem sagen solle?

„Möglichst nix."

Hattinger bat Andrea Erhard, sich darum zu kümmern. Bis jetzt war nur eine kleine Notiz erschienen, dass sie einen Toten gefunden hatten, nichts weiter, und das war auch gut so, dann konnten sie in Ruhe arbeiten und Verdächtige würden nicht vorschnell gewarnt. Obwohl, wenn einer danach suchte, dann hätte er auch diese Notiz gefunden.

Hattinger dachte nach und stierte dabei aus dem

Fenster in das milchige Weiß. Das gefiel ihm alles gar nicht. Vor allem nicht die Aussicht, bei Leuten schmerzhafte Erinnerungen an den Verlust ihrer Kinder zu wecken.

Wildmann war schon eifrig dabei, Namen, Adressen, Telefonnummern und alles, was ihm sonst noch wichtig erschien, aus Poschners Unterlagen zu notieren. Zwischendurch nahm er seine randlose Brille ab, hauchte die Gläser an und putzte sie mit einem Brillenputztuch, was er immer dabei hatte. Wildmann war ein Fan von klarer Sicht, wenn er schon schlecht sah.

Andrea Erhard kam nach zwei Minuten wieder herein, mit einem selbstbewussten Lächeln.

„Mei, der Karli … Den kenn i scho ewig."

„I habs fast geahnt. Und …?" Hattinger überlegte, wie lang ewig wohl sein mochte.

„Er bringt jetzt erst amoi nix. Dafür hab ich ihm versprochen, dass er's als Erster erfährt, wenns was Interessantes gibt, was er bringen kann."

„Sehr gut. Dann teil'ma uns jetzt auf."

Hattinger bat Andrea Erhard, sich um den Verbleib von Harald Strenger, dem Grundstücksbesitzer, zu kümmern, Nachbarn, Verwandte, Bekannte etc. ausfindig zu machen und sich mit Poschners Hilfe schon mal kundig zu machen über die aktuelle Situation der Familien von den Toten des damaligen Verkehrsunfalls.

Er würde mit Wildmann zur Wohnung Beimer fahren und Bamberger dazuholen, sobald nötig.

Dieses Mal kamen sie trotz Nebels flott nach Bernau.

Georg Beimers Domizil war ein kleines Häuschen

hinter der Justizvollzugsanstalt. Eine schmale Straße führte von dort aus dem Ort hinaus durchs Moor Richtung Rottau.

Hattinger war noch nie hier gewesen. Eine seltsam wellige Betonplattenpiste, auf der man seekrank werden konnte, wenn man etwas schneller fuhr. Die Platten hatten sich wohl im moorigen Untergrund unterschiedlich stark gesenkt und gegeneinander verschoben. Er überlegte, ob die wohl noch aus Zeiten des „Gröfaz" stammten, des „Größten Führers aller Zeiten". Der hatte ja damals die benachbarte Autobahn mit ähnlichen Betonplatten bauen lassen, und es gab immer noch so verblendete Altnazis, die das allen Ernstes als Argument ins Feld führten, dass damals ja wohl nicht alles schlecht gewesen sein könne! Zigmillionen Tote, die Welt in Trümmern – aber wir haben die Autobahn! Er hätte kotzen können, wenn er an diese Typen dachte. Und jetzt krochen sie längst schon wieder unverfroren aus ihren Löchern …

Als er noch ein kleiner Junge war, hatte die Salzburger Autobahn – wie sie bei den Einheimischen immer noch heißt, natürlich nicht A8 – noch aus solchen Betonplatten bestanden. Wenn man auf der fuhr, entstand durch die Fugen so ein monotones Tok-Tok, Tok-Tok, Tok-Tok, ähnlich wie früher bei den Eisenbahnschienen, nur mit anderem Rhythmus. Das gleichmäßige Geschüttel hatte was ungeheuer Einschläferndes. Er war auf jeden Fall meistens eingeschlafen, obwohl es etwas Besonderes war, mit seinem Vater über die Autobahn zu fahren und er eigentlich keine Minute davon verpassen wollte.

„Ich glaube, wir sind schon zu weit", riss ihn Wildmann aus seinen Überlegungen, als sie vor der Bahnschranke der Bahnlinie München-Salzburg ankamen. Sie drehten wieder um.

Schließlich fanden sie es, eine Art Hexenhäuschen, außen holzgetäfelt und so klein, dass sie es hinter der mannshohen Hecke zunächst übersehen hatten. Hausnummer war keine zu erkennen, und der Nebel, der hier im Moor noch dichter war, hatte es auch nicht gerade leichter gemacht.

„Nett", fand Hattinger, als sie in die Einfahrt bogen, über einen kurzen grasüberwucherten Kiesweg, der in einer Art Carport aus grau verwittertem Holz endete, in dem ein alter, schwarzer 911er Porsche stand. Der war in einem Zustand, dass er zumindest als Statussymbol nicht mehr taugte.

Rechts daneben der Bungalow mit schräggestelltem Flachdach, großer holzbeplankter Terrasse und einem dicht verwilderten Garten außenrum.

„Schaut gmiatlich aus. Im Sommer ..." Hattinger zog den Reißverschluss seiner Jacke zu und verzichtete darauf, den Satz zu beenden.

Sie gingen erst mal ums Haus herum und verschafften sich einen Überblick. Alles ein bisschen ungepflegt, aber nicht wirklich verwahrlost. Man konnte sehen, dass da jemand war, der zumindest immer mal das Nötigste erledigt hatte, um das Haus zu erhalten.

Der Porsche im Carport war verschlossen, durch die Scheiben waren leere Fastfood-Tüten und Zigarettenschachteln zu erkennen, drei Plastikfeuerzeuge und eine halbvolle Colaflasche. Ein alter Autoatlas und anderes Kartenmaterial lagen auf der Not-Rückbank, im schmalen Fußraum hinter dem Beifahrersitz eine große schwarze Taschenlampe und eine kleine Digitalkamera, nichts besonders Auffälliges also.

„Sei eigenes Auto, nehm ich an ...“ Hattinger besah sich den verwitterten Lack und die diversen Roststellen.

„Werde ich prüfen“, notierte Wildmann.

Sie gingen zur Haustür hinüber. Davor ein schwerer, abgetretener Fußabstreifer aus diesen typischen braunen Fasern.

Wildmann besah sich das Türschloss.

„Dafür reicht auch das kleine Besteck“, meinte er und kramte in seiner Tasche.

Hattinger hob den Fußabstreifer hoch.

„Oder der ...“, schlug er vor und hob den Schlüssel hoch, der darunter lag.

„Auch gut. Angst vor Einbrechern scheint er jedenfalls nicht gehabt zu haben“, stellte Wildmann fest.

Als sie mithilfe des Schlüssels die Tür öffneten, schlug ihnen ein muffiger Geruch entgegen. Sie gingen in den kleinen, quadratischen Flur und zogen die Haustür wieder hinter sich zu. Stickig warm war es hier drin.

„Und Heizkosten scheint er auch nicht gespart zu haben.“

„Mei, wenn ma im Sumpf lebt ...“

Wildmann schaute Hattinger an, ob er das wohl im übertragenen Sinn meinte.

„Da muass'ma scho a bisserl Gas gebn bei der Heizung, damit alles trocken bleibt“, ergänzte der.

Wildmann sog die Luft vorsichtig, stoßweise durch seine geweiteten Nasenflügel ein und schien den Geruch zu analysieren.

„Aber lüften muss man auch gelegentlich, sonst entsteht nur ein tropisches Feuchtbiotop. Ich mach mal ein Fenster auf, ich bin nämlich allergisch gegen Schimmel …", sagte er entschuldigend.

Hattinger hatte nichts dagegen. Wildmann ging in die winzige Küche und öffnete das Fenster, das klemmte und sich erst mit einem heftigen Ruck bewegen ließ. Er stellte sich so nahe es ging davor und holte ein paar mal tief Luft, wobei sich seine Schultern auffällig hoben und senkten.

Hattinger beobachtete ihn. So hatte er Wildmann noch nicht gesehen. Er schien ja fast Panik zu haben.

„Alles okay, Karl?"

Karl Wildmann ließ sich einen Augenblick Zeit mit der Antwort.

„Ja … Geht schon wieder. Entschuldigung …"

Er setzte sich auf einen der beiden Küchenstühle und öffnete seine dicke Jacke, um seinen Hals zu befreien.

„Ich hatte als Kind schlimme Asthmaanfälle. Ich hab öfter gedacht, dass ich gleich ersticke. Das war ziemlich … Jedenfalls war ich viel bei Ärzten, die haben mir Sprays verschrieben etc., aber viel geholfen hat's nicht. Ich …"

Er hielt inne und sah Hattinger etwas unsicher an.

„Tut mir leid, ich will uns ja nicht von der Arbeit abhalten …"

„Erzähl", sagte Hattinger nur und setzte sich auf den anderen Küchenstuhl.

„Ja … Es hat zwei Jahre gedauert. Bis wir umgezogen sind. Wir haben in so einer Altbauwohnung in München gewohnt, im Parterre, Hinterhof, die hat kein bisschen Sonne abgekriegt. Da war auch immer so ein Geruch wie hier. Als wir ausgezogen sind, haben sie gleich Küche und Bad rausgerissen, um zu renovieren und doppelt so teuer weitervermieten zu können, und da war überall Schimmel. Hat man vorher nicht gesehen, aber gerochen. In der neuen Wohnung war's dann schlagartig vorbei mit den Anfällen …"

Hattinger nickte.

„Seitdem versuch ich mich fernzuhalten …"

„Vielleicht mach i des alloa da herin", schlug Hattinger vor. Er könnte ja auch gleich Bamberger dazuholen.

„Nein, nein. Jetzt gehts schon wieder." Wildmann stand auf. „Wir können ja noch ein bisschen lüften", schlug er vor.

„Des mach'ma."

Hattinger stand auch auf und ging wieder auf den Flur hinaus, wo er als erstes die Haustür wieder öffnete. Dann ging er ins Wohnzimmer und zog die Terrassentür auf, wobei ihm auffiel, dass sie von innen gar nicht verriegelt war. Anschließend machte er sich ins Schlafzimmer auf, um auch dort ein Fenster zu öffnen, als Wildmann ihn bremste:

„Okay okay, das passt jetzt schon. Mach dir mal keine Sorgen, ich werd's überleben."

„Hoffentlich! I brauch di no …"

Hattinger freute sich eigentlich immer, wenn er von Wildmann mal was Persönliches erfuhr. Normalerweise rückte er gar nichts raus. Er war ja auch noch nicht so lange da, aber Hattinger mochte ihn. Seine klare Art zu denken genauso wie seinen Humor, der gelegentlich und meist völlig unerwartet aufblitzte, aber auch seine Bescheidenheit, die ihn manchmal hinderte, seine Erkenntnisse mit der angemessenen Bestimmtheit vorzutragen. Er wusste zwar selbst genau, dass er gut war, aber keinesfalls wollte er den Klassenprimus raushängen lassen – obwohl er der Klassenbeste war. Ein kleines bisschen betrachtete Hattinger ihn wie einen Sohn, den er nicht hatte …

Nachdem genügend kühle Frischluft ins Haus geweht war, begannen sie sich ernsthaft umzusehen. In der Küche war dem ersten Eindruck nicht mehr viel hinzuzufügen. Hattinger zog ein paar Schubladen auf und sah in die wenigen Schränke. Mehr als rudimentärstes Besteck und Geschirr war hier nicht zu finden. Wie in einer unvermieteten Ferienwohnung, dachte er. Und die waren oft besser ausgestattet. Lebensmittel: Fehlanzeige, bis auf zwei Dosen Linseneintopf mit Würstl und eine Dose Mais. Im Kühlschrank zwei Flaschen spanischer Freixenet, immerhin, ein paar Halbe Augustiner, Orangensaft, zwei Coladosen und fälschlicherweise eine halbe Flasche Veterano. Dass spanischer Brandy keine Kühlung brauchte, hatte George Best wohl nicht gekümmert.

Erkenntnis: In diesem Haus wohnte ein Nichtkoch, ein Unkoch, oder wie auch immer man dazu sagen sollte. Jedenfalls jemand, der keine Ahnung hatte, was man in einer Küche selbst mit einfachsten Mitteln zaubern konnte, oder jemand, der keine Lust dazu hatte. Erstere Variante schien Hattinger die einzig plausible, denn jemand, der kochen konnte, es aber grundsätzlich nicht tat, war Hattinger bis dato noch nie begegnet. Es war doch so einfach: Eine Pfanne, ein paar Zwiebeln in Olivenöl, ein bisschen Schinken dazu, eine Tomate vielleicht oder ein paar Paprikawürfel, das Ganze zusammenschmurgeln lassen und am Ende in ein Omelett aus zwei Eiern füllen, ein bisschen geriebenen Parmesan hinein, Pfeffer und Salz, und schon hatte man was gezaubert, was einen nicht nur körperlich, sondern auch seelisch satt machte. Ganz einfach. Die einfachen Dinge waren sowieso die besten, jedenfalls wenn man Hunger hatte und nicht nur aus Langeweile fraß. Aber der hier hätte wohl nicht mal ein Frühstücksei zustande gebracht. Obwohl – gerade ein weichgekochtes Frühstücksei überforderte offensichtlich die Meisten, wie Hattinger aus leidvoller Erfahrung wusste …

Er merkte, dass er einen saumäßigen Hunger hatte, er hatte heute noch nichts gegessen und sein Magen knurrte laut und vernehmlich. Wahrscheinlich war es das, was ihn gerade so sauer machte beim Anblick dieser Küche.

„Gehma weiter“, sagte er nur.

Im ebenfalls sehr kleinen Bad befand sich außer dem Waschbecken nur noch eine offene Dusche mit durchsichtigem Duschvorhang und Ablauf auf dem Boden. Und neben männerüblichen Rasierutensilien auch ein paar Duschgels, Shampoos und Kosmetika, die man eher Frauen zuordnen musste.

Als Wildmann einen Blick vom Gang hinein warf und den unregelmäßigen dunklen Fleck an der Decke über der Dusche sah, entschloss er sich gleich, das Bad Hattinger zu überlassen.

Der versuchte kurz, anhand der Wimperntuschen, Eyeliner und Ähnlichem zu ergründen, ob man aus deren Mischung auf die regelmäßige Anwesenheit von mehreren verschiedenen Frauen schließen konnte, er ließ es dann aber mangels detaillierter Kenntnis doch schnell bleiben.

Vom Flur abgetrennt gab es noch ein etwas mehr als besenkammergroßes Kabuff, das offensichtlich all das beherbergte, was man sonst nirgends gern in der Wohnung rumstehen hatte: Besen, Staubsauger, Schuhputzzeug und Ähnliches.

Links daneben ging es in einen von zwei größeren Räumen, dieser hier wohl eine Mischung von Wohn- und Arbeitszimmer. Durch die offene Terrassentür auf der Südseite zog es kräftig herein.

„Die war übrigens nur zuazogn, die hätt'ma jederzeit von außen aufmachen können", informierte Hattinger Wildmann, was er vorher nicht getan hatte.

„Oder es hätte jemand das Haus auf dem Weg verlassen können, obwohl vorne zugesperrt war, falls er nichts von dem Schlüssel unterm Fußabstreifer gewusst hat", überlegte Wildmann. „Und falls nach Herrn Beimer überhaupt noch jemand hier war."

„Genau. Des is a interessante Frage …"

Gegenüber der Terrassentür stand eine abgewohnte speckige Ledersitzgarnitur, davor als Couchtisch eine rohe Holzplatte auf Ytongsteinen, die mit Kerben, Rissen, Brandlöchern und sonstigen Gebrauchsspuren übersät war, darauf zwei benutzte Gläser, ein randvoller Glasaschenbecher, Zigarettenpapier, Filter und Tabak zum Selbstdrehen.

„Bin amoi gspannt, ob ma da no was anders zum Rauchen finden …", kommentierte Hattinger die Selbstdrehutensilien.

Unter dem Fenster neben der Terrassentür befand sich ein billiger Resopalschreibtisch mit mehreren Schubladen auf der rechten Seite. Davor ein ziemlich altersschwach wirkender Drehstuhl mit schwarzem Kunstlederbezug.

„Wegen seiner Einrichtung is er auf jeden Fall ned ermordet worn", stellte Hattinger fest, als er sich umschaute. „Da war wohl kaum was zu holen – außer für'n Sperrmüll vielleicht …"

Der Scherz hatte sein müssen, auch wenn Hattinger ihn gleich wieder bereute. Wenn er an seine eigene Einrichtung dachte, die war auch nicht gerade vom Edelschreiner.

Wildmann bückte sich und sah unter die Schreibtischplatte.

„Vielleicht nichts Wertvolles, aber was Interessantes …"

Neben Steckdosen und Telefonanschluss befand sich dort auch ein Router, von dem ein verwaistes Netzwerkkabel auf den Boden hing. Der gleichmäßige Staub unter dem Schreibtisch ließ nicht vermuten, dass dort ein Computer gestanden hatte. Bildschirm stand auch keiner auf dem Tisch.

„Laptop, vermute ich." Wildmann wies Hattinger auf das Kabel hin. „Sonst macht der Router wenig Sinn."

„Und der genauso wenig …"

Hattinger deutete auf einen kleinen Laserdrucker in der Nische zwischen dem Schreibtisch und zwei, nach der fast elfenbeinartig anmutenden Farbschattierung zu urteilen, aus der Gründerzeit des schwedischen Möbelhauses mit vier Buchstaben stammenden Billy-Regalen, die die angrenzende Wand einnahmen. Bewohnt wurden sie von einer bunten Mischung aus Kriminalromanen, verschiedenen Magazinen und vor allem viel Staub.

Den letzten freien Platz im Raum beanspruchte eine Kommode derselben Provenienz wie die Regale mit vier Schubladen – wohnst du noch, oder lebst du schon?

Bevor sie in diesen Schubladen und in denen des Schreibtischs zu suchen anfingen, zogen sich Hattinger und Wildmann Plastikhandschuhe über, um keine Spuren zu versauen, auch wenn es sich hier vermutlich nicht um den Tatort handelte. Aber es war immer gut, auf Nummer sicher zu gehen, denn was erst mal mit den eigenen Fingerabdrücken überdeckt war …

„Den Laptop kann ich nirgends entdecken, der ist vermutlich weg."

„Oder im Büro …", gab Hattinger zu bedenken. „Schau ma später nach."

Was sie aus den Schreibtischschubladen zutage förderten, war erwartungsgemäß diverser Papierkram: Kontoauszüge, Steuerbescheide, Rechnungen, Versicherungsunterlagen, Bescheinigung des Kaminkehrers, dass die Abgaskonzentration den gesetzlichen Bestimmungen – und und und … Das meiste davon nicht abgeheftet, sondern lose, aber zumindest weitgehend geordnet nach Sachgebieten, hauptsächlich von diesem und vom letzten Jahr. Eine Schublade war mit allem möglichen Kram voll: Werkzeug, Batterien, ein paar alte Uhren, Geldbeutel, Münzen, Feuerzeuge …

Hattinger fühlte sich durchaus an seine eigene Nachttischschublade und andere Schubladen des Grauens erinnert.

„Den ganzen Schreibkram nehm'ma mit. Den schau'ma in Ruhe im Büro an. I ruaf amoi an Bamberger an, der soll zwoa Leut schicken, die des alles einpacken. Dann konn uns ah die Frau Erhard helfen.

Vielleicht brauch'ma eh no Verstärkung", überlegte Hattinger.

In der Kommode fanden sich schließlich verschiedene Ordner mit älteren Unterlagen, geschäftliche wie private Steuererklärungen, Ringhefte mit handschriftlichen Notizen, ein paar Fotoalben und einige Schachteln mit losen Fotos, alten Postkarten, ein Hefter mit Schulzeugnissen, Ausbildungsunterlagen …

„Oiso, ordentlich war er ned grad, der Herr Beimer", analysierte Hattinger, während er die Unterlagen grob durchforstete, „aber unordentlich war er ah ned direkt …"

Wildmann kannte Hattinger jetzt schon lange genug, dass er diese Aussage seines Chefs in ihrer Ambivalenz einfach so stehen lassen konnte, ohne wie in den ersten Monaten womöglich ein „Wie bitte?" oder am Ende gar ein „Häh?" einzuwerfen, und dass er mittlerweile sogar ziemlich genau wusste, was Hattinger damit meinte, wenn er solcherlei scheinbare Widersprüche formulierte.

„Stimmt", sagte er nur.

Auf dem Schreibtisch lag neben ein paar Stiften und anderem üblichen Schreibkram nur ein Wochenkalender, im Querformat, mit einer Spalte pro Wochentag und einer Seite pro Woche. Hattinger nahm ihn und blätterte ihn oberflächlich durch.

„Vui steht da ned drin. Hauptsächlich Frauennamen: Ingrid, Jeanette, Susi …, da, im Sommer a ganze Woch lang Astrid …", er zeigte Wildmann den Pfeil, der die Woche überbrückte, „in Klammern: Ibiza."

„Also war er doch eher ordentlich, zumindest bei der Buchführung über seine Affären."

„Gspusis – hat die Sarah Beck gsagt. Sarah …“, Hattinger blätterte noch mal von vorn durch, „… kommt übrigens kaum vor in dem Jahr. Im Januar und Februar no ab und zua.“

Hattinger schüttelte unmerklich den Kopf. Er glaubte zu wissen, für wen er sich an Georg Beimers Stelle entschieden hätte, auch wenn er die anderen gar nicht kannte.

Er blätterte wieder vor zur aktuellen Woche. Gestern, also am Donnerstag, dem Tag nach seinem frühzeitigen und gewaltsamen Ableben, hatte Beimer sich dick und fett „ZV!!!“ vorgemerkt, mit drei Ausrufezeichen. Darunter in Klammern, etwas kleiner „(HS)“. Am Tag davor, seinem Todestag: „Bank“, und „K“.

Nachdem sonst kaum derlei Kürzel in dem Kalender zu finden waren, fand Hattinger diese Einträge interessant.

„ZV, ZV … was kommt da in Frage?“

„Zentralverriegelung …“, schlug Wildmann vor, „oder vielleicht Zusatzversicherung. Zentralstelle zur Vergabe von Studienplätzen …“

„Des wär dann die ZVS“, entgegnete Hattinger.

„Ich weiß, ich denke nur laut nach: Zentrales Vereinsregister – weiß nicht, ob es sowas gibt? Zusatzverordnung, Zeitversatz, Zimmerei-Vorarbeiter, Zentralvorstand … Oder Zombieversammlung vielleicht? Sorry …“

Hattinger musste lachen. An wie vielen Zombieversammlungen musste er in diesem Leben nicht schon teilnehmen …

„Zentrale Verwahrstelle“, schlug er vor, „da wo die abgschlepptn Autos landen … Aber sei Auto is ja da, und außerdem plant ma sowas kaum vor …“

„Zustellungsvollmacht“, fiel Wildmann noch ein. Er überlegte weiter.

„Macht nix“, meinte Hattinger, „mir kommen no drauf. Schau'ma no ins Schlafzimmer …“, schlug er vor.

Sie gingen hinüber in den nächsten Raum, der größer war als das Wohnzimmer. Auch auf die Einrichtung hatte Georg Beimer offensichtlich mehr Wert gelegt. Hier machte er seinem Spitznamen George Best – dem genialen Fußballer, Säufer und Weiberhelden – noch am ehesten Ehre: Zentrale war ein 2 x 2 Meter großes Bett, mit schwarzer Satinbettwäsche bezogen, die Decke darüber war vollflächig verspiegelt, dicker weißer Teppichboden, und gegenüber dem Fußende stand ein ziemlich großer Flachbildschirm mit DVD-Player. Ein überschaubarer Spiegelschrank noch, mit ebenso überschaubarem, aber durchaus geschmackvollem Inhalt – das war's.

Hattingers Fall war es nicht, und er fragte sich auch, welche Frauen sich von so einer Inszenierung beeindrucken ließen, aber es musste ja welche geben …

Und den teuer wirkenden Klamotten nach – soweit er das mit seinem „H&M-Geschmack“ beurteilen konnte, dessen ihn seine Tochter gern bezichtigte, obwohl sie mangels Kohle selbst dort einkaufte – schien der Best Georgie zumindest Wert auf sein Äußeres gelegt zu haben.

Wildmann zog die Schublade unter dem Fernsehmöbel auf und nahm mit behandschuhter Hand einen Stapel DVDs heraus.

„Kuck an“, sagte er. Ein Hauch von Zartrosa

huschte über sein Gesicht und er hielt sie Hattinger zur Begutachtung unter die Nase.

Allesamt Pornos, eher der eleganteren Machart, den Titelbildern nach zu schließen. Abteilung „Orgien und Spitzenhöschen", wie Hattinger sarkastisch bemerkte.

„Für zwischendurch, oder nebenbei ...?", fragte sich Wildmann, bevor er sie zurücklegte.

Hattinger zuckte mit den Schultern ...

Er sah aus dem Fenster. Jetzt wurde es schon wieder dunkel. Dabei war es heute noch gar nicht richtig hell geworden. Er mochte die Zeit überhaupt nicht, die jetzt anbrach. Kalt und duster, und im Moment immer dieses undurchdringliche Grauweiß, was sich einem bis in die Knochen fraß. Und jetzt war sicher bald der erste Schnee fällig. Es roch ja schon danach. Ein einzigartiger Geruch, der war mit nichts anderem vergleichbar, man stand morgens auf und ging vor die Tür und dann war es da, dieses seltsam frische Ziehen in der Nase. Aber eben kein richtiger Schnee, so matschiges Zeug halt, was einem aber trotzdem die Schuhe und die Stimmung versaute, und kaum hatte man sich ein bisschen daran gewöhnt, war der Schnee schon wieder weg und es regnete nur noch und war trotzdem saukalt und neblig, und wenn man dann mal Schnee gebraucht hätte, wenn er seine natürliche Bestimmung hätte erfüllen können, sollen, müssen: an Weihnachten! – dann war von Schnee keine Spur mehr. Mit Sicherheit. Das würde auch dieses Jahr wieder so sein, es war einfach jedes Jahr so. Man konnte die Uhr danach stellen oder den Kalender oder irgendwas, aber spätestens an Weihnachten war immer wieder alles grün oder zumindest so graubraun abgestanden restgrün, und man hatte das Gefühl, man sollte vielleicht unter dem Christbaum schon mal Ostereier suchen, vorsorglich, denn an Ostern würde es dann garantiert wieder schneien, darauf konnte man einen lassen!

„Chef?“ Wildmann holte Hattinger vorsichtig aus seinen Gedanken, worum die sich drehen mochten, hatte er keine Ahnung, aber langsam wollte er gerne raus aus dieser schimmligen Bude.

„Ja. I ruaf an Bamberger an, dass er des Zeug holen lassen soll. Und dann geh'ma was essen. Der Tag werd no lang …“

12

Er kam vor der Werkstatt an. Es regnete und er war mit seinem kleinen Klappfahrrad gekommen. Er stieg ab und schüttelte sich erst mal, dann nahm er die Kapuze des Regencapes ab. An dem kleinen Seitenfenster erkannte er, dass drinnen Licht brannte, aber nur an den schwach leuchtenden Rändern, denn innen war ein dunkles Rollo vorgezogen. Auch unter dem doppelflügeligen Tor war ein Lichtschein zu sehen. Hoffentlich war sein Wagen fertig. Geld hatte er dabei.

Als er sich dem Tor näherte, hörte er von drinnen Geräusche. Die hörten sich allerdings nicht direkt nach Mechanikerarbeit an. Es war ein langgezogenes Stöhnen, was da aus der Werkstatt drang. Ein ziemlich eindeutiges Stöhnen, gefolgt von ein paar Aaahs und Jaaa-Salven …

Auch das noch … Verdammt!

Jetzt musste der da drin wieder irgendeine Tussi beackern, statt sich um seinen Wagen zu kümmern. Und er könnte sich hier im Regen die Füße in den Bauch stehen.

Er zog ein Päckchen Zigaretten aus der Innentasche seiner Regenjacke und kramte nach einem Feuerzeug. Gott sei Dank fand er eins. Er zog die Kapuze wieder über den Kopf und hielt die linke Hand schützend über Feuerzeug und Zigarette. Er schaffte es gleich, sie anzuzünden und nahm einen langen Zug.

Finster wars. Und arschkalt.

Von drinnen weitere Aahs und rhythmisches Geklapper.

Er beschloss, mal um den Stadel rumzugehen. Vielleicht konnte man ja doch irgendwo sehen, was da abging. Irgendwie musste man sich ja die Zeit vertreiben. Das schien noch zu dauern …

Also ging er vorsichtig links um die Ecke, da führte ein Weg hinter den Bauernhof, zur Tenne, soweit er sich erinnerte. Den Hof ahnte man im Hintergrund, aber alle Lichter waren aus. Er tastete sich an der Holzwand der Werkstatt entlang.

Langsam gewöhnten sich seine Augen etwas an die Dunkelheit. Da vorn kam der Abzug von dem Bollerofen raus, da leuchtete was. Ein Astloch, durch das etwas Licht fiel. Er schaute durch, man konnte aber nichts sehen, weil drinnen irgendwas davor stand. Er ging weiter, um die hintere Ecke der Werkstatt.

Da war ein dunkles Auto, fast wäre er dagegen gestoßen. Er stand direkt davor, tastete nach der Kühlerhaube. Er legte eine Hand darauf, konnte aber nur Blech tasten. Schließlich holte er das Feuerzeug wieder aus der Tasche, stellte die Flamme auf groß und zündete es an. Es zischte richtig, und die Flamme ging fast wieder aus, er hatte sie ein bisschen zu groß eingestellt. Aber dafür erkannte er das Auto sofort, das da stand: Es war sein eigenes.

Verdammt noch mal!

Das gibts ja wohl nicht, dachte er.

Das hätte eigentlich da drin in der Werkstatt stehen sollen, auf der Hebebühne, und der Hansi hätte daran arbeiten sollen. Er hatte schließlich versprochen, dass er's heute Abend fertig macht. Es versucht zumindest.

Da kam ihm ein Gedanke … Vielleicht war es ja schon fertig?

Dann wäre es ihm scheißegal, womit sich der Hansi die Zeit vertrieb …

Er warf noch mal das Feuerzeug an und bückte sich unter die Frontpartie. Was er sah, konnte er kaum glauben. Er wurde stinksauer. Der hatte ja noch nicht mal angefangen … Diese dumme Arschgeige! Dieser verdammte Bock! Dieser Dauerrammler, der hirnverbrannte! Er wäre am liebsten da reingestürmt und hätte den Typen von seiner Schnalle gezogen und zur Sau gemacht.

Er zog so heftig an der Zigarette, dass er zwei Zentimeter Glut am Stück produzierte. Dann atmete er den Rauch ganz langsam wieder aus und warf den angekokelten Filter ins Gras. Er musste sich beruhigen … Er musste wieder runterkommen. Er musste in Ruhe nachdenken. Er brauchte seinen Karren wieder, und dazu brauchte er den Hansi – es half alles nichts … Also würde er jetzt wieder schön cool und sachlich werden und sich noch eine Zigarette genehmigen und in aller Ruhe abwarten bis der Hansi verdammt noch mal fertiggenagelt hatte! Und dann würde er da reingehen und in aller Ruhe mit ihm reden, selbst wenn es ihm schwer fiel … Notfalls würde er nämlich mit dem Hansi schon fertig werden, der würde sich wundern! Das würde er.

Als er wieder rauchte, in langen, tiefen Zügen, kam er langsam runter, sein Puls beruhigte sich. Das war auch notwendig. Er konnte sich keine Ausfälle erlauben, im Moment schon gar nicht. Es musste alles funktionieren wie geplant. Er musste sich an den Plan halten, so viel war klar, sonst würde alles zusammenbrechen, und das durfte nicht sein. Sonst wär ja alles umsonst gewesen …

Als er fertig geraucht hatte, schnippte er die Kippe ins Gras. Er ging um seinen Wagen herum und den Weg wieder zurück, den er gekommen war, vor den Eingang der Werkstatt. Er sah auf seine Armbanduhr, konnte sie aber in der Dunkelheit nicht ablesen. Müsste ungefähr 9 Uhr sein, schätzte er.

Egal, einem langgezogenen, finalen Stöhnen entnahm er, dass der Hansi jetzt wohl endlich fertig war. Von der Frau hatte er nichts dergleichen gehört, fiel ihm auf.

30 Sekunden wartete er noch, dann klopfte er energisch dreimal gegen das Tor.

Drinnen hörte er eine hohe Frauenstimme leise tuscheln. Gleich darauf ließ sich der Hansi vernehmen:

„Moment! I kumm glei …"

Bist du ja wohl schon, Idiot …

Kurz darauf öffnete der Hansi einen Flügel des Tors.

„Ah du …? Bist scho da?" Er schien eher verwundert, aber peinlich war es ihm keineswegs. „Hab di gar ned kemma hörn. Wia lang bist'n scho da?", grinste er ihn an.

Die Frau im Hintergrund, es war die Blonde von den Fotos, zog ihre Jacke an und den Reißverschluss zu.

„Oiso dann konn i jetzt fahrn, oder?", piepste sie.

„Ja, des woaß i ned, ob du fahrn konnst, Mausi … Aber dei Auto is auf jeden Fall wieder top in Schuss!"

Der Hansi schob auch den zweiten Flügel des Tors auf.

Die Blonde stieg in ihren roten Polo ein.

„Moment! Was san denn des für Manieren?", hielt

sie der Hansi auf, bevor sie die Tür zumachen konnte. „Bussi, Mausi …“

Das Mädel tat wie geheißen und küsste den Hansi auf die Backe, die er ihr hinhielt. Sie lief ziemlich rot an dabei. Dass jetzt auch noch ein Beobachter da war, war ihr offensichtlich peinlich. Dann warf sie den Motor an und schlug die Tür zu.

„Bis zum nächsten Moi … Und bleib sauber!“, rief ihr der Hansi noch zu, als sie rückwärts aus der Werkstatt fuhr. Dann wendete sie den Wagen und verschwand in der Dunkelheit.

„A so a scharfe Matz, du, ha? Was sagst? Ha? I sags da, du …, de is fei a Granatn! Mächt ma gar ned glaubn. Echt.“

„Ja des konn scho sei, aber was is mit mei'm Wagn?“

„Kommt scho, kommt scho, keine Sorge!“, warf sich der Hansi in die Brust. „Wenn i sag, dass i dein Wagn reparier, dann reparier i'n ah, des is ja klar, oder? Jetz is ma hoid amoi was dazwischn kemma, was soi i da macha, i konn doch des Madl ned hoamschicka, oder? Was? Des geht doch ned, da muass ma a so am Madl doch helfn, oder?“, grinste der Hansi ihn an. „Außerdem hab i für dein Wagn ja erst amoi a paar Ersatzteile bsorgn miassn, verstehst? Magst a Bier? I hol ma oans …“

Ohne eine Antwort abzuwarten, verschwand der Hansi über den Hof, um Bier zu holen.

Er sah sich inzwischen schnell um. Da lehnte eine rote Stoßstange in der Ecke und ein Auspufftopf, ein paar Kleinteile lagen in einer durchsichtigen Plastiktüte daneben. Er wollte eigentlich einen Blick in Hansis Notizbuch werfen, aber da hörte er ihn schon wieder über den Hof kommen. Das Notizbuch würde er sowieso verschwinden lassen müssen, vorsichtshalber. Aber sonst konnte man sich schon verlassen auf den Hansi, der tratschte normalerweise nicht rum.

Abgesehen von seinen Weibergeschichten …

Der Hansi kam herein und hielt ihm ein Bier hin.

„So, Cheerio, Miss Sophie, jetz trink'ma a Hoibe, und dann leg i a Nachtschicht ei – nur weilst as du bist, verstehst? Da schau, i hab ja heit scho ois 'kauft, was i brauch …"

Im Brustton der Überzeugung, alles voll im Griff zu haben wie immer, zeigte er auf die Stoßstange und den Auspufftopf in der Ecke.

„Aber die Stoßstang is ja rot?"

„Ja freili is de rot! Weil i auf die Schnelle koa andere kriagt hab. Aber guckst du, guckst du …", holte er einen Karton von der Werkbank und zeigte ihm den Inhalt, „nimmst a bissl a Farbe und scho is s' nimmer rot."

Was für eine Sprache das sein sollte, die er da nachzuahmen versuchte, war völlig unerfindlich – Türkisch-Deutsch für Anfänger oder was auch immer … Aber die Spraydosen in der Schachtel hatten bestimmt den richtigen Ton, davon konnte man ausgehen.

„So a bissl lackier i selber, hab ja schließlich amoi in der Lackiererei o'gfangt. I hab ma denkt, des is in deim Sinn, oder? Dann gehts ja ah schneller."

Der Hansi hatte sein Bier schon ausgetrunken und zündete sich eine Kippe an vor seinem Rauchverbotsschild.

„Okay. Oiso: Wann?"

„Morgn Mittag, wenn nix dazwischen kommt."

Der Hansi schaute ihn an und bemerkte seinen Blick. „Jetz kommt aber nix mehr dazwischen – i schwörs …“, fügte er ganz seriös hinzu.

„Je eher der Karrn fertig is, desto eher gibts Geld.“

Der Mechaniker legte den Kopf leicht schief und wechselte das Standbein.

„Jetzt wosd’as sagst …, a so a Vorschuss waar natürlich ned verkehrt. Des beflügelt sozusagen, verstehst? I hab ja ah scho Auslagen ghabt und so …“

Warum nicht. Ob er heute schon was anzahlte, oder morgen alles … Er holte seinen Geldbeutel aus der Regenjacke und zog drei Hunderter heraus.

Der Hansi machte ein eher halbzufriedenes Gesicht und erwähnte, dass ja die Ersatzteile schon ziemlich teuer waren, und seine Unkosten und der Zeitdruck und das Lackieren … und dass die Arbeit schon ziemlich aufwendig wäre, und schweißen müsste er auch noch und überhaupt …!

Er bekam noch zwei Hunderter und war zufrieden.

13

Hattinger und Wildmann fuhren wieder nach Prien, mit einem Karton voller Bankunterlagen von Beimer im Kofferraum.

Nach einem schlechten Abendessen.

Hattinger ärgerte sich. Im Sommer hatte er in dem selben Lokal noch ganz passabel gegessen, aber jetzt in der Nebensaison hatten sie offensichtlich den Koch entlassen und irgendeinen HiWi an den Herd gestellt. Fettige Wienerschnitzel, mit einer so unpassenden wie überflüssigen Salatblattgarnitur auf dem Teller. Die Salatblätter waren triefnass, so dass die Panade auf der Unterseite der Schnitzel schon mal gut im Wasser aufgequollen war. Wer diese Unsitte mit den Garnituren erfunden hatte, der hätte sowieso Lebenslänglich verdient, fand Hattinger: Lebenslänglich versautes Essen! Einer musste irgendwann angefangen haben mit diesem Schmarrn, und dann haben es alle nachgemacht, weil es auf einmal modern war. Und inzwischen war es schon seit 30 oder 40 Jahren modern und niemand hörte endlich mal auf mit dem Scheiß! Alles musste optisch aufgepeppt und aufgeblasen werden – dabei hätte man einem einfachen und guten Essen eigentlich nichts, aber auch gar nichts hinzufügen müssen!

Das Fleisch in der Panade war so ein zäher, trockener Lappen, der bestimmt gestern noch irgendwo rumgelaufen war, so wenig abgehangen war der. Aber sicher nicht in Gestalt eines bayrischen Kalbs. Die Bratkartoffeln fanden sich in einem Extra-Schälchen: Fettig, angebrannt und versalzen. Dabei hätte man die theoretisch auf den selben Teller wie das

Schnitzel legen können und dafür die Garnitur wegwerfen, so hätte das halbwegs Sinn gemacht. Und dann gab es noch so einen Napf mit Ketchup dazu. Mit Ketchup! Zu Bratkartoffeln …! Zu Pommes Frites hätte er ja nichts gesagt. Oder war der Ketchup zum Wienerschnitzel gedacht, um den Geschmack zu überdecken? Dafür gab es keine Preiselbeeren und keine Zitrone. Beides musste Hattinger extra ordern, und die Bedienung ließ deutlich heraushängen, was das jetzt für eine Zumutung wäre, danach zu suchen.

Wenn er nicht so einen Hunger gehabt hätte, hätte Hattinger das Essen am liebsten höchstpersönlich in die Küche zurückgetragen und den Koch zur Rede gestellt. Was er sich eigentlich einbilde, so einen lieblosen Fraß zu servieren?

Er hatte schließlich so viel gegessen, bis er halbwegs satt war, und den Rest beiseite geschoben. Als am Ende dann auch noch der Wirt kam und mit einem kühlen Blick auf den Teller fragte, ob's geschmeckt hätte, klärte ihn Hattinger in aller Deutlichkeit auf.

Der Mann ließ seine Kritik stoisch an sich herabrieseln und zuckte mit den Schultern.

„Dann essn S' hoid in Zukunft woanders", war das Einzige, was ihm dazu einfiel.

„Darauf können S' Gift nehmen", hatte Hattinger ihm versichert. Die meinten sich alles leisten zu können, bloß weil im Sommer der Laden sowieso wieder voll wäre!

Jetzt saß er neben Wildmann im Auto und hatte schon wieder Hunger. Er hätte auch Currywurst mit Pommes nehmen sollen, daran konnte man zumindest nicht ganz so viel falsch machen.

In der Priener Polizeistation warteten schon Andrea Erhard und Fred Bamberger auf sie. Andrea Erhard hatte Kaffee und Wurstsemmeln aufgefahren, so dass Hattinger bald wieder mit dem Leben versöhnt war, obwohl Bamberger schon den Löwenanteil vernichtet hatte.

Sie versammelten sich um den runden Tisch.

Andrea Erhard berichtete zunächst, dass sie den Grundstücksbesitzer immer noch nicht erreicht hatte. Harald Strenger habe einen Sohn, Martin, den konnte sie telefonisch sprechen in Frankfurt, wo er seit einem Jahr studiere. Der habe keine Ahnung, wo sein Vater sei. Sie hätten wenig Kontakt. Es hätte ihn aber gewundert, dass er nicht zuhause war.

„Was studiert er?“, wollte Hattinger wissen.

„Wirtschaft. Er möcht Banker werden, hat er gsagt. Deswegn is er ah glei nach Frankfurt …“

„In die Höhle des Löwen …“

„Genau. Und dann war i no bei den Nachbarn vom Strenger, die ham gsagt, dass sie ihn seit zwoa Tag bestimmt nimmer gsehn ham. Sei Auto is ah ned da.“

„Mhm. Was hat er für a Auto?“

„An alten Audi, an grauen. Was für einen ham s' ned gwusst.“

Dann berichtete sie noch kurz, was sie über die Familien der verunglückten Jugendlichen herausgefunden hatte, aber Hattinger schlug vor, sich dem Thema am nächsten Morgen zu widmen, wenn sie alle hoffentlich ein bisschen geschlafen hätten. Mehr interessierte ihn im Augenblick, was Fred Bamberger zur Spurenlage zu berichten hatte.

Als Erstes erwähnte Bamberger, dass das Blut an

der Eisenstange, die sie auf dem Baugrundstück gefunden hatten, menschliches Blut war.

„DNA-Abgleich is no ned da, aber die Blutgruppe stimmt mit der vom Georg Beimer überein. Is allerdings Gruppe 0, Rhesus positiv, also sehr häufig, des sagt no ned vui …"

„Und wie siehts mit den Lackspuren aus?" Wildmann wurde langsam neugierig.

„Ja, des is natürlich die Frage, die mi ah am meisten interessiert im Moment", sagte Bamberger. „Dazu gibts eine gute und eine schlechte Nachricht. Die gute is, dass ma auf jeden Fall genügend Material gfundn ham für a Analyse, mir ham nämlich ned nur des Material, was der Keul an der Leiche sichergstellt hat, sondern es waren ah no etliche Lacksplitter in dem Sandhaufen um den Toten rum."

Hattinger nickte. „Und die schlechte?"

„Es dauert, bis ma a Ergebnis ham, weil mir so a Lackanalyse ned selber machen können. Des machen s' beim BKA oder beim LKA, deswegen hab i die Lacksplitter glei weiter ans Landeskriminalamt nach München gschickt. A paar Tag werds dauern …"

„Aha …", meinte Hattinger. „Und was kann ma dann alles feststellen, wenn's scho so lang dauert?"

Bamberger lehnte sich in seinem Stuhl zurück.

„I möcht euch ja jetzt ned langweilen, aber so a vergleichende Lackanalyse is koa triviale Sache. Da gehts erst amoi um die mikroskopischen Untersuchungen, an Farbwertvergleich, Tüpfelreaktionen, dann muass ma eine Veraschung durchführen und die Bestandteile mit Infrarotspektrometrie bestimmen, oder mit der Pyrolyse-Gaschromatographie …"

Bamberger schaute in die Runde und sah nicht ganz erhellte Gesichter.

„So a Autolack besteht ja aus mehreren Schichten“, fuhr er fort. Er begleitete seine Aussagen mit illustrierenden Handbewegungen: „Ganz vereinfacht, im Wesentlichen die Grundierung, dann die Farbschicht und oben drüber die Klarlackschicht. So: Der Klarlack kommt oft vom selben Hersteller, des hoaßt, die Klarlackschicht konn bei am Opel oder bei am Mercedes identisch sei. Interessanter is die Farbschicht, die lasst si eher einem bestimmten Fahrzeughersteller zuordnen, zum Beispiel am BMW. Es konn aber durchaus sei, dass verschiedene Autos vom selben Hersteller die selbe Farb ham. As LKA hat zwar Vergleichslacke von allen möglichen Herstellern, aber um zweifelsfrei sagen zu können, ob a Lacksplitter von am bestimmten Fahrzeug stammt oder ned, braucht ma a Vergleichsprobe von eben genau diesem Fahrzeug. Deswegen heißt's vergleichende Lackanalyse, logisch, oder? A Lackanalyse ohne Vergleichsmöglichkeit hat also ah nur an relativ beschränkten Nutzen …“

Bamberger legte die Hände auf den Tisch, um zu signalisieren, dass er im Prinzip fertig war. „So schauts aus …“

„Aha …“, kommentierte Hattinger schon wieder. Das sah nicht nach einer schnellen Hilfestellung aus. Er dachte nach.

„Aber, du hast dir doch den Lack sicher selber angschaut?“

„Ja freilich, i hab ah no Proben im Labor. War ja gnua da.“

„Ja, welche Farb hat denn der Lack überhaupt?“

Bamberger seufzte. Er lehnte sich zurück in seinem Stuhl und verschränkte die Arme.

„So a Grau, metallic. Des is ja des Problem. So a Allerweltsgrau ... Seit mindestens 10 Jahr is praktisch jede zwoate Schäsn mit so am Grau unterwegs."

Sie schauten sich an. War ihnen doch die Sache mit den Lackspuren erfolgversprechend erschienen, aber nach Bambergers Referat hatte ihre Begeisterung merklich nachgelassen.

„Ob uns des wirklich weiterhilft?", formulierte Andrea Erhard die allgemeine Skepsis.

Wildmann polierte mal wieder seine Brillengläser. Er versuchte es positiv zu sehen.

„Na ja, es hilft zumindest, rote, grüne und blaue Autos auszusortieren. Das ist doch schon mal was."

„Ham Sie ned gsagt", wandte sich Hattinger an Andrea Erhard, „dass der Strenger an grauen Audi hat?"

„Genau."

„Na oiso. Dann hamma doch scho oan Verdächtigen ...", meinte er, nicht ganz im Ernst.

Im Moment schien sie dieses Thema nicht weiter zu bringen. Also berichtete Hattinger gemeinsam mit Wildmann von ihrem Besuch in Georg Beimers Haus. Bamberger ergänzte, dass zwei seiner Leute die Wohnung im Moment untersuchten und dass sie alle relevanten Unterlagen morgen nach Prien liefern würden.

Hattinger hatte beschlossen, dass sie auf jeden Fall vorerst in Prien bleiben würden, zumal ja alles Relevante mal wieder um Prien herum stattzufinden schien.

Andrea Erhard versuchte es nicht zu zeigen, aber

sie freute sich. Sie meinte, sie könne ihm auch wieder das Zimmer organisieren, das er beim letzten Mal schon gelegentlich zum Übernachten benutzt hatte. Hattinger bedankte sich. Er werde darauf zurückkommen, aber heute wollte er auf jeden Fall nach Hause fahren, weil seine Tochter im Moment zu Besuch sei und er sich sowieso erst mal mit Klamotten eindecken müsste.

Sie besprachen noch einen groben Ablauf für den nächsten Tag. Anschließend telefonierte Hattinger mit Martin Haller und Petra Körbel. Sein altbewährtes Rechercheteam von der Mordkommission in Rosenheim würde er brauchen in den nächsten Tagen, das wusste er jetzt schon. Sie konnten beide schon morgen hier sein, ihre momentanen Aufgaben waren nicht so dringlich, dass sie sie nicht eine Weile zurückstellen konnten.

Sie verabredeten sich für 8 Uhr morgens. Hattinger steckte sich Andrea Erhards Unterlagen über die Familien der toten Jugendlichen in seine speckige schwarze Ledertasche. Die wollte er gleich morgen Früh durchlesen.

Er schaute auf die Uhr. Wenn er Glück hatte und nichts dazwischen kam, würden sogar ein paar Stunden Schlaf rausspringen.

14

Hattinger sperrte die Wohnung auf. Die Wohnung, die er wohl bald verlassen müsste. Im Moment war's ihm egal. Er wusste genau, was er jetzt brauchte – eine Mitternachtsbrotzeit … Das würde ihn jetzt aufbauen vorm Schlafengehen.

War ja angeblich ungesund, aber zu keiner Tageszeit schmeckte es ihm so gut wie um Mitternacht. Das war schon immer so gewesen. Auch schon lange, bevor er überhaupt daran gedacht hatte, Polizist zu werden. Da konnten alle Gesundheitsapostel auf ihn einreden, von wegen Frühstücken wie ein Kaiser etc. … Er brachte morgens nichts runter außer Kaffee, davon aber viel, und wenn andere seit Stunden schliefen, dann konnte er mit einem solchen Hochgenuss essen – das konnte sich so ein Gesundheitsmensch wahrscheinlich nicht mal ansatzweise vorstellen! Und solang sich das mit dem Gewicht noch in Grenzen hielt …

Lena schien schon zu schlafen. Den Jacken und Schuhen nach zu urteilen, die im Flur auf dem Boden lagen, wie immer gut in der Mitte verteilt, so dass man auf jeden Fall drübersteigen musste, war sie da. Vielleicht nutzte sie die Hamburger Herbstferien tatsächlich mal zum Ausruhen und war nicht nur unterwegs. Seit seiner Scheidung von Elke, seiner Ex-Frau, lebte sie ja dort, aber den Großteil der Ferien verbrachte sie lieber bei ihm. Wohl auch, weil sie bei seiner häufigen Abwesenheit ein bisschen mehr Freiraum hatte. Außerdem konnte sie ihre alten Klassenkameraden treffen, die sie wohl schon sehr vermisste da oben bei den Fischköppen.

Und er freute sich, wenn sie da war, auch wenn sie manchmal heftig zusammenrasselten.

Im Flur brannte Licht. Im Bad, im Klo, im Wohnzimmer und in der Küche auch natürlich. Jugendliche und Lichtschalter, das war eine Kombination, die offensichtlich nur eine Richtung kannte: An! Licht aus war nicht vorgesehen.

Hattinger war es egal im Moment, er war auch großzügig bereit, über den inzwischen weiter gewucherten Saustall hinweg zu sehen – wann war er das letzte Mal zuhause gewesen? Er freute sich nur noch auf das, was er zuletzt bei seinem neuen Lieblingsmetzger eingekauft hatte: Parmaschinken, italienische Mortadella, ein wirklich konkurrenzloses Schwarzgeräuchertes, ein großes Stück Bel Paese …

Er öffnete den Kühlschrank, im selben Moment ging in Lenas Zimmer Musik an – Zufall oder nicht – und er hätte schreien können! Hattinger starrte in den Kühlschrank. Das durfte doch nicht wahr sein! Seine Einkäufe: aufgerissene Packungen, zerfleddert, halb leergefressen, und das was noch vorhanden war, kringelte sich fettig, vertrocknet auf den Ablagen.

„Lena!"

Er hatte sich doch fürs Schreien entschieden. Wo sie offensichtlich noch wach war.

Der Rest Bel Paese war in einem graubraunen Trockenpanzer gefangen, wenn er noch nicht gänzlich durchgehärtet war …

„Lenaaa!!"

Hattinger war echt sauer. Alles was recht ist, Saustall hin oder her, aber das ging so nicht! Er wollte gerade zu ihrem Zimmer aufbrechen, um sie zur Rede zu stellen, da kam sie angeschlurft.

„Hallo Paps, du hier? Hab gar nicht mehr mit dir gerechnet …"

So vorwurfsvoll, wie ihr Dad sie anschaute, hatte sie wohl irgendwas falsch gemacht.

„Ich hier, in der Tat! Bis jetzt wohn i ja no da, oder? Und jetzt schau amoi in den Kühlschrank."

Lena gähnte. Was sollte denn mit dem Kühlschrank schon wieder sein? Sie verstand gar nicht, wie er sich immer über so Kleinigkeiten aufregen konnte. Nur weil sie aus Versehen mal ab und zu irgendwo was liegen ließ … Oder weil sie vielleicht mal auf dem Balkon den Aschenbecher nicht ausgeleert hatte. Auf dem Balkon! Und wenn sie alternativ die Kippen in den Garten warf, dann beschwerte er sich auch wieder. In der Wohnung rauchen durfte sie natürlich sowieso nicht. Jetzt war sie gerade erst wieder da, und schon ging's wieder los. Als ob sie keine anderen Sorgen hätte …

Hattinger musterte seine Tochter. Sie sah ganz verstrubbelt aus. Zurzeit war sie wieder mal blond, mit rosa Strähnchen. Letztes Mal war sie noch pechschwarz gewesen. Aber das war ja auch schon ein paar Monate her. Blond stand ihr viel besser, fand er. Am besten stand ihr natürlich ihr ureigenes Dunkelblond, aber was nützte es schon, das zu sagen?

„Also, was gibts, Paps? Was hat der Kühlschrank für Probleme?"

Die Art, wie sie fragte, irgendwie fröhlich und mit so offensichtlich geheucheltem Mitleid, nahm ihm gleich wieder den Wind aus den Segeln. Das war schon immer ihre Strategie gewesen: Ihn gar nicht erst ernst zu nehmen, zumindest so lang, bis es wirklich brannte.

Hattinger beschloss, die Sache diesmal ganz ruhig anzugehen.

„Lenilein, schau …“, begann er seinen Vortrag.

„Paps!“ Lena stemmte drohend die Hände in die Hüften. „Lena, okay …“, seine Tochter bestand schon seit geraumer Zeit darauf, nicht mehr verkleinert zu werden, „komm amoi her und schau in den Kühlschrank nei. Was siegst du da?“

„Papa, du musst mich nicht wie eine Volldebile behandeln.“

„Was siehst du da drin?“, wiederholte Hattinger auf Hochdeutsch, um seinen Worten Nachdruck zu verleihen, denn Lena verstand sehr wohl Bairisch. Sie war schließlich in Wasserburg aufgewachsen.

„Was sollte ich denn da sehen?“ Lena äugte genervt in den Kühlschrank. „Nichts Weltbewegendes …“

Hattinger zog eine verschrumpelte Scheibe Wacholderschinken heraus und hielt sie Lena unter die Nase.

„Und?“

„Was, und …?“

„Wia schaut der Schinken aus?“

„Du fragst mich, wie der Schinken aussieht? Keine Ahnung. Ich bin schließlich Vegetarierin.“

„Du bist – was …?!“

Hattinger ließ vor Verblüffung die Schinkenscheibe fallen. Er starrte Lena ungläubig an.

„Was bist du?“, wiederholte er.

„Vegetarierin.“

„Aha …?“

Nicht dass er irgendetwas gegen Vegetarier gehabt hätte … Aber dass ausgerechnet Lena, die, solang er zurückdenken konnte, blutige Rindersteaks, Schweinsbraten oder Enten geliebt und verschlungen hatte, mit einer Gier und in einem Tempo, dass sie meistens schon nach einer zweiten Portion fragte, während die anderen gerade noch ihre Stühle zurechtrückten, ließ ihn ernsthaft daran zweifeln, dass er gerade im richtigen Film war.

„So so … Vegetarierin … Seit wann?"

„Seit letzter Woche. Hab ich dir das nicht gesimst? Wegen Einkaufen?"

Nein, hatte sie nicht. Oder irgendetwas musste ihm da entgangen sein. Hattinger hob das Schinkenrelikt vom Boden auf.

„Und wie kommt des, so plötzlich?"

„Ach Paps, das wär jetzt ne längere Geschichte … Ich sag jetzt nur mal 'n paar Stichworte: Treibhausgase, Klimaerwärmung, Hunger in der Dritten Welt, die Kinder sterben und wir hauen uns den Bauch mit Fleisch voll, was so ends-viele Ressourcen auffrisst, weißt du … Also sowas halt alles, und da hab ich mich entschieden, dass ich das nicht mehr mitmache."

„Mhm …"

Dagegen war schwerlich etwas einzuwenden. Hattinger starrte gedankenverloren in seinen Kühlschrank. Ein kleiner Widerspruch fiel ihm bei dieser Argumentation dann aber doch auf.

„Und wieso … – oiso i möcht ja jetz ned kleinlich sei, aber – amoi abgsehn davon, dass die Viecher in dem Kühlschrank ja scho tot warn, und dass des niemand mehr irgendwas bringt, wenn die jetz da drin unverspeist vertrocknen, weil dann wärn s' ja ganz umsonst gstorbn …, wieso fehlt dann da mindestens die Hälfte, wenn du gar koa Fleisch mehr magst?"

Die Frage schien Lena ein bisschen peinlich zu sein.

„Weißt du Paps, es könnte sein … Also, wir sind gestern …"

„Wir? Wer is jetz wir? I war ja gar ned da."

„Jaa, ich hab den Peter mitgebracht, wir waren im Kino, und es könnte vielleicht schon sein, dass der danach irgendwie ein bisschen Hunger gekriegt hat …"

„Der Peter, aha …"

„Hallooo … Guten Abend, Herr Kommissar …"

Da war er schon, der Peter. Der schlaksige blonde Junge stand plötzlich in der Küchentür und winkte ihm verlegen zu. Hatte der jetzt auf seinen Auftritt gewartet, oder was?

„Haben wir zu viel gegessen, Herr Kommissar?", fragte er, in größtmöglicher Unschuld. Er trat hinter Lena und nahm sie schützend in den Arm. Seine langen Haare fielen über Lenas Bademantel.

Lena wurde rot.

„Wir? Ich bin doch Vegetarierin, schon vergessen?"

Hattinger räusperte sich, um die Aufmerksamkeit vom Geturtel der beiden wieder auf das Wesentliche zu lenken.

„Oiso, essen is ja ned des Problem. Des Problem is: Ihr habts den Rest ned wieder verpackt, und jetz is alles vertrocknet und i konn mir mei Brotzeit in d' Haar schmiern."

„Aber Fleisch in den Haaren kommt auch nicht gut … Sorry, Paps."

Lena konnte sich den Scherz nicht verkneifen, obwohl sie wusste, dass ihr Vater beim Thema Essen nicht zum Scherzen neigte. Auch wenn er ja sonst nicht völlig humorlos war. War halt noch von der Generation erzogen worden, die nichts wegschmeißen konnte, weil Krieg und so … Und damals schien ja Erziehung noch was zu bewirken …

Hattinger beschloss mit seltener Geduld noch mal einen Anlauf zu unternehmen. Er zog die Lage mit der nackten Mortadella aus dem Kühlschrank und warf die verschrumpelten Scheiben in den Abfalleimer. Mit dem Wachspapier, in das sie mal eingewickelt gewesen waren, baute er sich vor seiner Tochter und ihrem Peter auf und straffte es zwischen den Händen.

„Oiso, was is des?" Er schaute die beiden erwartungsvoll an.

„Papa, jetzt echt …" Lena wurde die Sache langsam peinlich.

Peter reckte einen Zeigefinger hoch wie in der Schule, ohne Lena loszulassen: „Papier, würde ich sagen, Herr Kommissar …"

„Papier, genau – und jetzt lass halt den deppertn Kommissar weg und sag Hattinger zu mir. Und zwar Wachspapier, des gibts heut fast nur no beim Metzger oder im Kasladn. Und, was glaubts ihr, hat des für a Funktion, des Wachspapier?"

„Funktion?", wiederholte Lena ungläubig.

Die beiden sahen ihn an, wie wenn er über die Vor- und Nachteile von Teilchenbeschleunigern referierte.

Hattinger ließ sich nicht beirren.

„Im Kühlschrank, da is es kalt, oder? Da herrscht ein ganz trockenes Mikroklima, weil kalte Luft weniger Feuchtigkeit aufnimmt als warme. Klar? Und des Wachspapier schützt die Oberfläche von der Wurscht, erstens vorm Festpappen, wia's bei am normalen Papier der Fall wär, und zweitens vorm Austrocknen. Aber natürlich nur …"

Hattinger sah sich um. In Ermangelung eines geeigneteren Objekts nahm er einen Spüllappen und klatschte ihn mitten auf das Wachspapier.

„… nur dann, wenn ma sich die Mühe macht und die Wurscht tatsächlich in des Papier einwickelt!"

Er faltete auf der Arbeitsplatte die Papierränder über dem Spüllappen zusammen und drehte das Päckchen auf den Bauch.

„So, des is alles. Jetz konn nix mehr passiern. Jetzt bleibt die Feuchtigkeit drin, und trotzdem schwitzt die Wurscht ned. Zwoa Handgriff, des is doch ned z'vui verlangt!"

Lena verdrehte die Augen.

„Okay, machen wir. Hättest du ja nur mal erklären müssen." Damit war das Thema für sie erledigt. „Komm …", zog sie ihren Peter an seinem Zeigefinger hinter sich her aus der Küche.

Hattinger schaute den beiden hinterher. Es hatte keinen Zweck in dem Alter. Zum einen Ohr rein und beim anderen raus …

„Mach i ma hoid a Butterbrot", beschloss er zähneknirschend. Er holte das Brotmesser aus der Schublade und klappte den Brotkasten auf – leer!

Hattinger sah sich um: Der halbe, von Messern verunstaltete Laib Sonnenblumenbrot lag inmitten dreckigen Geschirrs und Abfalls auf dem Küchentisch. Nackt wie der Bäcker ihn schuf.

Hattinger hob das Brot auf. Steinhart natürlich.

Er gab es auf und beschloss, schlafen zu gehen.

15

„Herr Kommissar …?“ Irgendjemand rief nach ihm. „Hattinger?“

Hattinger gab keine Antwort. Er war in seine Papiere vertieft, in denen irgendwo stehen sollte, wer George Best umgebracht hatte, aber die Blätter waren alle leer.

Ein Bauer kam vorbei, mit einem kleinen Kälbchen an der Leine. Er blieb vor der Hausbank stehen, im dichten warmen Nebel. Das Tier sah Hattinger treuherzig an.

„Herr Kommissar“, erreichte ihn jetzt doch Ostermeiers sanfte, aber eindringliche Stimme. „Wann wollen Sie denn nun das Kalb endlich schlachten?“

Hattinger sah ihn an, Ostermeier saß neben ihm auf der Bank. Wieso schlachten?, fragte er sich.

„Wenn Sie das nicht tun, dann muss ich das übernehmen, das wissen Sie doch“, sagte Ostermeier.

„Was …?“

Die Papiere glitten Hattinger aus der Hand und verteilten sich auf der Bank und dem Boden, der mit leuchtend weißem Raureif überzogen war.

„Sie sind mir einer …“, rügte ihn Ostermeier. „Die Drecksarbeit überlassen Sie gerne anderen, nicht wahr?“

Albrecht Ostermeier zog seine Pistole aus der Jackentasche und schoss ohne zu zögern dem Kalb in den Kopf.

Hattinger fuhr hoch. Einen Moment dauerte es, bis er wusste, wo er war. Er lag angezogen auf seinem Bett. Das Licht der Nachttischlampe brannte, und

Andrea Erhards Papiere, die er vor dem Schlafengehen noch anschauen wollte, waren um ihn herum verstreut.

Er schaute auf die Uhr. Es war kurz vor halb Sieben. Jeden Moment würde der Wecker klingeln. Er drückte automatisch auf den Knopf, um ihn daran zu hindern.

Als er seine müden Knochen von der Matratze erhob, bemühte er sich, die Blätter aus der Mappe nicht noch mehr durcheinander zu bringen.

Er versuchte noch mal an den Traum zu denken, solang er noch da war, in einer Minute würde er ihn vergessen haben, das kannte er schon. Es war immer so, so sehr er sich auch schon bemüht hatte, sich einen seiner Träume zu merken.

Ein Kalb, die leeren Blätter …

Fleisch, Vegetarier, Lena, Andrea Erhard … Das war ja leicht zu deuten, wenn man so einen Blödsinn überhaupt deuten wollte.

Aber warum immer Ostermeier?

Hattinger warf die zusammengeklaubten Blätter auf das Bett und trottete Richtung Bad.

Warum Ostermeier? Das war eine gute Frage, und er hatte nicht die geringste Lust, nach einer Antwort zu suchen. Wenigstens hatte er zur Abwechslung mal nur ein Kalb erschossen und nicht ihn.

Nachdem er Kaffee gemacht und im Schnelldurchgang geduscht, sich rasiert, Zähne geputzt und sein Spiegelbild als suboptimal befunden hatte – wenn er bei Facebook wäre, hätte er wahrscheinlich den „Dislike-Button“ gedrückt; er war aber nicht bei Facebook, Gott sei Dank, und er würde auch nie zu Facebook gehen, die sollten doch sehen, woher sie ihre Daten kriegten, auf jeden Fall nicht von ihm! –, holte er die gute alte analoge Zeitung aus dem Briefkasten und setzte sich nach etwas Hin und Her mit Kaffee und Zeitung ins Wohnzimmer, weil das im Gegensatz zur Küche noch einen gewissen Anflug von Heimeligkeit und Aufgeräumtheit vermittelte, und alles andere konnte er im Moment überhaupt nicht brauchen.

So …

Heute müsste ja Samstag sein, und da sollte in der Zeitung ein Immobilienteil drin sein, den er bisher noch nie gebraucht hatte, aber er wusste zumindest von dessen Existenz, weil eine Nachbarin ihn vor geraumer Zeit darum gebeten hatte, sich den jeweils samstags aus seiner Zeitung ausleihen zu dürfen. Sie suchte eine neue Wohnung, Hattinger hatte sie bedauert und ihr versichert, dass er den Immobilienteil wohl verschmerzen könne, und seitdem wusste er zumindest theoretisch, dass es den geben sollte …

Es gab ihn. Er sah auf die Uhr: Fünf nach Sieben. Eine Viertelstunde hatte er also noch, bevor er aufbrechen müsste. Er nahm einen Schluck Kaffee und ließ sich in die Sofakissen sinken.

Fünf Minuten später zerknüllte er den Immobilienteil und warf die Papierkugel in den Korb mit den Anheizutensilien für den offenen Kamin. Der Wurf saß auf Anhieb.

Genau, so was hatte er bis jetzt noch: Einen offenen Kamin. Egal, ob er ihn jemals benutzte oder nicht, aber wenn er ihn mal benutzen wollte, dann hätte er zumindest die Möglichkeit …

Es war ernüchternd. Für das, was er im Moment an Miete zahlte für über 100 Quadratmeter, bekäme er in Zukunft nicht einmal mehr ein beheizbares Mauseloch – von einem Kamin ganz zu schweigen. Und der war ja nur ein Symbol, für ein kleines bisschen Luxus.

Hattinger schaute auf die Uhr. Viertel nach Sieben. Er stand auf und bog seinen Rücken zurecht. Zeit, sich wieder den wirklich wichtigen Dingen zuzuwenden und zumindest zu verhindern, dass Mörder in dieser Gesellschaft ungestraft morden konnten.

Aber manchmal machte ihn diese ganze Ungerechtigkeit wütend. Banker konnten sich Millionen abgreifen, und für die mussten dann ausgerechnet die kleinen Steuerzahler einstehen, zum Beispiel die Nachbarin auf Wohnungssuche. Weil die sich am wenigsten wehren konnten, weil sie über keinerlei „Lobby" verfügten … Aber Wirtschaftsbetrüger konnten offensichtlich tun, was sie wollten. Je höher die Betrugssumme, desto geringer die Wahrscheinlichkeit einer Verurteilung. Dass eine ganze Kaste von Steuerbetrügern ihre Millionen und Milliarden ungestraft in „Offshore-Projekten", „Stiftungen" und ähnlichen Briefkasten-Konstrukten unterbringen konnte, das interessierte ja ohnehin schon lang keine alte Sau mehr! Das wurde nämlich von ganz oben gedeckt, vom System. Da konnte ihm keiner mehr was vormachen. Da war eine Strafverfolgung gar nicht wirklich vorgesehen – nur als Deckmäntelchen für Seriosität musste man ab und zu jemanden auffliegen lassen, aber auch nur dann, wenn es gar nicht mehr anders ging. Für diese Leute galt ein eigenes Gesetz, nämlich gar keins. Und wenn ein paar unerschrockene Steuerfahnder wirklich ihre Arbeit tun wollten, wurden sie mal eben für unzurechnungsfähig erklärt und zwangsweise frühpensioniert, wie diese vier da in Frankfurt.

Auf der anderen Seite durften unterbezahlte Polizisten schwerkriminelle Ladendiebe verfolgen, die einen Schaden von 5 Euro angerichtet hatten … Da wurde dann aber mit der ganzen Härte des Gesetzes zugeschlagen! Paff!

Nicht, dass er irgendetwas für Ladendiebe übrig gehabt hätte. Aber dieses Fehlen jeder vernünftigen Verhältnismäßigkeit machte ihn zornig. Man konnte ein Kind totfahren und mit einer Geldstrafe von 1 000 Euro davonkommen, wenn man aber bei einem Bankraub geschnappt wurde, bei dem man 1 000 Euro erbeutet hatte, fuhr man mit Sicherheit für ein paar Jahre ein.

Hattinger wunderte sich manchmal, warum das die Menschen nicht auf die Barrikaden brachte. Andererseits auch wieder nicht. Es war zu ungreifbar. Zu unpersönlich. Jeder, der einen anderen dabei erwischen würde, dass er ihm die Brieftasche klaut, würde demjenigen wahrscheinlich eine aufs Maul hauen. Aber wem willst du aufs Maul hauen, wenn ein paar übermütige Bankmanager mal wieder ein neues „Finanzprodukt" erfinden, das erwartungsgemäß den Bach runtergeht, weil es auf nichts Realem basiert, weil es nur ein scheiß Stück Papier ist ohne jeden handfesten Gegenwert, weil nur andere völlig wertlose, weil frei erfundene Papiere ohne jeden Gegenwert dahinterstehen, und dann entstehen halt ein paar Milliarden Miese, die irgendwo „abgeschrieben" werden … Der Bankmanager wird natürlich nicht mea culpa sagen, aber sicherlich pecunia non olet! Und er wird seine Abfindung einstreichen und gewinnbringend anlegen, weil er mit eigenem Geld bestimmt nicht den Scheiß kauft, den er seinen Kunden angedreht hat.

Aber um die große Bankpleite zu verhindern, dürfen dann wir einspringen: Ich und du, Müllers Kuh, Müllers Esel, der bist du!

Es war nicht sein Morgen heute. Hattinger zog sich fertig an und machte sich auf den Weg nach Prien.

Als er im Besprechungsraum eintrudelte, bedachte ihn Andrea Erhard mit einem besorgten Blick.

„Schlecht gschlafn?", erkundigte sie sich, als sie sich begrüßt hatten.

„Mmm … zur Zeit …", fing er an und nuschelte irgendwas Unverständliches vor sich hin.

Bamberger stand wie üblich an der provisorischen Frühstückstheke und bediente sich bei Kaffee und Schokocroissants.

Hattinger rief alle zusammen und begrüßte erst mal Petra Körbel und Martin Haller im Team. Vorzustellen brauchte er sie nicht, weil sich alle schon aus früheren Fällen kannten. Zuletzt hatten sie in dieser Konstellation im Fall Ostermeier ermittelt, dachte Hattinger, was ihn für einen Moment aus dem Takt brachte. Dann fasste er kurz die bekannten Fakten für alle zusammen und wollte wissen, ob es irgendwas Neues gab.

Wildmann berichtete, dass inzwischen der schriftliche Autopsiebericht vorlag.

„Bis jetzt hatten wir ja noch keinen Todeszeitpunkt. Dr. Keul legt sich in dem Bericht, nach gemessener Körpertemperatur, Außentemperatur, Temperatur im Sandhaufen etc., und nach der Analyse des Mageninhalts

halts …“, Wildmann blickte in die Runde, „… Herr Beimer hatte als Henkersmahlzeit übrigens Cheeseburger mit Pommes …“

„Arme Sau“, warf Hattinger ein. „’tschuldigung.“

„Ja, jedenfalls gibt Dr. Keul als Todeszeitpunkt Mittwochabend zwischen 20 und 22 Uhr an. Genauer kann er es nicht eingrenzen.“

„Des is ja scho moi was.“ Genauer hatte Hattinger es gar nicht erwartet. „Und die Frau Meier hat ihn dann am Donnerstagnachmittag gegen drei Uhr entdeckt. Dann ergibt sich a Zeitspanne von circa 15 Stunden, in der die Leich in dem Sandhaufen vergraben worden sein könnt, wenn ma amoi davon ausgeht, dass es kaum unmittelbar vorm Auffinden war.“

Dazu wusste Bamberger beizutragen, dass sich aus der Konsistenz des Sandes über der Leiche eher ergab, dass Beimer schon viele Stunden in seinem vorläufigen Grab gelegen hatte. Der Sand hatte sich aufgrund des Eigengewichts und der Witterungseinflüsse schon etwas verdichtet.

„Er is wahrscheinlich scho in der Nacht vorher vergraben worn“, fasste er zusammen.

Haller und Körbel notierten alles mit, was besprochen wurde.

„Haben wir denn irgendwelche Indizien, dass er auch auf dem Gelände überfahren wurde?“, wollte Wildmann von Bamberger wissen. „Dr. Keul schreibt nämlich auch, dass er für das Überrollen eher von einem weicheren Untergrund ausgeht, und nicht von Asphalt, sonst hätte Beimer noch stärkere Verletzungen haben müssen.“

„Es spricht nix dagegen. Des Gelände is groß genug dafür. A eindeutige Stelle hamma aber ned gfundn, dafür is des Gelände eben wieder zu groß. Vielleicht war's direkt neben dem Haufn. Mir analysieren die ganzen Sandtüten, die ma mitgnomma ham, auf Blutspuren. Des dauert aber no."

„Gibt's Reifenspuren?", fragte Petra Körbel.

„Koane wirklich eindeutigen", antwortete Bamberger. „Dazu is der Untergrund zu sandig. Und die tieferen im Lehmboden san offensichtlich alle von Baumaschinen, Lastwagen, Bagger und so weiter, und alle scho älter …"

Es klopfte an der Tür. Poschner kam herein und reichte Andrea Erhard eine Notiz.

„Da schau her", sagte sie, „der Herr Strenger is wieder da. Mir können ihn daheim erreichen, lasst er ausrichten …"

„Ja dann! Da bin i ja gspannt, wo der war …"

Hattinger entschloss sich, mit Andrea Erhard direkt zu ihm zu fahren. Wildmann bat er, sich mit Petra Körbel und Martin Haller zusammen die Unterlagen vorzunehmen, die sie in Beimers Haus gefunden hatten. Bambergers Leute hatten gestern Nacht noch ein paar Kartons mitgebracht.

„Bankkonten, Gschäfte, Fotos, Liebesbriefe …, alles wofür Leut umbracht wern … Danach kommt as Büro dran."

Bamberger versprach, er werde das Baugelände noch mal genau unter die Lupe nehmen und jeden Quadratmeter fotografieren. Manchmal könne man durch extreme Kontrastbearbeitung von Fotos Dinge herausarbeiten, die einem bei Betrachtung mit bloßem Auge nicht auffielen.

Hattinger dachte im Aufbrechen daran, dass er auf jeden Fall sobald wie möglich noch einmal mit Sarah

Beck sprechen und alles genauer abklären musste. Vor allem dieses Geschäft, über das sie gesprochen hatte. Und er musste sie fragen, was Beimer mit „ZV" gemeint haben konnte, ob sie wusste was er auf der Bank wollte und so weiter. Das letzte Mal waren sie ja unterbrochen worden.

Er verspürte so ein gewisses Kribbeln, wenn er daran dachte, sie wiederzusehen …

Das sagte er natürlich nicht.

16

Harald Strenger wohnte in Hittenkirchen. Hattinger hätte auf Anhieb nicht gewusst, wo das lag, aber Andrea Erhard klärte ihn auf.

„Des kennt doch eigentlich jeder, auf'm halben Weg von Prien nach Bernau rechts nauf. Ganz oben hinterm Ort steht so a Kapelle, da steigns alle aus und fotografieren, weil ma da übern ganzen Chiemsee schaun konn …"

Sie schaute aus dem Autofenster.

„Heut natürlich ned, bei dem Nebel", setzte sie hinzu. „Obwohl, da oben is ma manchmoi scho drüber, wenn's nur Bodennebel is, vom See her …"

„Und, was glaubn S', was is's heut?"

Andrea Erhard zuckte mit den Schultern und fuhr weiter.

Es war kein Bodennebel. Im Gegenteil, hier oben in Hittenkirchen war die Suppe noch dichter. Gerade mal fanden sie die Einfahrt vor der Garage zu dem kleinen alten Haus, das in einem Garten mit verwilderten Apfelbäumen und wohl selten geschnittenen Buschrosen stand, mit einem arg verwitterten blauen Holzbalkon und blassblauen Fensterläden, von denen die Farbe abplatzte. Ein moosbedeckter, steinerner Wassergrand an der Hausecke, ein fast gänzlich verblichenes rotes Garagentor aus Holz, ein graugewordener Gartentisch aus dicken Fichtenplanken – auf den ersten Blick machte das Haus einen urigen und gemütlichen Eindruck.

Sie parkten vor der Garage und suchten die Haustür, die wohl hinterm Haus lag. Ein schmales Gartentor zwischen Garage und Hauswand stand offen, also gingen sie hinters Haus. Auf dem Weg, vorbei an einem schmalen Gemüsegarten, der auch ziemlich verwildert aussah, kam ihnen schon der Mann entgegen, der sich gleich als Harald Strenger vorstellte und sie ins Haus bat.

Sie stellten sich ihrerseits vor und Hattinger klärte Strenger zunächst auf, dass sie ihn als Zeugen befragen wollten und er deshalb verpflichtet sei, die Wahrheit zu sagen. Strenger nickte und bot an, Kaffee zu machen, was Hattinger gern annahm. Es war oft eine gute Gelegenheit, jemanden zu beobachten und sich einen ersten Eindruck zu verschaffen, gerade wenn er mit so einer einfachen Tätigkeit beschäftigt war, die ihm erlaubte, auch noch an anderes zu denken. Während sie in der Küche standen und ihm zusahen, wie er gemahlenen Kaffee in so eine zylindrische Glaskanne füllte, die man mit heißem Wasser aufgoss, um den Kaffee dann mit einer Filterscheibe nach unten zu drücken, wenn er gezogen hatte, versuchte Hattinger den Mann einzuordnen.

Der Name passte eigentlich gut zu ihm, er strahlte wirklich etwas Strenges, wenn nicht gar Verbissenes aus. Hattinger wusste ja, dass er 39 war, dieser Mann sah aber deutlich älter aus. Eher wie Ende 40, fand Hattinger. Er war schlank, fast ein bisschen ausgezehrt, hatte ein schmales Gesicht mit müden Augen und kurze Haare, die schon eher im Grau angekommen waren, als dass man sie noch im Dunkelblond angesiedelt hätte, was aber immerhin noch als Ausgangsfarbe erkennbar war. Harald Strenger bewegte sich schnell und zielstrebig, ein bisschen fahrig vielleicht, aber das konnte durchaus daran liegen, dass ihre Anwesenheit ihn nervös machte, und er machte auf Hattinger einen ziemlich abgekämpften Eindruck.

„So, jetzt …“, sagte er, als er den Kaffee fertig hatte. „Aber vielleicht setz’ma uns ’nüber in d’ Stubn“, schlug er vor. Er stellte alles auf ein Plastiktablett und ging vor, ohne abzuwarten, was sie von seinem Vorschlag hielten.

In der Stube setzten sie sich auf eine bäuerliche Eckbank, die mindestens 100 Jahre auf dem Buckel hatte und sich fraglos fernab jeder tümelnden Neuschöpfung dieses gleichermaßen beliebten, wie gern verunstalteten Möbelstücks aufhielt. Es war eben ein Original. Hattinger hätte die Eckbank sofort mitgenommen, wenn sie zu haben gewesen wäre.

„Gmiatlich ham S’ es da …“, leitete er das Gespräch ein und schaute sich um.

„Ja. Noch …“ Harald Strenger schaute sich genauso gründlich um wie Hattinger, obwohl er hier zuhause war.

„Noch …? Wie meinen S’ des? Ziehen Sie vielleicht aus?“

Hattingers Nachfrage bekam plötzlich noch eine andere Dimension als eine rein professionelle. Hier könnte es ihm gefallen, dachte er, obwohl es so ganz anders war als in Wasserburg. Aber es hatte was …

„Ja, vielleicht. Ich mein, vielleicht muss ich … Aber, vielleicht sagn Sie mir jetz erst amoi, warum Sie überhaupt da san? Und warum des so eilig is, dass Sie glei zehnmal anrufen?“

Strenger schaute Hattinger und Andrea Erhard abwechselnd an. Er wirkte ernsthaft neugierig.

„Sie ham also keine Ahnung, was passiert is?“, wollte Andrea Erhard wissen.

„Wieso, was is denn passiert? Sie ham ja nur gsagt, dass i mi sofort melden soll, wenn i da bin, auf'm Anrufbeantworter."

Hattinger schaute ihn an. Entweder war der Mann ein begabter Schauspieler, oder er hatte wirklich keine Ahnung. Er hätte sich aber nicht schon festlegen wollen.

„Herr Strenger, Sie ham doch a Grundstück, in Bernau …"

„Ja. Und?"

„Und Sie wissen nicht, was auf Ihrem Grundstück passiert is?"

Strenger hob ruckartig den Kopf und fixierte Hattinger. Sein Ton wurde aggressiver.

„Nein. Sagn S' ma halt, was passiert is, dann woaß i's!"

Er wird nervös, dachte Hattinger. Er schaute Strenger an und rührte in seinem Kaffee, obwohl es darin nichts umzurühren gab.

„Herr Strenger, wie lang waren Sie jetzt weg?", übernahm Andrea Erhard.

Strenger überlegte.

„Seit Mittwoch …"

„Und wo warn S' jetzt eigentlich, dass mir Sie gar ned erreicht ham?"

Der harmlose Plauderton, den Andrea Erhard drauf hatte, gefiel Hattinger.

„Was hat'n des mit erreichen zum doa? I hab mei Handy dahoam lassen, i bin einfach losgfahrn, wia wolln S' mi denn da erreichen?"

„Ja, des versteh i ja, aber wo warn S' denn jetzt?"

Strenger schaute Andrea Erhard an. Er überlegte offensichtlich, ob er überhaupt noch was sagen sollte.

„Entweder Sie sagn mir jetzt, was auf meim Grundstück passiert is, oder i sag gar nix mehr. Zeuge hin oder her … Sie wolln mir doch irgendwas in die Schuah schiam!"

„Herr Strenger, kennen Sie einen Georg Beimer?", fragte Hattinger.

„Naa. Wer soll des sei?"

„Oder einen Herrn Best?"

„Best, Best …", wiederholte Strenger, „ach, des is doch dieser Immobilienheini, aus Bernau?"

„Genau der. Woher kennen S' denn den?"

„Den hab i neulich auf meim Grundstück erwischt."

„Wie meinen S' des jetzt – erwischt?"

„Ja, der is da rumgschlichen, wia i komma bin …"

„Aha …"

Als Strenger nichts mehr hinzufügen wollte, sagte Hattinger: „Und?"

„Nix und. Nausgschmissn hab i'n."

„Wann war denn des?", fragte Andrea Erhard.

Strenger überlegte kurz. „Vor zwoa Wochen ungefähr."

„Ja und? Was wollt der auf Ihrem Grund?", hakte Hattinger nach.

„Des hab i mi ah gfragt."

Strenger nahm einen Schluck Kaffee.

„Ja, sich …! Des werdn S' ja von sich selber ned erfahren, oder? Ham Sie ihn gfragt?" Hattinger wurde langsam ungeduldig. „Herrgott, jetzt lassen Sie sich doch ned alles aus der Nasn ziagn!"

„Oiso, am nächsten Tag hat er mich gfragt, am Telefon, ob er des Grundstück kaufen kann. Scho vor der Zwangsversteigerung."

„Zwangsversteigerung?“, fragte Andrea Erhard nach.

Hattinger meinte irgendein Licht in seinem Hinterkopf aufleuchten zu sehen, er konnte es aber noch nicht präzisieren.

„Wieso Zwangsversteigerung?“, wollte er wissen.

Harald Strenger lehnte sich zurück und verschränkte die Arme.

„Jetzt passen S' amoi auf, Herr Kommissar: I hab Ihnen jetz scho so vui erzählt, und Sie ham mir immer no ned gsagt, was auf meim Grund passiert is.“ Dabei schaute er auch Andrea Erhard an. „I erzähl euch gern alles, was ich weiß, aber so gehts ned. Jetz san Sie erst amoi dro!“

Hattinger und Andrea Erhard schauten sich an. Es schien Hattinger sowieso an der Zeit, Strenger damit zu konfrontieren.

„Der Herr Best, bzw. Beimer, so heißt er nämlich wirklich, is vor zwei Tagen tot aufgefunden worden, auf Ihrem Baugrundstück …“

Hattinger beobachtete Strenger genau. Der gab seine Haltung auf und beugte sich wieder vor.

„Wie … tot?“

Strenger schien echt überrascht.

„Ermordet, um genau zu sein. Über die Details konn i no nix sagn. Aber er war in am Sandhaufen vergraben …“

„Auf meinem Grund?“

Strenger musste wirklich ein exzellenter Schauspieler sein, wenn er nur vorgab, das nicht zu wissen, dachte Hattinger. Er schaute erst ihn an, dann Andrea Erhard, dann wieder ihn. Er schien wirklich neugierig zu sein.

„Ja, wie …, warum denn ausgrechnet da?"

„Des hätt'ma eigentlich gern von Ihnen erfahren, Herr Strenger. Aber Sie warn ja ned da …", bemerkte Hattinger.

„Wo warn S' denn jetz?", schob Andrea Erhard nach.

So langsam schien bei Harald Strenger anzukommen, was diese Frage für ihn bedeuten konnte. Er überlegte, schaute intensiv den Tisch an, dann die Wand, bis er schließlich redete.

„Des werdn S' ma jetz wahrscheinlich ned glaubn, aber … i bin einfach abghaut …"

Er machte eine längere Pause.

„Bin einfach losgfahrn … Nach Frasdorf nüber, Salzburger Autobahn Richtung München, dann aufn Autobahnring … und dann immer weida … Frankfurt, Köln … Irgendwann bin i in Amsterdam rauskemma …"

So wie das aus ihm rauskam, schien er selbst erstaunt über sein Handeln. Das Verbissene war verschwunden. Stattdessen kam eine tiefe Resignation an die Oberfläche.

„I bin no nie in Amsterdam gwesn …", sagte er.

Hattinger schaute ihn eine Zeitlang an und wartete, ob er noch etwas sagen würde. Er hatte den Eindruck, dass ein Windstoß Harald Strenger zerbrechen könnte. Schließlich fragte er vorsichtig nach.

„Abghaut, sagn Sie … Wovor wollten S' denn abhaun?"

„Vor allem", antwortete Harald Strenger, so als müsse das Hattinger und Andrea Erhard doch klar sein. „Aber auf keinen Fall wollt ich da sei, wenn die Zwangsversteigerung is."

Jetzt wusste Hattinger, was ihn vorher schon angeflogen hatte: „ZV“ stand für Zwangsversteigerung. Das musste es sein. Wieso war er da nicht gleich drauf gekommen?

„Die Zwangsversteigerung von Ihrem Grundstück in Bernau? Seh ich des richtig?“, fragte er Strenger.

Der nickte nur.

„Und wann sollt die stattfinden?“ Hattinger ahnte die Antwort schon.

„Am Donnerstag.“

Er wollte eigentlich weitermachen, aber Andrea Erhard kam ihm zuvor.

„Und was is dann dabei rauskommen? Ich mein, dann ham die am Donnerstag des Grundstück, wo der Beimer …“

Sie brach ab, weil Hattinger ihr einen Blick zuwarf. Ihr wurde plötzlich klar, dass er natürlich nicht wollte, dass sie irgendetwas vorformulierte, was er im Zweifelsfall gern von Strenger selbst gehört hätte.

Aber der löste die Frage ohnehin selbst auf.

„Verschoben …“, sagte er. „So a Bankkasperl war auf meim Anrufbeantworter.“ Er fuhr in sarkastischem Tonfall fort: „… aus aktuellen Gründen haben wir die Zwangsversteigerung Ihres Anwesens bis auf Weiteres … bla bla bla …!“

Harald Strenger umkrallte seine leere Kaffeetasse und hielt sie einen Augenblick drohend über dem Tisch, als wolle er sie gleich in die Tischplatte rammen.

„Diese dummen Arschlöcher!“

Er setzte die Tasse wieder ab. Aber er war echt geladen.

Hattinger wurde nicht wirklich schlau aus der ganzen Angelegenheit.

„Gut, Herr Strenger“, schlug er schließlich vor, „ich glaub, es is am besten, wenn mir jetzt noch mal ganz von vorn anfangen.“

Es wurde ein langer Vormittag.

17

Harald Strenger berichtete Hattinger und Andrea Erhard von nichts Geringerem als seinem privaten und beruflichen Niedergang während der letzten Jahre. Er war als Elektroingenieur nach dem Studium in die Firma seines Vaters eingestiegen. Es war ein kleiner, florierender Betrieb mit zuletzt 20 Angestellten, der sich auf die Entwicklung von Zubehörteilen für die Solarindustrie spezialisiert hatte. Der Vater hatte ihm vor drei Jahren das Baugrundstück in Bernau überschrieben, auf dass er sich dort für seine Familie ein eigenes Haus bauen könne. Harald Strenger war bis vor einem Jahr verheiratet gewesen und hatte außer seinem 19-jährigen Sohn Martin, der jetzt in Frankfurt studierte, noch eine 14 Jahre alte Tochter, die bei der Mutter in Oberursel lebte. Zu Frau und Tochter hatte er seit der Scheidung so gut wie keinen Kontakt mehr.

„Mei Frau hat mir die Jenny regelrecht entzogen. Die hat sie gegen mi' aufg'hetzt. Da kannt i jetz klagen, für a Umgangsrecht, aber i hab ja sowieso scho so vui Scheiß an der Backn im Moment."

Harald Strenger wirkte immer resignierter, je länger er erzählte. Sein Vater hatte vor zwei Jahren einen Herzinfarkt bekommen und war unerwartet früh gestorben, und er musste von heute auf morgen den Betrieb übernehmen. Aber die globale Wirtschaftskrise, und insbesondere die Krise der Solarindustrie in den letzten Jahren, hatten den Betrieb schließlich in den Konkurs gezwungen. Man hatte sich vermutlich zu stark spezialisiert, und neue Geschäftsfelder ließen sich nicht schnell genug erschließen.

„Mei, die Chinesen machen halt alles billiger", sagte Strenger. „Die kupfern bei uns as Know-How ab und dann bauen s' es nach. Bis zur letzten Schraubn. Und mir schaun mi'm Ofenrohr ins Gebirg … Außerdem bin i Ingenieur – i versteh was von Technik, aber ned unbedingt von Finanzen."

Zum Zeitpunkt der Insolvenz hatten sie den Hausbau in Bernau schon begonnen und wohnten vorübergehend in dem Häuschen in Hittenkirchen, das Harald Strenger vom Vater geerbt hatte.

„Des war meiner Frau aber zu popelig. Die is was Bessers, wissen S'? Die kommt aus einer guten Familie", stichelte er. „Frankfurter Geldadel … Lauter Börsianer!"

Als erstes musste Strenger mangels Geld den Hausbau in Bernau einstellen, dann reichte seine Frau die Scheidung ein. Sie wollte ihrem Mann nicht helfen.

„Gütertrennung", erklärte er. „Sie hätt scho Geld ghabt, aber mit a so am armen Schlucker wie mir wollt s' ned zammbleibn. Vor allem, wo's eh scho lang gekriselt hat. Eigentlich hat s' nur an Grund gsuacht. Oiso hat s' unser Tochter ei'packt und is wieder zu ihrer Familie zogn, nach Oberursel." Er konnte sich die Bemerkung nicht verkneifen, die inzwischen wohl Standard bei ihm war: „Die Oberursel, die bläde …"

Hattinger konnte sich eines gewissen Mitgefühls mit dem Mann nicht erwehren. Er machte einen aufrichtigen Eindruck.

Strenger erzählte von der „Abwicklung" seiner Firma. Die Schulden hatten sich rapide angehäuft, auch weil er so lange wie möglich seine Leute halten wollte. Er nahm Kredite auf Haus und Grundstück auf, dachte, dass er mit ein bisschen Glück die Talsohle überwinden könne. Das Betriebsgelände hatte er schon verkauft und dann überteuert zurückgepachtet, und eine Zeitlang sah es sogar so aus, als könnte die Sanierung gelingen.

„Aber dann hat unser Hauptauftraggeber selber Pleite gmacht, a großer Auftrag, den ma scho produziert und ausg'liefert ham, is nimmer zahlt worn, und dann hat uns die Bank an Hahn abdraht … Na wars aus."

„Welche Bank is des?", wollte Hattinger wissen.

„Die HypoSpar in Bernau." Strenger machte eine wegwerfende Handbewegung. „Seit über 40 Jahr is unser Familie bei dene. Aber seit a paar Jahr – lauter neue Köpf, da kennst gar koan mehr … Lauter Halsabschneider! Da gehts bloß no um Gewinnmaximierung. Wenn ned no um ganz was anders …"

Hattinger wurde neugierig.

„An was denken S' da?"

„Mei, bevor i jetz was Falsches sag … Dann hängen s' ma ah no a Verleumdungsklage o."

„Keine Sorge, des bleibt scho unter uns", beruhigte ihn Hattinger.

„Ma hat da scho amoi was munkeln hörn, dass des mit de Zwangsversteigerungen ned sauber ablauft. Dass si' die da die interessanten Grundstücke unter der Hand selber zuaschanzen und dann ihre eigenen Gschäftl damit machan. Aber, wia gsagt, was Genaues woaß ma ned …"

„Glauben Sie, dass die Kündigung von Ihren Krediten damit zammhängt?"

„Schaun S', Herr Kommissar, die Schulden, die i bei dene hab, die waren ja mit meim Eigentum eigentlich no locker gedeckt. Des Grundstück in Bernau is ja an Haufen Geld wert, 2 200 Quadratmeter! Und des Haus da herobn, des is zwar oid, aber schaun S' Eahna doch bloß amoi die Lage o …"

Strenger schaute aus dem Fenster, der Nebel hatte sich inzwischen ein bisschen gelichtet und man sah einen kleinen Zipfel des Chiemsees.

„Des is des Nächste, was die si' untern Nagel reißn wolln. Außerdem, i bin Ingenieur, i versteh was von meim Fach, i hätt scho wieder a Arbeit gfundn und mei Geld verdient. Aber naa – die warten genau so lang ab, bis oana am Boden liegt, und dann treten s' drauf! Die warten, bis s' di' an der Gurgel ham, und dann …"

Strenger drehte einer imaginären Gans den Hals ab.

„Glauben Sie, dass der Herr Beimer damit was zu tun hat?", warf Andrea Erhard ein.

Strenger sah sie an und überlegte. Er zuckte mit den Schultern.

„Dass der da auf meim Grundstück rumschleicht, des is doch irgendwie komisch, oder ned? Ob der mit der Bank was zum doa hat, des woaß i ned …"

„Der Sache geh'ma auf jeden Fall auf'n Grund, keine Sorge", versicherte ihm Hattinger. Er überlegte, ob Strenger eigentlich klar war, dass die Informationen, die er ihnen gerade geliefert hatte, und seine letztlich ungeklärte Abwesenheit ihn nicht gerade unverdächtig machten.

„Herr Strenger, können S' uns des irgendwie beweisen, dass Sie in Amsterdam waren? Ham S' irgendwelche Tankquittungen, oder a Hotelrechnung, oder an Beleg aus'm Restaurant?"

Strenger schüttelte den Kopf.

„I hab ned im Hotel übernacht', des konn i ma gar nimmer leisten. I hab im Auto gschlafn. Tankt hab i oamoi, aber i hab bar zahlt, weil mei EC-Kartn nimmer geht. Die Quittung hab i ah ned mitgnomma. Gessn hab i am Imbissstand …" Er sah Hattinger an. „Verlangen Sie da a Quittung?"

„Aber irgendwas müssen S' doch haben?", meinte Andrea Erhard. „Ham S' a Souvenir mitbracht, oder san S' wenigstens in a Radarfalle gfahrn? Irgendwas?"

Strenger schaute wieder aus dem Fenster und schüttelte den Kopf. Er setzte an, etwas zu sagen, aber es schien ihm peinlich zu sein.

„Ja …?", ermutigte ihn Hattinger. „Herr Strenger, mir brauchen irgendwas, also sagn S' es."

„Oans hab i ma g'leistet, von meim letzten Bargeld …"

„Ja, was?", fragte Andrea Erhard, als er keine Anstalten machte, fortzufahren.

Strenger sah nicht sie an, sondern Hattinger.

„I war bei oaner von dene Damen …"

„A Prostituierte, meinen S'?", fragte Hattinger nach.

Strenger nickte. Zögerlich begann er zu erzählen. „Da is doch dieses Viertel, wo s' alle im Fenster stehn … Da war a so a junge, dunkle, mit so am Afrokopf. Aus der Karibik, schätz i. Die hat mi echt umghaut. Jetz is's ah scho wurscht, hab i ma denkt, wia i die gseng hab. Außerdem hab i no nia … mit …"

Strenger ließ das Ende des Satzes in der Luft hängen. Hattinger wusste auch so was er sagen wollte.

„Da brauch'ma aber scho a bissl genauere Informationen", warf Andrea Erhard ein. „A möglichst präzise Beschreibung: Alter, Körpergröße, Figur, an Namen vielleicht … Was ham S' ihr zahlt, zum Beispiel?"

Hattinger war mal wieder überrascht von Andrea Erhard.

Strenger wandte sich ihr widerstrebend zu.

„An Fuchzger … Sie wollt eigentlich 70, aber i hab gsagt, so vui hab i ned. Und es war nachmittags, da war no ned vui los."

An einen Namen konnte sich Strenger nicht erinnern, aber beschreiben konnte er die junge Frau sehr gut.

„Würden Sie die Adresse wiederfinden?", fügte Andrea Erhard hinzu, als sie sich Strengers Angaben über die Frau notiert hatte.

„Vielleicht", meinte er.

„Glauben Sie, dass die Frau Sie wiedererkennen würd?", wollte Hattinger wissen.

„Keine Ahnung …"

Strenger schaute wieder aus dem Fenster. Das anfänglich Gehetzte war verschwunden. Er wirkte inzwischen sehr verloren.

„I woaß ned, ob ausgrechnet i bei der so an bleibenden Eindruck hinterlassen hab. Die hat bestimmt Kunden ohne Ende, so wia die ausschaut …"

Hattinger schaute auf die Uhr, es war schon wieder Mittag vorbei. Zeit, zum Ende zu kommen, dachte er.

„Also, dann kommen S' am besten erst amal mit uns nach Prien mit, dann können S' der Frau Erhard helfen, die Adresse zu finden, oder vielleicht die Frau selber … Wahrscheinlich werben die ja ah im Internet, oder?"

Andrea Erhard wurde einen Moment lang rot. Hattinger merkte, dass er sie überfahren hatte mit seinem Vorschlag und ihr vielleicht nicht so wohl war bei dem Gedanken, mit Harald Strenger zusammen nach Amsterdamer Prostituierten zu googeln. Sie hatte sich aber gleich wieder im Griff und nickte.

„Und eins noch: Könnten Sie uns bitte Ihr Auto zeigen? Steht des in der Garage?"

„Des duad ma leid", sagte Strenger, „des is im Moment ned da."

„Aha?" Hattinger schaute ihn verblüfft an. „Und wo is des? Sie san doch heut erst z'rückkommen aus Amsterdam, oder?"

„Ja, aber des hat dann glei mei Neffe abgholt. Der ziagt um, des Wochenend, und i hab eahm den Wagn gliehn. Hab i eahm versprochen ..."

„Mhm ..." Langsam wurde es Hattinger ein bisschen zu viel mit seltsamen Zufällen.

„Neffe, sagn Sie? Dann ham Sie also auch noch an Bruder, oder a Schwester?"

„An jüngern Bruder, genau."

„Was macht der so, beruflich? War der ah in der Firma?"

„Naa, der is Automechaniker."

18

Hattinger hatte so ein seltsames Gefühl. Er fuhr Richtung See und dachte über den Fall nach. Er war nicht richtig bei der Sache dieses Mal. Sonst gelang ihm das mühelos, selbst wenn er übernächtigt war. Aber bei dem Fall war etwas anders. Das drohte alles sehr unübersichtlich zu werden. Vielleicht hatte es aber auch gar nichts mit dem Fall zu tun.

Er war müde.

Und das letzte Interesse ging ihm ab. Das war neu. Wahrscheinlich war er einfach überarbeitet. Das sagte er sich, um sich zu beruhigen. Es beruhigte ihn aber nicht wirklich.

Die Müdigkeit steckte in den Knochen. Tief drin. Von heute auf morgen war sie nicht gekommen. Aber in letzter Zeit hatte sie sich zu so einem zähen Gefühl verdichtet. Er fühlte sich schwer, fast …

Schon das Wort auszusprechen war unmöglich. Das war, als würde es seinen Zustand sichtbar machen. Und das ging einfach nicht. Jedenfalls nicht in seinem Beruf.

Wenn Hattinger es schonungslos und berufsgewohnt analytisch hätte zusammenfassen sollen, hätte er gesagt: Er war ein stramm auf die 50 zugehender, geschiedener Mann ohne Frau, mit Albträumen, der gerade aus seiner Wohnung geworfen wurde und sich mit zunehmender Schwere in eine nicht gerade üppig bezahlte, ungeregelte Arbeit mit unzähligen Überstunden schleppte …

Mit einer Tochter immerhin. Das war wahrscheinlich das Beste, wozu er in den letzten 20 Jahren beigetragen hatte.

Aber sonst?

Freunde? Fehlanzeige. Keine Zeit. In diesem Beruf … So würde er sich jedenfalls entschuldigen, wenn ihn einer fragte. Aber vielleicht war er auch nur unbegabt in der Pflege von Freundschaften. Früher, in der Schule, klar, auch später noch, aber in den letzten Jahren? Alle verschwunden, irgendwie …

Ob es denen anders ging?

Eine schwarze 77-er Gibson Les Paul Custom, die in ihrem samtgepolsterten Koffer auf ihn wartete. Meist vergebens.

Frauen? Ein Desaster … Die letzten Jahre zumindest. Wollten immer mit einem reden, selbst wenn man todmüde war und gerade noch aufnahmefähig genug für ein Fußballspiel.

Mit Elke, seiner geschiedenen Frau, konnte er inzwischen wenigstens vernünftig telefonieren, zumindest wenn's um Lena ging.

Die letzte Zeit mit Mia, seiner letzten Freundin – ein einziges Hickhack.

One-Night-Stands – gelegentlich … Meistens unbefriedigend. Und selbst das war ja schon lang nicht mehr vorgekommen. Wie, wo, wann denn auch?

Hattinger fuhr über den Herrnberg nach Stock hinunter. Wenigstens war kaum Verkehr. Keine Touristen um diese Jahreszeit. Aber je näher er dem Chiemsee kam, desto dichter wurde schon wieder der Nebel. Auf einmal war er mittendrin und konnte nur noch weiterschleichen.

Wurde er jetzt vielleicht depressiv auf seine alten Tage?

Jetzt war es doch raus, das Wort.

Gerade er, der von Depression überhaupt nichts hielt?

Nein, das konnte nicht sein. Das durfte nicht sein.

Es war auch nicht so …!

Nicht solange noch so eine diffuse Sehnsucht in ihm wohnte, nach, nach …

Er bog rechts ab Richtung Harras.

Nach Sarah Beck zum Beispiel, dachte er, nicht nur weil er jetzt fast beim Krankenhaus war.

Was war das mit dieser Frau, wieso …?

Schon lange war er keiner mehr begegnet, die so, die ihn so – ja was eigentlich? Er hatte sie ein Mal getroffen bisher, ein einziges Mal. Und …

Und das konnte und durfte ja schon überhaupt nicht sein.

Aus 1 000 Gründen. Erstens: Sie war in eine laufende Ermittlung verwickelt. Zweitens: Sie war zu jung. Na ja … Und dann noch 998 weitere. Und selbst wenn diese Gründe wegfielen, warum zum Teufel sollte sich eine wie sie gerade für ihn interessieren? Für einen mittelalterlichen Hauptkommissar mit langsam, aber sicher ergrauendem Haupthaar, der sich gerade anschickte, depressiv zu werden …

Hattinger hielt vor der Klinik am See und stieg aus.

Er überlegte einen Moment, dann stieg er wieder ein und holte die angebrochene Zigarettenschachtel aus dem Handschuhfach. Er nahm eine heraus und zündete sie an, dann stieg er wieder aus und betätigte die Zentralverriegelung.

„ZV“ – Zwangsversteigerung, nicht Zentralverriegelung.

Er nahm zwei tiefe Züge von seiner Kippe und ging Richtung Haupteingang.

Für einen Raucher und Biertrinker, einen Nachtesser mit misanthropischen Zügen und kleinkarierten Gewohnheiten – warum sollte sich eine schöne junge Frau in der Blüte ihrer Jahre für einen alten Mann wie ihn interessieren?

Also doch Depression. Aber wenigstens eine mit Grund …

Alt werden war blöd.

Hattinger hatte eigentlich eine gewisse Vorfreude auf diesen Besuch verspürt, als er losgefahren war, aber jetzt schraubte er sich eher in so eine Watzlawick-mäßige „Behalten-Sie-Ihren-Hammer!"-Stimmung.

War auch besser so, dachte er, und warf die halbgerauchte Zigarette vor dem Haupteingang der Klinik ins Gebüsch.

„Sie, da vorn gibts an Aschenbecher, vielleicht nehman S' den as nächste Moi!", pflaumte ihn eine dragonerhafte Krankenschwester an.

„'tschuldigung", Hattinger zog die Schultern hoch, „die Alterssichtigkeit, wissen S' …"

„Die funktioniert normalerweis hervorragend auf zwoa Meter Entfernung", gab der Dragoner zurück, „aber vielleicht san Sie a anatomisches Wunder …"

Man sollte sich nicht mit Klinikpersonal anlegen, dachte Hattinger. Ihm fiel keine schlagkräftige Replik ein. Zu blöd. Aber er konnte sich zumindest schon wieder ein bisschen ärgern, das hob seine Stimmung. Im Übrigen hatte die gute Frau ja leider recht.

Und er konnte noch sehen wie ein Luchs. Wenigstens das …

Als er auf der Station ankam, suchte er zunächst nach dem Stationsarzt. Sie hatten vorher telefoniert.

Hattinger hatte sich gewundert, dass Sarah Beck immer noch in der Klinik lag, aber der Arzt hatte ihm erklärt, dass sie beim Aufstehen am Morgen wieder einen Schwächeanfall gehabt hätte. Sie sollte eigentlich heute entlassen werden, aber dann hätten sie gemeinsam entschieden, sie bis Montag dazubehalten, um Herz, Kreislauf etc. noch mal gründlich durchzuchecken.

„Ich glaube nicht, dass es das Herz ist … Aber wissen ist besser als glauben. Außerdem kann sie sich dann übers Wochenende ein bisschen erholen von ihrem Schock“, meinte der smarte junge Doktor. „Kommen Sie, ich bring Sie hin.“

Hattinger hatte den Eindruck, dass Sarah Beck dem Herrn Doktor auch gefiel, mitfühlend wie er über ihr Herz referierte.

Als sie ins Zimmer kamen, telefonierte die Patientin putzmunter.

„Ich muss jetzt aufhören, ich krieg Besuch“, sagte sie, als sie Hattinger hereinkommen sah, und legte ihr iPhone auf dem Nachttisch ab.

„Hallo, Herr Kommissar. Das ist aber nett, dass Sie mich besuchen“, begrüßte sie ihn. Den Arzt schien sie nicht zur Kenntnis zu nehmen.

„Hallo, Frau Beck.“ Hattinger gab ihr die Hand. „Es is ja leider dienstlich …“

„Ja, das denke ich mir schon“, sagte sie und zog die Bettdecke ein kleines Stückchen höher. Dann griff sie zur Fernbedienung und fuhr den Kopfteil ihres Betts hoch. Sie lächelte Hattinger an.

„Und, alles paletti, Frau Beck? Was macht der Kreislauf?“, mischte sich der junge Doktor ein. Er ging ums Bett herum und griff nach ihrem Puls.

„Keine Sorge, ich lebe noch", beschied sie den Arzt und entzog ihm sachte, aber entschieden ihren Arm.

Hattinger fiel auf, dass sie dem Doktor gegenüber ein gutes Stück kühler war. Er kam nicht umhin zu überlegen, ob sie nicht vielleicht doch auf andere Werte stand als ein knitterfreies Aussehen und eine zukünftige Chefarztfrauenkarriere.

Der Arzt merkte, dass er überflüssig war.

„Gut. Alles bestens, dann geh ich mal wieder an meine Arbeit und lass Sie beide allein … Aber machen Sie mir keinen Unsinn!", fügte er im Gehen noch hinzu.

Hattinger fragte sich, was er damit wohl meinen könnte. Der Doktor wusste es wohl selbst nicht und verließ mit einem unmotiviert lauten Räuspern das Krankenzimmer. Er schien bemerkt zu haben, dass sein Scherz irgendwie missglückt war – falls es denn einer sein sollte.

Sarah Beck zog kurz die Augenbrauen hoch, dann schaute sie Hattinger an, der sich einen Stuhl an ihr Bett gezogen hatte.

„Der ist ein bisschen …", sie suchte nach einem passenden Wort, „übermotiviert, würde ich sagen … Ich glaube, er steht auf mich. Was meinen Sie?"

Die Frau hatte was Entwaffnendes. Und sie war sich ihrer Wirkung wohl bewusst.

„Ähm … ja, des is theoretisch durchaus möglich", stotterte Hattinger.

„Aber ich leider nicht auf ihn", sagte sie mit ihrer samtenen Stimme. „Ich muss ihm aber wohl dankbar sein, er hat mich ohne Zusatzkosten in dieses Einzelzimmer gelegt. Wenn der Nebel weg ist, hat man hier eine fantastische Aussicht auf den See."

„Ja dann …“, meinte Hattinger nur.

„Gibt's denn irgendwelche Neuigkeiten über Georgs Tod?“, wollte sie wissen.

Hattinger war fast dankbar für die Frage, sonst hätte er vielleicht noch vergessen, weshalb er eigentlich hier war.

„Ned wirklich. Aber es san natürlich no einige Fragen aufgetaucht.“

„Das kann ich mir vorstellen. Weiß man denn schon was über die Umstände …?“

Hattinger fiel auf, dass das gerade falsch herum zu laufen begann. Er war ja nicht hier, um sich selbst ausfragen zu lassen. Und Sarah Beck machte das mit so einer Selbstverständlichkeit, dass er aufpassen musste.

„Na ja, mir wissen schon des eine oder andere, aber vor allem interessier'ma uns natürlich fürs Motiv. Und da hoff'ma auf Ihre Mithilfe.“

Sarah Beck nickte.

„Wo immer ich kann, Herr Kommissar. Schießen Sie los …“

Sie sah Hattinger an, als hätte sie was Falsches gesagt.

„Tut mir leid, der Ausdruck ist vielleicht nicht so angebracht in dem Zusammenhang.“

„Sagt ma halt so …“, beruhigte sie Hattinger. „Außerdem is er ja ned erschossen worn.“

Im selben Moment bemerkte er, dass er schon wieder eine Information rausgelassen hatte, die er normalerweise für sich behalten hätte.

„Wie ist er denn ermordet worden?“

Hattinger zögerte.

„Wer sagt eigentlich, dass er ermordet worden is?

Ich hab Ihnen doch nur gsagt, dass wir ihn tot aufgfundn ham …"

Sarah Beck lächelte das Lächeln, das diese unwiderstehlichen Grübchen in ihre Wangen grub.

„Haben Sie nicht gerade gesagt, dass Sie nach einem Motiv suchen, Herr Kommissar?"

Hattinger nickte. Konzentrier dich endlich, sagte er sich.

„I bin a bissl überarbeitet … Sie ham natürlich recht."

Sarah Beck setzte sich auf und ergriff seine Hand und hielt sie fest. Dann begann sie unvermittelt zu weinen.

„Ich kann das so gut verstehen … Also, vielleicht nicht das mit der Überarbeitung." Sie schaute Hattinger mit feuchten Augen an. „Aber dass einen so etwas … überfordert, aus der Bahn wirft … Entschuldigung."

Sie ließ seine Hand genauso plötzlich wieder los, wie sie sich ihrer bemächtigt hatte und kramte in der Schublade ihres Nachttisches nach Tempotaschentüchern. Sie nahm eins heraus und tupfte sich vorsichtig die Augen.

Hattinger wusste nicht, was er sagen sollte.

„Frau Beck …", fing er vorsichtig an, „ich versteh, dass Sie des mitnimmt, aber ich muss Ihnen trotzdem a paar Fragen stellen. Ihr Chef, der Herr Beimer, also …, wissen Sie irgendwas drüber, ob der in Bernau ein Grundstück kaufen wollt? Des eigentlich zwangsversteigert werden sollte? Am Donnerstag …"

„Was? Ein Grundstück?" Sarah Beck schien überrascht. „Aber womit hätte er das denn bezahlen sollen? Das kann ich mir überhaupt nicht vorstellen."

Hattinger überlegte, wie viel er ihr sagen konnte, und er war entschlossen, diese Grenze ab jetzt selbst festzulegen.

„Wir sind ziemlich sicher, dass er die Zwangsversteigerung in seinen Kalender eingetragen hat. Den Kalender bei ihm daheim. Ham Sie den gekannt?"

„Sie meinen den, in dem er seine Schlampen verewigt hat?"

So drastisch hätte Hattinger es nicht ausgedrückt.

„Mhm. Schaut so aus ..."

„Natürlich kenn ich den. Er hat ja kein Geheimnis draus gemacht." Sarah Becks Stimme bekam eine unerwartet harte Konsistenz. „Im Gegenteil, er war sogar stolz darauf. Und ich war seine Vertraute ... Mir hat er immer brühwarm anvertraut, wen er zuletzt flachgelegt hat."

„Aha ..." Hattinger staunte. „Wie des?"

Sarah Beck sah ihn an, als ob sie sich überlegte, ob sie ihm vertrauen konnte.

„Es hat ihn scharf gemacht ... Er hats mir erzählt, in allen Einzelheiten, ob ich wollte oder nicht, dabei hat er meine Reaktion beobachtet, wie bei so einem Rhesusaffen im Versuchslabor. Und dann wollte er mit mir vögeln. Und wissen Sie, was?"

Sarah Beck beugte sich vor und schaute Hattinger so direkt in die Augen, dass er unwillkürlich etwas zurückwich.

„Wissen Sie was ...?", wiederholte sie.

Hattinger schüttelte den Kopf. Er wusste vor allem nicht, ob er es überhaupt wissen wollte, obwohl es schon aus professionellen Gründen gar keine Alternative gab.

„Er hat mich fast immer rumgekriegt ..."

Sie ließ sich wieder zurücksinken ins Bett und zog die Bettdecke hoch. Eine Zeitlang schwieg sie und schien ihren eigenen Bildern zu folgen. Hattinger sagte auch nichts.

„Ich wollte das gar nicht. Aber es hat mich selbst scharf gemacht … Es hat mich angestachelt. Niedrige Beweggründe, wenn Sie so wollen – ich musste einfach besser sein als die Schlampe, von der er mir gerade noch vorgesungen hatte. Ich musste besser sein als alle andern! Das hat er mir dann auch immer brav bestätigt. Der Trick hat lange funktioniert."

Sarah Beck sah Hattinger wieder in die Augen.

„Vielleicht verachten Sie mich jetzt", sagte sie fast trotzig.

Hattinger hielt ihrem Blick stand.

„Nein", antwortete er nach einer Weile. „Warum sollt ich? Klingt halt nach a ziemlich obsessiven Beziehung …"

Sarah Beck nickte.

„Is mir ned vollkommen fremd", fügte Hattinger hinzu, und Sarah Beck sah ihn neugierig an.

„Wie lang ging des so?", beeilte er sich zu fragen, bevor sie den Spieß wieder umdrehte.

Sie schaute aus dem Fenster und überlegte.

„Ein Jahr vielleicht … Irgendwann war es vorbei." Sie wendete sich wieder Hattinger zu. „Es war eben nur Sex. Davon allein wird man auf Dauer nicht satt."

Hattinger hatte selten eine Frau getroffen, die so offen zu ihm war, obwohl er Polizist war. Obwohl sie ihn gar nicht kannte …

„Würden Sie mir einen Gefallen tun und ein Fenster aufmachen, Herr Kommissar? Es ist warm hier drin."

Hattinger stand auf und zog die große Glastür zum Balkon ein Stück auf. Wohltuend kühle Luft strömte in den Raum. Als er sich wieder setzte, hatte Sarah Beck die Bettdecke bis zum Bauch zurückgeschlagen. Ihre Figur zeichnete sich deutlich unter dem dünnen, leicht verschwitzten Kliniknachthemd ab. Hattinger konnte nicht umhin, ihre wohlgeformten Brüste zur Kenntnis zu nehmen, auch wenn er sich bemühte, ihr in die Augen zu schauen.

Sarah Beck registrierte seinen Blick.

„Soll ich mir was anziehen?“ Sie sah an sich selbst hinab, wie um abzuschätzen, ob sie Hattinger ihren Anblick zumuten konnte. „Stört Sie das, wenn ich mich ein bisschen … auslüfte?“

„Keineswegs. Des halt i scho aus …“, beeilte sich Hattinger zu versichern. Obwohl er gleichzeitig bezweifelte, dass ihm der Anblick die Arbeit erleichtern würde. Er kramte in seiner Jackentasche und zog sein kleines Notizbuch und einen Kugelschreiber heraus, wohl eher, um sich von Sarah Becks körperlichen Reizen abzulenken, als dass er die Sachen gebraucht hätte.

„Frau Beck, Sie wissen doch sicher, ob der Herr Beimer an Computer ghabt hat?“

„Einen Laptop, ja. Den hat er meistens zur Arbeit mitgebracht, auch wenn er dann nur gedaddelt hat … – gespielt“, übersetzte sie, als sie Hattingers fragenden Blick bemerkte.

„Wissen Sie, wo der sein könnt? Bei ihm daheim war er nämlich ned.“

„Vielleicht im Büro … Obwohl ich mich nicht erinnere, ihn dort gesehen zu haben, seit der Georg das letzte Mal da war.“

„Könnten Sie mir Ihren Büroschlüssel mitgeben? Wir müssten uns dringend da umschaun und die Gschäftsunterlagen einsehen, und beim Herrn Beimer hamma koan Schlüssel gfundn. Wir könnten natürlich die Tür aufbrechen, aber …"

„Sicher können Sie den haben, Herr Kommissar."

Sarah Beck nahm ihre große schwarze Lederhandtasche vom Nachttisch und hielt erstaunlicherweise innerhalb einer Sekunde den Schlüssel in der Hand. Lächelnd reichte sie ihn Hattinger.

„Aber bringen Sie mir nicht alles durcheinander", sagte sie scherzhaft. Sie hielt inne. „Ich bin ja gar nicht mehr zuständig, oder?", sagte sie ernüchtert. „Ich bin ja jetzt arbeitslos."

„Schaut so aus", bestätigte Hattinger.

„So eine Scheiße … Also, ich meine, ich wollte ja sowieso nicht mehr für ihn arbeiten, aber wenn ich wenigstens meine Kohle noch bekommen hätte."

„Vielleicht könnten S' die Schulden bei seinem Erbe geltend machen", schlug Hattinger vor.

Sie lachte kurz auf.

„Der Georgie hat doch nichts zu vererben."

„Was is mit dem Haus? Des is doch auf ihn eingetragen."

„Das ist bestimmt bis zum Stehkragen verschuldet. Ich wette, das gehört eigentlich längst der Bank. Wenn der Herr Bankdirektor" – bei ihr klang das wie ein Schimpfwort – „nicht auch ein alter Spezl von ihm gewesen wäre, dann hätte er sicher schon längst Konkurs anmelden müssen. Die zwei haben immer irgendwas rumgemauschelt, ohne den wäre der Georgie bestimmt schon längst auf der Straße gestanden."

„Ach …" Das hörte sich interessant an, fand Hattinger. „Is des vielleicht der Filialleiter von der HypoSpar?"

Dort hatte Beimer sein Konto gehabt, wie auch Harald Strenger, das wussten sie ja schon.

„Ja. Wachter, oder Wachler oder so … So ein kleiner, feister." Sie verzog das Gesicht. „Ich bin mir nicht sicher, ich bin nicht bei der HypoSpar", entschuldigte sich Sarah Beck.

Sie legte auf einmal die Hände auf ihre Brüste, als ob sie schmerzten, und drückte sie vorsichtig. Erst als sie Hattingers Blick auffing, schien ihr wieder bewusst zu werden, dass er an ihrem Bett saß. „Entschuldigung, ich …", ein zartes Rosa huschte über ihr Gesicht, „ich bin ganz durcheinander."

Sie zog die Decke ein paar Zentimeter hoch und verschränkte die Arme über der Brust.

„Ich weiß gar nicht, was Sie von mir denken sollen …"

Das wusste Hattinger auch nicht so genau. Außer dass Sarah Beck eine unkonventionelle Frau war. Und dass sie ihm gefiel, auch wenn sie ihn irritierte.

Es entstand eine kurze Pause. Dann fingen beide gleichzeitig wieder an zu reden.

„Sie haben …", setzten sie unisono an, brachen ab und lächelten sich an.

„Sie zuerst, Herr Kommissar", sagte Sarah Beck.

„Sie ham von diesem Geschäft erzählt, diese Villa von dem alten Herrn. Könnten Sie mir da a bissl mehr drüber erzählen?"

Sarah Beck dachte nach.

„Der Georg hat sich da ziemlich bedeckt gehalten. Wie immer eigentlich, wenn's um was Wichtiges ging. Vielleicht hatte er Angst, dass ihm jemand zuvor kommen könnte, wenn er zu viel darüber redet. So redselig er sonst war – der konnte einen halb tot quasseln, kann ich Ihnen sagen, vor allem wenn's um Autos ging oder Fußball oder seine ‚Gspusis' und den ganzen Männerkram. Sie hätten mal hören sollen, wenn er mit seinen alten Spezls zusammen, also wenn die ihre Frauen ‚ausgerichtet' haben – das war Satire pur. Nur dass die das ernst meinten."

Ihre Stimme hatte auf einmal wieder diesen harten Unterton. „Warum erzähl ich Ihnen das …?"

Sarah Beck sah Hattinger an, wie wenn sie in seinem Gesicht die Antwort auf ihre Frage suchte.

„Das Geschäft, ja … Da hat er praktisch gar nichts rausgelassen an Information. Noch weniger als bei allen anderen zuvor. Das sollte total unter der Hand laufen. Den Eindruck hatte ich jedenfalls …"

Hattinger hakte nach.

„Gibt's irgendwelche Namen, Adressen, Telefonnummern? Welcher Spezl, wer is der Kunde? Oder der alte Herr mit der Villa? Irgendwas muss es doch geben? Waren Sie nie selber da?"

Sarah Beck lachte auf.

„Wenn Sie wüssten … Der Georg hat mich so gut wie nie mitgenommen zu seinen Kunden. Die Immobilien, die er vermittelt hat, hab ich praktisch nie gesehen, ich durfte höchstens die Verträge abheften. Und viele waren das ja nicht. Nein, ich sollte immer nur schön im Büro", sie malte Gänsefüßchen in die Luft, „die Stellung halten! Fragen Sie mich nicht, was er damit gemeint hat …"

Hattinger fragte nicht. Er ahnte schon, dass sie es auch so erzählen würde.

„Manchmal mussten wir unterm Schreibtisch

in Deckung gehen, wenn jemand in den Hinterhof gekommen ist. Oder vorn in den Laden. Das Kribbeln, erwischt zu werden, hat ihm immer einen Extrakick gegeben. Und er hat allen Ernstes behauptet, dass mir Sex im Büro eine verkaufsfördernde Aura verleihen würde …"

Hattinger wurde heiß und kalt gleichzeitig, wenn er Sarah Beck zuhörte und sich ihre Schilderungen bebilderte.

„George Best war ein Sex-Maniac – wie sein Namenspatron. Aber bei ihm war das leider die einzige wirkliche Begabung. Und mich hat er dazu zu machen versucht. Was ihm zeitweise gelungen ist. Das klingt vielleicht verrückt, aber bis dahin hatte ich keine Ahnung, obwohl ich mich keineswegs unerfahren fühlte."

Sie sah Hattinger herausfordernd an.

„Ich weiß nicht, ob Sie das verstehen?"

Hattinger erwiderte ihren Blick. Was er auf jeden Fall verstand war, dass Sarah Beck eine Frau war, die bei Männern Fantasien hervorzurufen imstande war.

„Ich versuchs …", sagte er nur.

„Ja … Das glaube ich Ihnen", erwiderte sie. „Aber ich verstehe ja inzwischen selbst nicht mehr, wie ich mich auf diesen Typen einlassen konnte. Das kann man wohl nur unter Lebenserfahrung abhaken."

Hattinger erschien es ratsam, das Thema zu wechseln.

„Ham S' denn irgendwelche Pläne für die Zukunft?"

Sarah Beck zuckte mit den Achseln.

„Im Moment weiß ich gar nichts. Jobben halt. Eigentlich würde ich am liebsten wieder in die Richtung gehen, die ich früher mal eingeschlagen hatte."

„Was war des, wenn ich fragen darf?“

„Ich hab nach dem Abi ein paar Semester Germanistik studiert, aber das war mir zu trocken, also hab ich's gelassen. Dann bin ich auf die Journalistenschule. Hab ich aber auch wieder abgebrochen. Das war eigentlich interessant, Schreiben hat mir schon in der Schule Spaß gemacht. Aber, machen Sie mal ein Praktikum in der Lokalredaktion bei so einem Hintertupfinger Käseblatt, da schmilzt das Ziel vom hehren Journalismus dahin wie Butter in der Sonne. Ich hatte nicht den nötigen Biss, mich da durchzuleiden. Und dann hat ein Freund von mir gerade einen Job als Animateur gekriegt, in so einem Ferienclub auf Gran Canaria. Ich hab dringend Geld gebraucht und er hat gesagt: Komm mit, das kannst du doch auch. Dann hab ich das vier Jahre lang gemacht. Bis es mir so zum Hals raushing, dass ich allein beim Anblick von Touristen schon Pickel gekriegt hab.“

Das konnte sich Hattinger lebhaft vorstellen. Er würde sterben, wenn er so was machen müsste. Sarah Beck erstaunte ihn mehr und mehr.

„Das Positive daran war, dass einen der Job wirklich fit hält, körperlich. Und danach hat mich schon George Best ereilt ...“

Sie machte eine Pause.

„Aber jetzt ...“, schaute sie Hattinger wieder mit diesem bodenlosen Blick an, „... im Moment ... bin ich wirklich ratlos.“

Ihre Augen füllten sich langsam mit Tränen.

„Können Sie mich einen Moment halten, bitte?“, fragte sie unvermittelt, und ohne seine Antwort abzuwarten, setzte sie sich auf die Bettkante und schlang die Arme um Hattinger.

Er wusste nicht, wie ihm geschah.

Was hätte er tun sollen … Er hielt sie fest. Er spürte ihre Wärme und sie weinte leise an seiner Schulter. Eine ganze Weile saßen sie so, und Hattinger empfand es als Himmel und Hölle gleichzeitig. Sie roch auch noch so gut … Sie roch wirklich verdammt gut. Er vergrub seine Nase vorsichtig in ihren Haaren. In dem Moment platzte die Krankenschwester herein.

„Sooo, Frau Beck, jetzt kriegen wir unseren Kaffeee, gell?", verkündete sie in standardmäßig auf Demenz getrimmtem Singsang. Während sie besagten Kaffee lieferte, nahm sie Hattingers Existenz zur Kenntnis und fügte hinzu:

„Ja da schau her, hamma an Besuuch? Des is aber schön! Is des der Herr Papaaa?"

Und noch bevor Hattinger irgendetwas erwidern konnte, hatte die Schwester ihr Tablett auf den Tisch gedonnert und war wieder verschwunden.

Sarah Beck musste schmunzeln. Ihre Tränen waren getrocknet. Sie erhob sich aus dem Bett.

„Würden Sie mich bitte einen Moment entschuldigen, ‚Herr Papa'? Ich muss mal."

Sie ging an Hattinger vorbei ins Badezimmer.

Selbst wenn er gewollt hätte, er hätte gar nicht anders gekonnt, als ihr nachzuschauen.

Das dünne Kliniknachthemd war wie üblich am Rücken offen, und sie hatte nichts darunter an.

Sarah Beck bewegte sich leicht und ohne Hast durch das geräumige Krankenzimmer, und als sie längst im Bad verschwunden war, starrte Hattinger ihr immer noch hinterher.

Wie wenn er eine Fata Morgana erblickt hätte …

19

„Kommst du eigentlich *ir-gend-wann* mal wieder heim, Paps?“

Selbst bei der schlechten Handyverbindung konnte Hattinger heraushören, dass Lena ein bisschen traurig klang. Er verzichtete darauf ihr zu sagen, dass er ja erst heute Morgen noch da war.

„Wollte ich nur mal so fragen, bevor ich ins Kloster gehe und mich von der Welt verabschiede.“

„Wieso Kloster?“, fragte Hattinger zurück. „Bist da ned a bissl jung dafür?“

„Na ja, egal, dann werd ich eben Einsiedlerin“, nölte sie, „oder Tiefseetaucherin, oder Stubenfliege ... Kann auch nicht langweiliger sein. Kein Schwein hat Zeit heut Abend.“

„Was is mit deim Peter?“

„Der muss übers Wochenende zu irgendeiner bescheuerten Familienfeier. Aber ich dachte gerade, ich könnte uns doch was kochen, wenn du noch kommst. Hab auch eingekauft, da war noch ein Zwanziger in deiner Fressbüchse. Bitte, bitte, bitte! Gib dir'n Ruck ... Und wenn's spät wird, egal. Und ich hab übrigens ne Wohnung gefunden für uns. Erzähl ich dir aber nur, wenn du heimkommst!“

„Aha ... Erpressung?“

„Nötigung, höchstens. Also wann kommst du?“

Hattinger fuhr gerade zurück zur Priener Polizeistation. Es war schon wieder später Nachmittag. Er hatte eigentlich vorgehabt, heute in Prien zu bleiben, aber was sollte er machen?

„Okay, dann schau i, dass i's bis um Zehn schaff.“

„Yeah yeah yeah!“, quietschte Lena. Ihre Laune

schien gleich wieder hergestellt. „Kriegst auch ein super Essen!“

„Was denn?“, wollte Hattinger wissen, aber da hatte sie schon aufgelegt. Er fragte sich, was sie – als Neuvegetarierin – ihm wohl kredenzen würde und stellte sich automatisch einen furztrockenen, ungewürzten Dinkelbratling mit schlabberigem Grünzeug vor, wohl weil ihm eine frühe Freundin seinerzeit mit derlei Geschmacklosigkeiten den ersten und einzigen Versuch, sich für vegetarisches Essen zu erwärmen, gleich im Ansatz verdorben hatte. Aber dann beruhigte er sich gleich wieder, weil er ja wusste, dass Lena eine begabte Köchin war. Die würde sowas gar nicht fertigkriegen. Und das mit der Wohnung machte ihn wirklich ein bisschen neugierig, auch wenn er sich nicht allzu viel versprach.

Im Besprechungsraum der Polizei war schon das ganze Team versammelt, auch Poschner war da.

Hattinger berichtete als Erstes von seinem Besuch bei Sarah Beck, wobei er einige Details allerdings ausließ. Vor allem seine eigene Faszination versuchte er professionell auszufiltern. Was ihm offensichtlich nicht hundertprozentig gelang, denn Andrea Erhard, die sie als Einzige außer Hattinger kannte, fragte ein bisschen spitz nach.

„Die is scho attraktiv, gell? Aber dass sie glei a so a Sexbestie is …“

„Na ja“, wiegelte Hattinger ab, „des is a bissl arg vereinfacht.“ Das Thema war ihm gerade nicht besonders angenehm, aber er hatte dem Team natürlich wiedergegeben, was Sarah Beck ihm über ihr Leben mit Georg Beimer erzählt hatte. „Die Sexbestie war scho eher unser Toter.“

„Mit so einem Verhalten hat er sich doch bestimmt nicht nur Freunde gemacht?", meinte Wildmann. „Da könnte doch durchaus auch ein Motiv liegen."

„Ja freilich", brummte Bamberger. „Is ja unwahrscheinlich, dass seine Gspusis alle unverheiratete Singles warn, bei dem Verbrauch ..."

Hattinger nickte. „Da kommt no einiges an Recherchearbeit auf uns zu."

Er legte eine vorläufige Liste mit Freunden und vor allem Freundinnen von Georg Beimer auf den Tisch, die er mit Hilfe von Sarah Beck noch im Krankenhaus erstellt hatte. Dabei hatte sie von vielen nur den Vornamen gekannt, aber zumindest die eine oder andere Handynummer liefern können.

„Ohne Anspruch auf Vollständigkeit – hat s' gsagt ..."

„Oh je", kommentierte Martin Haller, „da werden wir wohl noch mehr Personal brauchen."

Hattinger wusste, dass er recht hatte. Er sprach ihn und Petra Körbel an: „Jetzt schaun Sie beide morgen erst amoi, dass Sie die Adressen und Telefonnummern rauskriagn, mit Hilfe von den Unterlagen, die ma scho ham. Und manche kennen ja vermutlich den oana oder andern Namen und helfen uns hoffentlich weiter ..."

Er wendete sich Andrea Erhard zu. „Was is denn bei Ihrer Rotlichtrecherche mit dem Herrn Strenger raus'kommen?"

„Oiso ..." Andrea Erhard räusperte sich und legte ein paar Ausdrucke von Webseiten auf den Tisch. „Er hat gmeint, die da könnts vielleicht gwesn sein."

Sie hielt Hattinger die oberste Seite hin.

„Lucy in the Sky ...", las der und nahm das Blatt,

das einige eindeutige und mehr als offenherzige Fotos einer jungen Mulattin mit Afrofrisur zeigte, „... *age 19, born in Aruba. Lives in Amsterdam, Netherlands. She will serve you in any way ...*"

Er schaute sich die Fotos nochmal genau an.

„In dem Fall: ... without diamonds", fügte er hinzu und reichte das Blatt weiter.

Zumindest Bamberger hatte seinen Scherz verstanden. Er war außer Hattinger offensichtlich der Einzige, der noch mit den Beatles aufgewachsen war.

Wildmann polierte seine Brillengläser und studierte das Blatt, etwas länger als nötig. „Da steht eine Telefonnummer, sieht nach Handynummer aus. Und eine E-Mail-Adresse."

„Natürlich. Irgendwie müssen die Kunden die Dame ja erreichen", meinte Petra Körbel. „Da sollten wir auf jeden Fall anrufen."

„Bräuchten wir aber ein Foto von Strenger", warf Martin Haller ein, „beschreiben bringt ja wohl nichts."

„Hamma a Foto?" Hattinger sah Andrea Erhard an.

Sie schüttelte den Kopf. „I kümmer mi drum ..."

„Und wie war's mit der Adresse, hat sich der Strenger an die erinnert?", fragte Hattinger nach.

„Sicher war er ned, aber er hat gmeint, es wär ...", Andrea Erhard sah auf dem nächsten Blatt nach, „... wahrscheinlich der *Oudezijds Achterburgwal* gwesn." Sie bemühte sich, das irgendwie holländisch auszusprechen, was sehr lustig klang.

„Aber des konn ja heut a jeder googeln, da braucht ma ja ned dort gwesn sei'", gab Bamberger zu bedenken.

„Ja, is scho a bissl dürftig", meinte Hattinger. „Frau Körbel, am besten rufen Sie die Dame an, sobald ma des Foto da ham. Sie waren doch amal länger in England, oder?"

Petra Körbel nickte. „Ein knappes Jahr. Als Austauschschülerin. Ist also schon wieder eine Weile her."

Frau Körbel war 28, soweit Hattinger wusste.

„Ja, aber trotzdem san Sie von uns allen wahrscheinlich am besten in Englisch."

„Gut, dann mach ich das", bestätigte sie.

Man konnte Karl Wildmann einen Moment lang ansehen, dass er sich unterschätzt fühlte. Hattinger wusste, dass der Karl das auch gut hinkriegen würde, aber er fand, dass es besser war, wenn eine Frau anrief, warum auch immer.

„Und was is mit dem Strenger seim Auto?", wandte er sich wieder an Andrea Erhard.

„Des is angeblich immer no unterwegs. Der Strenger hat mir die Handynummer von seim Neffen gebn, aber der is ned erreichbar. Er hat ihm des Auto bis morgen Abend geliehen, sagt er. Sei Neffe ziagt von Grassau nach Bad Aibling, weil er da a Lehrstelle kriagt hat, als KFZ-Elektriker. Er hat koane größern Möbel, sagt der Strenger, und a Auto konn er si' ned leisten als Lehrling."

„Mhm … Is aber ah a bissl komisch, dass der ned erreichbar is, als junger Mensch. Die leben doch normalerweis mehr in ihrem Smartphone wia in der Wirklichkeit … Bleiben S' auf jeden Fall dran."

Hattinger wandte sich Haller und Körbel zu, die Georg Beimers Unterlagen gesichtet hatten, so schnell es in der Kürze der Zeit eben ging.

„Er war auf jeden Fall stark verschuldet, da hat

Frau Beck völlig recht. Er hat bei der HypoSpar eine Hypothek auf sein Haus aufgenommen, die den Grundstückswert vermutlich um einiges übersteigt, würde ich schätzen", erklärte Petra Körbel. „Mit dem Kredit hat er einen älteren bei einer anderen Bank abgelöst, der nur halb so hoch war."

„Von seinen Einnahmen aus dem Immobiliengeschäft konnte er bestimmt nicht leben, jedenfalls nicht von dem, was über die Bank gelaufen ist", sagte Martin Haller. „Das hat vielleicht gerade für die laufenden Unkosten gereicht."

„Dann hat er also vermutlich no irgendwelche anderen Geldquellen ghabt?", meinte Hattinger.

Haller nickte. „Ich denke schon, dass da Schwarzgeld im Spiel war. Aber wir haben bis jetzt keine Beweise dafür gefunden."

„Wir brauchen auf jeden Fall einen Termin mit dem Filialleiter von der HypoSpar. Wie war das, Wachter?", fragte Wildmann.

„Peter Wachler, 37, wohnt in Feldwies, bei Übersee", sagte Martin Haller. „Telefonnummer hab ich auch. Sollen wir gleich versuchen, ihn zu erreichen?"

„Samstagabend …" Hattinger zögerte. „I glaub, es is besser, mir checken erst gründlich alle Unterlagen durch, ah die aus'm Büro vom Beimer. Sonst schreck'ma den vielleicht nur unnötig früh auf. Mir gehn einfach am Montag in die Bank." Er sah Bamberger an. „Habts in seim Haus no irgendwas B'sonders gfundn? Einbruchsspuren zum Beispiel?"

„Fehlanzeige. Wenn da jemand nei is wegen dem Laptop, dann hat er gwusst, wo der Schlüssel liegt, oder er is über die offene Terrassentür komma … Sonst scheint eigentlich nix zu fehlen."

„Oder der Beimer hat sein Mörder selber reinglassn und hat sein Laptop mitgnommen, wie er mit dem as Haus verlassen hat“, sagte Andrea Erhard. „Oder mit der …“, ergänzte sie.

„Möglich“, sagte Hattinger. „Gibts denn Fingerabdrück, am Schreibtisch zum Beispiel?“

„Die meisten san vom Beimer selber“, antwortete Bamberger, „die andern san bei uns no ned bekannt.“

„Sonst nix?“

„A bissl a Gras hamma gfundn, im Nachtkastl. Knapp zwoa Gramm. Handelsüblich, was ma halt bei uns so kriagt.“

„Also konn ma ihn als Dealer wahrscheinlich ausschließen …“, meinte Hattinger.

„Gelegenheitskonsument bestenfalls, daad i sagn“, bestätigte Bamberger.

„Gibts scho was Neues in Sachen Autolack?“

Bamberger verneinte.

„Wenn von dem Auto Lack abgsplittert is, konn ma doch davon ausgehn, dass des beschädigt is. Also muss der Fahrer den Wagen doch irgendwo repariern lassen, wenn er's ned selber kann – falls er ned geklaut war …“

„Ich hab schon mal alle Diebstahlanzeigen von metallic-grauen KFZs in den letzten drei Tagen durchchecken lassen“, sagte Wildmann, „aber da ist zumindest in der näheren Umgebung nichts dabei, was in Frage kommt. Also hab ich heute Vormittag angefangen, Autowerkstätten in der Gegend anzurufen, ob irgendwo ein passendes beschädigtes Fahrzeug zur Reparatur gebracht worden ist.“

„Mhm. Sehr gut.“ Hattinger wusste es sehr wohl

zu schätzen, dass Wildmann Eigeninitiative zeigte. „Und …?“

„Na ja, ich bin natürlich bei weitem noch nicht durch, aber bisher war nichts Interessantes dabei.“

„Vermutlich würde auch keiner sein blutverschmiertes Auto in eine Vertragswerkstatt bringen“, gab Martin Haller zu bedenken.

„I glaub ah, dass der des eher irgendwie unter der Hand machen lasst, wenn er jemand kennt. Aber mir sollten koa Möglichkeit ausschließen.“ Hattinger sah Andrea Erhard an. „Vielleicht kennen Sie ja die oane oder andere Werkstatt in der Gegend, auf die sonst koaner kommt …“

Er hatte zwangsläufig mitbekommen, dass sie alte Autos mochte, da sie immer mit einem roten VW Käfer Cabrio zum Dienst kam, das für seine geschätzten 45 bis 50 Jahre auf dem Buckel noch verdammt gut aussah.

„Oder hoitn Sie Ihrn Käfer selber in Schuss?“

„Was geht, mach i scho selber, wenn i Zeit hab“, gab sie zurück, fast ein bisschen beleidigt. „Aber für die größeren Sachen, mei, da hab i halt jemand, der ma hilft …“

Sie konnte ja schlecht sagen, als Polizistin, dass sie sich das nur leisten konnte, weil es natürlich auch unter der Hand ging.

„Nachbarschaftshilfe …“ Sie schaute in die Runde. „Naa, echt, es is wirklich a Nachbar von mir in Ernsdorf, den i scho aus der Schulzeit kenn …“ Als sie merkte, dass niemand im Begriff war, sie deshalb anzugreifen, schlug sie vor: „Den kannt i ja amoi fragn, ob er jemand woaß. Der kennt bestimmt die meisten privaten Werkstätten in der Gegend.“

„Wunderbar“, meinte Hattinger, „vielleicht derwischn S’ ihn ja heut no, wenn ma Schluss machen …“

Er schaute auf die Uhr. Er wollte noch Poschner hören, der sich um den alten Autounfall gekümmert hatte. Es gab allerdings gerade keinen Anlass, die ganze Nacht durchzuarbeiten. Am Samstagabend würden sie kaum noch etwas vorantreiben können. Es schien auch kein weiterer Mensch akut gefährdet zu sein, also würde es wohl reichen, wenn sie morgen Früh mit dem Büro von Beimer weitermachten. Nur für Harald Strenger hatte er vorsichtshalber zwei zusätzliche Leute aus seiner Rosenheimer Mannschaft zur Observation abgestellt, für den Fall, dass der auf die Idee käme, abzuhauen oder sonst was Seltsames zu unternehmen. Seine Geschichte kam Hattinger noch immer nicht ganz koscher vor. Aber zumindest Strengers Bruder, der Automechaniker, war außen vor, der lebte in England und war länger nicht mehr hier gewesen.

Als er seinen Entschluss dem Team mitteilte, war ein gewisses Aufatmen zu spüren, alle freuten sich auf eine halbwegs ruhige Nacht.

„Jetzt der Herr Poschner …“, schloss er.

Poschner erzählte, dass der Unfall vor 15 Jahren trotz dreier toter Jugendlicher eigentlich nur zwei Familien betroffen hatte, mit unterschiedlichen Familiennamen, deswegen habe er das nicht gewusst. Die Eltern des Jungen, der damals angeblich gefahren war, würden seit langem nicht mehr in Bayern wohnen.

„Die ham si’ bald nach dem Unfall getrennt. Er war des oanzige Kind, des ham die ned verkraftet.

Die Mutter is z'ruck in die Schweiz, zu ihren Eltern, und der Vater is bald danach für die Firma nach Südafrika. Da is er immer no, wia's ausschaut …"

„Die kommen also eher ned in Frage?", vermutete Hattinger.

„I glaub ned", antwortete Poschner. „Alibis hab i jetz natürlich no koane überprüft …"

„Ja freilich. I bin ja scho froh, dass Sie überhaupt die Zeit gfundn ham, sich da drum zu kümmern."

„Und die anderen beiden Jugendlichen?", fragte Wildmann.

„Ja, also, die Mütter waren Schwestern, bzw. sind Schwestern", berichtigte sich Poschner, „die leben ja no, in Endorf …"

Wie die meisten älteren Priener sagte auch Poschner nicht „Bad" Endorf, denn Endorf hatte diesen Titel erst seit Ende der 80er-Jahre, wohingegen man Prien nur den Kneippkurort zugestanden hatte, was natürlich der Priener als ungerechtfertigte Zurücksetzung verstand. Endorf hatte ja nicht mal einen See, im Gegensatz zu Prien! Dafür war das Bad in Bad Endorf jetzt seit Jahren so gut wie pleite …

„Die Schwestern wohnen mit ihren Familien in am Doppelhaus, san verheiratet, die oane hat no zwoa Töchter, die andere no an Sohn, die san inzwischen alle erwachsen und lebn nimmer dahoam. Schmitz und Guntram san die Familiennamen. I kenn jemand, der scho lang in der Nachbarschaft wohnt, der moant, dass die den Unfall inzwischen ganz guad verkraftet ham, wahrscheinlich auch, weils eben koane Einzelkinder warn. Die ham si ja ah no um die Gschwister kümmern miassn."

„Danke, Herr Poschner. I glaub, für heit lass'mas

dabei … Übrigens, wissen Sie zufällig, was die für Autos fahren?"

„Naa, aber i finds raus."

„Guad, dann bis morgen Früh um acht", löste Hattinger die Runde auf und alle packten ihre Sachen zusammen.

Im Hinausgehen zündete sich Bamberger eine Zigarette an.

„Gibst ma oane?", schnorrte ihn Hattinger an. „Und sag jetz bitte ned, dass i ja nimmer rauch …"

Bamberger blieb stehen. Er sah Hattinger an und gab ihm eine.

„Des is mir ehrlich gsagt wurscht, ob du rauchst oder ned." Er gab ihm Feuer. Nach einer Weile fragte er: „Sonst gehts da guad …?"

Hattinger sog den Rauch ein.

„Geht scho", sagte er beiläufig. „Muass ja …"

Bamberger kannte ihn schon lange.

„Irgendwas is doch?"

Hattinger ging weiter und zog die Schultern hoch. „Was soll denn sei …? Alles okay. Kündigt bin i …"

„Was?" Bamberger war perplex. „Gekündigt? Des geht doch gar ned, du bist doch Beamter … Du hast dir doch nix zu Schulden komma lassn, oder …?"

„Naa …" Hattinger blieb wieder stehen und sah den verwirrten Bamberger an. „Mei Wohnung …"

„Ach so …" Bamberger nahm sich ein bisschen Bedenkzeit, dann murmelte er: „Scheiße …"

Sie waren bei den Autos angelangt und er bot Hattinger gleich noch eine Kippe an.

Sie setzten sich auf die Mauer, rauchten und stierten in den Abendnebel. Keiner sagte ein Wort.

Schließlich drückte Bamberger die Glut auf der Mauer aus und warf den Stummel in den nächsten Pflanzenkübel.

„Dann muasst hoid umziagn …“

Hattinger sah ihn nur an.

„Da bin i ah scho draufkomma …“

20

Fast eine Stunde brauchte Hattinger nach Wasserburg, so dicht war der Nebel. Trotzdem war er tatsächlich kurz nach Zehn da. Als er die Wohnungstür aufsperrte, roch es schon ziemlich intensiv nach Essen. Das war gut, er hatte Hunger. Geschäftiges Geklapper kam aus der Küche und er öffnete die Tür: Lena löschte gerade eine Pfanne in der Spüle, und die heißen Dampfschwaden, die um sie herum aufstiegen, waren fast so dicht wie der Nebel draußen. Es roch nach Zwiebeln und Rotwein.

„Oh … Hi Paps, bist ja schon da?"

Lena wedelte den Dampf auseinander, um ihn zu sehen.

„Ich hab die Sauce ruiniert …" Sie machte ihr Sorry-ich-habs-verkackt-Gesicht. „Aber ich mach gleich ne neue – keep cool!"

„Konn i helfn?" Er war schwer entschlossen, cool zu bleiben.

„Nein, nein, ich schaff das schon. Du setzt dich am besten da hin und trinkst ein Bier und erzählst mir was."

„Okay …" Hattinger steuerte auf den Kühlschrank zu, um sich ein Weißbier zu holen, aber Lena stoppte ihn.

„Nein nein, ich brings dir. Setzen!"

Er wunderte sich, tat aber wie geheißen und setzte sich an den Küchentisch. Lena hatte tatsächlich aufgeräumt und schon den Tisch gedeckt. Sie stellte ihm ein Weißbierglas und eine gut gekühlte Flasche hin.

„Gibts irgendwas zum Feiern?" Hattinger wurde

fast argwöhnisch angesichts dieser ungewohnt zuvorkommenden Behandlung.

„Nein, ich wollte dich nur mal bekochen. Ist doch cool? Und du unterhältst mich ein bisschen“, befahl sie, während sie eine neue Zwiebel schälte.

Hattinger wusste gerade nicht, was er erzählen sollte. Er trank einen Schluck Bier. Das tat gut. Der erste ist immer der beste, dachte er.

Lena warf ihm einen Blick zu.

„Wusstest du eigentlich, dass die Hälfte aller Männer Panik bekommt, wenn ihnen eine Frau sagt, dass sie ihr was erzählen sollen?“

„Ah geh?“ Er gab sich gelassen, auch wenn ihm diese Theorie nicht völlig abwegig erschien.

„Und die andere Hälfte ergreift sofort die Flucht …“

„Und zu welcher Sorte ghört dei Peter?“

„Davon später oder nie“, gab sie zurück, während sie den Backofen öffnete um etwas zu wenden, was er aber nicht sehen konnte. Dann stellte sie die Temperatur herunter und schaltete den Grill zu.

Hattinger wurde langsam neugierig.

„Was gibts denn eigentlich?“

Es roch verdammt gut, und verdächtig unvegetarisch.

„Lass dich überraschen, Paps. Ich brauch höchstens noch 10 Minuten. Du kannst ja solang in die Zeitung schauen, hab ich auf die Bank gelegt, da ist unsere zukünftige Wohnung drin. Hab ich angestrichen …“

Hattinger wunderte sich. Er hatte doch heute Morgen schon den Immobilienteil durchgeschaut und weggeschmissen. Das war doch heute gewesen, oder …? Es kam ihm wie tagelang her vor. Als er nach der Zeitung schaute, war's ihm klar: Sie hatte eine Süddeutsche besorgt.

Während Lena braunen Zucker und Rotwein zu den in der Pfanne schmurgelnden Zwiebeln gab, um eine neue Saucenbasis herzustellen, fand er die Anzeige. Sie hatte sie dick umrandet: *Luxuriöse Altbauwohnung, mitten im idyllischen Wasserburg, mit großzügiger Dachterrasse und …*

Hattinger wusste, dass er nicht weiter lesen brauchte, der Haken stand ganz unten.

„Und?" Lena sah ihn erwartungsfroh an. „Klingt das nicht toll? Genau das, was wir suchen!"

Hattinger tat es leid, sie enttäuschen zu müssen.

„Klingt super. Aber der Preis, Lena … 495 000 Euro! Da führt ja überhaupt koa Weg hi' … A hoibe Million! I suach ja eher was halbwegs Günstiges zum Mieten."

„Na ja …" Lena zog die Schultern hoch und rührte weiter in der Sauce. „Hab ich mir schon gedacht." Sie träufelte etwas Balsamico in die Pfanne und gab ein großzügiges Stück Butter dazu. „Aber man könnte sie ja mal anschauen, kost' ja nix. Think big!"

Die Haltung hatte sie von ihrer Mutter, dachte Hattinger. Die hatte auch immer groß gedacht. Zu groß oft. Vor allem zu teuer. Und er hatte dann immer die Panik gekriegt, wie er das verdammte Geld verdienen sollte. Natürlich hatte er besser verdient im Lauf der Zeit, aber es war eben doch überschaubar, und vor allem nicht beliebig ausbaubar! Sie hatte immer etwas mehr ausgegeben, als sie eigentlich hatten, und er wollte immer etwas weniger ausgeben, damit ein bisschen ein Sicherheitspolster da war. Womit man dann unvorhergesehene Ausgaben abpolstern konnte.

Was hatte er gepolstert! Und wie oft hatten sie sich darüber gestritten … Andererseits wäre er ohne sie jetzt gar nicht in dieser Wohnung, die war damals auch viel zu teuer.

„Macht ja nix, Paps." Lena schien seine Gedanken zu lesen. „Wir finden schon noch was."

„Ja, logisch …" Er bemühte sich um einen optimistischen Ton. „Vielleicht sollt'mas wirklich amoi anschaun, nächste Woch. Aber erst miass'ma unsern Fall aufklären, da führt koa Weg dro vorbei."

„Schon klar." Wenn Lena etwas mit der Muttermilch eingesogen hatte, dann das Berufsethos des Kriminalers, dass ein aktueller Mordfall immer vorging.

„Aber vorher essen wir noch was!"

Sie öffnete den Ofen und holte eine Reine mit zwei wundervoll duftenden Entenbrüsten mit knusprig gegrillter Haut heraus und stellte sie auf den Tisch, dazu eine Auflaufform mit Kartoffelgratin und die neue Sauce, die sie am Ende noch mit etwas Sahne und dem Fleischsaft aus der Reine verfeinert hatte.

Hattinger war allein von dem Anblick schon begeistert.

„Und was isst du?"

Lena kam für einen Moment aus dem Konzept. Sie sah ihren Vater mit großen Augen an.

„Na ja, du bist doch jetzt Vegetarierin", erinnerte er sie, mit mitfühlendem Gesichtsausdruck. „Schad eigentlich … Aber du kannst ja des Gratin essen …"

Lena stach entschlossen ihre Gabel in eine Entenbrust und lud sie sich auf den Teller.

„Jjjaaa …", wiegelte sie ab, „weißt du, Paps …, also ich hab mir letztens gedacht, dass ich darüber vielleicht doch noch mal nachdenken sollte …"

Sie schnitt eine zartrosa glänzende Scheibe von ihrem Fleisch ab und tupfte zärtlich ein bisschen Sauce drauf.

„Also, ob es nicht besser ist, wenn ich das vielleicht nicht ganz so hart durchziehe … Schau mal, es ist doch so, dass die meisten Vegetarier Fisch essen, also ich auch natürlich im Prinzip, nur dass ich Fisch ja jetzt nicht sooo gern mag … Aber vom Fisch, da sind ja die Wasservögel …, also ich meine, so weit sind die ja von den Fischen gar nicht entfernt, oder? Das ist ja jetzt auch noch mal was anderes als ein Schwein zum Beispiel, die sind uns ja auch viel ähnlicher, die Schweine. Also so gesehen ist das ja eigentlich auch gar kein Fleisch in dem Sinn, bei den Enten …"

Kaum war sie mit ihrer Erklärung fertig, schob sie sich die ganze Scheibe in den Mund und schloss genießerisch die Augen.

„Mmmm … Und dafür würde ich halt auf den Fisch dann freiwillig verzichten …"

Hattinger prustete los vor Lachen. Er konnte sich die nächste Minute gar nicht mehr einkriegen.

„Wie jetzt? Stimmt doch …", sagte Lena ein bisschen beleidigt, als sie den ersten Happen Fleisch verschlungen hatte.

Nach einer Weile schaffte Hattinger es endlich, die Entenbrust zu probieren.

„Mmm … schmeckt großartig. Außerdem hab i no nie a so a gute Begründung ghört, warum ma als Vegetarier Fleisch essen kann."

„Geflügel“, berichtigte Lena, aber jetzt musste sie selbst lachen.

Hattinger freute sich insgeheim.

„Machs einfach so, wie's für di' richtig is …“, sagte er. „Des muass jeder für si' selber rausfinden.“

Dann machten sie sich voller Enthusiasmus über Lenas Essen her und hörten erst auf, als sie nicht mehr papp sagen konnten. Ab und zu musste das sein, so oft bekam Hattinger eh nichts Gescheites. Und er war stolz darauf, dass Lena so viel von ihm gelernt hatte übers Kochen. Na gut, auch von ihrer Mutter, das musste er schon zugeben.

„Jetzt kann ich echt nicht mehr“, stöhnte Lena schließlich, nachdem sie die ganze Entenbrust vernichtet hatte, und warf ihr Besteck auf den Teller. Sie lehnte sich in ihrem Stuhl zurück und hielt sich demonstrativ den nicht vorhandenen Bauch. Dann richtete sie sich plötzlich wieder auf und sah ihren Vater an.

„Paps, du brauchst noch ein Bier.“

„Ähm …“ Hattinger wunderte sich ein bisschen. „Ja …“

Er wollte sowieso noch eins trinken, aber wieso brauchte er jetzt eins? Bevor er etwas sagen konnte, hatte ihm Lena schon eins aus dem Kühlschrank geholt und schenkte ein.

„Also pass auf …“ Sie setzte sich in Position und schaute ihm in die Augen. „Ich hab mir Folgendes überlegt – und sag jetzt nicht gleich nein!“

Hattinger war mehr als gespannt, was da kommen würde, aber es musste mehr sein als die Wettervorhersage.

„Erstens: Ich werde mit der Schule aufhören“,

sagte sie bestimmt. „Zweitens: Ich werde ab jetzt bei dir wohnen. So. Jetzt weißt du's."

Hattinger fiel die Gabel aus der Hand.

21

Am nächsten Morgen wachte er schon wieder mit einem Kater auf. Nicht, weil er zu viel getrunken hätte. Nein, schon wieder hatte ihn Ostermeier heimgesucht. Wenn auch nur kurz dieses Mal.

„Herr Kommissar!“, schnauzte er ihn an, fast nachsichtig. „Sie sind ja wohl wahnsinnig geworden … Ihre Tochter! Was kommt denn als Nächstes? Eine Horde Goldhamster? Sie wissen doch wohl, dass ich auch die erschießen muss.“

Aber dieses Mal musste Hattinger das alles nicht unwidersprochen hinnehmen. Er konnte plötzlich reden.

„Hau ab! Verschwind endlich aus meim Leben, du Irrer …“, schrie er ihn an. „Schleich di’!“

Ostermeier blieb ganz ruhig.

„Ich bin kein Irrer, das wissen Sie doch, Herr Kommissar. Ich bin Beamter wie Sie. Ich tu nur, was ich tun muss.“

Sogar schlagen konnte Hattinger nach ihm. Nur treffen konnte er ihn nicht. Die Schläge gingen einfach durch ihn hindurch.

„Gut, gut …, sehr schön, Hattinger“, lachte Ostermeier. „Ein Versuch, immerhin …“

Dann warf er ein Foto von Lena in die Luft, das in Zeitlupe wieder herabfiel und sich dabei in tausend kleine Fetzen zerlegte. Hattinger schrie auf. Er versuchte ein paar Fitzelchen davon aufzufangen, aber selbst die zerfielen in seinen Händen zu Staub.

Als er wieder zum Dienst fuhr, dachte Hattinger über den gestrigen Abend nach. Lang hatten sie noch gesessen und geredet. Lenas Wunsch, zu ihm zu ziehen, hatte ihn völlig unerwartet erwischt. Er hatte natürlich versucht, ihr das auszureden, aber sie war wild entschlossen. Sie hielt es in Hamburg nicht gut aus, sie hatte keine wirklichen Freunde gefunden, und von ihrer Mutter fühlte sie sich überwacht und gegängelt. Und eigentlich mochte er es ja gern, wenn sie da war und seine Einöde aufmischte. Er hatte nur immer das Gefühl, gar keine Zeit für sie zu haben, gar nicht gut genug nach ihr schauen zu können, aber vielleicht war es ja gerade das, was ihr gefiel. Außerdem konnte sie ein ganz schönes Chaos veranstalten. Er wollte ja nicht auf einer Dauerbaustelle leben, das konnte er sich schon beruflich gar nicht leisten, das kostete viel zu viel Energie. Aber Lena hatte ernsthaft Besserung gelobt. Zum Beweis hatte sie sogar in der Nacht noch die Küche aufgeräumt. Er fragte sich nur, wie lang der Enthusiasmus anhalten würde. Jedenfalls hatte er ihr versprochen, ernsthaft darüber nachzudenken, wenn sich das Ganze mit ihrer Mutter vernünftig regeln ließ.

Gar nicht erst erwägen wollte er allerdings die Sache mit der Schule. Gut, sie hatte ja wenigstens Mittlere Reife, aber jetzt in der 11. Klasse abzugehen, wo's keine zwei Jahre mehr zum Abitur waren, das war ja wohl totaler Blödsinn. Wieso sollte sie als intelligentes Mädchen kein Abitur machen?

„Und wozu soll ich Abitur machen?", hatte sie gefragt.

„Ja, dann konnst studieren …"

„Und was soll ich bitte studieren?"

„Ja, was woaß denn i …?"

„Siehst du, ich weiß es eben auch nicht!"

„Ja, aber in zwoa Jahr werst as dann scho wissen."

„Paps, ist dir eigentlich klar, dass heutzutage ein Abitur und ein Studium überhaupt nicht mehr bedeuten, dass man danach irgendeine sinnvolle und bezahlte Arbeit hat?"

„Des kommt drauf o. Wenns d' Medizin studierst …"

„Ich will aber nicht Medizin studieren."

So ging das eine ganze Zeit weiter, ohne dass sie auf einen grünen Zweig gekommen wären. In dem Punkt war Hattinger aber entschlossen, hart zu bleiben. Wenn sie zurück nach Wasserburg kommen wollte, dann müsste sie eben hier wieder aufs Gymnasium gehen. Auf jeden Fall solange sie keinerlei Vorstellung hatte, was sie denn sonst machen wollte.

„Ich könnte dir ja solang den Haushalt führen", schlug sie allen Ernstes vor.

„Aber i bin ja sowieso nie da. I hab ja praktisch koan Haushalt, wenn du ned da bist …"

„Aber dann wär ich ja da …"

Sie hatten sich schließlich geeinigt, erst einmal grundsätzlich die Sache mit dem Umzug zu klären, und dann alles Weitere. Lena war damit schon ganz glücklich. Er war nur gespannt, wie Elke reagieren würde.

Die andere wichtige Frage im Moment war, wie es mit ihrem Fall weitergehen würde. An diesem Sonntagmorgen war das Hattinger alles andere als klar.

Als er sich wieder in Prien mit den Kollegen traf, berichteten zunächst die zwei Bewacher von Harald Strenger, dass der in der Nacht verschwunden war, was sie dummerweise nicht bemerkt hatten. Es war ihnen erst klar geworden, als Strenger um sieben Uhr morgens ganz gemütlich die Straße hochgejoggt kam und ihnen zuwinkte. Er musste sich irgendwann in der Nacht hinter dem Haus vom Grundstück geschlichen haben, und natürlich konnte keiner wissen, wo er in der Zwischenzeit war, noch, wie lange er überhaupt weg war.

„Ja Herrschaftzeiten! Des war doch bekannt, dass der koa Auto hat im Moment. Da muass ma doch damit rechnen, dass er ned grad zur Vordertür rausmarschiert …"

Hattinger war ziemlich angefressen. Außerdem wusste er im Moment überhaupt nicht, wie er diese Information einordnen sollte. Er ordnete an, dass sich die Observanten mit einem zweiten Team abwechseln sollten, um Strenger weiter im Auge zu behalten, aber in Zukunft bitte etwas aufmerksamer!

Anschließend war er mit Wildmann nach Bernau gefahren, um sich den Laden von *Best Immobilien* vorzunehmen. Eine recht frustrierende Angelegenheit, denn es stellte sich heraus, dass da praktisch nichts zu finden war. Schon gar nichts möglicherweise Brisantes, wie Beimers Laptop oder Handy, die nach wie vor verschwunden blieben. Darüber hinaus gewannen sie aber auch noch den Eindruck, dass die Geschäftsunterlagen des letzten Jahres beiseite geschafft worden waren, bis auf die Quittungen, die Sarah Beck sortiert hatte, als Hattinger das erste Mal in den Laden kam.

„Kann das sein, dass sie das war …?", meinte Wildmann.

„Hm …"

Hattinger konnte es sich nicht so richtig vorstellen. Was könnte sie für ein Interesse daran haben, fragte er sich. Aber natürlich hatte Wildmann recht, dass man dem nachgehen musste.

Er beschloss, Sarah Beck anzurufen. Sie bestätigte, dass es natürlich längst einen Ordner fürs laufende Jahr gebe und beschrieb ihm genau, wo im Regal der stehen müsste. Da stand er aber nicht.

„Hat außer Ihnen no jemand an Schlüssel vom Büro ghabt?"

„Ja, der Georgie natürlich. Aber sonst – nicht dass ich wüsste."

Selbst am Telefon hätte sich Hattinger in diese Stimme reinlegen wollen.

„Ja … Dann danke erst amoi. Wann kommen S' denn raus aus der Klinik? Wie gehts?"

„Danke der Nachfrage, Herr Kommissar. Mir gehts gut. Der Doktor hier versucht mich noch ein bisschen dazubehalten, und ich bin geneigt, das auszunützen und mich morgen mal gründlich durchchecken zu lassen. Kann ja nicht schaden … Zumal ich ja jetzt nichts anderes mehr zu tun habe. Aber spätestens danach hau ich ab. Und ich gehe davon aus, dass wir uns dann sowieso wiedersehen?", sagte sie vieldeutig.

„Ja. Ganz bestimmt … Oiso, da gibts bestimmt no einiges zu klären …"

Karl Wildmann sah Hattinger ein bisschen neugierig an, als er aufgelegt hatte. Er hätte jetzt nachfragen können, ließ es aber bleiben.

„Die Schlüssel vom Georg Beimer san ja verschwunden. Also könnt natürlich der, der die hat, jederzeit hier was rausgholt ham."

„Vielleicht hätten wir das Büro versiegeln sollen."

„Ja, vermutlich. Andererseits halt so a Siegel koan

ab. Da miassat ma dann scho die Tür zuaschweissn. Und dann komman s' durchs Fenster … Aber mir setzen no amoi die Spurensicherung drauf an."

Sie beschlossen, nach Prien zurück zu fahren.

„War eigentlich im Auto vom Beimer irgendwas Interessantes?", fragte Hattinger Bamberger, der gerade in den Besprechungsraum gekommen war. Sie hatten Beimers Porsche abschleppen und in der Kriminaltechnik untersuchen lassen.

„Nix B'sonders. A ganze Menge Müll, a paar Münzen, Tankquittungen …"

„Irgendwelche Schlüssel?"

Bamberger schüttelte den Kopf. Sein Handy klingelte und er zog sich zurück in den Nebenraum.

Martin Haller kam mit einem Ausdruck herein.

„Die Handydaten von Beimer sind endlich reingekommen."

„Aha, und? Wo war er?"

Hattinger sah sich neugierig das Papier an, das auflistete, in welchen Funkzellen sich Beimers verschwundenes Handy in den Tagen vor seinem Tod eingebucht und mit wem er telefoniert hatte.

„Er hatte kein Smartphone, das heißt, wir haben keine GPS-Daten zur Verfügung. Wir wissen also nur relativ grob, wo er war, bzw. sein Handy. So wie ich das sehe, war er die ganze letzte Zeit in der Gegend. Bis auf Mittwoch, da hat er sich vormittags Richtung Aschau bewegt und ist dann aus Deutschland verschwunden."

Wildmann hatte mitgehört.

„Ist er über Sachrang nach Österreich gefahren?"

„Sieht ganz so aus. Aus Österreich haben wir natürlich keine Daten."

„Oder er hat sei Handy einfach ausgschalten", gab Hattinger zu bedenken.

„Könnte sein", meinte Martin Haller, „dagegen spricht allerdings, dass er gegen Abend wieder nach Bayern zurückkam, bei Kiefersfelden. Dann ist er über die Autobahn zurückgefahren nach Bernau. Um 20:00 Uhr hat er das letzte Mal telefoniert."

„Mit wem?", fragte Hattinger.

„Mit einer Mobilfunknummer auf jeden Fall. Anderes Netz, einen Namen haben wir noch nicht dazu. Ich habs schon mit Rückwärtssuche übers Netz probiert, aber ohne Ergebnis."

Hattinger schaute sich die Nummer an. Die von Sarah Beck war es jedenfalls nicht, die hatte er ja vor Kurzem erst gewählt. Er war ein bisschen erleichtert. „Dann mach'mas übern Mobilfunkbetreiber, so schnell wie möglich."

Die Aussicht zu erfahren, mit wem Beimer kurz vor seinem Tod telefoniert hatte, machte ihn ungeduldig.

Petra Körbel hatte sich zu ihnen gesellt.

„Vorher sollten wir noch die Liste von Frau Beck und Beimers Notizbuch damit abgleichen, vielleicht steht die Nummer ja drin."

„Ja, selbstverständlich. I hab gedacht, des wär scho passiert …"

„Nein, tut mir leid", sagte Martin Haller, „das ist wirklich gerade erst reingekommen."

„Okay, dann, auf gehts."

Haller und Körbel verschwanden wieder hinter den Papierbergen auf ihren Schreibtischen.

Bamberger kam zurück. Er sah zufrieden aus.

„LKA …", sagte er nur. „I hab gestern no amoi

mit dene telefoniert, ob s' uns ned scho vorab was sagn kanntn zu der Farb."

„Und? Machs ned so spannend ..."

„Nach'm Farbwertvergleich handelt sich's wahrscheinlich", Bamberger sah auf seinem Zettel nach, „um Achatgrau, Farbcode LY7L, verwendet von VW und Audi."

„Ja super", sagte Hattinger. „Des is doch scho amoi was. Und wie wahrscheinlich is des?"

„Für a vergleichende Lackanalyse langen die Untersuchungen no ned, aber der Farbcode is zu 90 Prozent sicher, da gibts nur no oa mögliche Alternative, aber die is ah von VW. Und des Vergleichsfahrzeug miass'ma ja erst amoi findn."

„Endlich geht was vorwärts." Hattinger verspürte sowas wie neuen Schwung durch die letzten Informationen. „Wo is'n die Frau Erhard eigentlich?"

„Die ist nach Bad Endorf gefahren", erklärte Wildmann, „zu den Angehörigen von den zwei toten Jugendlichen. Sie hat vorher angerufen, müsste jeden Moment zurück sein."

Kurz danach war sie auch schon da. Außer ihren Unterlagen hatte sie zwei große Tüten aus der Bäckerei dabei. Während sie sich daranmachte, eine kleine Brotzeit für alle herzurichten, brachte Hattinger sie auf den neuesten Stand.

„Wie war denn Ihr Eindruck?", wollte er wissen.

Andrea Erhard überlegte.

„Mei, mir ham uns lang unterhalten ... Des san richtig nette Leut. I glaub ehrlich gsagt ned, dass die was mit dem Tod vom Beimer zu tun ham. I konn mir einfach ned vorstellen, dass die 15 Jahr lang warten und sich dann auf oamoi rächen. Wieso hättn s' denn da so lang warten sollen? Mitleid ham s' natürlich koans ghabt mit dem Beimer. Aber i hab den Eindruck, dass die den Schicksalsschlag verarbeitet ham …"

Hattinger nickte. Wenn auch Andrea Erhard gelegentlich zur Harmoniesucht neigte, so glaubte er doch, dass sie in dem Fall richtig lag.

„Was ham die denn für Autos?"

„Die einen an roten Opel, die andern an grauen Passat."

„Aha. An grauen VW? Da hätt i aber gern no den genauen Farbton."

„I kümmer mi drum", versprach Andrea Erhard.

„Ham S' nach am Alibi gfragt?"

„Am Mittwochabend ham s' ihr Schafkopfrunde ghabt. Wie jeden Mittwoch angeblich."

„Mhm … Und die Kinder?"

„Die san längst aus'm Haus. Der Sohn lebt in München, die oane Tochter in Berlin, und die andere is in Landshut verheiratet."

„Guad", Hattinger wandte sich an die Runde, „i schlag vor, dass ma uns jetzt alle zammsetzen und noch mal alles durchgehn."

Eine halbe Stunde später hatte er die Aufgaben für den Rest des Sonntags verteilt. Außerdem hatten sie sich entschlossen, mit der Sache an die Öffentlichkeit zu gehen. Vor allem, was das Auto anging, versprachen sie sich etwas davon, jetzt wo zumindest schon mal Farbe und Hersteller bekannt waren. Vielleicht hatte ja jemand etwas beobachtet und sie ersparten sich, alle Werkstätten im Landkreis einzeln abzuklappern.

„Des wär doch was für Ihren Karli, oder, der von

der Chiemseezeitung?“, schlug Hattinger Andrea Erhard vor.

Sie rief ihn gleich an und sagte ihm, was er berichten könnte.

„Der freut sich. Er hat gsagt, er bringts glei no in die morgige Ausgab’“, berichtete sie, als sie zurückkam.

„Sehr gut. Jetzt zum Strenger: Gibts was Neues von seim Neffen, bzw. seim Auto?“

Der Neffe war nach wie vor nicht erreichbar.

„Dann möcht i wenigstens wissen, was der Karrn für a Farb hat!“

Langsam wurde er sauer. Er beschloss, ihn gleich selbst anzurufen. Vorher fragte er noch Petra Körbel, ob sie bei der Amsterdamer Prostituierten etwas in Erfahrung gebracht habe.

„Die Dame hat sich sehr zugeknöpft gegeben am Telefon, um es vornehm auszudrücken. Sie war ziemlich unhöflich. Hat gemeint, sie könne sich ja schließlich nicht jeden Freier merken. Und die meisten würde sie sowieso nicht anschauen, weil sie so hässliche alte Säcke wären. Als ich dann gesagt hab, dass ich für die Polizei ermittle, hat sie aufgelegt. Ich glaube nicht, dass wir aus der Richtung noch irgendwas erwarten können.“

„Des hab i fast befürchtet“, meinte Hattinger. Er hatte schon Strengers Nummer gewählt, und alle schauten ihn erwartungsvoll an, als er darauf wartete, dass Strenger ans Telefon ging.

„Herr Strenger, wie schauts denn mit Ihrem Auto aus? Is des wieder da?“

Hattingers Reaktion entnahm das Team, dass dem nicht so war.

„Bis wann …? Morgen Abend? Gestern ham S' doch no gsagt, bis heut Abend … Ach so … Können Sie mir wenigstens sagen, was genau für a Farb Ihr Wagen hat? … Grau …" Hattinger sah genervt in die Runde. „Ja grau, grau …, des wiss'ma ja scho! Aber was für a Grau? Die genaue Bezeichnung, oder den Farbcode … Was? Ja … Gut. Sie halten sich auf jeden Fall zu unserer Verfügung. Ham S' des verstanden? Okay. Mir sehn uns."

Hattinger legte auf. Er blickte in neugierige Gesichter.

„Er hat keine Ahnung, was des genau für a Farb is – weil des Auto ja ned da is, wie er sagt …" Er kratzte sich am Kopf. „Verständlich … I wissat ah ned, wia mei Autofarb hoaßt … Und er hat gsagt, sei Neffe hätt ihn von am Freund aus ang'rufen, ob er den Wagen no bis morgen Abend haben kann. Sei Handy is beim Umzug runtergfalln …"

„Der verarscht uns doch, oder?", brummte Bamberger.

„Aber zumindest haben wir ihn unter Kontrolle", gab Wildmann zu bedenken. „Wenn die Kollegen aufpassen …"

Das hoffte Hattinger auch. „Oiso, der nächste Schwerpunkt: Mir nehmen uns die Telefonliste vom Beimer vor, alle Nummern, mit denen er in letzter Zeit telefoniert hat. Und alle sogenannten Spezls und Gspusis, die irgendwie in dem Zusammenhang auftauchen. Am besten mir teilens auf …"

Hattinger bat Wildmann, das zu übernehmen.

Er holte sich noch einen Kaffee und zog sich in ein Nebenzimmer zurück, um in Ruhe nachzudenken. Er musste das alles mal wieder auf den Kern zurückführen. Das ganze Drumherum weglassen. Er öffnete das Fenster. Es war fast wieder dunkel. Und neblig natürlich. Das wurde langsam zum Dauerzustand. Er zog das Päckchen Zigaretten aus der Jacke, das er sich heute Morgen am Bahnhof in Prien gekauft hatte. Nur sicherheitshalber. Er kramte weiter in der Jacke herum. Dummerweise hatte er kein Feuerzeug gekauft … Er sah sich um. In dem Raum war natürlich nichts zu finden, was auch nur ansatzweise mit Feuer zu tun gehabt hätte. Außer dem Feuerlöscher in der Ecke.

Er steckte sich trotzdem eine in den Mundwinkel und fing wieder von vorne an.

Ein Mann wird umgebracht. Erschlagen. Und dann noch überrollt, mit dem Auto. Warum? Zwei Tötungsarten – da wollte jemand ganz sicher gehen. Und trotzdem war es mehr als das. Eine starke Aggression steckte da drin. Jemanden mit einer Eisenstange niederzuschlagen, und ihn dann noch zu überfahren, das war jedenfalls keine Tötung im Affekt, das sah ganz nach vorsätzlichem Mord aus. Und alles andere als unwahrscheinlich war es, dass das Verhalten dieses Mannes zu Lebzeiten mit seinem gewaltsamen Tod zu tun hatte. Er hatte sich vermutlich einige Feinde gemacht. Er war mutmaßlich verantwortlich für den Tod dreier Jugendlicher. Er hatte offensichtlich eine Unzahl von Frauen gehabt und Männern Hörner aufgesetzt und er musste in dubiose Geschäfte verwickelt gewesen sein, denn von dem, was er offiziell als Einkünfte angegeben hatte, hätte er wohl kaum leben können. Wahrscheinlich lief eine ganze Armada von Leuten da draußen rum, die ihn alle schon mal umbringen wollten, und einer hatte es schließlich getan. Oder mehrere? War es der oder die, mit dem er zuletzt telefoniert hatte? Das wäre wahrscheinlich zu einfach …

Hattinger hatte eine Idee. Warum war er da nicht gleich drauf gekommen? Er holte sich von Martin Haller die Nummer. Dann bat er Bamberger um sein Feuerzeug und zog sich wieder in den Nebenraum zurück. Er zündete sich eine Zigarette an und stellte bei seinem Handy die Rufnummerunterdrückung ein. Dann wählte er. Nach dreimal Läuten nahm jemand ab.

„Ja?" Eine unfreundliche männliche Stimme.

Das war noch zu wenig. Also noch ein Versuch.

„Herr Müller?", fragte Hattinger. „Werner Müller?"

„Nein, hier ist Wachler", knarzte sein Gegenüber unwirsch. „Sie haben sich verwählt", sagte der Mann und legte auf.

Hattinger war plötzlich hellwach.

22

Telefoniert hatten sie noch was das Zeug hält, den Rest des Sonntags. Alle „Spezls" und „Gspusis" von Georg Beimer, die sie bisher ermitteln und auch erreichen konnten, hatten sie abgecheckt. Es war das Grauen. Schon auf der vorläufigen Liste standen an die 30 Namen, überwiegend Spitznamen. Die Männer hießen zum Beispiel Sigi, Pommes, Beni, Rollo, Blinker, Winnie oder Spaten … Zugehörige Familiennamen hatten sie fast keine. Wie zum Teufel kam man zu dem Spitznamen Blinker? Oder war das etwa der Familienname? Heinz Blinker, oder was …? Oder Josef Pommes? Dietmar Spaten?

Hattinger hatte sich entschlossen, diesen Teil der Recherche erst mal seinen Leuten zu überlassen. Er musste sich mit Peter Wachler beschäftigen, dem Herrn Bankdirektor. Zu gern hätte er gewusst, worüber der mit Beimer bei seinem letzten Telefonat gesprochen hatte, er hatte nur so seine Zweifel, dass ihm Wachler die Wahrheit sagen würde, wenn er ihn morgen fragte. Es wäre gut, schon möglichst viel Munition zu haben, wenn sie sich den vornahmen. Hattinger hatte so ein schräges Gefühl bei dem Typen. Er konnte es noch nicht beweisen, aber sowohl Harald Strengers als auch Sarah Becks Andeutungen sagten ihm, dass Wachler an George Bests Geschäften beteiligt war.

Der Polizeicomputer gab nichts über ihn her. Und auch in Beimers Unterlagen hatten sie nichts Verwertbares gefunden, allenfalls diesen ungewöhnlich hohen Kredit, den ihm die Bank genehmigt hatte. Die Unterlagen waren von Wachler selbst unterzeichnet.

Irgendwas gefiel Hattinger überhaupt nicht. Vielleicht hätten sie den Mann doch gleich vernehmen sollen. Er fasste einen Entschluss: Er würde einfach mal hinfahren, auch wenn es Sonntagabend war. Er gab den anderen Bescheid, schnappte sich die Adresse und fuhr los Richtung Übersee.

Auf der Salzburger Autobahn war es die Hölle, vor allem am Chiemsee entlang. Die Sichtweite betrug vielleicht 50 Meter, maximal, und ihm blieb nichts anderes übrig, als elend langsam hinter seinem Vordermann herzuschleichen. Aber wenigstens gab es keinen Stau, und als er an der Ausfahrt Übersee die Autobahn verließ, war er schon fast da. Wachler wohnte in einer kleinen Straße in Feldwies bei Übersee, gar nicht weit vom Chiemsee, in einem Einfamilienhaus.

Hattinger parkte 50 Meter entfernt und näherte sich zu Fuß dem Grundstück. Er hatte gar nicht vor, zu klingeln, er wollte einfach nur mal schauen. Um ehrlich zu sein, wusste er selbst nicht genau, was er hier wollte. Im Haus brannte unten Licht, also war er schon mal nicht ganz umsonst gekommen. Das Haus machte einen soliden Eindruck, war großzügig gebaut, modern, mit viel Glas, Holz und Stahl, eine Einfahrt führte zu einer Doppelgarage, deren Tore geschlossen waren. Hattinger schätzte die Länge des Grundstücks ab, denn in den Garten selbst konnte man nicht sehen von der Straße aus, das waren bestimmt an die 30 Meter. Er schien Geld zu haben, der Herr Bankdirektor. Der hatte offensichtlich keine Wohnungssorgen. War das eigentlich üblich, dass man mit 37 schon Filialleiter war?

Hattinger ging am Zaun entlang und versuchte durch die Fenster, deren Vorhänge alle offen waren, einen Blick auf Wachler zu erhaschen. Von einer Stelle aus konnte er durch die Küche und den Flur ins Wohnzimmer sehen, zumindest vermutete er, dass es das Wohnzimmer war, weil eine große gelbe Ledercouch und ein überdimensionaler Flachbildschirm in seinem Blickfeld standen. Einen Moment später kam Wachler ins Bild. Das muss er sein, dachte Hattinger – klein und feist, wie ihn Sarah Beck kurz und treffend beschrieben hatte.

Er ging mit einem schnurlosen Telefon in der Rechten vor seinem Sofa auf und ab und redete auf ein unsichtbares Gegenüber ein, ziemlich vehement, wie es schien. Mit der Linken versuchte er sich gleichzeitig ein dunkles Jackett überzuziehen, was ihm nach mehreren Hand- bzw. Ohrwechseln des Telefons schließlich auch gelang. Dann bückte er sich mal hier und mal da, verschwand zwischendurch aus Hattingers Blickfeld und tauchte wieder auf, während er weiter telefonierte. Er schien Sachen zu suchen und einzupacken. Was er sagte, konnte Hattinger nicht hören, aber irgendwann verabschiedete er sich offensichtlich und legte auf. Er warf das Telefon auf das gelbe Sofa und kramte am Boden herum. Dann hob er etwas hoch und verschwand damit endgültig aus Hattingers Blickfeld.

Die Lichter im Wohnzimmer gingen aus, und schließlich auch die in der Küche und im Flur. Kurz danach ging die Haustür auf und Wachler kam heraus, mit zwei Koffern, keine drei Meter von Hattinger entfernt, der sich schnell hinter den Gartenzaun duckte. Wenigstens einmal war der Nebel von Vorteil. Der Mann sperrte die Haustür ab und ging mit den Koffern Richtung Garage. Das sah nicht so aus, als ob der Herr Bankdirektor zum Dienst fahren wollte.

Hattingers Sinne sprangen auf Alarm. Er schlich vor zur Einfahrt und beobachtete Wachler beim Öffnen des Garagentors. In der Garage stand ein dunkler Audi. Wachler machte den Kofferraum auf und wuchtete seine Koffer hinein. Er schlug den Kofferraumdeckel wieder zu und stieg in den Wagen.

Hattinger musste handeln. Er konnte nicht zulassen, dass der Filialleiter einfach abhaute – und was bitte sollte das sonst sein, was er gerade tat?

Noch bevor Wachler den Motor starten konnte, war er schon in der Garage und warf von innen das Kipptor wieder zu, für alle Fälle. Wachler hatte ihn im Rückspiegel bemerkt. Er schaltete die Scheinwerfer des Wagens ein und riss die Tür wieder auf.

„Was soll denn das? Sind Sie wahnsinnig? Verschwinden Sie sofort aus meiner Garage!"

Der kleine Dicke sprang aus seinem Auto und wollte auf Hattinger losgehen. Der machte eine geschickte Drehung und Wachler stolperte in ein Fahrrad, das in der anderen Garagenhälfte stand. Bis er sich wieder fing, hatte Hattinger schon den Schlüssel des Wagens in der Hand.

„Sie … ich zeig Sie an, das ist Hausfriedensbruch!", schrie ihn der Bankdirektor an. Er wirkte allerdings ziemlich verängstigt.

Hattinger kramte seinen Dienstausweis aus der Jacke.

„Herr Peter Wachler? Hauptkommissar Hattinger von der Kripo Rosenheim. Sie sind vorläufig festgenommen wegen Fluchtgefahr."

Der Filialleiter schien innerlich zusammen zu

sacken. Er leistete keinen Widerstand. Hattinger klärte ihn über seine Rechte auf. Nebenbei registrierte er im Licht der Scheinwerfer, dass es ein grauer Audi war, der in dieser Garage stand.

Noch am selben Abend hatte Hattinger mit Staatsanwalt Reißberger telefoniert und ihm die Lage erklärt. Der stimmte dem Haftbefehl zu.

„Es schaut wirklich ganz nach Flucht aus, warum auch immer … Aber sehen Sie zu, Hattinger, dass Sie möglichst schnell was Handfestes finden. Sie wissen ja, maximal 48 Stunden, dann müssen wir was in der Hand haben, sonst is er wieder raus …"

Hattinger wusste nur zu gut Bescheid über die Problematik, sie hatten ja ständig damit zu tun.

„Wie is es mit am Durchsuchungsbefehl?", wollte er wissen.

„Selbstverständlich. Und as Auto sicherstellen natürlich. Lebt sonst noch jemand in dem Haus?"

Hattinger verneinte. Sie hatten Wachler gleich gefragt. Er war mal verheiratet gewesen, aber er war seit drei Jahren geschieden und die Frau war ausgezogen. Kinder hatte er keine.

Haus und Garage wurden versiegelt, und den Audi ließ Hattinger zur kriminaltechnischen Untersuchung abtransportieren. Bamberger würde morgen sicher seine Freude damit haben … Aber die Farbe wussten sie ohnehin schon, von dem Farbcode-Aufkleber im Kofferraum: Achatgrau. Hattinger war sich ziemlich sicher, dass sie auf der richtigen Spur waren.

Wachlers Gepäck nahmen sie sich gleich als Erstes in Prien vor. Die Koffer waren schlampig und offenbar in Eile gepackt worden, und der Inhalt ließ darauf schließen, dass der Besitzer auf jeden Fall mindestens einen ausgedehnten Urlaub plante. Zusätzlich zu einer guten Ausstattung an Klamotten und Schuhen waren etwa 5 000 Euro in bar darunter, und so ziemlich alles an Papieren, was man eventuell benötigen konnte, nicht nur Personalausweis und Führerschein, sondern auch Sozialversicherungsausweis, Krankenkassenunterlagen und sogar der Fahrzeugbrief. Vielleicht wollte er den Wagen im Ausland verkaufen. In einem der Koffer fanden sie außerdem einen prall gefüllten Beutel mit Krügerrand.

Am interessantesten schien natürlich Wachlers Laptop, den sich Wildmann gleich vornahm. Nach kurzer Zeit kam er allerdings frustriert wieder damit angedackelt. Er war passwortgeschützt und die Inhalte verschlüsselt.

„Da müssen wir unsere Fachleute drauf ansetzen. Mit Wachlers Handy läufts übrigens auch nicht besser. Er hat alle Anruflisten und Nachrichten und Mails gelöscht, am Donnerstag."

Hattinger war froh, dass er nicht gestern oder gar heute sagte, dann hätte er sich echt Vorwürfe gemacht.

Schließlich war es Mitternacht geworden, als sie mit Wachlers Vernehmung anfingen. Hattinger hatte sich entschlossen, das mit Wildmann zu machen und den anderen empfohlen, sich irgendwo eine Mütze Schlaf zu gönnen.

Es war wichtig, den Heimvorteil jetzt auszunutzen.

„Wollten S' auswandern, Herr Wachler?", fragte Hattinger, nachdem er den schwitzenden Bankmenschen eine Zeitlang fixiert hatte. „Sie können übrigens ruhig Ihr Jackett und die Krawattn ausziehn, wenns Ihnen z' warm is. Des macht bei uns eh koan Eindruck ..."

Wachler funkelte ihn böse an. Er hatte so ein überfüttertes rötliches Kindergesicht, der Schweiß perlte aus seinen hochrasierten kurzen Haaren.

„Ich möchte meinen Anwalt sprechen." Er schrieb eine Telefonnummer auf einen Notizzettel und schob ihn über den Tisch. „Da."

„Des is jetz natürlich blöd, dass's so spät is ... Da erreicht ma natürlich niemand mehr ...", sagte Hattinger und steckte den Zettel ein. „Also, nochmal: Wollten S' auswandern?"

„Ich sage gar nichts ohne meinen Anwalt", blaffte ihn Wachler an.

„Herr Wachler", warf Wildmann ein, „es wäre besser für Sie, wenn Sie mit uns zusammenarbeiten würden. Das wird Ihnen im Zweifelsfall positiv angerechnet und ist viel besser für Sie als wenn wir alles selbst herausfinden müssen. Und wir bringen sowieso alles heraus", fügte er mit Nachdruck hinzu.

Gut gebrüllt, Löwe, dachte Hattinger. Er beobachtete Wachler. Der sagte nichts, aber auf Wildmann schien er etwas weniger allergisch zu reagieren, deshalb ließ er ihn gleich weitermachen.

„Wo wollten Sie denn hin? Für einen Tag im Büro ist das doch ein bisschen viel Zeug, oder?"

Man sah es in dem Filialleiter arbeiten. Er lockerte die Krawatte ein bisschen und tupfte die Stirn mit einem weißen Taschentuch ab. Natürlich musste ihm klar sein, dass sie sich seine Koffer angeschaut hatten.

„Urlaub", sagte er schließlich. „Ich habe mir eine

Woche Urlaub genommen … Ist ja nicht verboten, oder?“

„Eine Woche?“, fragte Wildmann ungläubig. „Das sieht aber eher nach einem Monat aus, mit 5 000 Euro in Bar.“

„Oder nach am Jahr“, schickte Hattinger hinterher. „Mit schätzungsweise 50 000 in Goldmünzen …“

Wachler schaute ihn wieder böse an. Ein Kommissar, der den Wert von Krügerrand einigermaßen richtig einschätzte, war ihm gar nicht geheuer.

„Also wo wollten Sie hin mit dieser Ausrüstung?“, übernahm Wildmann wieder.

Der Mann zuckte mit den Schultern.

„Österreich, Schweiz, Frankreich, was weiß ich? Wollte mal sehen, wo der Wind mich hinträgt …“

„Uns hat der Wind zugetragen, dass Sie mit jemand gut bekannt waren, der letzte Woche verstorben is“, sagte Hattinger.

Wachler zuckte wieder mit den Schultern.

„Kann sein … Ich hab davon gehört.“ Er hatte offensichtlich beschlossen, sich dumm zu stellen.

„Und wo haben Sie das gehört?“, fragte Wildmann nach.

„Schauen Sie, wir waren am Donnerstag verabredet – falls wir von derselben Person reden. Er ist nicht gekommen. Am Freitag war eine Notiz in der Zeitung, von einem Toten … Und dann, na ja … Bernau ist ein kleines Kaff. Was glauben Sie, wie schnell so was rum ist?“

Hattinger war nicht zufrieden mit der Auskunft.

„Und von wem genau ham S' es erfahren?“

„In der Kneipe, wo wir uns in der Mittagspause

gelegentlich treffen: *Zum Runden Eck.* Da gibts einen Stammtisch, da hab ich es mitbekommen, da wussten es schon alle. Jemand hat mitgekriegt, wie Sarah Beck abtransportiert worden ist …"

Das war schwer zu widerlegen.

„Kennen Sie die Frau Beck?"

„Vom Sehen … Aber die mag mich nicht."

Verständlich, dachte Hattinger. Sie hatte vielleicht doch keinen so schlechten Geschmack.

„Und ich mag sie auch nicht. Sie ist eine arrogante Zicke."

Hattinger verkniff sich jeden Kommentar. Aber der Herr Bankdirektor schien ja schon wieder Oberwasser zu bekommen. Gut so, dann redete er wenigstens.

„Woher ham S' denn an Herrn Beimer gekannt?"

„Aus der Bank. Er war unser Kunde."

„Ja, genau", Wildmann sah in seine Unterlagen, „Sie haben ihm einen Kredit vermittelt, über 380 000 Euro …"

Das wussten sie natürlich auch schon – sah man Wachler denken.

„Ja … Das macht man so mit Kunden, die einen Kredit benötigen. Dazu sind wir als Banker da."

Hattinger lachte herzhaft und natürlich gänzlich unprofessionell auf. Wachler warf ihm einen giftigen Blick zu.

„Könnte es sein, dass der Herr Polizist vielleicht etwas voreingenommen ist gegenüber dem Kreditgewerbe? Ich weiß, dass wir als Banker keinen besonders guten Ruf haben in den letzten Jahren. Aber wenn Sie mir so kommen, dann passen Sie auf, dass ich keinen Befangenheitsantrag stelle gegen Sie!"

Pass du auf, Bubi! – wollte Hattinger sagen …

Er begnügte sich aber in weiser Voraussicht damit, es nur zu denken. Er würde sich zusammenreißen, und er würde am Ende des Tages diesem arroganten Schnösel die Hosen ausgezogen haben und ihn auf seinem blanken Hosenboden ins Gericht schleifen, an seinem dämlichen Designerschlips! Und mit seinem Befangenheitsantrag stand er sowieso im Wald, den konnte er dann gegen den Richter stellen.

„Ist der Kredit nicht ein bisschen hoch?", warf Wildmann schnell ein, als er merkte, dass sein Chef ultraknapp vor der Detonation stand. „Angesichts der Sicherheiten, meine ich?"

„Ach." Wachler lehnte sich zurück. „Das wollen Sie beurteilen, sehe ich das richtig?" Er fühlte sich zunehmend wohl in der Rolle des Angreifers. „Da gibt es Gutachter, werter Herr. Die haben das gelernt, und die beurteilen in aller Regel, wie viel ein Haus oder ein Grundstück wert ist, und nicht Sie, oder? Sie mögen ja etwas anderes gelernt haben …"

Wenn er so weitermachte, dann hätte er bald sogar Karl Wildmann auf der Palme, dachte Hattinger. Nur zu! Wie war das: Hochmut kommt vor dem Fall. Hatte seine Oma immer gesagt.

„Der Herr Strenger is ja auch a Kunde von Ihnen, oder? Er sagt, die Familie is bei der Hypo-Spar solang er denken kann … Wie is des denn möglich, dass der bei wesentlich größeren Sicherheiten sein' Kredit gekündigt kriagt? Und des, obwohl der a gfragter Ingenieur is – im Gegensatz zum Herrn Best, der ja offensichtlich nix glernt hat außer Frauen flachlegn … Des Grundstück wolln Sie doch zwangsversteigern lassn, oder?"

„Ich, ich! Was heißt denn hier: Ich? Die Bank

wollte das. Außerdem sind die Fälle natürlich überhaupt nicht vergleichbar."

„Des Prinzip is oiso: Wenns guad is für an Kunden, dann san Sie der Wohltäter, wenn ned, dann is die Bank schuld? Und wann welcher Fall eintritt, entscheiden Sie, oder?"

Wachler schnaubte.

„Das stellen Sie sich so vor, in Ihrem …" – beschränkten Beamtenhirn – hatte er sagen wollen, aber das konnte er sich gerade noch verkneifen, „in Ihrer blühenden Fantasie … Aber das ist Blödsinn! Ich muss mir doch auch alles genehmigen lassen. Jeden Furz!"

Dem würden sie auf den Grund gehen. Hattinger war sich sicher, dass er da einen gewissen Handlungsspielraum hatte, und dass es auch davon abhing, wie er der Zentrale einen Fall als Filialleiter darstellte. Er war sich inzwischen ziemlich sicher, dass Harald Strenger mit seinem Verdacht auf unebene Machenschaften nicht daneben lag.

„Wie wars denn mit Ihrer privaten Verbindung zum Herrn Beimer", fragte Hattinger.

„Welche private Verbindung? Da gab es keine private Verbindung. Was soll denn das sein, eine private Verbindung?"

Wachler war immer noch angriffslustig. Schön, dass er sich nicht zusammenreißen konnte. Er hörte sich eben doch zu gern reden.

„Der Ausdruck ‚Spezl' is da gfalln, in dem Zusammenhang. Mehrfach. Sagt Ihnen des was?"

„Stellen Sie mich doch bitte nicht als naiv hin, Herr Kommissar. Natürlich weiß ich was das heißt, ich bin schließlich in Bayern aufgewachsen."

Davon war nichts zu bemerken, dachte Hattinger.

„Oiso …?"

„Na ja, wir haben uns ab und zu beim Mittagessen getroffen, wie ich schon sagte, im *Runden Eck*. Aber da ist mittags die halbe Bernauer Geschäftswelt vertreten. Sonst in der Bank eben, wenn es was zu finanzieren gab oder so …"

„Wie meinen Sie das – zu finanzieren oder so?", wollte Wildmann wissen. „Worum ging es denn da?"

Wachler zögerte. Hatte er sich jetzt aufs Glatteis begeben?

„Nein …, das kam ja schon lange nicht mehr vor. Also, in den früheren Jahren seines Immobilienbüros, da … wusste er zum Beispiel, dass er ein Geschäft machen konnte, wenn er eine Immobilie kaufte, um sie dann später mit Gewinn weiter zu veräußern … Verstehen Sie? Und wenn er das Geld nicht hatte, hab ich, ich meine, die Bank … geholfen, mit einer Zwischenfinanzierung. So nennt man das. Und das war ja ein sicheres Geschäft. Da war beiden geholfen. Er hat verdient, und die Bank auch. Und er hat immer zurückgezahlt."

„Aha", sagte Hattinger.

„Was heißt da: Aha?" Wachler sah ihn misstrauisch an.

„Nix. Aha hoaßt aha – was denn sonst? Was san S' denn so nervös? Lauft doch alles …"

„Ich meine, solang jemand seine Kredite zurückzahlen kann, oder zumindest die Raten bedienen, ist ja alles in Butter. Wenn nicht, bemühen wir uns immer, das Problem individuell zu behandeln."

„Behandeln, genau …", sagte Hattinger.

Er ertappte sich dabei, wie er eine Zigarette aus

seiner Jacke holen wollte, besann sich aber eines Besseren.

„Lösen sollt ma's hoid, oder?", sagte er mehr für sich selbst.

„Ich weiß wirklich nicht, was Sie wollen. Ich habe mir jedenfalls nichts vorzuwerfen!", warf ihm Wachler trotzig hin.

„Dann stellt si' ja nur no die Frage, warum Sie gestern abhaun wolltn."

„Wie gesagt, ich wollte in Urlaub fahren."

„Herr Wachler, am Mittwochabend, wo warn S' denn da?"

„Am Mittwoch Abend, am Mittwochabend ..., wo war ich denn da? Wieso überhaupt? Was war denn am Mittwoch Abend?"

„Herr Wachler, ist Ihnen schon aufgefallen, dass wir hier die Fragen stellen?", schnauzte Wildmann ihn an. Auf seinem persönlichen Aggressionsbarometer war er schon fast bei stürmisch angekommen.

Hattinger lächelte innerlich. Es war ein echter Fortschritt, wenn er auch mal den härteren Part übernahm.

„Jaa ..., da hat der Kollege Wildmann natürlich recht. Schaun Sie, es is doch ganz einfach: Sie sagn uns, was Sie am Mittwoch gmacht ham, dann mach'ma a Kaffeepause ..."

„Also gut, auch wenn Sie meinen, dass ich Ihr bescheuertes Good Cop-Bad Cop-Spiel nicht durchschaue: Ich hab lange gearbeitet, Überstunden, eine Kalkulation erstellt ... Gegen sieben Uhr bin ich nach Hause gefahren, den Rest des Abends hab ich zuhause verbracht."

„Und um Acht ham S' mi'm Beimer telefoniert. Sei letztes Telefonat übrigens. Um was ging's da?"

„Was?"

Wachler brach merklich ein, als er mit dieser Frage konfrontiert wurde.

„Ich … ich habe nicht … Wie kommen Sie dazu …?"

„Herr Wachler, wir haben die Handy-Verbindungsdaten von Georg Beimer. Wir wissen, dass er mit Ihnen telefoniert hat", sagte Wildmann. „Und spätestens morgen werden wir auch wissen, von wo Sie mit ihm telefoniert haben."

„Ich sage nichts mehr ohne meinen Anwalt."

Nach dieser Ansage sagte der Filialleiter Wachler tatsächlich nichts mehr. Sie ließen ihn für den spärlichen Rest der Nacht in die U-Haft überstellen.

23

„Du, du miassatst no amoi komma mit deim Wagn. I hab da was vergessn zum ei'baun …"

„Vergessn? Was denn?"

Es war eher ungewöhnlich, dass der Hansi was vergaß, wenn es mit Autos zu tun hatte.

„Komm hoid vorbei, dann siegst as", hatte er gesagt, am Telefon. „Es waar scho wichtig. Und bring no a bissl a Geld mit."

Er sagte zu, vorbeizukommen. Beim Thema Geld klingelten allerdings alle Alarmglocken bei ihm. War vielleicht doch naiv gewesen, auf Hansis Verschwiegenheit zu vertrauen.

Er beschloss sich auf alles vorzubereiten.

Als er eine Stunde später den Feldweg zu der Werkstatt entlangfuhr, schaute er sich sorgfältig um. Soweit er überhaupt was sehen konnte, denn es war wieder mal neblig, wie schon seit Tagen. Im Moment war ihm das nur recht.

Er begegnete keiner Menschenseele. Vor der Werkstatt hielt er an und stieg aus. Es war kein anderes Auto zu sehen, nicht mal Hansis eigener Pickup. Erst mal versuchte er zu hören, ob sonst noch jemand da war, aber dieses Mal war nur monotones Hämmern auf Blech zu vernehmen, gelegentlich unterbrochen von kurzen Pausen.

Einen Moment blieb er noch stehen vor der Werkstatttür, dann drückte er die Klinke herunter und zog den rechten Flügel ein Stück auf. Das Hämmern verstummte.

„Ah …", begrüßte ihn der Hansi. „Bist scho da …"

Er legte den Gummihammer ab, mit dem er am

Kotflügel seines eigenen Pickups herumgedengelt hatte. Der stand ein Stück erhöht auf der Hebebühne.

„Logisch. Wenn du was vergessen hast." Er hatte beschlossen, sich erst mal dumm zu stellen. „Wars was Wichtig's?"

Der Hansi griff sich eine verchromte Auspuffblende von der Werkbank und hielt sie ihm hin.

„Jetz bin i ma nimmer ganz sicher, aber war die ned von dir?"

„Kommt ma ned bekannt vor."

„Ja dann … Habs ma fast scho denkt …"

Dass das ein Vorwand war, unter dem er hierher gelockt wurde, war nur zu offensichtlich. Er entschloss sich, direkter zu werden.

„Gibts a Problem?"

Der Hansi zierte sich ein bisschen. Vielleicht hatte er noch ein wenig Vorgeplänkel erwartet.

„Hast du heit scho Zeitung glesn?"

„Naa, wieso?"

Was sollte denn das jetzt?

„Da steht was drin, von am Auto, was die Polizei suacht …"

Ach du Scheiße! Auf einen Schlag wurde ihm alles klar. Das hatte gerade noch gefehlt.

Er versuchte, sich nichts anmerken zu lassen.

„Aha … Und?"

Der Hansi legte eine Kunstpause ein.

„Und dass s' oan umbracht ham … In Bernau."

„So …?" Er spürte, wie sich kalter Schweiß auf seiner Brust sammelte. „Und was hat des mit mir zum doa?"

Der Hansi schaute ihn so an, als ob ihm das alles sehr unangenehm wäre, er aber gar nicht anders könne, als das jetzt zu sagen: „Des Auto is a VW oder a Audi, sagn s'…"

Er griff in seine große Abfalltonne und zog eine leere Spraydose heraus.

„Und jetzt kommts: Des hat zufällig genau die Farb", er hielt ihm die Dose unter die Nase, „achatgrau, metallic. Sogar der Farbcode steht in der Zeitung."

Der Hansi warf die Dose lässig wieder in die Mülltonne. Er setzte einen inquisitorischen Blick auf.

„Und, was sagst …?"

Als er nicht gleich Antwort bekam, zündete er sich erstmal eine Kippe an. Vor seinem Rauchverbotsschild stieß er einen Kringel aus und inhalierte den Rest wieder, bevor er eine langgezogene Rauchwolke von sich gab.

„Woaßt, des geht mi ja eigentlich nix o …", sagte er. „I wui ja gar nix wissn. Aber wenn des jetz a so is, und i oans und oans zammzähl …, da san natürlich 800 Euronen a bissl wenig, für a so a …", er machte eine dramaturgische Pause, „Notoperation … Verstehst …? I glaub, da muasst scho no a bissl was drauflegn."

Der Hansi schaute jetzt nicht mehr geplänkelmäßig drein. Ihm war klar, dass er die Lage im Griff hatte.

„Und an wia vui hast da denkt?"

„Mei, so fünf Riesen vielleicht … Dafür vergiss i aber ah ois …"

„Okay …"

Der kalte Schweiß hatte sich jetzt über Brust und Rücken ausgebreitet, und er spürte, wie er auch schon aus seiner Kopfhaut zu perlen begann.

„So vui hab i aber ned dabei."

„Wiavui hast'n?"

Mit klammen Fingern holte er seinen Geldbeutel aus der Manteltasche, öffnete ihn und gab vor, die Scheine zu zählen. In Wirklichkeit wusste er genau, wie viel drin war, denn er hatte sich natürlich auch darauf vorbereitet.

„Sechs, sieben, acht", zählte er die Hunderter, „zwanzig, vierzig, fuchzig ..."

„Guad, gibst ma jetz amoi de 800, as Kloageld konnst b'haltn", sagte der Hansi großzügig.

„Okay. Den Rest konn i da morgn bringa. Notfalls heit Abend no ..."

„Naa, morgn langt oiwei. Mach da koan Stress."

Der Hansi nahm die 800 Euro und steckte sie in die Brusttasche seines öligen Overalls. Er zog den Reißverschluss zu und sah recht zufrieden aus. Das war wohl einfacher gewesen, als er erwartet hatte. In seinen Augen sah man schon den Rest der Summe und möglicherweise noch mehr klimpern.

„Nix für unguad ... I moan, es is ja nix Persönliches, oder?" Er klang inzwischen schon wieder ganz jovial wie immer. „Aber a jeder muass hoid schaun wo er bleibt, verstehst? Oder? Ha ...?"

Ein bisschen wartete er noch auf ausbleibende Begeisterung, dann schlug er vor, um das Geschäft abzurunden: „Und jetz trink'ma a Hoibe, oder?"

„Logisch", mühte sein Gast sich noch ab, so cool wie ihm das gerade noch möglich war. Der Schweiß überschritt die Schwelle vom Haaransatz zur Stirn. „Dann kriagst morgn an Rest."

Der Hansi verschwand, um das Bier zu holen, Gott sei Dank, und bei ihm selbst begann das Programm anzulaufen, auf das er sich vorbereitet hatte, in seiner Vorstellung, so gut das eben ging. Aber jetzt war natürlich alles anders, hier, in der Wirklichkeit. Er wischte sich den Schweiß aus den Augen und verfluchte sich, zum tausendsten Mal. Das alles kam ihm völlig unwirklich vor, ein Albtraum, und er wünschte sich nur, endlich aufzuwachen. Gleichzeitig wusste er genau, dass er hellwach war und dass es aus dem bisher Geschehenen nur eine Konsequenz gab. Jetzt musste man das alles so durchziehen, es gab gar keine andere Möglichkeit.

Er sah sich in der Werkstatt um, sondierte schnell und konzentriert die Gegenstände, die für sein Vorhaben in Frage kamen, wägte in rasender Geschwindigkeit Pros und Kontras ab, er war unzufrieden, sah keine optimale Lösung, er musste sich entscheiden, und zwar jetzt! – das hier vielleicht, ist das schwer genug? – verdammt, das war alles …

Da knirschen schon Schritte draußen auf dem Kies –

Schnell kommen sie näher. Zu schnell …

Jetzt nur keine Panik – keine Panik! Keine Panik!!

Nimm das Ding! Ein letztes Mal schaut er sich um, bleibt bei seiner Entscheidung.

Er hebt das Werkzeug, hält es hoch über den Kopf. Direkt hinter dem rechten Türflügel steht er jetzt, dicht an die Holzplanken gedrängt.

Die Schritte sind da. Die Klinke senkt sich …

Fast genau im selben Moment, als der Hansi mit den zwei Hellen in der Linken den anderen Türflügel öffnet und ein gut gelauntes „So! Jetz …“ von sich gibt, beim ersten Schritt in seine Werkstatt, trifft ihn ein gut gepflegter und geölter Drehmomentschlüssel, eigentlich zum Anziehen von Radmuttern gedacht, mitten auf den Scheitel, mit voller Wucht …

In einer seltsam anmutenden Choreographie knickt der Hansi ein in den Knien, sein Oberkörper wölbt sich nach vorne, in die Werkstatt hinein, mit der Rechten hält er noch kurz die Türklinke fest, beschreibt eine halbe Rechtsdrehung mit dem Körper, der Schwerkraft folgend. Zugleich reißt er mit der Linken die Bierflaschen hoch und versucht sie vor dem Zerschellen zu bewahren, einem letzten Impuls folgend. Es gelingt ihm fast. Sein Kopf knallt noch vor den Flaschen auf den betonierten Werkstattboden, Bruchteile von Sekunden später zerschellen die Flaschen. Blut und Bier breiten sich aus zwischen den Scherben und fließen langsam ineinander …

Und dann ist es fast still …

Nur noch sein eigener schwerer Atem. Das Pochen im Kopf.

Vom Hansi nichts mehr …

Eine ganze Weile steht er da und schaut hinunter auf diese Sauerei.

Dann macht er sich ans Aufräumen. Er zwingt sich dazu. Zieht sich die Handschuhe an, die er dabei hat. Schleift als erstes den Hansi ganz in seine Garage hinein und schließt das Tor. Er nimmt das Geld wieder aus der Brusttasche des blutigen Overalls und steckt es ein. Dann muss er sich erst einmal hinsetzen, weil ihm so schlecht ist.

Er lauscht, während er sich bemüht, sich zu beruhigen, aber das Lauteste im Moment ist immer noch sein Herzschlag. Wie hat er nur in diese Situation geraten können? Von allen guten Geistern verlassen … Aber es hilft nichts, er muss es jetzt durchziehen.

Aus seinem Wagen holt er die große Sporttasche. Draußen ist zum Glück nichts zu sehen oder zu hören. Aus der Sporttasche nimmt er den mitgebrachten Eimer, die Wischlappen und den Allzweckreiniger. Zunächst zieht er den Hansi mitten in die Werkstatt, neben die Hebebühne. Dann kehrt er die Scherben zusammen und beginnt, das Blut und das Bier aufzuwischen und den Boden zu schrubben. Scherben und Putzlumpen wirft er in die mitgebrachten Müllsäcke.

Den Drehmomentschlüssel steckt er in einen Sack, danach klaubt er die Lackdosen aus der Mülltonne. Auch die muss er natürlich mitnehmen.

Wieder zieht er sich frische Gummihandschuhe über und nimmt sich den Spind vor. Hansis Notizbuch steckt er ein, genauso wie den Stapel Fotos von seinen Tussis. Von seinen Ex-Tussis, wenn man's genau nahm. Jetzt war's ja wohl vorbei mit seinem Hobby. Dann schaut er die Quittungen in der Ablage durch und nimmt alle mit, die mit seinem Wagen zu tun haben könnten.

Als er alles in seinen Kofferraum gebracht hat, horcht er wieder, ob irgendjemand in der Nähe ist. Aber alles ist ruhig, auch vom Hof her.

Zeit, den Rest zu erledigen. Er sucht in der Werkstatt den Altölkanister, füllt etwa einen halben Liter Öl in eine Blechwanne und verteilt ihn über den frisch geschrubbten Stellen auf dem Zement. Mit einem alten Lumpen arbeitet er das stinkende schwarze Zeug in den Boden ein. Als ihm der Eindruck ausreichend natürlich erscheint, holt er zwei Handvoll Sägespäne aus einer Kiste, die er vorher schon in der Ecke ausgemacht hat, und streut sie über das Altöl. Er sieht sich das Ergebnis an und ist halbwegs zufrieden, es schaut wie ausgelaufenes Öl aus, das man aufzusaugen versucht hat.

Vor dem letzten Schritt muss er sich noch einmal zusammenreißen. Sein Puls jagt immer noch dahin und das T-Shirt unter dem Mantel klebt ihm schweißnass am Körper. Es muss sein, sagt er sich. Noch einmal zieht er frische Handschuhe an.

Den leblosen Körper des Mechanikers wuchtet er noch ein Stück weiter in die Mitte des Raumes. Er dreht ihn mit Mühe auf den Bauch, gleichzeitig bringt er mit dieser Wendung den Kopf unter den Ausleger der Hebebühne. Ein paar Zentimeter muss er den Kopf noch nachjustieren, dann steht er auf und stellt den Bedienhebel der alten Bühne auf Abwärts.

Zügig verlässt er die Werkstatt, achtsam den großen Altölfleck umgehend, und schließt von außen das Tor.

Schnell steigt er in sein Auto und schlägt die Tür zu, um nicht das scheußliche Knirschen hören zu müssen, mit dem der Ausleger der Hebebühne Hansis Kopf zerdrückt.

24

Zwei Stunden Schlaf hatte sich Hattinger gegönnt, in dem Zimmer, das Andrea Erhard für ihn netterweise gleich neben der Polizeistation reserviert hatte. Dann weckte ihn programmgemäß sein Handy und er stellte fest, dass er einen steifen Hals hatte. Nachts verdreht irgendwie. Es tat so weh, dass er kaum in der Lage war, sich die Zähne zu putzen. Das hatte ihm gerade noch gefehlt.

Als er im Besprechungsraum einlief, hielt ihm Andrea Erhard auch schon einen Kaffee hin.

„Schwarz mit a bissl Zucker, oder?"

Hattinger versuchte zu nicken.

„Was is'n mit Ihnen passiert? Hals verrenkt?"

„Schaut so aus …"

Hattinger nahm dankbar den Kaffee. Er schaffte es aber kaum, den Zucker umzurühren.

Andrea Erhard schaute ihn an.

„Wenn ma glei was macht, dann werds ned so schlimm", sagte sie. „Wenn S' mi lassen …"

„Wie meinen S' des, lassen …?"

„I wollt ursprünglich Physiotherapeutin werden. Hab mi da ziemlich damit beschäftigt …"

„Aha …" Hattinger war ein bisschen skeptisch. Sie wollte ihm also so direkt an den Körper?

„A bissl Vertrauen miassn S' natürlich scho mitbringa …"

Hattinger versuchte von seinem Kaffee zu trinken. Das Ziehen im Hals und in der Schulter war unerträglich. Schlimmer konnte es eigentlich nicht werden, dachte er.

„Okay … Aber passn S' guad auf mein Hals auf."

„Guad. Dann ziagn S' amoi die Jackn aus und setzn S' sich da hin."

Hattinger tat, wie ihm geheißen. Andrea Erhard stellte sich hinter ihn und tastete mit angenehm warmen Händen und festem Griff seine rechte Schulter ab. Dann fuhr sie langsam seinen Hals entlang nach oben, und noch bevor er aufjaulen konnte, sagte sie: „Da, oder …?"

„Aaahh, genau!" Es tat höllisch weh. Sie schien ja wirklich was davon zu verstehen.

„Okay. Sie miassn aber ganz locker lassen", sagte Andrea Erhard. Sie umschlang mit ihren Unterarmen seinen Hals und stützte mit der Rechten sein Kinn.

„Is des ned gfährlich?", quetschte Hattinger besorgt zwischen den Zähnen hindurch.

„Keine Sorge. Ruhig jetzt und locker lassen …"

Sie schien seinen Hals langsam zu verlängern, mit sanften Links-Rechts-Bewegungen zog sie ihn hoch, so dass er fast aus dem Stuhl gehoben wurde, dann machte sie plötzlich eine kleine schraubende Bewegung mit seinem Kopf, es knackte ein bisschen und sie ließ ihn ganz sachte wieder los.

„So", sagte sie.

Just in dem Moment betraten Wildmann und Bamberger den Raum. Sie registrierten etwas irritiert die Szene.

„Und?", fragte Andrea Erhard.

Hattinger begann ganz vorsichtig den Kopf hin und her zu drehen …

Es war weg … Es war tatsächlich weg! Er konnte es kaum glauben. Spontan sprang er auf und umarmte die Kollegin, so gut das ging, denn er stand vor dem Stuhl und sie dahinter. Sie freute sich sichtlich, obwohl es ihr vor Wildmann und Bamberger auch ein bisschen peinlich war.

„Die Frau Erhard is a echte Allzweckwaffe, wissts Ihr des?“, sagte Hattinger zu den beiden.

Sie schauten immer noch ein bisschen so drein, als ob sie Hattinger gerade beim Liebesspiel mit einer Kollegin ertappt hätten.

„Sie hat ma grad an Kopf wieder richtig auf'n Hals gsetzt.“

„Besser wia verkehrt rum …“, sagte Bamberger.

Hattinger verspürte einen regelrechten Energieschub durch diese Spontanheilung. Er hatte echt befürchtet, dass er jetzt tagelang schief herumlaufen müsste, das hatte er schon mal erlebt. Nein, Spontanheilung war der falsche Ausdruck, das hätte ja bedeutet, dass seine Halsstarre von selber verschwunden wäre. Es war eine Andrea-Erhard-Heilung, eindeutig.

Seine Spontan-Therapeutin hatte sich in die Ecke verzogen und packte die Semmeln und Brezen für die Mannschaft aus. Währenddessen strahlte sie insgeheim. Sie hatte das schon lang nicht mehr gemacht. Nicht auszudenken, wenn da was schief gegangen wäre. Aber sie wusste, dass sie dafür ein gutes Händchen hatte, und manchmal musste man eben etwas riskieren. Selbst wenn es der Hals eines anderen war. Und dieser Hals hatte sich gut angefühlt …

Als alle um den Konferenztisch saßen, brachten Hattinger und Wildmann die anderen erst mal auf den aktuellen Stand, was den Filialleiter Peter Wachler anging. Eigentlich machte es Karl Wildmann fast alleine, und Hattinger überließ ihm gerne den Vortritt. Dass sich Wildmann so an einem Verdächtigen festfraß, hatte er bisher noch nicht erlebt, aber er hatte größtes Verständnis dafür. Auf jeden Fall teilten sie beide unausgesprochen eine Abneigung gegen diesen Mann.

„Oiso, wia mach'mas?"

Hattinger schaute in die Runde. Er hatte sich natürlich schon was überlegt, wollte aber erst einmal den anderen eine Chance für eigene Vorschläge lassen. Als keiner was sagte, ergriff er selbst die Initiative.

„Mir ham Zeit bis Dienstag Abend. Bis dahin miass'ma den Kerl festnageln. Die Verdachtsmomente san überzeugend: Er wollt abhaun, ganz offensichtlich für längere Zeit, er hat auf die Schnelle alles Wichtige mitgnomma. Plus Geld und Gold … Er hat als letzter mit dem Opfer telefoniert, und er hat offensichtlich koa Alibi für die Tatzeit."

Hattinger lehnte sich zurück und genoss seinen wieder beweglichen Hals.

„Des san natürlich no koane Beweise, aber i schlag vor, mir lassen ihn jetzt erst amoi a bissl schmoren, und solang mach'ma a Hausdurchsuchung. Am besten parallel in seim Büro in der Bank, damit da koaner auf die Idee kommt, er kannt was verschwinden lassn. Da muass i allerdings no an Reißberger überzeugen, da san s' manchmoi a bissl zögerlich bei der Staatsanwaltschaft, wenn's um Banken geht."

„I glaub, i hab da no a ganz a guads Argument …", meldete sich Bamberger zu Wort.

Schon an der Art, wie er das sagte, erkannte Hattinger, dass er mehr als eine Kleinigkeit in petto hatte.

„I hab ma in aller Herrgottsfrüh scho amoi den Audi vom Herrn Direktor Wachler ogschaut …"

Allein, dass er Herr Direktor sagte, machte Hattinger schon neugierig. Wenn Bamberger Anreden oder Titel gebrauchte, hielt er denjenigen in aller Regel für richtig verdächtig. Er zog ein paar Fotos aus seiner Mappe und legte sie vor sich auf den Tisch.

„Dass die Farb von dem Audi übereinstimmt mit unsern Farbsplittern, des wissts ja scho. Aber i hab'n bei uns glei amoi auf d' Hebebühne gstellt und mir den Karrn von unten genau ogschaut. Oiso: Erstens is er vor Kurzem gwaschn worn, und zweitens hat er an frischen Lackschaden an der vordern Stoßstang, und an der hintern ah …"

„Bingo", sagte Hattinger, nachdem er sich die Fotos angeschaut hatte. „Dann bin i amoi gspannt, wie er uns des erklärt."

„Yes!" Wildmann ballte die Faust, und für seine Verhältnisse kam das schon fast einem Gefühlsausbruch gleich. „Damit haben wir ihn. Denke ich jetzt mal …", fügte er vorsichtshalber hinzu.

„Mhm. Jetzt kemma a vergleichende Lackanalyse durchführen", sagte Bamberger. „I hab scho Proben von dem Lack ans LKA gschickt. Bis morgen Abend sollt des Ergebnis eigentlich da sei …"

„Guad. Super …" Hattinger war zufrieden.

Er hätte sich eigentlich gern richtig gefreut, aber es gelang ihm nicht ganz. Er hatte sich vorgenommen, diesen herablassenden, fett- und geldgepolsterten Finanzheini zur Strecke zu bringen, und im Moment sah es ja sehr gut aus. Zu gut fast, sagte ihm seine Erfahrung … Es sah ein bisschen zu einfach aus.

„Natürlich derf'ma andere Möglichkeiten ned außer acht lassen. Gibts was Neues vom Harald Strenger?"

„Die Bewacher haben nichts gemeldet. Er schien gestern die ganze Zeit zu Hause zu sein", sagte Martin Haller.

„Vielleicht können wir die jetzt auch abziehen", meinte Wildmann.

Hattinger nickte.

„Wenn ma sei Auto überprüft ham und des in Ordnung is … Gibts scho irgendwas in Sachen Werkstätten?"

Der eine oder andere könnte inzwischen beim Frühstück schon die Chiemseezeitung gelesen haben. Der Aufruf im Lokalteil war jedenfalls groß aufgemacht. Ein Foto von Georg Beimer zu Lebzeiten war auch dabei, mit der Frage, wer ihn zwischen Dienstagmorgen und Mittwochabend gesehen habe.

„Bis jetzt ist nichts reingekommen", sagte Petra Körbel, die die eingehenden Anrufe sammelte.

„I hab gestern mein Nachbarn gfragt, der mir immer bei meim Auto hilft. Der hat mir fünf kloane Werkstätten in der Gegend aufgschriebn, alle, die er halt kennt. Vielleicht sollt i die heut amal abklappern …", schlug Andrea Erhard vor.

„Guade Idee. Wenn bis heut Nachmittag nix reikommt, dann machn S' des. Vorher schau ma uns no am Wachler sei Haus o …", sagte Hattinger. „Wie is denn eigentlich die Lage an der Spezl- und Gspusi-Front? Habts no was erfahren gestern?"

„Ich hab mich schon mit der Andrea darüber ausgetauscht", antwortete Petra Körbel, „bei den Frauen war die Reaktion sehr unterschiedlich. Die meisten wussten noch nicht, dass er tot ist, das schien mir auch glaubhaft. Eine Uschi hat gleich losgeheult, mit der schien er aktuell was gehabt zu haben. Sie hat erzählt, dass sie eigentlich locker für Dienstagabend verabredet waren, er hätte sich aber nicht gemeldet."

„Und sie bei ihm?", wollte Hattinger wissen.

„Das hatte er wohl nicht so gern, wenn man ihm hinterhertelefonierte. Wollte wohl selbst die Kontrolle haben."

„Des hat mir übrigens eine von denen, die ich ang'rufn hab, auch erzählt. Die war allerdings ned guad auf ihn zu sprechen. Ob ihn jetzt endlich amal eine vergiftet hat, hat s' gfragt", berichtete Andrea Erhard.

„Mhm. War denn jemand dabei, der an verdächtigen Eindruck gmacht hat?", fragte Hattinger.

„Eher nicht, würde ich meinen", sagte Petra Körbel.

Andrea Erhard schüttelte den Kopf.

„Und die Spezls?"

„Unübersichtlich", sagte Martin Haller. „Die Hälfte hab ich nicht erreicht, die andere Hälfte war eher maulfaul. Aber die hatten alle schon von Beimers Tod gehört, da hat die Buschtrommel wohl funktioniert, bzw. der Stammtisch im *Runden Eck*. Ich hatte aber bei allen nicht den Eindruck, dass das enge Freunde sind, eher gute Bekannte."

Wildmann bestätigte Hallers Eindruck.

„Der Typ namens Blinker hat gesagt, dass der Beni Beimers engster Freund war. Der ist aber nicht erreichbar. Ist angeblich in Urlaub. Der Blinker heißt übrigens Blinker, weil er früher immer schwarz Forellen gefischt hat, in der Prien. Und der Pommes ist angeblich so ein langer Rothaariger, ein ganz dürrer, obwohl er eine Vorliebe für Junk Food hat."

Hattinger stöhnte.

„Wenn ma den Wachler oder den Strenger ned schnell überführen, miass'ma uns die alle ausführlich vorknöpfen."

„Das fürchte ich auch", sagte Haller. „Wir haben inzwischen unsere Listen aktualisiert, mit allen Informationen über die Leute, die bis jetzt verfügbar waren, auch die richtigen Namen haben wir jetzt fast vollständig."

Er reichte Hattinger einen Hefter mit mindestens zehn Seiten. Das ursprüngliche Din A4 Blatt mit Sarah Becks Angaben lag obenauf. Er überflog es noch einmal. Die meisten Spitznamen, die sie behandelt hatten, fanden sich da auch. Ein Beni war nicht dabei, fiel ihm auf. Aber er würde sie sowieso noch mal befragen müssen.

Sie würden Verstärkung brauchen, um mit dem allen fertig zu werden, das war Hattinger klar. Vor allem brauchten sie schnellstens noch ein paar Finanzexperten. Er entschloss sich, mit Staatsanwalt Reißberger zu telefonieren.

Reißberger sagte ihm alles zu, was er wollte, nur mit der Bank war er erwartungsgemäß zögerlich.

„Sein persönliches Büro, seine Kontoverbindungen, mehr geht im Moment beim besten Willen ned, Hattinger."

„Des is doch scho moi was ..."

„Und sind S' a bissl diskret. Sonst gibts nur Schwierigkeiten."

„Ich werd mir Mühe geben ..."

25

Die stellvertretende Filialleiterin, Frau Rossmann, reagierte äußerst pikiert auf Hattingers Ansinnen, ihm das Büro ihres Chefs zu zeigen und ihm seine Kontounterlagen zugänglich zu machen. Sie schien persönlich besorgt um das Ansehen der Bernauer HypoSpar-Filiale.

„Des geht doch ned. Da könnt ja a jeder kommen. Außerdem is der Herr Wachler heut ja gar ned da …"

Dass Hattinger als Kriminalkommissar und in dienstlichem Auftrag da war, was er ihr natürlich eingangs erklärt hatte, schien die Frau überhaupt nicht zu interessieren. Diese Filiale betrachtete sie im Moment als ihr alleiniges Hoheitsgebiet.

„Warum is er denn eigentlich ned da? Wissen Sie, wo er is?", fragte Hattinger so arglos wie möglich.

„Der Herr Wachler is krank. Er hat mich gestern Nachmittag selber ang'rufen, dass ich ihn die nächsten Tage vertreten soll. Er hat a ganz a akute Lebensmittelvergiftung, hat er gsagt. Also wird er wahrscheinlich daheim sein, oder?", giftete ihn Frau Rossmann an.

Hattinger beschloss, sie erst mal in dem Glauben zu lassen.

„Dann wünsch'ma ihm gute Besserung, oder?", sagte Andrea Erhard, aber die ignorierte Frau Rossmann vollständig.

Hattinger zog den Durchsuchungsbefehl aus der Tasche und präsentierte ihn der resoluten Stellvertreterin.

„Trotzdem schau ma uns jetzt sei Büro an." Er ließ

nicht den geringsten Zweifel, dass er es ernst meinte. „Und Sie drucken uns derweil seine Kontoauszüge von de letzten zehn Jahr aus. Und die von Herrn Georg Beimer und von Harald Strenger ebenfalls. Konten, Kreditunterlagen, alles! Da san die entsprechenden Verfügungen."

Er reichte ihr die Papiere. Frau Rossmann schaute sie entgeistert an.

„Zehn Jahr, des geht ja gar ned ...", maulte sie, hatte aber immerhin erkannt, dass sie hier gerade nicht das uneingeschränkte Sagen hatte. Sie zeigte Hattinger und Erhard das Büro des Filialleiters und zog sich indigniert zurück. Kurz darauf sah man sie durch die Glastrennwände beim vergeblichen Versuch, mit jemandem zu telefonieren.

„Die möcht ihrem Chef Bericht erstatten", vermutete Andrea Erhard.

Frau Rossmann schien es lange läuten zu lassen, dann legte sie kurz auf und wählte gleich nochmal.

„Geht aber leider ned ...", sagte Hattinger, als Frau Rossmann verwundert den Hörer auflegte.

Mit Wachlers Schreibtisch fingen sie an. Auffällig daran war allenfalls, dass keinerlei Nippes herumstand, keine Fotos, überhaupt nichts, was irgendwie persönlich ausgesehen hätte. Diverse Mappen zur Bearbeitung lagen auf der Schreibunterlage, die oberste noch mit einem Kugelschreiber als Einmerker zwischen den Seiten, Unterlagen für eine Hypothek offensichtlich. Hattinger schlug sie auf, der Name sagte ihm nichts. Als er anfing, die anderen Mappen durchzublättern, schoss Frau Rossmann wieder ins Zimmer.

„Also ich erreich ihn jetzt nicht, den Chef, aber

eins kann ich Ihnen sagen", pampte sie den Kommissar an, „das Bankgeheimnis wird groß geschrieben in unserer Bank, gell!? Da geht des überhaupt ned, dass Sie jetzt da irgendwelche Kundenunterlagen einfach so anschaun!"

Andrea Erhard gab sich ganz naiv: „Aber wenn ma's ned anschaun, wie soll'ma denn dann wissen, ob die Unterlagen was mi'm Herrn Wachler zu tun ham oder ned?"

„A geh, so ein Schmarrn, die ham natürlich alle was mit dem Herrn Wachler zu tun, sonst hätt er's ja ned zur Unterschrift auf seim Schreibtisch, oder?"

„Sie, jetz passn S' amoi auf." Langsam reichte es Hattinger. „Entweder Sie lassen uns jetz in Ruhe unser Arbeit machen, oder wir rücken mit 20 Mann und Blaulicht hier an und stelln den ganzen Laden auf'n Kopf, und die Bank mach'ma so lang zua. Des kost' mi oan Anruf", flunkerte er. „Des können Sie sich jetzt aussuchen ..."

Frau Rossmann schaute zwischen Hattinger und Andrea Erhard hin und her, sie war etwas verunsichert. Schließlich entschloss sie sich zum Rückzug.

„Auf Ihre Verantwortung. Und bringen S' ma ned alles durchananander."

Als sie wieder verschwunden war, widmete sich Hattinger der Schreibtischschublade. Das Übliche: Stifte, Kugelschreiber, Ersatzminen, Büroklammern, Radiergummis, Tesafilm, Papierkleber, Schnellhefter mit dem Werbeaufdruck der HypoSpar, ein Taschenrechner – auch hier nichts Persönliches.

Andrea Erhard nahm sich den Schrank in der Ecke vor. Papierkram, Papierkram und nochmals Papierkram ...

„Oh je … Zammpackn und mitnehmen, oder?“, schlug sie vor.

„I glaub scho …“, sagte Hattinger und wühlte sich noch einmal durch alle Winkel der Schublade. Da war nichts Aufregendes. Es wirkte auch nicht so, als ob jemand was mitgenommen oder aufgeräumt hätte in diesem Raum, sondern einfach nur am Ende der Bürozeit verlassen. Einem Impuls folgend nahm er die ganze Schublade aus dem Schreibtisch, wozu er die Sperren an den Schienen zu beiden Seiten lösen musste. Er stellte die Schublade auf die Platte.

„Da! Schaun S’ amoi …“, sagte Andrea Erhard und deutete auf die Rückseite der Schublade, vor der sie stand.

Ein Stück breites, schwarzes Gewebeband klebte da, und eine Wölbung in der Mitte deutete darauf hin, dass es irgendetwas fixierte.

„Da schau her …“ Hattinger war gespannt. Mit Plastikhandschuhen zog er den Klebestreifen vorsichtig ab. Auf der Rückseite pappte ein Schlüssel. Kein gewöhnlicher, sondern vermutlich ein Safeschlüssel. „In der Bank is er sicher, hat er si’ wahrscheinlich denkt.“

„Vielleicht der Ersatzschlüssel für an Safe bei eahm dahoam“, meinte Andrea Erhard.

Hattinger nickte. Er rief Karl Wildmann an, der mit Martin Haller und Bamberger schon bei Wachler zuhause in Feldwies sein musste, um sein Heim unter die Lupe zu nehmen.

„Habts scho was gfundn?“, erkundigte er sich.

„Nicht wirklich“, antwortete Wildmann. „Alles ziemlich teuer und irgendwie geschmacklos hier. Hat er selbst eingerichtet, vermute ich. Oder einem

Innenarchitekten überlassen, der seinen Beruf klar verfehlt hat."

„Da gibts a ganze Menge", sagte Hattinger. „Für den Fall, dass irgendwo in dem Haus a Safe hergeht, mir ham wahrscheinlich an Schlüssel dazua …"

„Gut zu wissen", sagte Wildmann, „dann werden wir gleich mal alle Bilder abklappern. Wir kriegen den Kerl. Ich hab schon fünf Kartons mit Akten und Notizen eingepackt."

„Okay. Spätestens morgen kommt ja die Verstärkung. Gott sei Dank."

„Schaun S' amoi", sagte Andrea Erhard, als er aufgelegt hatte. Sie zeigte ihm einen Hefter mit dem Namen Harald Strenger. „Der is glei obenauf im Schrank glegn."

Sie schlug ihn auf. Die erste Seite befasste sich mit der Zwangsversteigerung von Strengers Grundstück. Datum, Gutachten, Mindestpreis beim ersten Termin, zuständiger Rechtspfleger beim Amtsgericht Rosenheim, alles Wichtige zusammengefasst. Darauf ein roter Post-It-Zettel mit Datum: *Bitte gleich absagen, Termin muss verschoben werden, W.* Darunter in anderer Handschrift: √ *abgesagt, Mayer. Soll ich neuen Termin beantragen?*

„Da schau her …", sagte Hattinger. „dann hat oiso der Wachler höchstpersönlich am Donnerstag den Termin absagen lassen. Aber warum? Weil er gwusst hat, dass am Beimer sei Leich auf dem Grundstück liegt?"

Er sah draußen wieder die Stellvertreterin des Filialleiters vorbeigehen und öffnete schnell die Glastür.

„Frau Rossmann? Einen Augenblick bitte. Gibts hier in der Filiale einen Herrn Mayer mit a-ypsilon?"

„Ja, wieso?"

„Kanntn S' uns den amoi kurz reinschickn?"

„Wenn's sein muss, selbstverständlich …"

„Es muss sein, leider", beteuerte Hattinger.

„Ja dann …", sagte Frau Rossmann, drehte sich um und ging. Selbst von hinten konnte man ihr noch das lautlose Abfeuern von Verwünschungen ansehen.

„Die werd heid nimmer warm mit uns …", stellte Andrea Erhard trocken fest.

Hattinger lachte.

Kurz darauf erschien auch schon Herr Mayer, ein vielleicht 30-Jähriger im zu großen grauen Nadelstreifenanzug mit grauer Krawatte, mit nicht ganz dazu passendem roten Kopf und fast ebenso roten Haaren. Er hatte sich heute Morgen offensichtlich so scharf rasiert, dass sich sein Kinn immer noch nicht von dieser Misshandlung erholt hatte und mit kleinen roten Pusteln übersäht war. Aus der Warte des Bankers war das wahrscheinlich ein tadelloses Aussehen, dachte Hattinger. Wenn er ihn so anschaute, kam er ihm allerdings eher wie eine Schießbudenfigur mit lauter kleinen roten Zahlen vor. Aber immerhin war Herr Mayer ausgesucht höflich und hilfsbereit, im Gegensatz zu seiner Interimschefin.

„Ja, letzten Donnerstag, gleich in der Früh, da hat er mir den Auftrag rüberschicken lassen. Dann hab ich sofort beim Amtsgericht angerufen und den Termin storniert. Ich hab mich noch gewundert, warum er das nicht selbst macht, aber wahrscheinlich hatte er halt gerade andere Aufgaben zu erledigen."

„Hat er Ihnen denn gsagt, warum er den Termin absagen will?"

„Nein. Geredet haben wir gar nicht. Er hat mir nur die Notiz geschickt. Andererseits kam das durchaus öfter vor, dass der erste Versteigerungstermin von Seiten unserer Bank abgesagt wurde, es war also nicht ungewöhnlich. Nur hat der Chef sich normalerweise selbst darum gekümmert."

„Danke Herr Mayer, des wars auch schon", entließ ihn Hattinger.

„Entschuldigen Sie die Frage, Herr Kommissar, was ist denn mit dem Herrn Wachler?"

„Des werden Sie bei gegebener Zeit erfahren, Herr Mayer. Mehr kann ich Ihnen im Moment nicht sagen."

Herr Mayer wandte sich zum Gehen.

„Einen Moment noch, Herr Mayer ... Ham Sie am letzten Donnerstag was Ungewöhnliches bemerkt am Herrn Wachler? Oder am Freitag?"

Mayer dachte nach.

„Na ja, ich hab ihn ja gar nicht so viel gesehen ... Aber jetzt wo Sie's sagen: Er war vielleicht ein bisschen unruhig. Nervös, würde ich sagen. Und er hat unseren kleinen Azubi zur Schnecke gemacht, da wusste eigentlich keiner, wieso. Normalerweise hatte er schon einen Grund, wenn er das mal machte ... Und am Freitag war er sowieso nicht da."

„Aha. Warum?"

„Das weiß ich nicht. Auswärtstermine? Oder vielleicht war er krank? Da müssten Sie eher unsere Frau Rossmann fragen. Die weiß eigentlich immer alles ..."

„Danke Herr Mayer, des mach'ma."

Frau Rossmann wusste allerdings nicht mehr zu sagen, als dass der bedauernswerte Herr Wachler schon am Freitag gekränkelt habe und deswegen zu Hause geblieben sei. Dass es ihn jetzt dann aber gleich so arg erwischt habe, das hätte sie schon auch gewundert.

„Normalerweise war der Chef eigentlich nie krank. Aber mei, irgendwann derwischt's an jeden ..."

„Da ham S' recht", sagte Hattinger. „Wissen Sie zufällig, warum die Zwangsversteigerung von dem Strenger-Grundstück am Donnerstag abgsagt worden is?"

„Davon weiß ich gar nix. Des hat der Chef normalerweis immer selber übernommen, des war ja fast a Hobby von ihm ..."

„Zwangsversteigerungen? Sei Hobby?" Andrea Erhard mochte es nicht glauben.

Frau Rossmann ignorierte sie. „Vielleicht schaun S' in sein' Kalender, vielleicht steht da was drin", sagte sie zu Hattinger.

„Welcher Kalender?"

„Der auf seim Schreibtisch. Da hat er alles Wichtige notiert."

Frau Rossmann deutete auf Peter Wachlers Schreibtisch und nahm mit leicht gerümpfter Nase die Schublade zur Kenntnis, die darauf lag.

„Vielleicht da drunter ..."

„Da war koa Kalender", sagte Hattinger.

„Ja dann weiß ich's auch ned."

Beleidigt fragte sie, ob sie jetzt wieder gehen könne. Sie müsse sich ja schließlich um die angeforderten Konten kümmern.

„Dann hat er den Kalender vielleicht mitgnommen", überlegte Andrea Erhard, als sie weg war.

Hattinger rief gleich Wildmann an und fragte

ihn, ob sie in Wachlers Haus einen Kalender gefunden hätten. Wildmann verneinte.

„Dann schauts auf jeden Fall ah an Müll o, Papierkörbe etc., sei Altpapiertonne, wenn er oane hat. Und die von de Nachbarn zur Not."

„Machen wir. Wir haben übrigens den Safe gefunden, im Keller. Und den Schlüssel dazu ..."

„Und?", fragte Hattinger.

„Leer", sagte Wildmann, „leider ... Ich hatte mich schon gefreut."

Als er aufgelegt hatte, fiel Hattinger etwas auf. Er zog den Papierkorb unter Wachlers Schreibtisch vor, der war aber leer. Vermutlich wurden die Büros ja regelmäßig sauber gemacht.

Er ließ Frau Rossmann wieder kommen.

„Wo kommt denn des Altpapier von der Bank hin?"

Die Frau starrte ihn nur noch feindselig an.

„Wozu wollen S'n des wissen?"

„Des lassen S' amoi meine Sorge sein. Beantworten S' halt einfach meine Fragen, dann spar'ma uns an Haufen Ärger."

„Wie Sie wünschen", giftete die Frau. „Dann kommen die Herrschaften am besten mit."

Frau Rossmann ging durch die Korridore der Bankfiliale voraus bis zu einem dunklen Nebenraum ganz hinten, in dem unter anderem ein größerer Rollcontainer aus Aluminium stand.

„Da." Sie deutete auf den Container. „Der wird regelmäßig abg'holt zum Schreddern. Zufrieden?", fügte sie hinzu und ging einfach wieder, ohne eine Antwort abzuwarten.

Hattinger und Erhard sahen sich an.

„Dann schau ma doch amoi“, schlug Hattinger vor und hob den Deckel an. Der Container war fast voll, vielleicht hatten sie ja Glück.

Keine zehn Minuten später hielten sie tatsächlich einen Tischkalender in der Hand, den jemand offenbar unter den restlichen Papierabfällen vergraben hatte.

„Na oiso …“, freute sich Andrea Erhard.

„Abwarten“, sagte Hattinger.

26

„Und, hast du nachgedacht, Paps?“ Lena erwischte Hattinger während der Rückfahrt kurz vor Prien am Handy. „Ich meine, wir müssen das jetzt entscheiden, bzw. du, weil ich hab ja schon entschieden! Hast du schon mit der Mama telefoniert? Ich meine, hast du überhaupt irgendwas gemacht? Weißt du, ich sitze hier rum und wart mir den Arsch ab und hab nichts mehr zu essen und keine Kohle. Ich weiß ja nicht, ob dir das überhaupt klar ist? Also wenn ich dableibe, dann müssen wir auch sowas wie feste Regeln einführen, damit man weiß, was Sache ist, wovon ich leben soll oder einkaufen und heut Abend wollte ich ja eigentlich weggehen, ins Kino vielleicht, weil heut is ja Montag, also Kinotag, da is es ja eh billiger, aber wenn ich nicht weiß, ob der Peter mir das Geld auslegen kann, dann is das ja blöd, und …“

„Du Lena, vielleicht haltst jetz amoi die Luft an“, versuchte Hattinger den Redeschwall seiner Tochter zu unterbrechen.

„Aber ich …“

„Nein. Jetzt komm wieder runter!“

„Aber ich wollte dir nur …“

„Stop! Ruhe! … Was is denn überhaupt los?“

Andrea Erhard sah hinterm Steuer ein bisschen verwundert herüber zu ihm, aber er kannte das ja schon seit Jahren, dass seine Tochter manchmal wie entselbstet losquasselte und gar nicht mehr zu bremsen war, vor allem, wenn ihr irgendwas auf der Seele lag, was sie aber gerade nicht sagen konnte.

„Ich … weißt du …, jetzt hab ich so gut gekocht für dich und wir haben geredet und so, und das war schön. Ich hab halt gedacht, dass du schon gesehen hast, dass mir das wirklich ends-wichtig is, und das war am Samstagabend, und jetzt is es Montag Nachmittag, also fast Abend …, also fast Dienstag schon gleich wieder, und ich hab nix gehört von dir seit drei Tagen und …, und … ich will ja nur wissen was Sache ist. Ich will nicht zurück nach Hamburg! Aber ich will auch nicht fünf Tage drauf warten, dass du vielleicht mal auf die Idee kommst anzurufen … Wenn ich doch drauf warte …"

„Lena, schau … i woaß ja, dass dir des wichtig is. Aber, i steck mitten in am Mordfall, mir ham jemand in Untersuchungshaft, den mir bis morgen überführen miassn, sonst kommt er wieder frei. Mir wissen alle scho gar nimmer, wo uns der Kopf steht, weil der Fall wirklich schwierig is …"

„Ja, das weiß ich ja alles, aber …"

„Nein. Nix aber. Des is eben koa Job, wo ma um Fünf an Rollladen runterlasst und dann: ‚Nach mir die Sintflut! Des is mir doch wurscht, ob da jetz no oaner draußen steht, der soll halt morgn wiederkomma …' Mir san doch koane Postler! Des woaßt du doch genau?!"

„Jaa-aa! … Aber es is trotzdem blöd. Und du kannst ja vielleicht trotzdem mal zwei Minuten von deiner kostbaren Zeit erübrigen und mich mal kurz anrufen und mir sagen, dass du keine Zeit hast, anzurufen. Oder?"

„Ja … Im Prinzip ja … Aber i konn's hoid ned … So is es eben. Wenn i in so am Fall drinsteck, dann konn i's eben ned."

„Ja, ich weiß … Und wenn nicht, kannst du's auch nicht."

Andrea Erhard bog auf den Parkplatz der Priener Polizei ein und stellte den Wagen ab.

„Ja, vielleicht … Und damit werst wahrscheinlich lebn miassn, wennst bei mir lebn willst …“, erzählte er seinem Handy, bis es tutete und er merkte, dass Lena schon aufgelegt hatte.

Manchmal sehnte er sich nach einer Zeit zurück, in der es keine Handys gab, keine E-Mails … Diese ständige Erreichbarkeit, die von einem verlangt wurde, machte das Leben nicht unbedingt einfacher, oder gar entspannter.

„Des is scho schwierig, oder? In dem Alter …“, meinte Andrea Erhard, als sie über den Parkplatz gingen. „I hab ja koane Kinder, aber …“

„Ned nur in dem Alter. Es is überhaupt schwierig …“

Andrea Erhard sah ihn an.

„Ham S’ an Blues?“, traute sie sich zu fragen und war selbst überrascht.

Hattinger sah sie an und kam einen Moment aus dem Konzept. Komischerweise wäre sie vielleicht wirklich eine, mit der man reden könnte, dachte er kurz, schob den Gedanken aber gleich wieder beiseite.

„Geht scho“, sagte er und hielt ihr die Tür auf. „Für an Blues hamma ja gar koa Zeit …“

Sie betraten die Wache. Andrea Erhard war ein kleines bisschen enttäuscht, aber sie zeigte es natürlich nicht. Zurück an die Arbeit eben …

Wildmann, Bamberger und Haller waren noch in Wachlers Haus, nur Petra Körbel hatte die Stellung gehalten.

„Gibts was Neues?“, fragte Hattinger.

„Wenig", sagte sie. „Am ehesten, dass die Bewacher von Harald Strenger gemeldet haben, dass vor einer halben Stunde wohl der Neffe mit seinem Auto aufgekreuzt ist. Sonst war er brav zuhause. Sie haben ihn viel telefonieren gesehen."

„Mhm. Dann solln die dort bleim und verhindern, dass er wegfahrt. Dann schick'ma glei an Bamberger vorbei, wenn er aus Feldwies kommt, dass er sich des Auto anschaut. Gibts irgendwas von unserm Zeitungsaufruf?"

„Was die Werkstätten angeht, nichts ... Interessant ist eine Frau, die sich sicher ist, Georg Beimer am Mittwoch gegen Mittag in einem Café in Kufstein gesehen zu haben. Sie hat erzählt, dass sie mal vor Jahren kurz was mit ihm hatte. Sie hat ihn aber nicht angesprochen, weil sie mit ihrem jetzigen Mann da war."

„Mittwochmittag. Des passt ja zu unsern Handydaten. Dann war er also tatsächlich in Österreich."

Das war ja schon mal was. Jetzt war nur noch die Frage, warum.

„War er allein da oder in Begleitung?", fragte Andrea Erhard.

Gute Frage, dachte Hattinger.

„Nein, er schien allein zu sein. Und er hat wohl so getan, als würde er sie nicht sehen, was ihr sehr recht war. Sie hat übrigens darum gebeten, ihre Angaben vertraulich zu behandeln."

„Okay. Und der Wachler, is der scho da?", erkundigte sich Hattinger.

„Ja, inklusive Anwalt. Der führt sich jetzt schon auf. Besteht auf sofortiger Entlassung seines Mandanten."

„Mhm, soll er ruhig …“, sagte Hattinger. „I glaub, den lass'ma erst amoi no a bissl wartn. Jetzt schau ma uns erst den Kalender an.“

Dass es tatsächlich Wachlers Kalender war, schien klar, denn Frau Rossmann hatte ihn gnädigerweise identifiziert, und viele Kürzel und Anmerkungen darin wiesen auf den Filialleiter hin. Das meiste davon offensichtlich normale Banktermine, mit Namen der Kunden, Uhrzeit etc., aber unter anderem auch ein paar „ZV“s, meist mit einem „verschieben“-Vermerk, daneben Zahlen, meist ganzzahlig mit Punkt dahinter, zum Beispiel „280.“ oder „320.“.

In der letzten Woche gab es am Mittwoch den Eintrag „B. 400.“, am Donnerstag die „ZV Strenger“ und am Freitag einen „Notartermin“. Dass die Zwangsversteigerung Strenger verschoben wurde, ging aus diesem Kalender nicht hervor, aber vielleicht hatte Wachler schon vorher beschlossen, ihn zu entsorgen und schreddern zu lassen. Frau Rossmann hatte berichtet, dass das routinemäßig am Freitag geschah, aber letzten Freitag habe die Firma den Termin verschieben müssen, weil ein Fahrer ausgefallen war.

Hattinger blätterte zurück. Einen Monat vorher befand sich ein Eintrag, der ihm interessant erschien: „600. Best ZF √“, und zwei Wochen vorher „Obj. Aschau, min. 1,8.. / f. 600. fest / 400. B !!“.

„Da schau her …, da hamma'n ja, unsern Georgie“, stellte er fest. „I friss an Besen, wenns da ned um a krummes Geschäft geht!“

„Die Punkte hinter den Zahlen stehen vielleicht für Tausender“, sagte Petra Körbel, die aufmerksam mitgelesen hatte, „nachdem es ja wohl um Immobilien oder Grundstücke geht. Also 400 000, 600 000, und so weiter …"

„Und 1,8 mit zwei Punkten steht dann für 1,8 Millionen", spekulierte Andrea Erhard logisch weiter.

„Des macht Sinn, ja", fand Hattinger. Einfach und logisch. Wachler hatte sich nicht die Mühe gemacht, etwas groß zu verschlüsseln. Vermutlich hatte er auch nicht damit gerechnet, dass dieser Kalender einmal eine Rolle in einem Mordfall spielen würde. Seine Einträge waren sozusagen nur gegen einfaches Mitlesen geschützt.

„Oiso schau ma moi: Es gibt wahrscheinlich ein Objekt in Aschau, für mindestens 1,8 Millionen Euro … Preis? Oder Wert? Wiss'ma ned. Aber dann: f. 600. fest – für 600 000 fest? Was bedeutet fest? Festgeld? 400. B – Best, bzw. Beimer? Was kann des heißen? Dass der Beimer – wenn B für Beimer steht – 400 000 Euro zahlt? Ziemlich fraglich, ob er die ghabt hat …"

„Könnte eventuell auch bedeuten, dass er 400 000 bekommt", schlug Petra Körbel vor, „für die Vermittlung. Oder für sonstige Dienste …"

„An was denken S' da?", fragte Hattinger.

„Ich hab keine Ahnung, ehrlich gesagt. Aber umgebracht werden Leute schon für weniger, das haben wir ja oft …"

Hattinger nickte.

„Des müss'ma halt erst amal offen lassen. Aber da, zwei Wochen danach: 600. Best ZF, √ – da taucht er ja im Klartext auf, der Best, und wieder dieselbe Summe, 600 000? Des halt i für koan Zufall. Außerdem hat der Wachler selber gsagt, dass er über die Bank sogenannte Zwischenfinanzierungen für den

Beimer, bzw. *Best Immobilien* besorgt hat: ZF steht doch vielleicht für Zwischenfinanzierung, oder? Und an Haken dahinter … des hoaßt doch aller Wahrscheinlichkeit nach, dass er dem Beimer erfolgreich a Zwischenfinanzierung über 600 000 Euro verschafft hat?"

„Wenn des so is, sollt'ma auf jeden Fall die Unterlagen dazu finden", sagte Andrea Erhard. „A so a Summe kann er ja selbst als Filialleiter wahrscheinlich ned ohne Genehmigung von oben vergeben."

„Da ham S' völlig recht", bestätigte Hattinger. Wachlers Büro hatten sie versiegelt, der Altpapiercontainer war beschlagnahmt, die Unterlagen aus seinem Haus wären bald hier, also müsste es doch mit dem Teufel zugehen …

„Spätestens morgen hamma des schwarz auf weiß, wenn ma richtig liegn."

Er schaute Andrea Erhard und Petra Körbel an.

„Aber wir können ja heut scho amoi a bissl bluffen …"

Hattinger gab telefonische Anweisung, Peter Wachler in den Vernehmungsraum bringen zu lassen, inklusive Anwalt.

„Und jetzt trink'ma no an Kaffee. So vui Zeit muass sei. Je länger ma die schmoren lassn, umso besser …"

Die Idee gefiel Andrea Erhard, die gleich aus einem Schrank zwei Packungen Kekse hervorzauberte und eine Schachtel Schokoladenlebkuchen.

„Mei Notfallration …", sagte sie.

„Gibts jetz scho wieder Lebkuacha?", wunderte sich Hattinger, der schon länger in keinem Supermarkt mehr zum Einkaufen war.

„Ja freilich, scho lang … Kaum san die Sommerferien vorbei, stehn die ersten Nikoläuse an der Kasse. I wart immer auf den Tag, wo's Osterhasn scho vor Weihnachten gibt ..."

„Genau. Ostereier gibts ja ah as ganze Jahr über. Des is doch a echter Fortschritt ...", meinte Hattinger. „I wüsst ja gar ned, wia i an Sommer überstehn sollt ohne Ostereier."

Noch bevor sie mit ihrer Kaffeepause und den scherzhaften Erörterungen über Supermarkt-Verkaufsstrategien fertig waren, trafen Karl Wildmann und Martin Haller ein.

Wildmann machte einen richtig aufgekratzten Eindruck.

„Bamberger fährt gleich noch zu Harald Strenger", sagte er, „wir haben auch noch ein paar Kisten mit Unterlagen von Wachler im Auto, aber das hier wollte ich dir gleich mal zeigen."

Er reichte Hattinger einen Hefter. Der schlug ihn auf.

„Kreditvertrag ...", las er laut, „zwischen der HypoSpar ... etc. etc., ... und Georg Beimer, *Best Immobilien ...*"

Hattinger überflog ungeduldig den Text, bis er fand, wonach er suchte.

„Hah! Da hamma's ja: ... über 600 000 Euro, in Worten: Sechshunderttausend, zur sofortigen Auszahlung auf das Notaranderkonto Nummer soundso soundso ... Bingo!"

Wildmann war überrascht über Hattingers Reaktion, so viel Euphorie hatte er dann doch nicht erwartet. Hattinger klärte ihn und Martin Haller über Wachlers Kalendereintrag auf.

„Das ist ja ein Volltreffer", erkannte Wildmann.

„Ich hab mir nur gedacht, das ist aber ziemlich viel Geld für einen wie Beimer."

„Allerdings", sagte Petra Körbel, „aber wieso Notaranderkonto? Was ist das überhaupt?"

Das fragte sich Hattinger auch.

„Mir brauchan dringend unsere Finanzfachleut. So komm'ma nimmer weiter."

Martin Haller hatte sich gleich an seinen Laptop gesetzt.

„Ich hab hier im Netz was dazu gefunden", sagte er. „Zitat: Immobilienkäufe werden in der Regel über einen Notar abgewickelt, der extra zu diesem Zweck ein sogenanntes Notaranderkonto einrichtet, auf das der Käufer das Geld für den Kauf einzahlt. Nach Vertragsunterzeichnung überweist der Notar es dem Verkäufer."

„Am letzten Freitag steht doch a Notartermin beim Wachler im Kalender", sagte Andrea Erhard.

„Genau. Oiso jetz pack ma'n …"

Hattinger schlug vor, mit Karl Wildmann die Vernehmung durchzuführen, während Haller und Körbel sich weiter durch die Unterlagen fräsen sollten.

Während sie zum Vernehmungsraum gingen, rief Bamberger an. Hattinger ging dran.

„Der Wagen vom Strenger wars vermutlich ned", sagte er. „Der hat zwar dieselbe Farb, aber koane Beschädigungen, und ah koane Hinweise auf Reparaturen. Und der is scho ewig nimmer gwaschn worn …"

„Guad zu wissen, danke." Das passte ja ins Bild. Hattinger hatte es schon vermutet.

„Und as Labor hat mi grad verständigt, die DNA-Spuren an der Eisenstang san zweifelsfrei vom Beimer. Aber es san no verschiedene andere DNA-Spuren dran. Unter anderem nichtmenschlichen Ursprungs …"

„Der Kater, oder?", meinte Hattinger.

„Wahrscheinlich …"

Als sie schon an der Tür waren, kam Martin Haller mit einem Zettel angelaufen.

„Das sollten Sie noch mitnehmen, dachte ich: Die Funkzellendaten von Peter Wachler."

27

Der alte Kammler ging über den Hof, zum Anbau hinüber. Ein Kreuz war es mit der Geherei, und jetzt hatte er natürlich schon wieder seinen Stock vergessen. Ein einziges Kreuz war es mit dem Stock. Immer ließ er ihn irgendwo liegen. Und dann vergaß er auch noch, wo, und dann schimpfte ihn die Erni wieder. Sie hatte ja recht. Wie konnte er nur so vergesslich sein. Aber zur Strafe musste er halt dann wieder ohne den blöden Stock rumhatschen, er war ja selber schuld.

Früher hatte man keinen Stock gebraucht. Das waren noch Zeiten. Und eine Brille hatte man auch keine gebraucht. Die hatte er natürlich auch schon wieder irgendwo angebaut. Im Haus hat er sie ja schon oft auf seiner Nase wiedergefunden, oder die Erni hat sie ihm nachgetragen. Aber die hat ja früher auch schon mal besser gesehen. Eine Brille wär früher völlig unmöglich gewesen. Das muss man sich ja bloß einmal vorstellen, ein Bauer mit der Brille auf der Nase beim Kartoffelernten! Unmöglich.

„Beeil di, Hans! Sonst werd as Essen koid.“

Ja ja, freilich, denkt er sich. Die Erni mag es überhaupt nicht, wenn das Essen kalt wird. Ich beeil mich ja eh schon, so gut ich kann ohne Stock, denkt er sich. Sagen tut er nichts. Das muss die Erni ja wissen, dass er sich beeilt, auch wenn's halt dauert.

Ein Kreuz ist es mit dem Altwerden. Was er für ein Bursch war früher. Eisern. Da können die heut ja gar nicht mehr mithalten. Alle wachsweich. Mit der Hand haben sie alles gemacht früher. Alles. Und heut, da setzen sie sich auf so eine Maschin' und tun so, als wie wenn das eine Arbeit wär.

„Hans? Hörst du mi? As Essen werd koid!"

Ja ja, denkt er sich. Dann wirds halt kalt. Schmeckt auch. Bei der Erni schmeckts immer, da hat er echt ein Glück gehabt. Und immer kocht sie. Kaum sind sie wieder da von der Schwester, da kocht sie schon wieder. Ist aber ein Glück auch, weil bei der Schwester wars jetzt nicht so gut. Aber mei, zwei Tag überlebt man eigentlich immer, auch wenns nicht so gut ist.

Jetzt zieht ihm schon wieder dieser vermaledeite Schmerz ins Bein, so außen entlang, bis in die Fußsohle, Herrgott nochmal. Wenn er wenigstens den Stock hätt. Der Hof wird immer länger, kommt ihm vor. Aber jetzt ist er ja fast am Anbau, da kann er sich kurz auf den Stuhl neben der Tür setzen, jetzt is es auch schon wurscht.

Ah, das tut gut. Hoffentlich kommt er auch wieder auf, ohne Stock. Vom Stuhl aus kann er auch an die Tür klopfen, das ist ihm lieber als läuten, er weiß auch nicht warum.

„Hans? I mach as Essen nommoi warm. Aber beeil di. Sonst verbrennt ja alles!"

Von fern klingt es über den Hof. Jetzt wird sie langsam grantig, das ist unüberhörbar. Überhaupt ist die Erni unüberhörbar. Was die für ein Organ hat noch immer, in ihrem Alter. Aber da kann er jetzt auch nichts machen, Organ hin oder her. Er kann gar nicht so schreien, und er mag auch nicht. Ja mei, dann stellst es halt runter vom Herd, denkt er sich. Er tät es auch sagen, wenn er jetzt in der Küche wär. Oder vielleicht auch nicht … Besser nicht, sonst gibts bloß wieder Streit wegen nix. Was soll man sich denn noch streiten, wenn man schon so alt ist. Er hat sich nie gern gestritten. Die Erni schon.

Jetzt muss er vielleicht doch noch läuten, weil das Klopfen nichts geholfen hat.

… Aah, die Klingel ist so laut, die tut ihm fast weh in seinen Ohren.

Früher war alles leiser. Da draußen, in der Natur … Außer einem Donner vielleicht, wenns gscheit gewittert hat. Aber das gehört ja zur Natur dazu. Außer der Erni … Die gehört irgendwie auch zur Natur. Ein Naturereignis ist sie, ungelogen.

Wenn jetzt auf das Klingeln hin auch nix passiert, dann muss er noch ein Häusl weiter. Aber jetzt hat er sich ja wieder ein bissl ausgeruht, da wirds schon gehen. Dann nimmt er es halt als Abendspaziergang, als Ertüchtigung. Irgendwie muss man sich ja ertüchtigen, grad wenn man schon am Stock geht, sonst ist es eh gleich aus.

Sehen tut man ja wenig heut. Und das liegt nicht an der Brille, die er nicht aufhat. Der Nebel. In Franken bei der Schwester hats noch nicht genebelt. Aber da ist auch kein See in der Nähe. Wenn man einen solchen See in der Nähe hat, dann muss man halt auch einen Tribut zollen dafür, im Herbst. Das hat er immer schon gesagt. Das hat er schon kapiert, wie er noch jung war. Aber heutzutag, da kapiert ja keiner mehr was. Die schaun ja alle bloß noch in ihr Internet, und die Natur kennen s' nur noch aus'm Fernsehen. So is es doch.

„Hans! … Hans …?"

Auweh, auf die Entfernung wirds doch schon schwach, trotz Organ. Aber er weiß ja, um was es geht …

Den Stadl kann er immer noch nicht sehen. Und dunkel wird es auch schon. Ja ja, der Herbst halt. Viele mögen ja den Herbst nicht so, aber er schon. Die Farben! Wenn die Blätter so … so … Das spottet jeder Beschreibung, kommt ihm in den Sinn. Das hat er gestern erst gehört, den Ausdruck, im Radio. Da ist es um was ganz anderes gegangen. Um was, hat er vergessen … Aber wenn der Wald gelb und rot wird und braun, im Herbst, und der Himmel so ein sattes Blau kriegt wie sonst nie im Jahr, und der warme Wind noch einmal kommt und die Spinnweben durch die Äste treibt … Da muss man doch einfach sagen: Das spottet jeder Beschreibung. Oder? Aber er war ja nur ein Bauer. Er konnte es halt nur sehen, aber nicht beschreiben.

Jetzt sieht er endlich den Stadl. Schon wieder tun ihm seine Haxen so sakrisch weh. Aber er hat gesagt, er holt ihn zum Essen, also holt er ihn auch zum Essen. Gesagt, getan. Da kann man sich auf ihn verlassen, hundertprozentig. Ob ihm jetzt die Haxen wehtun oder nicht. Das wär ja gelacht.

Und er muss ja da sein. Da sein muss er ja, weil um die Zeit ist er ja immer da. Zum Abendessen ist er immer da, das ist ja auch die einzige Zeit am Tag, wo man sich dann sieht, normalerweise. Ist ja eh so selten.

Dass er gar nix hört, wundert ihn. Normalerweise ist ja immer irgendein Lärm, aber jetzt grad nicht.

Gott sei Dank, jetzt ist er da. Jetzt hat er es geschafft, auch ohne seinen blöden Stecken. Zurück muss er ja auch wieder. Aber da kann ihm ja dann der Hansi helfen.

Er bumpert gegen die Tür von der Werkstatt.

„Hansi?“

Seine Stimme müsst er wohl öfters üben … Wie die Haxen. Sonst kommt da bald gar nix mehr raus. Er räuspert sich.

„Hansi!“

Dieses Mal war's besser. Aber der Hansi hat wahrscheinlich wieder mal seine Kopfhörer auf und hört Musik.

Kurz lehnt er sich gegen die Tür um Luft zu schöpfen, dann drückt er die Klinke herunter und zieht sie mühsam auf und geht hinein.

„Hansi? As Essen werd koid“, krächzt er.

Seine Augen sind noch gar nicht an die Dunkelheit gewöhnt.

„Wo bist'n?“

Der Hansi ist ja gar nicht da, denkt er noch …

Aber da am Boden sieht er etwas liegen. Unter dem Hansi seinem Auto! Er geht um das Auto herum.

Auf einmal sieht er das ganze Blut.

„Hansi? … Um Gottes willen …“

Da is was passiert.

„Heilige Maria Mutter Gottes! Hansi!“

Jetzt sieht er es, dass der Hansi da … das kann ja nicht sein, da … das … ist … Da ist ein Unglück passiert … Ein furchtbares Unglück! Aber das passiert dem Hansi doch nicht, das kann nicht sein, dass … Der Hansi ist ja vorsichtig, dem ist noch nie …

Aber er rührt sich gar nicht, der Hansi.

Er bückt sich hinunter, um noch genauer zu sehen, er kann sich, er kann sich nicht … er kann sich einfach nicht mehr halten …

Seine Beine knicken ein, und er setzt sich, nein, er plumpst auf den Hintern … direkt neben das ganze

Blut, fast hinein wär er noch gefallen.

„Hansi … steh doch auf“, sagt er, „die Mama wart ja scho mi’m Essn …“

Die Erni muss er rufen, denkt er noch. Aber er hat keine Kraft mehr.

28

„Das werden wir uns nicht gefallen lassen, wie man uns hier behandelt", schnodderte der Herr Anwalt Hattinger und Wildmann entgegen, kaum hatten sie den Vernehmungsraum betreten. „Und morgen ist mein Mandant wieder auf freiem Fuß, das garantiere ich Ihnen! Unmöglich, dass man als Bankdirektor hier behandelt wird wie ein dahergelaufener Verbrecher."

„Da ham S' recht", antwortete Hattinger süffisant, „vor allem, wo er doch ned herglaufen is, sondern wir ihn eingfangt ham, bevor er abhaut …"

Der Anwalt schaute empört zu seinem Mandanten, der schon wieder mit hochrotem Kopf vor sich hin schwitzte. Die Nacht in der Zelle hatte ihm offensichtlich zugesetzt.

„Blödsinn", bellte der Anwalt, „das ist doch überhaupt nicht erwiesen! Man wird ja wohl noch in Urlaub fahren dürfen."

„Jetzt beruhigen Sie sich vielleicht mal", empfahl Wildmann, „das wird ja dann der Haftrichter entscheiden, und nicht Sie."

„Was haben Sie hier eigentlich zu vermelden?"

„Jetz kommen S' amoi runter – aber ganz schnell!", fauchte Hattinger den geschniegelten Lackaffen an. Er fragte sich, wer von den beiden, die ihm da gegenüber saßen, der größere Unsympath war. Aber nach Sympathie hatten sie hier ja nicht zu entscheiden, sonst wäre sowieso schon alles klar …

Hattinger schaltete die Aufzeichnung ein und diktierte Datum, Uhrzeit und ihre Namen.

„Vernehmung Peter Wachler, erschienen mit seinem Anwalt, Herrn …?

„Friedrich. Dr. Justus Friedrich."

„Dr. Friedrich … Also Herr Wachler", begann Hattinger, aber der Anwalt fiel ihm gleich wieder ins Wort.

„Mein Mandant hat sich entschieden, nichts zu sagen. Aber vielleicht hätten Sie ja die Güte, Ihre Vorwürfe an Herrn Wachler mal etwas zu präzisieren. Bis jetzt haben Sie ja wohl nur heiße Luft produziert."

Hattinger zog in aller Ruhe den Zettel wieder aus der Tasche, den er vor Betreten des Raums eingesteckt hatte, und studierte ihn. Dr. Friedrich tockte ungeduldig mit seinen dürren Knöcheln auf der Schreibtischplatte herum, aber Hattinger ließ sich nicht nervös machen. Er reichte den Zettel an Karl Wildmann weiter.

„Wir hören …", sagte der Anwalt nach einer Weile.

„Mhm", gab Hattinger zurück, „also, Vorwürfe: Fluchtgefahr, Verdunkelungsgefahr …"

„Das ist uns bekannt. Und …?"

„Und die Fragen stellen wir", sagte Hattinger. „Herr Wachler, Sie ham gestern behauptet, Sie wären am Mittwochabend bei sich zuhause in Feldwies gwesn?"

Wachler sagte nichts. Er verschränkte nur die Arme noch fester und schaute Hattinger giftig an.

„Wie kommt's denn dann, dass Ihr Handy an dem Abend in Bernau war? Und erst gegen halb Zehn wieder in Feldwies?"

Wachler wurde unruhig. Er versuchte sich noch ein Stück weiter zurückzulehnen, was aber nicht ging. Stattdessen hob er den Kopf und schaute an die Decke.

„Da oben werdn S' die Antwort ned finden …", sagte Hattinger.

„Das müssen Sie ja erst mal beweisen", mischte sich Dr. Friedrich wieder ein. Aber er klang nicht mehr ganz so schneidend.

Hattinger zeigte ihm kurz den Zettel, nahm ihn aber gleich wieder an sich.

„Funkzellenprotokoll", sagte er nur, und zu Wachler: „Und?"

„Vielleicht ist es mir ja abhanden gekommen?" Er zog die Schultern hoch.

„Und dann haben Sie es wieder gefunden, zufällig, und sind glücklich damit nach Hause gefahren?", ätzte Wildmann.

Hattinger musste fast lachen, er verkniff es sich aber.

„Wieso nach Hause fahren? Ich war ja gar nicht weg", entgegnete Wachler.

„Sagen Sie besser nichts", riet Dr. Friedrich seinem Mandanten. Dann wandte er sich wieder an Hattinger: „Sonst haben Sie nichts? Das ist ja noch kein Beweis."

„Was is denn mit Ihrem Wagen eigentlich?", machte Hattinger ungerührt weiter.

„Was soll denn damit sein?", blaffte Wachler ihn an. Er konnte es offensichtlich schwer verknusen, nichts zu sagen.

„Da is ja so einiges verkratzt und verbogen, so unten rum …"

„Was? Was soll denn das heißen?"

„Herr Wachler, ich muss Sie schon bitten", sagte der Anwalt leise. „Wenn ich Ihnen helfen soll …"

„Mit meinem Auto ist aber nichts."

„Das sehen wir allerdings anders", sagte Wildmann. „Und das werden wir auch beweisen."

„Beweisen Sie, was Sie wollen", entgegnete Wachler trotzig, „aber ohne mich." Er hatte sich entschlossen, wieder zu schweigen.

„Des werden wir, keine Sorge."

Hattinger nahm den Hefter mit den Kreditunterlagen aus der Mappe. Wachler wurde wieder ein Stück röter im Gesicht, als er das Logo der HypoSpar auf dem Deckblatt sah.

„Sie ham ja da dem Herrn Beimer zu am ganz ordentlichen Kredit verholfen, Herr Wachler?" Hattinger blätterte in den Papieren. Wachler sah demonstrativ weg. „Also zumindest für Normalsterbliche wie uns is der ja mehr als ordentlich: 600 000 Euro … I glaub, der war sogar für den Herrn Beimer ungewöhnlich hoch, oder? Bei dem, was der so verdient hat – nämlich nix …"

„Was wollen Sie eigentlich? Das ist ein ganz normaler Bankvorgang." Wachler war von seinem Schweigegelübde schon wieder abgerückt. „Ich habe Ihnen doch gestern schon erklärt, dass die HypoSpar gelegentlich Zwischenfinanzierungen für *Best Immobilien* übernommen hat."

„Und was für eine Art von Geschäft wurde da zwischenfinanziert?", fragte Wildmann.

„Das unterliegt natürlich dem Bankgeheimnis."

„Schaun Sie, Herr Wachler", sagte Hattinger ganz ruhig, „wir haben da einen Mann, der am Mittwochabend ermordet worden is, den Herrn Beimer … Glauben Sie im Ernst, dass für den no as Bankgeheimnis gilt? Oder für Sie?"

Wachler beugte sich vor.

„Er wollte eine Immobilie finanzieren. Das war ja schließlich sein Beruf."

„Und was für eine Immobilie?", wollte Wildmann wissen. „Geht das vielleicht etwas genauer?"

„Ich weiß es nicht. Irgendein Objekt in Aschau …"

Wachler lehnte sich wieder zurück und verschränkte die Arme.

„Vermutlich war die Immobilie nicht für ihn selbst, oder?"

„Natürlich nicht." Der Filialleiter sah Wildmann an, als ob er ein bisschen bescheuert wäre. „Er wollte sie wieder verkaufen."

„An wen?"

„Ich weiß es nicht."

„Das glaube ich Ihnen nicht", sagte Wildmann. „Wenn Sie dem Beimer eine solche Summe vermitteln, dann müssen Sie doch sicher sein, dass sie wieder reinkommt."

Wachler sagte nichts. Hattinger ließ Wildmann weitermachen.

„Dann müssen Sie doch alle Details über dieses Geschäft kennen? Oder? Ich glaube nicht, dass Ihre Bank Ihnen applaudieren würde, wenn Sie 600 000 Euro in den Sand setzten?"

Wachler schnaubte verächtlich.

„Das gehört zum Risiko, wenn man Kredite vergibt. Da gibt es Sicherheiten wie Kreditausfallversicherungen zum Beispiel – alles Dinge, von denen Sie offensichtlich keine Ahnung haben!"

Er glaubte schon wieder, Oberwasser zu haben. Gut so …

„Und die 400 000? Warn die ah versichert?", warf Hattinger lässig ein.

„Was?“

Es war, als ob ein Blitz in den Bankdirektor gefahren wäre. Er zuckte zusammen und klammerte sich an den Stuhllehnen fest.

„Welche 400 000? Was meinen Sie …?“

Er versuchte es sich nicht anmerken zu lassen, aber Peter Wachler war verunsichert.

„Herr Wachler, wenn ich Sie daran erinnern darf, Sie müssen nichts sagen“, beschwor ihn der Anwalt leise, der schon seit geraumer Zeit das Gespräch sehr nachdenklich verfolgte.

„Ich glaub, Sie wissen ganz genau, von welchen 400 000 ich rede“, bluffte Hattinger.

Wachler räusperte sich, sagte aber nichts. Er schien fieberhaft nachzudenken.

„Sie ham ja am Freitag an Notartermin ghabt“, hieb Hattinger in die nächste Kerbe und fixierte Wachler. „Worum ging's denn da?“

Der Filialleiter schien seine Kinnlade nur mühsam unter Kontrolle zu halten.

„Wie, Notartermin …? Ich hatte keinen Notartermin.“

Hattinger behielt Wachler genau im Auge, während er seine Jacke öffnete und den vor dem Reißwolf geretteten Kalender herausholte. Er legte den Kalender vor sich auf den Tisch und schlug ihn auf. Wachler schwitzte jetzt so, dass die Tropfen aus seinen kurzen Stoppeln perlten und in seinen nicht mehr so ganz perfekt gestärkten Hemdkragen liefen.

„Notartermin“, las Hattinger in Wachlers Kalender. „Am letzten Freitag“, schaute er den Banker wieder an. „Worum ging's?“

„Ich sage jetzt nichts mehr“, sagte Wachler leise zu

seinem Anwalt. Er machte den Eindruck, als könnte er gleich umkippen.

„Herr Kommissar, ich beantrage eine Vernehmungspause, um mich mit meinem Mandanten besprechen zu können", sagte Dr. Friedrich. „Und vielleicht sollten wir einen Arzt zuziehen. Sie sehen ja, dass es ihm nicht gut geht ..."

29

Hattinger und Wildmann besprachen sich mit Staatsanwalt Reißberger, der inzwischen in Prien angekommen war, ebenso wie zwei Finanzfachleute aus der Polizeidirektion und ein Steuerfahnder, die sich sofort an die Arbeit machten um Wachlers wie Beimers beschlagnahmte Unterlagen zu durchforsten. Hattinger hoffte, dass sie schnell etwas mehr Licht ins Dunkel bringen würden.

„Da gibts no einiges an Details zu ermitteln, aber meiner Ansicht nach besteht ein dringender Tatverdacht gegen Peter Wachler."

„Bewiesen is noch nix, doch ich bin geneigt, Ihnen da zu folgen, Hattinger", pflichtete ihm der Staatsanwalt bei. „Aber wir müssen halt den Ermittlungsrichter noch überzeugen. Das wär natürlich erfolgversprechender, wenn wir die Ergebnisse von der Lackanalyse und den DNA-Abgleich schon hätten. Haben Sie denn einen konkreten Hinweis, um was für ein Geschäft es da geht? Was es mit den Geldsummen auf sich hat?"

„Nein", sagte Wildmann. „Wir werden so schnell wie möglich versuchen, über dieses Notaranderkonto auf den Notar zu kommen. Dort müsste es ja Verträge oder zumindest Entwürfe geben, wenn Wachler letzten Freitag dort einen Termin hatte. Petra Körbel ist schon dran."

Aus Wachler hatten sie nichts mehr rausgebracht. Hattinger ließ tatsächlich einen Arzt rufen, der dem Filialleiter einen gefährlich hohen Blutdruck attestierte. Er meinte, ein Fall fürs Krankenhaus sei er nicht direkt, aber ein paar Stunden Ruhe würden ihm sicher nicht schaden, also ließen sie ihn, mit entsprechenden Medikamenten versorgt, wieder in seine Zelle bringen.

Auch dem Anwalt hatten sie eröffnet, dass sie einen Haftbefehl gegen seinen Mandanten beantragen würden, was der mit der Ankündigung konterte, in dem Fall sofort Haftbeschwerde einzulegen, aber insgesamt war Dr. Friedrich doch wesentlich kleinlauter geworden in den letzten Stunden. Wenn das in dem Tempo weiterging, würde er spätestens morgen als Bettvorleger enden.

Gerade hatte Hattinger die große Runde zur Besprechung zusammengetrommelt, als Poschner hereinkam.

„Entschuldigung, i glaub es is wichtig …"

Poschner meldete, dass gerade eine Nachricht über einen ungeklärten Todesfall hereingekommen war, in einer kleinen privaten Autowerkstatt auf einem Bauernhof in der Nähe von Hemhof. Die Angehörigen hätten den Notarzt gerufen, der aber feststellte, dass der Mann offensichtlich schon ein paar Stunden tot war.

„Aufgrund der unklaren Situation hat er sofort die Polizei verständigt. Hab ma gedacht, des kannt ja die Werkstatt sei, nach der mir suchen …"

„Sehr gut", sagte Hattinger, „da fahr'ma sofort hin. Herr Poschner, verständigen S' doch bitte die Rechtsmedizin und an Bamberger mit seine Leut. Und a Mannschaft zum Absichern etc."

„Die is scho unterwegs", sagte Poschner und reichte Hattinger ein Blatt mit der Adresse.

„Hemhof … Frau Erhard, Sie wissen doch sicher, wo des is?"

„Ja freilich. Des is ned weit, des liegt da in der nördlichen Seenplatte, Richtung Langbürgner See, Schloßsee und so. An der Schafwaschener Bucht vorbei und dann …"

„Sie fahren sowieso am besten mit", winkte Hattinger ab. „Du ah, Karl. Auf gehts."

Eine Minute später saßen sie in Andrea Erhards rotem Käfer und fuhren die Hallwanger Straße hinaus Richtung Westernach. Hattinger hatte auf dem Parkplatz bemerkt, dass er seinen Autoschlüssel drinnen liegen gelassen hatte, also hatte Andrea Erhard vorgeschlagen, ihr Fossil aus den Sechzigern zu nehmen.

Der unverwechselbare Sound des alten Boxermotors erinnerte Hattinger sofort an seine Kindheit. Er hatte mit seiner Mutter eine Zeitlang in einer kleinen Straße gewohnt, kurz hinter einer Kurve. Da hatte er immer gewettet, dass er von zehn Autos neun richtig vorhersagen konnte, bevor sie um die Kurve kamen. Und meistens hatte er alle zehn richtig erkannt, nur am Klang des Motors. Das wäre heute unmöglich, dachte er.

„I fahr immer unten rum, über Schafwaschen …"

Nur Wildmann, der ein bisschen unglücklich auf der Rückbank verkeilt saß, wunderte sich, dass bei dem Namen das ‚…waschen' betont wurde und nicht das ‚Schaf'.

„Oben rum durch Rimsting is's langweilig. I mag den Weg liaba", erklärte Andrea Erhard, während sie die müde klappernden Scheibenwischer anstellte, um die Scheiben vom Niederschlag des Nebels zu befreien. „Obwohl, heut wärs vielleicht wurscht …"

Dunkel wars im Übrigen auch längst, nicht nur neblig.

Hattinger wäre es gerade völlig egal gewesen, wie sie jetzt dahin kamen, wenn nur die Heizung des Käfers funktioniert hätte. Durch das alte Verdeck des Cabrios pfiff es überall rein, und überhaupt war es der totale Blindflug, den Andrea Erhard veranstaltete. Man musste wirklich darauf vertrauen, dass sie sich auskannte.

„Stand die Werkstatt eigentlich auf der Liste von Ihrem Bekannten?", wollte Wildmann wissen.

„Naa, die war ned dabei." Andrea Erhard bog links ab. „Aber i glaub, da gibts in jedem zwoatn Kaff a so a Klitschn, deswegen wundert mi des ned ..."

Nach einer abenteuerlichen Rechts-links-rechts-Kombination flogen sie am alten Rimstinger Bahnhof vorbei und tauchten auf einer einspurigen, ziemlich kurvigen Straße in den dichten Wald.

„Sie san scho sicher, dass ma da richtig san ...?", fragte Hattinger vorsichtig. Ihm wurde fast schlecht, weil es auch noch dauernd auf und ab ging. Entgegenkommen durfte jedenfalls keiner.

„Keine Sorge, i kenn mi scho aus ...", versuchte Andrea Erhard ihre Passagiere zu beruhigen.

„Und was ist mit Wildwechsel?", warf Wildmann von der Rückbank her ein. „Wild hat ja keine Scheinwerfer ..."

Andrea Erhard ging abrupt vom Gas. Hattinger und Wildmann machten einen kleinen Hüpfer nach vorn.

„Entschuldigung, aber i hab gedacht, es pressiert vielleicht? Aber i konn ah langsam fahrn ..."

Andrea Erhard war angefressen über die Kritik an ihrem Fahrstil und fuhr in einer Art Dienst nach Vorschrift weiter. Sie sagte nichts mehr.

„Es is ja nur wegen am Nebel …“, versuchte Hattinger sie zu besänftigen, als sie aus dem Wald wieder rauskamen.

Kurz darauf überquerten sie noch eine Vorfahrtsstraße, dann waren sie auch schon in Hemhof.

„Duad ma leid …“, maulte Andrea Erhard. „I wollt euch ned verschreckn, aber i kenn die Streck wia mei Westentaschn.“ Sie hielt den Käfer an einer Kreuzung an. „Und jetz?“

Hattinger reichte ihr das Blatt mit der Adresse.

„Auweh“, sagte sie, „da gibts ja ned amoi an Straßennamen?!“

Wildmann machte sich schon daran, sein Smartphone in Stellung zu bringen.

„Da bringt a Navi ah nix“, wusste Andrea Erhard. „Aber i woaß was Bessers … Wia hoaßn die, Kammler?“

Sie fuhr noch ein paar Meter weiter, parkte vor einer kleinen Wirtschaft und murmelte irgendwas Unverständliches vor sich hin, was so ähnlich wie ‚Hubb – bi‘ klang. Dann stieg sie aus und verschwand in der Wirtschaft.

Hattinger und Wildmann sahen sich fragend an.

Kurz darauf kam sie wieder heraus, gefolgt von einem gestikulierenden, blonden Langhaarigen, der sowas von sich gab wie: „… da umme und nacha links awe, dann ganz hintre und rechts wieda auffe, na siegst as scho …“

Andrea Erhard bedankte sich bei dem Mann, der wieder in seiner Kneipe verschwand.

„Des war der Hubbi“, erklärte sie, als sie wieder eingestiegen war. „Der kennt an jeden da. Und a jeder kennt eahm …“

„Aha", sagte Hattinger. „I kenn an ned … Aber mir solls recht sei, wenn ma jetz hi'findn."

Zielstrebig fuhr Andrea Erhard weiter. Drei Minuten später sahen sie schon die Blaulichter im Nebel blinken und hielten kurz darauf an der Absperrung, die gerade um einen alleinliegenden Holzstadl gezogen wurde. Im Hintergrund war ein kleiner alter Bauernhof mit neuerem Anbau mehr zu erahnen als deutlich zu sehen.

Die Flügeltüren des Holzstadls standen ein Stück offen, drin brannte das Licht und man konnte schon aus einiger Entfernung die Rückfront eines ziemlich wuchtigen silbernen Pickups mit Rosenheimer Kennzeichen erkennen.

Ein Mann kam vom Hof herüber und stellte sich als Notarzt vor. Frau Erni Kammler, die alte Bäuerin vom Hof, hatte in der Leitstelle angerufen, völlig panisch, und gesagt, dass ihr Sohn unter die Hebebühne geraten sei, und dass es ihrem Mann, der ihn gefunden hatte, auch nicht gut gehe.

„Der Mann hat sich offenbar mit letzter Kraft aus der Werkstatt geschleppt und ist dort zusammengebrochen, die Frau saß neben ihm am Boden und hat auf ihn eingeredet, als ich ankam. Es wird alles gut – das hat sie in einer Tour wiederholt", berichtete der Notarzt. „Zuerst hab ich in die Werkstatt geschaut, da war mir aber gleich klar, dass da nichts mehr zu machen ist. Das werden Sie ja gleich selbst sehen. Der Mann war auch schon ziemlich kalt. Dann hab ich gleich den alten Bauern versorgt und ins Krankenhaus bringen lassen. Er ist jetzt in Prien. Dann die Frau, aber die wollte unbedingt hierbleiben. Ich bin mir noch nicht sicher, ob die das packt. Ich hab sie jedenfalls leicht sediert, aber ich schau gleich noch mal nach ihr …“

„Wann ist der Notruf eingegangen?“, fragte Wildmann.

„17:45 Uhr. Eingetroffen bin ich kurz vor sechs Uhr. Also ich hab ja schon gesehen, dass sich jemand unter einer Hebebühne die Füße gequetscht hat, oder die Hand, aber sowas gabs meines Wissens noch nicht …“

Hattinger bedankte sich. Sie zogen sich Plastikhandschuhe und Überschuhe an und näherten sich auf dem Kiesweg dem Stadl. Hattinger zog die Türflügel noch etwas weiter auf und sah die Bescherung: Der Mann, der seinen Informationen nach Hans Kammler hieß wie sein Vater und 39 Jahre alt geworden war, lag auf der linken Seite des Pickups am Boden, auf dem Bauch, inmitten einer Blutlache, und das, was einmal sein Kopf gewesen war, war unter einem Ausleger der Hebebühne, auf der der Pickup stand, zerdrückt worden.

Daneben lag ein Gummihammer und ein paar andere Werkzeuge, und direkt innen am Tor war ein größerer Ölfleck, der mit Sägespänen bekämpft worden war.

Hattinger nahm das Bild in sich auf. Außer dem sicherlich unschönsten Detail gefiel ihm noch etwas anderes nicht daran. Er hätte aber im Moment nicht sagen können, was es war. Aber eins war klar, da musste erst die Spurensicherung ran, Fotograf, Rechtsmedizin, die ganze Abteilung. Er würde jetzt nicht da reingehen und vielleicht noch mehr Spuren kaputtmachen.

Andrea Erhard war heilfroh, als Hattinger seinen

Entschluss mitteilte. Sie war etwas grün im Gesicht, soweit man das bei der spärlichen Beleuchtung beurteilen konnte. Auch Wildmann machte keine Anstalten, zu protestieren.

„Der Pickup is übrigens auf ihn selber zuaglassn", sagte der Hauptwachtmeister, der mit seinem Kollegen als Erster vor Ort war.

„Aha", meinte Hattinger. Ob man jetzt von seinem eigenen oder einem fremden Auto zerquetscht wurde, machte im Endeffekt dann auch keinen entscheidenden Unterschied, dachte er.

„Ham S' ihn kennt, zufällig?", fragte er den Polizisten.

„Ned persönlich. Aber ghört hab i scho gelegentlich von eahm. A Freund von meim Sohn hat ma den scho amoi empfohlen, muass a guader Mechaniker gwesn sei …"

„Mhm …" Hattinger dachte nach. „Können Sie sich vorstelln, dass ma als erfahrener Mechaniker mit'm Kopf unter sei eigene Hebebühne kommt?"

„I ned. Aber i hab ah koa Ahnung …"

„I ah ned", gab Hattinger zu. „Mir brauchen gnua Scheinwerfer, ah für außen rum. Kanntn Sie da bitte Bscheid gebn, dass des schnell geht?"

Der Hauptwachtmeister versprach es und ging zu seinem Streifenwagen.

Hattinger besprach sich mit Andrea Erhard und Karl Wildmann. Er schlug vor, die alte Bauersfrau zu besuchen und vorsichtig zu befragen, falls sie dazu in der Lage war. Sie gingen hinüber zum Bauernhaus.

Unterwegs fiel Hattinger etwas ein.

„I brauch no an Moment, i komm glei nach …"

Er blieb zurück und holte sein Handy heraus. Er

rief Lena an. Nach ein paar mal Läuten wollte er schon wieder auflegen, aber dann hörte er ein Quietschen, gefolgt von Gelächter und einem:

„… nicht, jetzt gib her …, Mensch! … Hallo? Paps? Es is gerade ungünstig … jetzt hör doch mal auf! Paps?"

„Ja. Du, i wollt nur amoi schnell anrufen, weil …"

Vom anderen Ende der Leitung hörte Hattinger so eine Art – ja was eigentlich? Lachwettbewerb mit Wrestlingeinlagen?

„Mensch jetzt gib doch mal her! Mein Dad … Hallooo? Paps? Ich … aahhh! … kann gerade nicht …"

„I wollt dir eigentlich nur sagn, dass i ah ned konn, weil mir scho wieder …"

„Paps? Schreib mir ne Nachricht, wenn's was … au! … Dringendes is, ja? Sorry!" Tut – tut – tut …

Aufgelegt. Soviel zum Thema mal kurz anrufen.

Na ja, aber das hörte sich zumindest nach Leben an …

Wildmann und Andrea Erhard waren schon ins Haus gegangen. Hattinger zögerte einen Moment, dann setzte er sich auf die Hausbank. Eine unsagbare Sehnsucht fuhr in ihn hinein, auf einmal. Er hätte es gar nicht beschreiben können. Vielleicht war es dieser ständige Tod, der einen umgab …

Und woanders tobte das Leben!

Und er war wie abgeschnitten von diesem Leben. Er war selber schon halb tot, verdammt nochmal …

Das Handy hatte er noch in der Hand. Es war ein spontaner Entschluss. Aus der Jackentasche zog er den Zettel, den er sorgsam aufbewahrt hatte, und wählte die Nummer von Sarah Beck. Auf dem Zettel stand ihr Geburtsdatum, übermorgen würde sie 29 werden … Was für ein Alter. Warum konnte er nicht noch einmal 29 sein?

Er hatte überhaupt keinen Grund anzurufen. Er hatte noch nicht einmal einen Vorwand. Der würde ihm aber vielleicht noch einfallen, dachte er, während er auf den Verbindungsaufbau wartete. Endlich läutete es. Er sollte wieder auflegen … jetzt! Aber etwas trieb ihn …

Ich will nicht getrieben sein, dachte er. Ich will mich ja noch nicht mal treiben lassen … Auflegen!

Jetzt wars zu spät, jetzt hatte ihn ein unerfindlicher Mut übertölpelt, Hattinger, du Wahnsinniger, dachte er, was …

„… aber jetzt nicht", hörte er gepresst, gedämpft, wie durch Watte. „Hallo? Beck …", jetzt in normaler Lautstärke, mit der Stimme, die er kannte. Direkt ins Ohr zu flüstern schien sie ihm: „Wer ist denn da?"

Die letzte Chance, wieder aufzulegen. Sie kannte seine Nummer noch nicht, oder? Er ließ die Chance fahrlässig verstreichen.

„Hattinger …", sagte er. „Hallo Frau Beck …"

„Herr Kommissar … Das ist aber schön, von Ihnen zu hören", schnurrte sie. „Was kann ich für Sie tun?"

Hattinger fing leise an zu schwitzen. Was war los mit ihm? Eine Unmenge von Dingen fiel ihm im selben Moment ein, die sie für ihn tun könnte. Und die waren alle nicht salonfähig …

„Ahm, ja … ich hab mir grad gedacht … Ich wollt amal schaun, wie's Ihnen so geht" – was redest du da, Hattinger? – „als Betroffene, sozusagen …" Er räusperte sich. „San S' wieder draußen, aus der Klinik?"

Den Satz hatte er gerade noch so zu Ende gekriegt.

Er könnte jetzt immer noch seine Haut retten und eine Verbindungsstörung vortäuschen.

„Ja ...", sagte Sarah Beck. „Heute Mittag bin ich entlassen worden. Ich hab darauf bestanden. Der Stationsarzt hätte mich gerne noch behalten, Sie ahnen ja, warum ... Aber meine Werte waren alle eins a. Es spricht also nichts dagegen, dass ich wieder Animateurin werde." Sie lachte. „Das scheint sowieso das Einzige zu sein, was ich kann ..."

Da hatte Hattinger einen ganz anderen Eindruck gewonnen, aus Sarah Becks eigenen Aussagen.

„Also mir gehts gut", fuhr sie fort, als Hattinger nichts sagte. „Und Ihnen?"

„Mir? Ja, ähm ..."

„Sie haben mir so geholfen, Herr Kommissar", hörte er sie sagen, ganz leise, „wie Sie in der Klinik waren und mich einfach festgehalten haben ... Ich war so traurig ... Wegen dem Georgie, und überhaupt, wegen allem ... Das kann nicht jeder – einen einfach halten ... Dafür möchte ich mich noch mal bedanken."

„Ja bitte, gern ... jederzeit wieder", hörte er sich sagen und konnte es nicht fassen. Aber es war die Wahrheit, sofort würde er sie wieder halten ... „Sie ham ja Geburtstag ..., hab i Ihrem Geburtsdatum entnommen" – Hattinger!!!, dröhnte es aus seiner Vernunftswelt, was verzapfst du da? – „also, ich mein ..."

„Möchten Sie gerne mit mir feiern, Herr Kommissar? Das würde mich aber sehr freuen ..."

„Ja ... gern ... Oiso vorausg'setzt, i hab überhaupt Zeit ... Sie wissen ja, mir ham ja leider immer no an Mordfall zu lösen."

„Ja natürlich, das geht natürlich vor. Gibts denn irgendwas Neues?“

Jetzt reiß dich zusammen, dachte Hattinger.

„Ja und nein …“, sagte er. „Kennen Sie eigentlich einen Hans Kammler, zufällig?“

Sarah Beck ließ ein kurzes Schweigen hören.

„Nicht, dass ich wüsste … Sollte ich?“

„Naa, aber es hätt ja sein können …“ Hattinger überlegte. „Aber jetz wo ma scho beim Thema san“, begann er sich auf vermeintlich sicheres Terrain zurückzubewegen, „wissen Sie vielleicht irgendwas Näheres über einen Kredit, den der Herr Beimer von der HypoSpar bekommen hat, über 600 000 Euro?“

„Was? Wie viel …?“ Sarah Beck hörte sich fast benommen an. „Das kann ja wohl nicht sein …“

„Ja …“ Hattinger hatte volles Verständnis für ihre Reaktion. „Desselbe ham mir uns auch gedacht“, fügte er hinzu. „Oder über irgend a Gschäft, wo's um 400 000 ging?“

Wieder legte Sarah Beck eine Pause ein.

„Herr Kommissar, da wird mir schwindlig, bei den Summen, die Sie da in den Raum stellen. Bei uns ging's allerhöchstens mal um 10 000 oder vielleicht 15 000 Euro … Das war aber auch schon das Äußerste.“

Sie schwieg einen Moment.

„Aber jetzt bin ich fast ein bisschen traurig …“, sagte sie, und sie klang auch so. „Ich hatte schon fast gehofft … du hättest mich privat angerufen … Entschuldigung … das ist mir jetzt so rausgerutscht …“

Hattingers Herz tat einen Hüpfer.

Aber – er konnte doch nicht …

„Du …“, fing er an, unbeholfen, nachdem er eine

Weile gar nichts gesagt hatte, „des mit dem du … hätt i echt gern … Nur jetzt, in der Ermittlung, da …“

„Ja …“ Sarah Beck klang enttäuscht, gab sich aber tapfer. „Ist mir schon klar.“

„Aber“, sagte Hattinger, „i bin guter Dinge, dass wir den Fall bis übermorgen lösen … Sehr guter Dinge“, war er überzeugt. „Und dann feier'ma dein Geburtstag. Einverstanden?“

„Ja. Ganz und gar. Ich warte auf dich …“

Sarah Beck legte auf.

Hattinger saß auf der Bank vor dem Bauernhaus und schaute sein verstummtes Handy an. Er versuchte, sich darüber klar zu werden, was da gerade gelaufen war. Es gelang ihm nicht wirklich. Er wunderte sich nur über sich selbst, er konnte aber nicht umhin, ein gewisses Hochgefühl zu registrieren, das er schon länger nicht mehr empfunden hatte. Schon ziemlich lang.

Und die Angst, in ein offenes Messer zu laufen.

Aus dem Bauernhaus in seinem Rücken hörte er das Wehklagen der alten Frau und gleichzeitig die beruhigende Stimme von Andrea Erhard.

Eine Weile saß er noch da und versuchte, seine Fantasien zu genießen. Aber er wusste, dass er da jetzt reingehen musste, und schließlich erhob er sich pflichtschuldig.

30

Erni Kammler, die alte Bauersfrau, hatte erzählt, dass sie mit ihrem Mann übers Wochenende bei der Schwester in Franken zu Besuch gewesen sei. Heut am frühen Nachmittag, gegen zwei, seien sie erst wiedergekommen, weil der Hans, sagte sie, ihr Mann, am Abend nicht mehr gern fährt, wenn's dunkel wird, weil er dann so schlecht sieht.

„Aber fahren konn er no guad, der Mo. Bloß mi'm Hatschen is's schwierig. Und dann lasst er oiwei sein Stock liegn. Aber zum Auto kummt er natürlich ah ohne Stock."

Sie deutete durchs Fenster, vor dem ein betagter Mercedes 190 Diesel stand. „Den hat der Hansi oiwei sauber in Schuss ghoitn ..." Da musste sie wieder weinen.

Danach erzählte sie noch mühevoll, wie sie ihren Mann losgeschickt hatte, um den Sohn zum Abendessen zu holen. Und dann sei der Mann nicht wiedergekommen, und das Essen halb verbrannt, und dann hätte sie sich schon gedacht, dass da was passiert sein musste, und dann habe sie den Herd runtergedreht und selber nachgeschaut ...

Damit ließen sie's gut sein, und der Notarzt konnte Frau Kammler doch noch überreden, in die Klinik zu gehen.

„Dann kann der Mann ja durchaus schon am Sonntag umgebracht worden sein. Er wäre jedenfalls keinem abgegangen", spekulierte Karl Wildmann. „Dann könnte es ja auch Wachler gewesen sein, bevor er versucht hat abzuhauen."

Hattinger war skeptisch. Irgendwie schien ihm so

eine Tat nicht zu dem Typen zu passen. Einer wie der hätte im Zweifelsfall jemand beauftragt. Falls es überhaupt eine Fremdtötung war, das mussten sie ja erst noch rausfinden.

„Hm …“, sagte er nur, den Rest behielt er für sich.

Andrea Erhard sah ihn an und zog die Augenbrauen fast unmerklich zusammen. Sie sagte aber nichts.

„Jetzt miassma erst amoi rausfinden, wann der Mann gstorbn is, und wie“, sagte Hattinger.

„Ich dachte, zumindest das wäre offensichtlich“, entgegnete Karl Wildmann. Er dachte einen Moment nach. „Obwohl …, das stimmt natürlich. Dr. Keul ist jedenfalls schon auf dem Weg.“

„Aha …“

„Ich seh mal draußen nach“, sagte er und verließ den Raum.

Hattinger schaute aus dem Fenster über den Hof. Es war Wind aufgekommen, und der Nebel hatte sich so weit zurückgezogen, dass man jetzt hinüberschauen konnte zu dem Stadl, der hell erleuchtet wie eine Filmkulisse aus der Nacht stach. Überall wuselten Bambergers Leute herum und nahmen alles auseinander, das Blitzlicht des Fotografen leuchtete immer wieder auf, sie suchten die Wiese ab und gossen Fuß- und Reifenspuren aus, es war eine generalstabsmäßige Unternehmung, auch wenn es von hier drinnen wie ein einziges Durcheinander aussah. Er schaute hinüber und hatte nicht die geringste Lust, jetzt da rauszugehen. Er war müde.

„Brauchen S’ irgendwas, Hattinger?“

Etwas verwundert spürte er Andrea Erhards Hand auf seiner Schulter. Das fühlte sich gut an. Es erinnerte ihn an die Sache mit seinem Hals. Wann war das? Es erschien ihm ewig lange her.

„I woaß ned …“, sagte er, „an Kaffee vielleicht …“

Was er wirklich gebraucht hätte, konnte er nicht sagen. Schon gar nicht einer Arbeitskollegin, die er kaum kannte.

Andrea Erhard ließ die Hand noch einen Moment liegen, dann zog sie sie zurück.

„Guad, dann schau i amoi, was ma da machen kann.“ Sie ging hinüber in die Küche.

So allein wollte er jetzt auch nicht hier bleiben und seinen Gedanken nachhängen, also ging er hinaus, rüber zur Werkstatt. Bamberger kam heraus, als er ihn sah, mit einem Foto in einer Plastikhülle.

„Schau, des hab i gfundn, da hinten in dem Metallspind. Des war hinten neig'rutscht.“

Er gab Hattinger das Foto. Offensichtlich war es hier in der Werkstatt aufgenommen. Ein kleiner roter VW stand zwischen den Säulen der Hebebühne, und auf seiner Kühlerhaube lag eine blonde junge Frau, mit nichts bekleidet als einem weißen Jäckchen mit geöffnetem Reißverschluss. Sie war vielleicht 25, höchstens, schätzte Hattinger.

„Aha …“, sagte er, „scho wieder so oana …“

„Wie moanst jetz …?“

„Na ja, des hat ja bestimmt der Kammler selber aufgnomma.“

„Ja, vermutlich. A Profi wars jedenfalls ned. Mir schaun amoi, ob seine Fingerabdrück drauf san. Oder andere. Da war auf jeden Fall no Platz für mehr Fotos auf der Ablage. Da hat jemand was rausgnomma, weil sonst is jedes Fleckerl belegt in dem Spind.“

„Vielleicht find'ma ja die Kamera oder an Drucker in seiner Wohnung. Er hat da drüben in dem Anbau gwohnt. Den miass'ma ah no oschaun."

„Des dauert aber …" Bamberger seufzte.

„Gibts sonst no was B'sonders da drin?"

Der Kriminaltechniker zeigte auf die Sägespäne direkt hinter den Türflügeln.

„Der Ölfleck is a bissl seltsam …"

„Wie moanst des?"

„Na ja, der is irgendwie zu gleichmäßig. Und die Sägespäne, die ham ned grad vui aufgsaugt. Und dann vor allem die Lage … Wenn irgendwo a Öl auslauft, dann doch normalerweis unterm Auto, und ned dahinter."

„Vielleicht sollt der Fleck was verdecken?", meinte Hattinger.

„Des glaub i ah fast. Auf jeden Fall wer'ma Proben analysiern, dann wiss'mas. Dauert aber …", kam er einer möglichen Frage von Hattinger gleich zuvor.

„Wia lang brauchts'n in der Werkstatt no?"

Bamberger winkte ab.

„Alloa die Fingerabdrück sichern is scho a Albtraum da drin. Überhaupt is's a Albtraum, solang ma immer um die Leich rumsteign miassn …"

Hattinger sah Bamberger nicht oft so angegriffen wie im Moment.

Ein Lichtblick nahte in Gestalt von Andrea Erhard, die ein großes Tablett mit Kaffeekannen, Tassen und Wurstbroten dabei hatte.

„I hab mi a bissl in der Küche bedient. Konn i ja morgn ersetzen", meinte sie.

Als sie Kaffee tranken, draußen an einem Streifenwagen, und sich die Laune bei allen wieder etwas aufhellte, kam Dr. Keul angefahren und parkte seinen Audi.

„Kommissar Hattinger … Ich hätte ja nicht gedacht, dass ich so bald wieder das Vergnügen haben würde“, sagte er mit leicht sarkastischem Unterton, als er mit seinen Koffern ankam.

„Ganz meinerseits“, entgegnete Hattinger.

„Also dann, stürzen wir uns in medias res!“

Hattinger war doch immer mal wieder froh, dass er das Große Latinum hatte. Wenigstens konnte der Rechtsmediziner ihn nicht damit verunsichern, dass er mit lateinischen Sprüchen um sich warf.

„Aber gern. Nach Ihnen …“, antwortete er und wies dem Mediziner den Weg in den Stadl.

„Oioioi!“, sagte der, als er den Toten unter der Hebebühne erblickte. „Was haben wir denn hier? Und das um diese Uhrzeit …“

Er ließ sich am Rande der getrockneten Blutlache nieder und schaute sich den Toten an.

„Ich nehme mal an, er ist nicht von euch bewegt worden?“

„Natürlich nicht“, sagte Wildmann.

„Was uns vorrangig interessiert“, sagte Hattinger, ohne große Hoffnung auf eine schnelle Antwort, „is die Frage: Tötungsdelikt oder Unfall? Und natürlich, wann er gstorbn is.“

„Ja, das ist mir klar. Ist das nicht immer die Frage? Ich würde vorschlagen, erst mal die Hebebühne hochzufahren. Ich hab gesehen, was ich sehen muss …“

Bamberger betätigte den Hebel und stellte ihn auf *Aufwärts*. Die Hebebühne setzte sich ruckend in Bewegung und gab langsam den Kopf von Hansi

Kammler frei, bzw. was davon übrig war. Ein scheußlicher Anblick.

Der Privatdozent Dr. Dr. Meinhard Keul beugte sich interessiert über den Toten und leuchtete Kopf und Hals zentimeterweise mit einer starken Taschenlampe ab. Alle anderen im Raum schauten irgendwo anders hin. Dann erhob sich der Mediziner und betrachtete eingehend die Blutlache. Schließlich sah er sich noch die Leichenflecken auf der Unterseite der Extremitäten an und prüfte die Totenstarre.

„Also dann – weil es schon mitten in der Nacht ist und wir alle ins Bett wollen, nehme ich an? Wollen wir mal ausnahmsweise dem amtlichen Endergebnis etwas vorgreifen ... Zur ersten Frage: Tötungsdelikt – positiv, würde ich sagen. Begründung: Dieser Mann ist nicht durch das gestorben, was ihn so zugerichtet hat. Meine Erfahrung sagt mir, dass er schon tot war, bevor sein Kopf unter diese Anlage geriet. Warum? Zu wenig Blut. Sehen Sie mal hier“, wandte er sich an Hattinger, dem nichts anderes übrig blieb, als Dr. Keuls Zeigefinger zu folgen, „die Halsschlagader des Mannes wurde regelrecht abgeschert durch die Unterkante des Auslegers. Das heißt, wenn sein Herz noch gepumpt hätte, wäre das Blut hier rausgesprudelt wie aus einer gesunden Ölquelle. Dann hätten wir hier zwei- bis dreimal so viel Blut finden müssen. Also war diese Inszenierung mit der Hebebühne nur noch für den Showeffekt gut ...“

„Sie meinen, man hat versucht, uns einen Unfall vorzugaukeln?“, fragte Wildmann.

„Das nehme ich an, ja. Aber eine Inszenierung, die professionellen Maßstäben standhalten würde, ist das nicht. Da war eher ein Amateur am Werk, würde ich sagen."

„Danke, des hilft uns ja scho amoi weiter", sagte Hattinger. So auskunftsfreudig hatte er den Rechtsmediziner noch nicht erlebt.

„Das ist ja schön. Zum Todeszeitpunkt würde ich grob sagen: Heute Vormittag. Ich messe jetzt noch die Kerntemperatur, dann können Sie ihn abtransportieren lassen. Genaueres dann nach der Obduktion."

„Also am Sonntag kanns ned passiert sei?", fragte Hattinger nach.

„Keinesfalls", legte sich Dr. Keul fest, als er das Thermometer ablas. Er packte seine Sachen wieder zusammen.

„Dann darf ich mich empfehlen. Meine Herren, die Dame …" Er sah Hattinger an. „Ich nehme an, Sie schicken wieder Ihre nette Assistentin?"

Andrea Erhard reagierte gar nicht begeistert.

„Schau ma moi …", sagte Hattinger.

„Na dann", sagte Keul und ging.

„Was is'n mit dem los?", brummte Bamberger, als der Rechtsmediziner außer Hörweite war. „Guad drauf, oder was …?"

Andrea Erhard sah Hattinger an.

„Ahm, wenn's irgendwie geht …, dann daad i ned gern …"

„Scho klar", beruhigte er sie, „i glaub, morgen hamma sowieso alle koa Zeit."

„Der Wachler kann's also nicht gewesen sein", stellte Wildmann fest. „Jedenfalls nicht selbst."

Er schien fast etwas enttäuscht.

„Der Strenger ah ned. Den hamma ja beobachtet", fügte Andrea Erhard hinzu.

Die Konsequenz war allen klar. Hattinger sprach sie aus.

„Dann fang'ma oiso wieder von vorn o …"

31

„Herr Kommissar!“ Schon wieder diese vorwurfsvolle Stimme. Konnte dieser Mensch nicht einfach sein Maul halten und für immer verschwinden? Nicht einmal sehen konnte er ihn. Irgendwo aus der weißen Suppe kam die Stimme.

„Junge Frauen … Herr Kommissar … Sollten Sie nicht wissen, dass die gefährlich sind? In Ihrem Alter.“

Ostermeiers Kopf tauchte aus dem Nebel.

„Ich könnte das Problem für Sie lösen, wenn Sie wollen …“

Ostermeier hob seinen Revolver.

„Nein!!“

Hattinger wachte auf. Er wusste nicht, wo er war. Er rieb sich die Augen und schaute sich um. Ach ja … Er lag auf der Eckbank in der Stube des Bauernhauses, bei den Kammlers. Musste kurz eingenickt sein.

Er schaute auf die Uhr. Was? ‚Kurz‘ waren drei Stunden. Es war fast sieben Uhr morgens.

Andrea Erhard kam herein. Sie schaute nicht so aus, als ob sie geschlafen hätte.

„Morgen … Gehts wieder? I mach glei an Kaffee“, sagte sie.

„Warum ham S’ mi denn ned gweckt?“, protestierte Hattinger milde.

„Sie warn so fertig … I hab ma denkt, es is wichtiger, dass Sie a bissl schlafen und dann wieder fit san. Oder?“

„Vielleicht ham S’ recht. Danke.“

Er stand auf und reckte sich ein bisschen in Form.

Ostermeier, dachte er. Wieso verfolgte ihn der Kerl? Den Rest des Traums schob er schnell beiseite.

Karl Wildmann kam herein.

„Gibt's was Neues?", wollte Hattinger wissen.

„Nicht allzu viel", sagte Wildmann. „Wir haben uns die Wohnung von Kammler noch vorgenommen."

„Und?"

„Unter seinem Bett waren fast 8 000 Euro, ganz klassisch unter einem losen Bodenbrett, in einer Plastiktüte."

„Da schau her ..."

„Für an Arbeitslosen mit Hartz IV ned schlecht", sagte Andrea Erhard. „Die Scheine san alle a bissl fettig und ölig. Wahrscheinlich is sei Werkstatt ganz guad glaufn."

„Mhm ..." Das glaubte Hattinger auch. „Wenn er offiziell arbeitslos is, kann er sein' Arbeitslohn ja schlecht aufs Bankkonto einzahln."

Wildmann nickte.

„Am erstaunlichsten finde ich ja, dass er wohl keinen Computer gehabt hat. Auch keinen Laptop, kein Smartphone, vielleicht nicht einmal ein Handy, zumindest haben wir keins gefunden. Es gibt auch hier auf dem ganzen Anwesen keinen Internetanschluss. Festnetz hat er gehabt, das ist alles."

„Brauch'ma schnell die Verbindungsdaten. A altmodischer Mensch also?"

„Sieht so aus. Nach dem, was bei ihm so rumliegt, hat er sich hauptsächlich für Autos interessiert."

„Und für Mädels", ergänzte Andrea Erhard. „Mir ham da so einiges an Fotos gfundn. Die schaun alle eher amateurhaft aus ..."

„Er hatte eine ziemlich simple alte Digitalkamera. Die Papierfotos hat er wohl an so einem Automaten ausgedruckt. Die aus seinem Zimmer waren alle älteren Datums. Die Speicherkarte in der Kamera ist leer."

„Gibts irgendwelche Hinweise, dass er an grauen VW oder Audi repariert hat in letzter Zeit?"

„Bis jetzt nicht", sagte Wildmann. „Da müssen wir wohl die Auswertung der Mikrospuren abwarten."

Der Kaffee war durchgelaufen und sie schenkten sich einen ein. Wie auf Stichwort kam Bamberger herein, mit einem Karton unterm Arm.

„Du riachst des meilenweit, wenn's an Kaffee gibt, oder?", scherzte Hattinger.

„Du konnst froh sei, dass i ah no was anders riach", antwortete Bamberger. „I hab ma gedacht, i schau amoi in die Papiertonne nei, die da hinterm Haus steht – und siehe da: Der Herr Kammler Junior war a sauberer Mülltrenner."

Er stellte den mitgebrachten Karton auf den Tisch und zog einen durchsichtigen Plastiksack heraus. Darin war ein Durcheinander von zusammengeknäueltem Kreppklebeband und zerknülltem Zeitungspapier, beides unregelmäßig besprüht mit grauer Farbe.

„Lass mi raten", sagte Hattinger, „achatgrau metallic?"

Bamberger nickte.

„Wenn mi ned ois täuscht. Die Farb hab i jetzt so oft o'gschaut …"

„A Hund bist scho …", zollte ihm Hattinger höchste Anerkennung.

„Dann hab i ma jetz an Kaffee verdient, oder?"

Andrea Erhard hatte ihm natürlich längst eingeschenkt. Er griff sich die Zuckerdose.

„Des Interessante is ja", fuhr er fort, „dass mir koa oanzige Farbdosn gfundn ham, aber jede Menge andern Metallabfall. Und die Müllabfuhr war seit letztem Montag nimmer da. Die besprühte Zeitung is zum Großteil vom letzten Freitag. Oiso konn die Sprühaktion ja ned länger her sei, höchstens kürzer …"

Jetzt rührte er sich endlich seine drei Löffel Zucker in den Kaffee, und Wildmann, der sich wie immer alles mitnotiert hatte, fasste zusammen:

„Das heißt, zwischen frühestens Freitag und spätestens gestern – also Montag – Früh ist hier mit unserer gesuchten Autofarbe etwas lackiert worden. Hansi Kammler wurde getötet, und der Täter hat vermutlich die benutzten Spraydosen mitgenommen. Allerdings hat er das zum Abkleben benutzte Papier vergessen, weil der Kammler es schon aufgeräumt hatte …"

„Genau", bestätigte Hattinger. „Und oans is ja mehr als wahrscheinlich: Dass er dann no mehr vergessen hat."

Kurz darauf rückten sie alle ab. Hattinger, Wildmann und Erhard zurück nach Prien, Bamberger mit seinen Leuten nach Rosenheim. Sie hatten eine Unmenge an Material gesammelt, was zu untersuchen war, eine Menge, die für Wochen reichen würde …

Hattinger lag die ganze Sache ziemlich im Magen. Er wollte diesen Fall klären, unbedingt, und schien doch weiter denn je davon entfernt. Ein zweiter Mord, und alle bisher Tatverdächtigen waren zumindest von einer unmittelbaren Beteiligung an diesem zweiten Mord durch die Umstände praktisch befreit.

Wenn er sich den Filialleiter Wachler anschaute – der war mit Sicherheit ein Gauner, auf seine Art, da, wo er sich auskannte: Abzocke, Betrug. Aber ansonsten war er ein jämmerlicher Feigling, eine traurige Figur, ein verfetteter, geldhortender Loser und sonst nichts, da brauchte man sich ja nichts vorzumachen. Den musste man ja nur ein paar Zentimeter aus seinem gewohnten Kontext verschieben, und schon wurde er zur Luftnummer. A laare Hosn – wie der Bayer sagt.

Und doch hatten die Geschäfte, in die er verwickelt war, direkt mit Beimers Tod, und damit auch mit Kammlers Tod zu tun, da war Hattinger überzeugt. Geld war der Motor, der die ganze Geschichte antrieb. Oder vielmehr Gier …

Außerdem war er ja vom Mordverdacht an Beimer noch nicht entlastet.

„Wir haben den Notar." Mit dieser ermutigenden Nachricht empfing Petra Körbel Hattinger und Co., als sie in Prien einliefen. „Ein gewisser Rasso Weiprecht in Seebruck. Hier ist die Nummer."

„Sehr gut." Hattinger schaute auf die Uhr, halb Neun. „Probier'mas glei …"

Hattinger rief die Nummer an und bekam immerhin eine Sekretärin an den Apparat. Die erklärte ihm, dass der Herr Notar heute nicht vor 9:30 Uhr ins Büro käme, und telefonische Auskünfte würde er sowieso nicht erteilen, da könne ja jeder kommen … Da müsse er halt eine schriftliche Anfrage stellen, dann würde man die zu gegebener Zeit bearbeiten. Hattinger hatte nicht die geringste Lust, sich dieses feindselige Gelaber noch länger anzuhören und legte auf.

„Schnepfe! Dann fahr'ma hi", beschloss er.

Er beauftragte Karl Wildmann hier so lang alles zu koordinieren und brach mit Andrea Erhard auf. Sie nahmen wieder ihren roten Käfer, denn heute Morgen war es etwas wärmer, und auch der Nebel wurde von einem warmen Ostwind mehr und mehr zerzaust. Andrea Erhard fuhr wieder „unten rum", an der Schafwaschener Bucht entlang, und heute sahen sie auch wirklich was vom See. Dann rechts weiter nach Breitbrunn, und als sie kurz vor Gstadt an der Kante der Anhöhe ankamen, riss der Nebel auf und sie sahen hinüber zur Fraueninsel, die tatsächlich im Sonnenschein lag.

Hattinger atmete innerlich auf. Seine Laune besserte sich schlagartig – innerhalb ihrer natürlichen Grenzen.

„San Sie vielleicht wetterfühlig?", fragte Andrea Erhard, die das registrierte.

„I …? Naa, eigentlich ned. Wieso?"

„Nur so …", sagte sie und fuhr weiter.

„Sagn Sie … I hab ma grad denkt – kemma ned as Verdeck aufmachen?"

Andrea Erhard sah Hattinger erstaunt von der Seite an, dann bremste sie und hielt am Straßenrand.

„Aber auf Ihre Verantwortung. Ned dass dann wieder was mit Ihrem Hals …"

„Da bin i ja glei in guten Händen", grinste er und half ihr das Verdeck zu öffnen.

Dann brausten sie mit wehenden Haaren durch Gstadt und hinaus Richtung Gollenshausen. Es war saukalt. Als sie hinterm Malerwinkel am Chiemsee entlang Richtung Seebruck schossen, was der alte Käfer hergab, ließ sich Hattinger tatsächlich zu einem spontanen Juchzer hinreißen.

Andrea Erhard lachte. „Jetz wern S' ma langsam unheimlich!"

Das kleine Notariat in Seebruck lag nicht weit von der Alzbrücke entfernt auf der linken Seite. Hattinger und Andrea Erhard stiegen zerzaust und durchgefroren aus und schauten sich erst mal um.

„Ja … Da konn ma's aushaltn", stellte Hattinger fest. „Sogar im Herbst."

Er schaute über den See. Im Süden spitzten jetzt auch die Gipfel von Hochfelln und Hochgern aus den Wolken. Am liebsten hätte er sich jetzt in ein Café gesetzt und die unerwartete Herbstsonne genossen.

Andrea Erhard schien seine Gedanken zu erraten.

„Manchmoi is's scho schad, dass ma koa Zeit hat …"

Im Notariat machte die Sekretärin Hattinger darauf aufmerksam, dass er ja wohl keinen Termin habe. Er legte seinen Dienstausweis auf den Tisch.

„Jetzt scho", sagte er der verblüfften Frau, „und meine Kollegin hat auch einen."

Die Sekretärin wollte schon wieder protestieren, da betrat der Notar Rasso Weiprecht das Büro. Entgegen seinem martialisch klingenden Namen war er wesentlich handsamer als sein Vorzimmer-Zerberus.

„Herrn Wachler kenne ich, ja. Aber Sie wissen ja vermutlich, dass ich als Notar zur Verschwiegenheit verpflichtet bin."

Hattinger zeigte ihm den Beschluss, der auch den Notar davon entband.

„Er hatte aber keinen Termin am Freitag. Jedenfalls nicht bei mir. Vielleicht bei einem anderen Notar?"

„Sagt Ihnen dieses Notaranderkonto was?" Er reichte dem Notar die Nummer. „Über des samma nämlich auf Sie gekommen."

Weiprecht schlug in einem Ordner auf seinem Schreibtisch nach. „Um welche Summe geht es da?"

„Um 600 000 Euro", sagte Andrea Erhard.

„Ja, natürlich", sagte der Notar, ohne zu zögern. „Die Summe ist sogar schon eingegangen. Das war der Vertrag Georg Beimer, *Best Immobilien*. Der hatte einen Termin am Freitag. Der wurde aber am Donnerstag abgesagt. Ich hab hier eine Notiz …"

„Abgsagt … Von wem?", wollte Hattinger wissen.

„Das geht aus dieser Notiz nicht hervor. Vielleicht von der anderen Vertragspartei."

„Aha, nämlich? Um was gehts denn bei dem Vertrag?"

„Herr Kommissar, da gilt natürlich dasselbe, was ich eben schon sagte: Verschwiegenheitspflicht."

„Wollen Sie damit sagen, Sie wissen gar ned, dass der …"

„Was?", fragte der Notar, während Hattinger noch überlegte, ob er weiterreden sollte.

Er fixierte den Notar.

„Dass der Herr Beimer letzten Donnerstag scho nimmer glebt hat?"

„Wie bitte? Was sagen Sie da?"

Rasso Weiprecht wirkte ehrlich überrascht.

„Georg Beimer is letzten Mittwoch ermordet worden. Und des is der eigentliche Grund, warum wir hier sind."

„Ermordet? Das wird ja immer verrückter. Einen Moment …“ Der Notar schaute die Mappen durch, die auf seinem Schreibtisch lagen. Schließlich zog er eine heraus. „Das ändert natürlich alles. Hier sind die Vertragsunterlagen.“

Endlich mal einer, der kooperationsbereit ist, dachte Hattinger. „Es geht ned zufällig um a Grundstück in Bernau, von einem Harald Strenger?“

„Nein. Hier geht es um den Verkauf einer Immobilie in Aschau. Ein kleines Schlösschen, das einem alten Herrn mit dem schönen Namen Theodor von Bardo gehört. Der Mann wird von seinem Neffen vertreten, der für ihn die Vorsorgevollmacht hat. Der alte Herr hat eine rapide fortschreitende Demenz, wie man hört. Es liegt uns natürlich auch ein Attest vor. Der Neffe heißt Winfried Grabmann. Und kaufen sollte es Georg Beimer. Der Vertrag war jedenfalls fertig ausgearbeitet.“

„Wissen Sie, ob der Herr Wachler an dem Geschäft beteiligt is?“, hakte Hattinger nach.

„Das ist mir nicht bekannt. Nicht direkt jedenfalls“, sagte der Notar. „Höchstens in der Form, dass er Herrn Beimer die Finanzierung ermöglicht hat, über die HypoSpar. Die beiden kannten sich ja wohl länger. Ich hatte in den letzten Jahren schon gelegentlich mit dieser Konstellation zu tun. Und die Herren schienen mir recht geschäftstüchtig zu sein …“

„Wie meinen S’ des?“, interessierte sich Andrea Erhard.

„Sehen Sie, ich mache ja nur die Verträge … Ich erläutere sie den Vertragsparteien, kümmere mich darum, dass rechtlich alles seine Ordnung hat, um Grundbucheinträge und Zahlungseingänge etc., und wenn alles sauber über die Bühne gegangen ist, stelle ich meine Rechnung und verlange meinen festgelegten Obulus – und das ist nicht die Welt …"

„Und …?", ermutigte Hattinger den Notar.

„Na ja, man hat ja keinen fundierten Einblick in die Vorgänge. Aber – lassen Sie es mich so sagen: Man macht sich dennoch so seine Gedanken …"

Rasso Weiprecht schien mit sich zu ringen, welches Maß an Indiskretion in diesem besonderen Fall gerade noch mit seiner Berufsehre vereinbar wäre.

Hattinger und Andrea Erhard spürten, dass sie an einem sensiblen Punkt angelangt waren. Es wäre kontraproduktiv gewesen, den Mann zu bedrängen.

Der Notar lehnte sich in seinem Sessel zurück und dachte in aller Ruhe nach.

„Wenn ich versuche, mich zu erinnern, an die Verträge, die wir mit Beteiligung von Herrn Beimer abgeschlossen haben, so war eines vielleicht auffällig: Dass es sich aus meiner Sicht bei Vertragsabschluss meist um ausgesprochene Schnäppchenpreise für den Käufer handelte. Auch wenn ich das Wort nicht mag. Schon gar nicht im Zusammenhang mit Immobilien. Aber Herr Beimer und Herr Wachler, oder auch der eine oder andere, an den mich die Herren als notariellen Dienstleister vermittelt haben, hatten offenbar einen ganz besonderen Riecher für ein gutes Geschäft."

„Des klingt sehr interessant", fand Hattinger. Er hoffte, der Mann würde noch ein bisschen mehr rausrücken.

„Wir als Notare bekommen natürlich nur das mit, was offiziell über unseren Tisch läuft. Und natürlich bekommen wir auch nur das vergütet …"

Er nahm seinen teuren Füllfederhalter vom Tisch und begann damit herumzuspielen.

„Des heißt …“, Andrea Erhard stellte sich dumm und gab sich sehr freundlich, „dass da quasi … – i versteh ja nix davon, aber …, dass es da vielleicht auch Geschäftsanteile geben könnt, die sozusagen unterm Tisch laufen? Also ganz an Ihnen vorbei?“

„Ja ja, genau das könnte es heißen … Und nicht nur an mir vorbei, ich wäre in diesem Spiel ohnehin nur eine nebensächliche Größe … Vorbei am Fiskus, vorbei an sonstigen Interessenten, die vielleicht die Hand aufhalten würden – Gläubiger zum Beispiel, Banken, Miteigentümer, Erbengemeinschaften …“

Der Notar lächelte in mildem Sarkasmus.

„Wir sind ja nicht naiv. Natürlich ist es so, dass ein Vertrag mit nicht beurkundeten Nebenabreden eigentlich nichtig ist. Aber: Wo kein Richter – da kein Henker, nicht wahr? Das heißt noch lange nicht, dass wir etwas Konkretes wüssten, wogegen wir etwas tun könnten …“

Rasso Weiprecht warf den Füller auf den Tisch. Man sah ihm seinen Ärger an, den er sonst wohl selten rausließ.

„Des geht uns leider auch oft so“, pflichtete ihm Hattinger bei. „Und wie is des bei dem aktuellen Vertrag?“

„Sehen Sie, Herr Kommissar, über Eines habe ich mich tatsächlich nicht besonders gewundert: Dass der Termin abgesagt wurde. Allerdings dachte ich natürlich nicht, dass der Käufer tot ist, sondern dass der Verkäufer vielleicht doch noch rechtzeitig zur Raison gekommen ist, bevor er sein Eigentum verschleudert …“

Der Notar machte eine Pause und beugte sich vor. „Ein Grundstück in Aschau, Hanglage, mit einer alten, aber wie mir berichtet wurde, relativ gut erhaltenen Villa mit Zinnen und Türmchen und Nebengebäuden und Stallungen, auf einem Grundstück mit unverbaubarem Blick mit fast einem Hektar Fläche, für 600 000 Euro! Ein Schuft, wer Böses dabei denkt …"

„Herr Weiprecht, Sie ham uns sehr weitergeholfen, denk ich." Hattinger stand auf. „Den Vertrag sollt'ma vielleicht mitnehmen …" Es war eine höflich formulierte Ansage.

„Sicher. Ich lass ihn gleich kopieren. Frau Ammer?", rief der Notar Richtung Vorzimmer.

Die Sekretärin steckte ziemlich schnell ihren Kopf durch die Tür.

„Kopieren Sie doch bitte den Vertrag für die Herrschaften."

„Selbstverständlich", lächelte sie süßsauer. „Wie oft?"

„Einmal reicht uns vollständig", sagte Hattinger. „Aber vielleicht können Sie sich erinnern, wer den Termin von Herrn Beimer am Freitag abgsagt hat?"

Die Sekretärin warf einen Blick zu ihrem Chef. Der nickte nur.

„Selbstverständlich erinnere ich mich. Das war Herr Grabmann. Wir hatten ja schon ein paar Mal telefoniert, und er war immer sehr höflich", sagte sie in Richtung des Notars, mit einem Seitenblick auf die Polizisten, die sie offensichtlich weniger schätzte.

32

„Wissen Sie was, Hattinger? Ich habe die Vorstellung aufgegeben, dass Sie vielleicht mal hier in der Rechtsmedizin aufkreuzen und sich vor Ort informieren", sagte Dr. Keul am Telefon, mit erstaunlicher Milde in der Stimme.

Hattinger fragte sich, ob der Kreide gefressen hatte oder frisch verliebt war oder was ihn sonst gerade steuerte? Aber es konnte ihm ja nur recht sein.

„Den Bericht bekommen Sie morgen, aber ich dachte mir, es würde Sie sicher gleich interessieren, dass wir am Kopf von Herrn Kammler eine Impressionsfraktur gefunden haben, die nicht mit der Quetschung durch die Hebebühne zu erklären ist. Der Mann wurde mit einem schweren Gegenstand erschlagen. Und zum Todeszeitpunkt würde ich sagen: Gestern Vormittag zwischen 10:00 und 11:00 Uhr. Einen schönen Tag noch."

Und schon hatte er aufgelegt, noch bevor Hattinger sich bedanken konnte. Was er in dem Fall tatsächlich getan hätte.

Karl Wildmann war ganz aufgeregt über all die neuen Informationen und begann wie ein Wilder zu notieren, was Hattinger und Andrea Erhard berichteten.

„Winfried Grabmann?", schaltete sich Martin Haller ein, als Hattinger den Namen erwähnte. „Da klingelt doch was bei mir …" Er griff nach einer Liste auf seinem Schreibtisch: „Genau, das ist der Winnie – alias Spaten, einer von Beimers Spezl-Liste", fügte er hinzu, als bei dem einen oder anderen nicht gleich der Groschen fiel.

„Da schau her!“ Diesmal griff Andrea Erhard Hattingers Standardspruch auf.

„Des is koa Zufall“, sagte Hattinger. „Da miass'ma hi' …“

„Sollen wir uns ankündigen?“, fragte Wildmann.

Hattinger schüttelte den Kopf. Er beschloss, Erhard und Wildmann mitzunehmen. Die anderen sollten sie auf dem Laufenden halten, falls was Wichtiges passieren sollte.

Ein paar Minuten später waren sie unterwegs nach Aschau, dieses Mal in Hattingers unauffälligerem Gefährt. Außerdem hatte er ein Navi. Es war fast Mittag, der Nebel war weg und die Sonne schien. Ein strahlend blauer Himmel leuchtete über der Kampenwand, als sie nach Aschau hineinfuhren, und alle drei hatten sie die Hoffnung, dass auch dieser Fall endlich ein bisschen lichter werden würde.

Dann ging es hinter der Burg Hohenaschau Richtung Hammerbach. Auf der rechten Seite am Hang entdeckten sie schnell ihr Ziel: Das kleine Schlösschen stand an einem Hang inmitten eines Parks mit altem Baumbestand. Zwei gemauerte Säulen flankierten die Einfahrt, ein Kiesweg führte hinauf zum Haus. Die Vorderseite des Grundstücks wurde von einer hohen Hecke beschützt.

Hattinger parkte den Wagen seitlich vor der Hecke. Sie stiegen aus und genossen erst einmal die Aussicht hinüber auf die Kampenwand. Das war wahrlich eine schöne Lage, da konnte man richtig neidisch werden.

Am Tor gab es keine Klingel, also gingen sie einfach den Kiesweg hinauf zur Villa. An der Haustür, oder besser, dem zweiflügeligen alten Eichenportal, war zwar ein Klingelknopf, aber der schien nicht zu funktionieren. Sie bekamen jedenfalls keine akustische Rückmeldung, als Hattinger draufdrückte. Es passierte gar nichts.

„Schau ma moi", schlug er vor und drückte die Klinke herunter. Die Tür war nicht abgesperrt, also gingen sie hinein.

Auch auf ein deutliches „Hallo" kam keine Reaktion. Sie durchquerten den Vorraum und kamen in die quadratische Eingangshalle, zu deren Linken eine breite Treppe nach oben führte. Die Halle war so hoch wie das Haus. Im ersten wie im zweiten Stock wurde sie von einer Galerie umrandet, von deren zentraler Seite die Zimmertüren ins Innere abgingen. Die Halle hatte fast etwas von einem kleinen Kirchenschiff, nur dass es hier keinen Kreuzgang und keine klerikalen Bilder gab. Überhaupt machte sie einen ziemlich leeren und unwirtlichen Eindruck, ein schöner Raum zwar, aber irgendwie unbeseelt.

Geradeaus, durch die ebenfalls zweiflügelige, raumhohe weiße Tür sollte es eigentlich in den Salon gehen, dachte Hattinger. Sie sahen sich einen Moment an und horchten, dann klopfte er. Wieder geschah nichts, also entschieden sie sich, hineinzugehen.

Der alte Herr, der inmitten des riesigen Raumes auf einem abgewetzten Ledersessel mit Fußstütze lag, sah Hattinger, Erhard und Wildmann nicht gleich, obwohl Hattinger schon an der Tür ein weiteres, freundliches „Hallo" hören ließ. Er musste wohl ziemlich taub sein. Erst als Hattinger direkt vor ihm stand, nahm er ihn zur Kenntnis.

„Aah, da bist du ja wieder, Winfried. Jetzt hab ich aber lange auf dich gewartet, wo warst du denn? Du sollst mich doch nicht so lange allein lassen, das weißt du doch! Hast du deine Freunde mitgebracht? Wollen die bei uns übernachten? Du weißt ja, dass deine Tante keinen spontanen Besuch mag, weil sie immer so lange nach der Bettwäsche suchen muss. Das Personal hat ja ständig Ausgang, das ist eine Plage. Ich habe doch unlängst den Koch entlassen, das hast du doch sicher nicht eingeplant? Ich kann ja nicht mehr kochen, weil du die Küche verlegt hast, da finde ich ja gar nicht mehr hin, das solltest du doch wissen. Früher, ja ... hab ich früher gekocht ...? Ich kann mich nicht erinnern, dass ich je gekocht hätte, also kannst du das heute auch nicht verlangen von mir, wir haben ja auch gar nichts zuhause. Du machst mir auch immer nur Spiegeleier. Ich kann keine Spiegeleier mehr sehen, weißt du das? Winfried ...?"

Endlich machte der alte Herr eine Pause, die Hattinger zu nutzen versuchte, um sich vorzustellen, auch wenn er jetzt schon stark bezweifelte, dass das einen Sinn hatte.

„Herr von Bardo? Hallo, mein Name ist Hattinger", sagte er überdeutlich und laut.

„Ach Winfried ... Du bist es ja gar nicht. Wo bist du denn?" Der alte Herr sah sich unsicher um. „Jetzt lassen mich auch noch meine Augen im Stich, früher hatte ich Augen wie ein Adler. Hast du den Herrschaften etwas zu trinken angeboten? Jetzt sag doch was ... Wie viele sind Sie denn?"

Er begann, auf dem Beistelltisch nach seiner Brille zu suchen.

„Wir sind zu dritt", sagte Andrea Erhard. „Ich glaub, Ihr Winfried is noch unterwegs ..."

„Er soll sich aber beeilen."

Theodor von Bardo hatte seine Brille endlich gefunden und setzte sie auf.

„Eine Dame. Wie erfreulich. Wie heißen Sie denn?"

„Erhard. Andrea Erhard."

Der weißhaarige, dürre alte Mann rappelte sich ein Stückchen in seinem Sessel hoch und streckte ihr seine knochige Hand entgegen.

„Willkommen. Leider habe ich kein Bett mehr frei heute. Aber für einen Tee sollte es reichen."

Andrea Erhard nahm seine Hand.

„Grüß Gott. Herr von Bardo, wir sind von …", fing sie an, aber Hattinger winkte ab.

„Wir sind gekommen, weil wir auch auf Ihren Neffen warten", sagte er. „Der Winfried is doch Ihr Neffe, oder?"

Theodor von Bardo ließ Andrea Erhards Hand los.

„Natürlich ist er mein Neffe. Was sollte er denn sonst sein? Winfried, wir brauchen frischen Tee. Meiner ist auch schon kalt", rief er in den Raum.

Hattinger ging in die Hocke neben dem Sessel des alten Herrn.

„Der Winfried versorgt Sie also …"

„Der Winfried versorgt mich. Und noch jemand, ich dachte schon, es wäre der junge Mann dort …" Er zeigte auf Karl Wildmann. „Aber der ist es ja nicht. So viel sehe ich schon noch, keine Sorge, mein Herr."

„Wildmann. Angenehm …", sagte er ein bisschen linkisch und deutete eine Verbeugung an.

„Ja … Angenehm, angenehm … Sie wollen mich nicht versorgen?", schlug Herr von Bardo vor. „Dann könnten Sie jetzt gleich den Tee machen."

Wildmann wusste nicht, was er sagen sollte.

„Der Herr Wildmann hat leider andere Verpflichtungen“, half ihm Hattinger.

„Dann die junge Dame vielleicht? Die andere kommt ja leider so selten. Obwohl es mir in Gesellschaft junger Damen doch immer besser geht, das weiß man doch.“

„Wie heißt denn die junge Dame?“, fragte Hattinger.

„Ach … ach! Namen. Wenn ich das wüsste. Namen …, die laufen durch mein Hirn wie durch ein Sieb! Namen sind Schall und Rauch.“

Hattinger wagte einen Versuch.

„Georg Beimer zum Beispiel, oder Peter Wachler, sagen Ihnen die Namen was?“

„Ist das wieder so ein Test? Ich mache keinen Test mehr. Gut, ich habe die Uhr nicht mehr erkannt, das kann doch jedem mal passieren. Ich bin aber nicht verblödet, ich erkenne alle, die ich kenne.“

„Also Beimer oder Wachler sagt Ihnen nichts?“, wiederholte Andrea Erhard noch einmal, sehr langsam und freundlich. „Oder Rasso Weiprecht?“

„Rasso? Das ist ja mal ein ungewöhnlicher Name, nicht wahr? Ich hätte gedacht, so würde man seinen Schäferhund nennen“, scherzte der alte Herr. „Ich kenne keinen Schäferhund. Aber wo bleibt denn nun der Winfried mit dem Tee?“

Es war offensichtlich, dass die drei Namen keinerlei Erkennen bei dem alten Herrn ausgelöst hatten.

„Der kommt sicher jeden Moment, Ihr Winfried“, flunkerte Hattinger. „Aber wie is denn des, wenn jetzt Ihr Haus verkauft wird? Wo gehen Sie denn dann hin? Ins Altersheim?“ Es tat ihm fast selbst weh, das zu fragen.

Der alte Herr sah ihn mit großen Augen an.

„Was ...? Mein Haus? Mein Haus wird nicht verkauft. Ich verkaufe mein Haus nicht! Ich gehe nicht ins Altersheim, das habe ich doch gesagt." Er schüttelte den Kopf. „Das Haus kann ich doch nicht verkaufen ... Die Villa von Bardo gehört immer zur Familie, seit 200 Jahren. Die kann man nicht verkaufen. Hier werde ich sterben, und dann wird mein Neffe das Haus weiterführen, wie es sich gehört."

Er blickte mit wässrigen Augen aus dem Fenster, hinüber zur Kampenwand.

„Früher bin ich dort hinaufgegangen", sagte er nach einer Weile, „aber jetzt kann ich ja gar nicht mehr gehen ..."

„Was machen Sie hier, wenn ich fragen darf?"

Die Stimme kam von einer Seitentür, die lautlos aufgegangen sein musste. Sie sollte scharf klingen, war aber eher etwas zittrig.

„Winfried, da bist du ja. Die Herrschaften wollen mein Haus kaufen, ich gebe es aber nicht her, sag ihnen das. Ich denke, nach dem Tee können sie wieder gehen. Das Haus ist ja voll, eine Übernachtung können wir deshalb nicht anbieten."

Hattinger, Wildmann und Andrea Erhard drehten sich nach der Stimme um. Sie gehörte zu einem Mann etwa Mitte 30, einem schlaksigen, jungenhaften Typ mit kurzen blonden Haaren, der mit einem Korb voll Äpfel in der Tür stand und äußerst verunsichert dreinsah.

„Wer sind Sie denn?", fragte er, so als ob er die Antwort schon ahnen würde.

Hattinger stellte sich und die Kollegen kurz vor.

„Es stimmt ned ganz, was Ihr Onkel sagt, aber es

is auch nicht so, dass wir uns grundsätzlich nicht für Hausverkäufe interessieren würden …"

Winfried Grabmann hatte ihn verstanden.

„Wenn's Ihnen recht is, dann würd ich gern mei'm Onkel seinen Tee machen und a Brot, dann könnten wir des in Ruhe besprechen … Draußen vielleicht, heut is's ja endlich mal wieder sonnig." Er hob etwas die Stimme. „Gell, Onkel Theo? Dein Tee mach ich! Magst an Apfel aus'm Garten? Von dem guadn Baum hint am Spitz?"

„Tee, ja. Immer Tee. Ein Apfel … Aber die Säure vertrag ich halt nicht so gut, oder? Sehen Sie wie der Winfried für mich sorgt. Da muss ich ja nicht ins Altersheim. Da gibt es gar keinen Tee. Und Äpfel gibt es auch nicht, nicht vom Baum … Wo sollten die denn herkommen, die Bäume, im Altersheim?"

„Geh Onkel Theo, freilich gibt's Äpfel im Altersheim, da hamma doch scho oft drüber geredet. Außerdem kann i da ja dann welche mitbringen …"

Hattinger sah sich die beiden an. Das war keine Show. Die verstanden sich gut, soweit der alte Herr überhaupt noch verstehen konnte. Winfried Grabmann machte den Tee für seinen Onkel.

„Ist das auch meine Sorte?", rief Onkel Theo seinem Neffen hinterher, als sie nach draußen gingen. „Sieh zu, dass wir pünktlich zu Abend essen, du weißt doch, dass deine Tante keine Verzögerungen schätzt …"

„Von welcher Tante redet er?", wollte Hattinger von Grabmann wissen.

„Von seiner Frau. Die is vor 12 Jahr gstorbn. Von der redet er jeden Tag."

Sie setzten sich auf die überdachte Veranda in die

Sonne. Winfried Grabmann bot auch den Kriminalern einen Tee an, was sie dankend ablehnten.

„Herr Grabmann, Sie ham den Herrn Beimer gekannt?“, fing Hattinger an.

„Ja. Sicher …“

Grabmann war nervös.

„Gehts a bissl ausführlicher?“, ermunterte ihn Hattinger.

„Mei, was soll ich sagen … Mir ham uns no aus der Schulzeit gekannt. Aber mir warn jetzt ned direkt befreundet, würd ich sagen. Eher a alter Bekannter halt. Mir ham uns ah ned so oft troffen. I komm ja kaum weg …“

Er deutete hinter sich Richtung Salon als Erläuterung.

„Des konn i mir gut vorstellen“, sagte Andrea Erhard.

„Wie ham Sie denn vom Tod vom Herrn Beimer erfahren?“, wollte Hattinger wissen.

Grabmann zögerte.

„In Bernau … Im *Runden Eck.* Da bin i ab und zu …“

Karl Wildmann hatte wieder seinen obligatorischen Block gezückt und notierte mit.

„Dann kennen Sie den Herrn Wachler auch, oder?“

„Ja … Aus der Bank halt, eher …“

„Und den Hansi Kammler …“, fügte Hattinger hinzu.

„Wen? Kammler?“ Grabmann schüttelte den Kopf. „Wer soll des sein?“

Hattinger beobachtete Grabmann. Er hatte nicht den Eindruck, dass er log. Aber er war unruhig.

„Aber den Notar Weiprecht in Seebruck, den kennen S' scho?"

Grabmann schien gewusst zu haben, dass die Frage kommen musste.

„Ja …", sagte er kleinlaut.

„Sie wollten also eigentlich die Villa Bardo letzten Freitag verkaufen, an den Herrn Beimer?"

„Was heißt wollen …? Eigentlich würd ich's natürlich viel lieber b'haltn. Aber was glauben Sie, was a so a Pflege kostet? Drei Leut san da beteiligt, zusätzlich zu mir. Mei Onkel hat grad Pflegestufe eins, immer no. Er hat a kleine Rente, aber des langt ja hint' und vorn ned. Da gehn die Ersparnisse drauf, so schnell können Sie gar ned schaun. Und am Haus is ah ständig was kaputt – as Dach undicht, bei de Fenster pfeift's nei, was glauben Sie, wie hoch da alloa die Heizkosten san? Deswegen muss ich's ja verkaufen, dann muss der Onkel halt doch ins Altenheim. Was soll ich denn machen?"

„Aber sagn Sie, wenn ich mir des Anwesen so anschau …", sagte Hattinger, „is des ned a bissl wenig – 600 000 Euro?"

Winfried Grabmann schien nicht erwartet zu haben, dass sie auch schon über vertragliche Details informiert waren. Er wurde noch unruhiger.

„Ahm, also …", druckste er herum, „es is ja so, dass es halt dafür viel schneller … Ich mein, des is ja gar ned so einfach, a so a große Villa … Da muss ma ja erst amoi an Käufer finden, überhaupt. Und da muss as Haus leer sein, normal … Und dann muss ma an Haufen herrichten, und was des kost! Des muss ma ja auch erst aufnehmen, des Geld. Und ich würd ja gar nix kriegen bei der Bank, des is ja klar …

Oder mei Onkel. Oiso, freilich is des relativ günstig, aber dafür …"

Den Rest des Satzes ließ er in der Luft hängen.

„Aber jetzt wird ja wohl nichts aus dem Geschäft", warf Wildmann ein.

Grabmann zuckte die Achseln. Er schien recht ratlos zu sein.

„Schaut so aus … Des is saudumm für mi, i hab ja scho an Platz im Heim reserviert für mein Onkel, in Marquartstein. Jetz muass i wieder von vorn o'fanga. Wenns ned vielleicht der Wachler selber …"

Er hielt inne, als ob er etwas Verkehrtes gesagt hätte.

„Wie kommen S' denn auf die Idee, dass der Herr Wachler des Haus selber kaufen würd?", fragte Andrea Erhard.

„Naa, des is a Schmarrn. War bloß so a Idee …"

Als ihn alle erwartungsvoll ansahen, fuhr er zögernd fort.

„Naa, nur weil … Der Herr Wachler hat ja dem Georgie bei der Finanzierung gholfn, ohne den wärs ja gar ned gegangen. Und der Georgie hat ja vorghabt, dass er's herricht, as Haus. Und dann halt entsprechend verkauft. Aber des dauert ja a Jahr oder zwoa … So vui Zeit hab i ja ned …"

„Mhm …" Hattinger sah Andrea Erhard und Karl Wildmann an. „I glaub, des wars erst amoi. Aber Sie müssen sich zu unserer Verfügung halten."

Sie standen auf.

„I glaub übrigens ned, dass der Herr Wachler die Villa kaufen wird", sagte Hattinger.

„Wieso?"

„Weil der im Moment bei uns in U-Haft sitzt."

Grabmann wurde noch etwas bleicher, als er ohnehin schon war. Er sagte nichts.

„Wo waren Sie eigentlich letzten Mittwochabend?“, wollte Karl Wildmann wissen.

„Na ja, hier halt, ich kann ja nur alle heiligen Zeiten amal weg, am Abend.“

„Und was fahren Sie für a Auto?“, fragte Hattinger.

Grabmann schaute ihn verwundert an.

„An BMW … wieso?“

„Nur so …“

„Winfried! Sind deine Freunde immer noch da? Ich muss aufs Klosett!“

33

„Der wars eher ned, oder?“, meinte Andrea Erhard, als sie zurück nach Prien fuhren.

„I glaubs ah ned“, sagte Hattinger. „Aber trotzdem is da was faul an der Gschicht mit dem Hausverkauf. Der is ja offensichtlich ned dumm, i konn ma ned vorstelln, dass der des Haus so unter Wert verkauft. Da is ja des Grundstück scho mehr wert. Aber jetzt hamma'n a bissl aufgschreckt – moi schaun, was er macht …“

„Sollten wir nicht seine finanziellen Verhältnisse unter die Lupe nehmen?“, schlug Wildmann vor.

„Unbedingt. Sofort.“

Hattingers Handy klingelte. Es war Lena. Hattinger entschuldigte sich bei den Kollegen.

„Paps? Wollte mal kurz durchklingeln. Sorry wegen gestern, aber da war ich … beschäftigt. Blöd, gell, wenn du schon mal anrufst.“

„Koa Problem, aber jetzt bin i wieder beschäftigt.“

„Ja ja, alles klar. Ich wollt nur sagen, dass schon wieder ein Einschreiben gekommen ist, hab mir gedacht, ich nehms mal an. Vom Amtsgericht Rosenheim. Das interessiert dich ja vielleicht …“

„Was? Was konn denn des wieder sei?“

„Soll ich es aufmachen?“

„N…naa, lass moi …“ Er hatte keine Ahnung, wieso er vom Amtsgericht Post bekommen sollte. Aber man konnte ja nie wissen, was für Fallen einem die Mitmenschen stellen wollten. „Des mach i dann selber …“

„Wann kommst du denn endlich wieder? Du bist mir auch noch Schinkennudeln schuldig …“

„Du, im Moment hab i koa Ahnung. Sobald's geht halt. Versprochen."

Als sie sich verabschiedet hatten, dachte Hattinger nach, ob ihm irgendwas einfiel, was mit einem Einschreiben vom Amtsgericht zusammenhängen konnte. Hatte ihn jemand verklagt? War er zu hart vorgegangen gegen irgendjemand? Ihm fiel nichts dazu ein. Er war ja schließlich kein „Prügelpolizist". Mit dem Titel hatten ein paar Beamte aus Rosenheim unrühmliche Schlagzeilen gemacht in letzter Zeit. Eine Handvoll solcher Typen versauten das ganze Bild der Polizei. Die Polizei, dein Freund und Helfer – gibt dir eine aufs Maul, oder was? In seinem Team würde das nicht passieren, dachte er.

Oder wollten seine Vermieter die Kündigung noch beschleunigen und ihn jetzt rausklagen? Ging das überhaupt?

Und wann würde er mal wieder heimfahren können? Da gab es ja auch genug zu regeln. Er musste mit seiner Frau telefonieren. Ex-Frau natürlich ... War nach über drei Jahren immer noch komisch. Und Lena wollte bleiben, gerade jetzt, wo er quasi auf der Straße stand. Super! Er brauchte nur an Zuhause zu denken, und eine Lawine brach über ihn herein. Dabei hatte er überhaupt keine Zeit – Lawine hin oder her.

Und Sarah Beck hatte morgen Geburtstag ... Er dachte an das letzte Telefongespräch, als sie ihn duzte, auf einmal. Du ... Und an ihre Figur, die einen verrückt machen konnte. Ihre Stimme ... Diese grünen Augen ...

„Hattinger? Hallo?"

„Was ...?"

Karl Wildmanns Stimme streifte ihn in seinem Tagtraum, den er im Moment gerne fortsetzen wollte. Das Beste waren doch meistens die Vorstellungen, die man sich machte. Oft genug nicht erreicht von der Wirklichkeit. Aber in dem Fall …

„Chef? Ähm …"

„Ja …"

Dieses Mal wachte er auf. Wildmann hielt ihm ein Handy hin.

„Was?" Er musste wohl eingenickt sein.

„Telefon. Bamberger … Er hat dich nicht erreicht vorher, weil du selbst telefoniert hast."

Hattinger nahm das Handy.

„Fehlanzeige", sagte Bamberger trocken.

„Was, Fehlanzeige? Konnst di vielleicht a bissl deutlicher ausdrücken?"

„Des Auto vom Wachler war's ned. Die vergleichende Lackanalyse is da."

„Scheiße." Hattinger war endlich wieder wach. „Dann geht's scho wieder von vorn los …"

„Schaut so aus. Und die DNA-Spuren an der Eisenstang stimmen ah ned mit der DNA vom Wachler überein. Wollt i da nur glei sagn …"

„Danke. Is ja super …"

Nachdem er aufgelegt hatte, weihte Hattinger die Kollegen ein.

„Das gibts doch nicht", meinte Wildmann. „Das hätte so gut gepasst."

Andrea Erhard war skeptisch.

„Zu guad vielleicht … Aber trotzdem hat der Dreck am Stecken."

Hattinger ahnte schon, was kommen würde: Sie würden ihn freilassen müssen. Wenn in der Zwischenzeit in den beschlagnahmten Unterlagen nichts Gravierendes aufgetaucht war, dann würde der Ermittlungsrichter keinen Haftbefehl unterschreiben.

„So oder so, auf jeden Fall nehm'ma uns den Typ no amoi vor."

Es wurde schon wieder dunkler und Wolken waren aufgezogen, als sie in Prien ankamen.

Staatsanwalt Reißberger gab grünes Licht, Winfried Grabmanns Kontoverbindungen und seine Handydaten zu überprüfen.

Die Finanzfachleute hatten praktisch durchgearbeitet an Wachlers und Beimers Unterlagen. Es war viel zu viel, um in der Kürze der Zeit durchzukommen, aber ein paar interessante Dinge hatten sie doch herausgefunden.

Reißberger fasste für Hattinger und die Kollegen die bisherigen Erkenntnisse zusammen: Wachler hatte Beimer über die HypoSpar immer wieder zu günstigen Krediten verholfen, um Grundstücke oder Immobilien zu kaufen, oft aus Zwangsversteigerungen. Gemeinsam war all diesen Geschäften, dass die Kaufpreise sehr niedrig waren. Aber nicht nur das – erstaunlicherweise waren die Preise, zu denen Beimer weiterverkauft hatte, auch sehr günstig gewesen. Und er hatte diese Geschäfte alle über ein gesondertes Konto bei der HypoSpar abgewickelt, dessen Unterlagen nicht im Büro, sondern bei ihm zuhause aufbewahrt waren.

„Aha ... Und wo is da des Gschäft für den Wachler? Warum macht der des?", wollte Hattinger wissen.

„Konkrete Beweise haben wir noch nicht, aber unsere Experten vermuten, dass ein guter Anteil dieser Geschäfte über Schwarzzahlungen gelaufen is.

Das heißt, der Käufer bezahlt einen Teil ganz offiziell, mit Notarvertrag und allem, und den anderen Teil in bar, direkt an den Verkäufer. Des hat natürlich für den Käufer den Vorteil, dass er Schwarzgeld investieren kann, von dem keiner was weiß, und für den Verkäufer, dass er Schwarzgeld einnimmt, was an der Steuer vorbeigeht."

„Also ist das eigentlich Steuerhinterziehung und Geldwäsche gleichzeitig", meinte Wildmann.

„Genau", sagte der Staatsanwalt. „Und in unserem Fall kann man davon ausgehen, dass der Beimer und der Wachler sich das Schwarzgeld irgendwie geteilt haben. Nur nachzuweisen is es schwer, wenn wir nicht grad auf ausländische Nummernkonten stoßen, oder auf Geld, was im Garten vergraben is …"

„Aber wie san die denn überhaupt zu so günstigen Immobilien gekommen?", fragte Andrea Erhard.

„Ich habe mich da ein bisschen schlau machen lassen", sagte Martin Haller. „Da gibt es ein ganzes Arsenal an Möglichkeiten, vor allem bei Zwangsversteigerungen. Zunächst einmal saß Wachler natürlich an der Quelle, informationsmäßig, bzw. konnte er auch darauf Einfluss nehmen, dass Objekte überhaupt unter den Hammer kamen."

Haller schaute in seine Aufzeichnungen.

„Es läuft üblicherweise so: Wenn eine Bank eine Immobilie versteigern lässt, weil ein Schuldner mit mindestens drei Kreditraten in Verzug kommt, dann wird ein Gutachten erstellt, wie hoch der aktuelle Verkehrswert des Objekts ist. Dann wird ein erster Termin für die Versteigerung beim Amtsgericht ausgeschrieben. Bei diesem Termin muss das Höchstgebot mindestens 70 Prozent des Verkehrswerts erreichen. Der Versteigerungstermin dauert eine halbe Stunde. Wenn während der Zeit kein Zuschlag erfolgt, gibt es irgendwann einen zweiten, da müssen mindestens 50 Prozent erreicht werden. Bei einem dritten Termin fällt auch diese Grenze. Aber der Gläubiger – also in der Regel die Bank – kann einen Zuschlag immer verweigern ..."

„Ach so?", wunderte sich Hattinger.

„Ja. In der Regel macht man das, wenn das Gebot zu niedrig ist. Aber man könnte es natürlich auch einsetzen, wenn der Falsche den Zuschlag bekommen würde. Und es gibt eine Menge Tricks, mit denen anderen Interessenten ein Haus vermiest werden kann: Man lässt zum Beispiel vorab keine Besichtigung von innen zu. Zur Versteigerung, die ja im Amtsgericht stattfindet und nicht vor Ort, schickt man jemand, der getürkte Fotos von Wasserschäden oder Schimmelbefall oder undichten Dächern und ähnlichen Schäden herumzeigt, oder der andere Gerüchte in die Welt setzt, von streitsüchtigen Nachbarn, oder dass es angeblich spukt, weil dort vor Jahren jemand grausam ermordet wurde ... Da springt so mancher Interessent dankend ab. Wenn es ganz hart kommt, dann kann man einen Scheinbieter einsetzen, der auf jeden Fall das Höchstgebot abgibt und hinterher abspringt, idealerweise mit gefälschtem Pass und gefälschter Bankbürgschaft. Man muss sich als Bieter nämlich ausweisen und eine Bankbürgschaft oder einen beglaubigten Verrechnungsscheck über 10 Prozent des Mindestgebots vorlegen, damit man überhaupt mitbieten kann."

„Des hoaßt – wenn i des richtig seh", resumierte Hattinger, „dass ma als Bankmensch in der richtigen

Position von vorn bis hinten Einfluss nehmen kann auf die Angelegenheit, oder?"

„Genau. Unser Herr Wachler hat zum Beispiel den ersten Versteigerungstermin oft kurzfristig verschoben. Das hat schon mal einige Interessenten vergrault", sagte Haller. „Übrigens kann sich die Bank jederzeit mit dem Schuldner auf eine andere Lösung einigen. Wenn also jemand kommt und einen Betrag bietet, mit dem die Bank einverstanden ist … Das wäre natürlich der reine Zufall, wenn man denjenigen kennen würde", fügte er sarkastisch hinzu. „Der Schuldner kann überhaupt nichts tun. Er ist sein Haus los und bleibt auf seinen Restschulden sitzen. Die Bank verbucht sie einfach als Abschreibung."

„Und der Wachler kann sagen: ‚Ich habe doch alles versucht!'" Wildmann war richtig wütend. „Und wäscht seine Hände in Unschuld …"

Petra Körbel kam herein. Sie hatte in den letzten Stunden die Finanzleute unterstützt.

„Schaut mal", sagte sie, „wir haben gerade etwas sehr Interessantes gefunden."

Sie legte einen dünnen schwarzen Hefter auf den Tisch.

„Das war unter den Unterlagen von Wachler, aus seinem Privathaus."

Hattinger zog den Hefter zu sich und schlug ihn auf.

„Verkehrswertgutachten …", las er. „Villa von Bardo, Aschau … Ja da schau her!"

Er überflog das Gutachten, dann schaute er in die neugierige Runde.

„Verkehrswert: 1,8 Millionen Euro … Da hamma's ja! Schwarz auf weiß."

Er reichte das Papier an Wildmann weiter.

„Von wann ist das? September …" Er blätterte in seinen Aufzeichnungen. „Ein paar Tage vor Wachlers Kalendereintrag."

„Und die 400 000, des is vermutlich die Summe, die die Zwoa schwarz draufglegt hättn. Wär also insgesamt a Million gwesn für die Villa. Des is scho eher realistisch."

„Was ich mich frage", warf Petra Körbel ein, „wieso war dieses Gutachten unter Wachlers privaten Unterlagen? Normalerweise wird so etwas doch vom Hausbesitzer in Auftrag gegeben. Oder in dem Fall von seinem gesetzlichen Vertreter."

„I frag mi, ob der Grabmann des Gutachten überhaupt gekannt hat", sagte Hattinger.

Mittlerweile hatte Martin Haller den Hefter in der Hand. „Die Rechnung ist auf jeden Fall an die HypoSpar adressiert, und nicht an Grabmann. Hier ist eine Kopie angehängt."

„I ruf den Grabmann an", sagte Hattinger. Er bat Wildmann um die Nummer. Winfried Grabmann ging schnell dran.

„Herr Grabmann, wir hätten da no a Frage: Wie is denn des mit dem Gutachten?"

„Welches Gutachten?"

„Des Verkehrswertgutachten …"

Die Antwort kam ohne Zögern. „Ich weiß nicht, was Sie meinen, tut mir leid …"

„Ich mein des Gutachten über die Villa von Ihrem Onkel", sagte Hattinger, „die Villa von Bardo …"

„Da gibt's kein Gutachten. I hab zwar überlegt, ob ich eins in Auftrag geb, aber dann hab i ma denkt, des is nausg'schmissns Geld."

„Könnte jemand anderer eins in Auftrag gegeben haben?“

Grabmann schien zu überlegen.

„Aber des hätt i doch gmerkt, oder?“

„Ja, vermutlich. Dann war des möglicherweise a falsche Information. Danke, Herr Grabmann.“

Hattinger hörte noch, dass Grabmann nachfragen wollte, aber er legte auf.

„Der hat keine Ahnung. Da wett i …“

34

Dr. Justus Friedrich war schon wieder zu seiner vollen Arroganz erblüht. Das mit dem Bettvorleger würde heute wohl nichts werden.

Der Anwalt von Peter Wachler schob den Ärmel seines Nadelstreifenjacketts ein Stück hoch und entblößte neben goldenen Manschettenknöpfen ein imposantes High-Tech-Zeiteisen, das sicherlich ein Vermögen gekostet hatte und viel zu groß für seinen dürren, knochigen Arm war.

„In einer halben Stunde marschieren wir hier aus der Tür, ich hoffe, das ist Ihnen klar."

Er schaute Hattinger an und zeigte zur Illustration seines Vorhabens mit dem Zeigefinger auf das Zifferblatt. Dann setzte er sich neben seinen Mandanten, der heute weder schwitzte noch einen roten Kopf hatte. Dafür hatte er ein frisches Hemd an, das offensichtlich gerade aus der Verpackung befreit worden war. Hatte ihm wohl sein Anwalt gekauft. Es spannte ein bisschen über dem Bauch.

Hattinger sagte nichts zu Friedrichs Ankündigung. Er wusste schon von Staatsanwalt Reißberger, dass sie Wachler auf freien Fuß setzen mussten. Die Verdachtsmomente für den Mord an Beimer waren einfach zu dünn, vor allem, nachdem sein Wagen sicher ausgeschlossen war. Blieb nur noch übrig, dass er am Mittwochabend vermutlich auch in Bernau war.

Aber zumindest die halbe Stunde hatten sie ja noch.

„Oiso, wo war'ma?" Hattinger schaute Wildmann an.

„Beim Notartermin." Wildmann zog wie besprochen den Vertrag aus seiner Mappe. Er schlug die erste Seite auf und legte ihn vor Wachler auf den Tisch.

„Und? Sagt Ihnen das was?"

Wachler warf von fern einen Blick auf den Vertrag.

„Stehe ich da etwa irgendwo drin?"

„Nein", antwortete Hattinger. „Aber der Herr Beimer. Und es handelt sich um Ihr ominöses Objekt in Aschau, oder?"

„Ich habe Ihnen doch gestern schon gesagt, dass ich darüber nichts Näheres weiß", gab Wachler patzig zurück.

„Aber Sie kennen den Winnie, oder?"

„Wen?"

Wachler wollte sich offensichtlich immer noch dumm stellen. Wie naiv war der Mann eigentlich, fragte sich Hattinger.

„Den Winnie – den Spaten, den Grabmann, Mensch! Aus Aschau, aber sicher nur zufällig …"

„Ich muss Sie nicht daran erinnern, dass Sie nicht antworten brauchen", mischte sich der Anwalt ein.

Wachler verschränkte die Arme. Ihm schien schon wieder ein bisschen warm zu werden.

„Vom Sehen vielleicht …", sagte er.

„Wollen Sie uns verarschen?" Wildmann schien langsam die Hutschnur hochzugehen. „Sie kennen Herrn Grabmann nur vom Sehen, von dem Objekt in Aschau haben Sie keine Ahnung, und das hier kennen Sie sicher auch nicht?" Er zog das Gutachten aus seiner Mappe und warf es Wachler hin.

Wachler erkannte den Hefter sofort, das war nicht zu verkennen. Hatte er den vergessen? Oder nicht geglaubt, dass sie ihn so schnell finden würden?

„Wollen Sie sich das nicht ansehen?“, sagte Wildmann, als Wachler keine Anstalten machte, das Papier in Augenschein zu nehmen.

Hattinger gefiel es ausgesprochen gut, wie Wildmann das machte. Der natürliche Zorn stand ihm gut, fand er. Er gab ihm ein unauffälliges Signal, weiterzumachen.

„Na gut, dann sage ich Ihnen, was drinsteht: Verkehrswertgutachten über die Villa von Winnies Onkel, Theodor von Bardo. Die Villa ist laut Gutachten 1,8 Millionen wert, und Sie wollten sich das Ding mit Hilfe von Georg Beimer für 600 000 unter den Nagel reißen … Oh, Verzeihung: für eine Million! Das Schwarzgeld habe ich ganz vergessen. Ganz so blöd wäre der Herr Grabmann ja wohl doch nicht …“

Wachler fiel merklich ein. Der rote Kopf war wieder zurück. Er stierte vor sich hin und sagte nichts.

„Aber vielleicht sollte man ihm dieses Gutachten mal zeigen, das würde ihn sicher interessieren, oder?“

„Herr Wachler, ich rate Ihnen dringend, nichts mehr zu sagen“, insistierte Dr. Friedrich. „Wir gehen dann gleich“, sagte er zu Hattinger, „der Herr Wachler wird sich zu allen weiteren Fragen nur noch schriftlich äußern.“

„Nur oans no“, wandte sich Hattinger an Wachler, „wo san denn die 400 000 Euro? Ham S' die irgendwo verbuddelt? Oder wollten S' die erst holen? Oder ham S' des Geld scho übergeben? Des wär ja dann auch dumm …“

Wachler rutschte unruhig hin und her. Der Anwalt machte eine beschwichtigende Handbewegung in seine Richtung.

„Sie erwarten doch nicht allen Ernstes eine Antwort auf diese Frage." Er schaute noch einmal auf seine Armbanduhr. „Wir gehen jetzt."

Er stand auf und Wachler tat es ihm gleich.

„Gut", sagte Hattinger, „dann find ma's halt selber raus. Herr Wachler, Ihr Ausweis bleibt bei uns, die Unterlagen auch. Ihr Auto is freigegeben, des müsst scho auf'm Parkplatz stehn. Sie können wieder in Ihr Haus, aber ned in die Bank. Und Sie halten sich jederzeit zu unserer Verfügung. Is des klar?"

Wachler nickte. Er folgte seinem Anwalt zur Tür. Der drehte sich nochmal um.

„Die Herren … War mir ein Vergnügen", ätzte er.

Hattinger schwieg. Er wollte sich jetzt keine Blöße geben.

„Beobachten", sagte er nur, als die beiden die Polizeistation verlassen hatten.

„Das wird schwer werden", sagte Karl Wildmann. „Die Leute, die wir bei Strenger abgezogen haben, sind ja jetzt bei Winfried Grabmann."

„Vielleicht sollt'ma doch a Sonderkommission einrichten. I hab des Gfühl, mir bekommen den Fall einfach ned in Griff …"

Staatsanwalt Reißberger versprach, so schnell wie möglich für eine weitere Aufstockung der Ermittlungsgruppe zu sorgen, aber jetzt war schon wieder Abend, und heute würde das natürlich nichts mehr werden.

Kurz darauf schneite Bamberger herein.

„Mit de Fingerabdrück aus der Autowerkstatt samma jetz einigermaßen durch. Da gibts etliche, die ned vom Kammler stammen, aber des is ja koa Wunder, der hat wahrscheinlich immer wieder Kunden daghabt. Aber da auf dem Foto von der Miezn, da is a ganz a sauberer Daumen drauf, der ned vom Kammler is. Rechts unten auf der Vorderseitn."

„Wenn man davon ausgeht, dass der Täter das Foto eigentlich mitnehmen wollte, dann hat er ja vermutlich einen Grund dafür gehabt", meinte Wildmann.

„Des Foto is auf jeden Fall erst letzte Woch ausdruckt worn", sagte Bamberger.

„Dann könnt'ma doch über die Zeitung nach der Frau suchen", schlug Andrea Erhard vor. „Vielleicht hat die ja zufällig was beobachtet?"

„Guade Idee", fand Hattinger. „Des mach'ma am besten sofort. Kopf rauskopieren, so guad's geht, und dann ab an Ihren Karli."

„Morgen erscheint ja sowieso unser Pressemeldung über den Tod vom Kammler. I woaß bloß ned, ob die ned scho Redaktionsschluss ham."

„Probieren S' es doch bitte auf jeden Fall."

Andrea Erhard versprach, ihr Bestes zu tun und war auch schon unterwegs.

Hattinger sah ihr nach. Sie war wirklich unermüdlich. Er wusste gar nicht, ob sie letzte Nacht überhaupt geschlafen hatte. Wahrscheinlich nicht ... Er sprach es zwar nicht aus, aber auch die anderen wussten, dass sie ein echter Gewinn für das Team war.

Er überlegte gerade, was als Nächstes anstand, da nahm ihn Staatsanwalt Reißberger beiseite.

„Hattinger? Ich hab den Eindruck, die Mannschaft braucht a Pause. Und Sie auch ... Meinen S' ned? Ich glaub, manche haben jetzt seit zwei Tag durchgerödelt. Im Moment scheint mir keine Gefahr im Verzug. Und wenn keiner mehr richtig denken kann vor Müdigkeit ..."

Jetzt wo er es aussprach, spürte Hattinger, dass der Staatsanwalt recht hatte.

„Aber es is natürlich Ihre Entscheidung."

„I glaub, die Idee is ziemlich guad …"

Nachdem geklärt war, was heute unbedingt noch zu erledigen war, und wer das übernehmen würde, verschaffte Hattinger dem Team – bis auf die Bewacher von Winfried Grabmann – eine Erholungspause bis zum nächsten Morgen. Die Dankbarkeit war groß.

Dass da draußen allerdings ein Mensch rumlief, der aller Wahrscheinlichkeit nach zwei Menschen ermordet hatte, machte Hattinger so unruhig, dass er am liebsten auf seine Nachtruhe verzichtet hätte.

Zumindest eins hatte er sich noch vorgenommen für heute …

35

Hatte Georg Beimer die Möglichkeit, 400 000 Euro zu beschaffen, und das in relativ kurzer Zeit? Das war doch die Frage, die es zu beantworten galt, dachte Hattinger. Und er hatte eine deutliche Vorstellung, wie er der Beantwortung dieser Frage näher kommen konnte. Aber vielleicht war es auch nur ein Vorwand. Egal, er würde das Angenehme – hoffentlich – mit dem Nützlichen verbinden und jemanden fragen, der es eigentlich wissen müsste. Und ein großer Umweg war es auch nicht, auf dem Weg nach Wasserburg. Osternach lag ja praktisch an der Strecke unten rum, wie Andrea Erhard sagte. Den Ausdruck hatte er jedenfalls schon übernommen.

Müde war er schon, klar. Eigentlich war er sehr müde. Aber er wollte ja auch nicht lange bleiben. Er würde sie ein bisschen ausfragen und dann heimfahren und Lena vielleicht noch die versprochenen Schinkennudeln machen. Lena liebte seine Schinkennudeln. Er hatte ihr schon ein paar Mal erklärt, wie sie die selbst machen könnte. Sein Rezept hatte sie natürlich schnell kapiert, aber etwas Entscheidendes eben nicht. Bei ihr waren die Schinkennudeln in einer Viertelstunde fertig, er brauchte über eine Stunde dafür. Wieso soll ich so lang brauchen, wenn's auch viel schneller geht, hatte sie gefragt. Sie war wahrscheinlich zu jung, um zu kapieren, dass man für manche Dinge einfach Zeit brauchte. Zeit und Liebe zum Detail. Und Liebe überhaupt. Dass man manche Dinge nicht beschleunigen konnte. Auf jeden Fall nicht mit dem selben Ergebnis. Manches musste man ganz langsam angehen. Und ihm kam es gar nicht mal langsam vor. Es war eher ein meditativer Vorgang. Ja, wahrscheinlich war das seine Art zu meditieren, wenn er sorgfältig Speck und Zwiebeln schnitt und Knoblauch feinhackte …

Mist, jetzt war er an der Abzweigung vorbeigefahren, vor lauter meditativen Gedanken. Er war schon kurz vor Westernach. Oder war es doch nur die Müdigkeit? Hattinger wendete den Wagen und fuhr wieder zurück Richtung Prien. An der zweiten Kreuzung bog er links ab nach Osternach. Kurz ging es über fast freies Feld, dann tauchte er ein in den Ortsteil von Prien, ganz in der Nähe des Chiemsees. Eintauchen war genau der richtige Ausdruck, denn hier war der Nebel wieder da. Es war richtig übel, man sah die Hand vor Augen nicht.

Osternach war ja nicht groß, aber er konnte nichts erkennen, deshalb hielt er am Straßenrand und gab doch die Adresse ins Navi ein.

„Bitte wen-den", sagte die Stimme – er hatte sie Erika getauft. „Nach 100 Metern bitte rechts ab-biegen … Bitte ab-bie-gen. Nach 50 Metern – Sie sind am Ziel."

Am Deutsch von Erika müsste man noch feilen, dachte Hattinger, als er sich die letzten 50 Meter die Straße quasi am Zaun entlanghangelte.

Plötzlich schienen vor ihm grelle Scheinwerfer auf und ein Wagen schoss auf die Straße, nach links auf ihn zu und haarscharf an ihm vorbei! Wouh … Ein Zentimeter näher, und der Außenspiegel hätte dran glauben müssen. Arschgeige!

„Ziel er-reicht", sagte Erika.

„Danke", sagte Hattinger und stellte Erika und den Wagen ab.

Er stieg aus und schaute sich um. Man konnte nicht einmal irgendwelche Hausnummern erkennen. Er hatte sich ja nicht angekündigt. War vielleicht ein aussichtsloses Unterfangen, vielleicht war sie gar nicht daheim. Aber immerhin brannte in einer Wohnung in dem Haus dort Licht. Das müsste es eigentlich sein. Vielleicht hatte er ja Glück.

Am Gartentor suchte er vergeblich nach einem Klingelschild, aber das Tor stand ohnehin offen. An der Haustür wurde er fündig: *S. Beck* stand auf einem der drei Schilder. Er klingelte. Kurz darauf summte der Türöffner und das Licht im Treppenhaus ging an.

„Hallo?", hörte er Sarah Beck von oben rufen und ging die Treppe hoch.

„Oh … Das ist aber eine Überraschung, der Herr Kommissar", sagte sie, als sie Hattinger sah. Die Überraschung war ihr anzusehen, und begeistert schien sie nicht darüber.

„Aber ich hab doch erst morgen Geburtstag. Ich bin gar nicht auf Besuch eingestellt …"

Sie zog den plüschigen blauen Bademantel, in dem sie steckte, etwas fester zu. Sie hatte nasse Haare, schien gerade aus der Dusche zu kommen.

Hattinger war ein bisschen enttäuscht über ihren Empfang. Aber was hatte er eigentlich erwartet?

„Ist der Fall schon geklärt?", fragte Sarah Beck, als Hattinger auf dem Treppenabsatz angekommen war.

„Nein, leider ned …" Sie machte keine Anstalten, in die Wohnung zu gehen, deshalb fügte er hinzu: „Deswegen bin i da. I hätt da no a paar Fragen. Vielleicht sollt'ma lieber reingehen …"

Sarah Beck knotete den Gürtel ihres Bademantels

zu und schaute ihn an. Vielleicht hatte sie ja irgendeinen Lover da.

„Auf deine Verantwortung", sagte sie nur, „bei mir siehts aus wie Sau. Komm ..."

Sie ging voraus in ihre Wohnung und durch den Gang ins Wohnzimmer, Hattinger hinterher. Es war wohl eine Zweizimmer-Wohnung, wenn nicht noch irgendwo ein Durchgangszimmer versteckt war, und so klein war sie gar nicht. Das Zimmer, in das sie ihn führte, war eher unkonventionell eingerichtet: Viele Polster und Teppiche, niedrige Regale längs einer Wand, keine Stühle oder Sessel, aber viel Liegewiese und dezente Beleuchtung. Es sah auch nicht aus ‚wie Sau', fand er. Ein paar Kartons und Taschen standen rum, das war alles.

Sarah Beck bemerkte seinen Blick auf die Sachen, als er sich umsah.

„Ich fang gerade an, altes Zeug auszusortieren. Ich werd mir wohl schnell was Billigeres mieten müssen."

Sie drehte sich um und sah ihn an.

„Ist ... dir das recht, wenn wir uns trotzdem heute schon duzen? Auch wenn der Fall noch nicht gelöst ist?"

Die Enttäuschung von vorhin war einem vorübergehenden Hochgefühl gewichen und ging jetzt rapide in einen kleinen Panikanfall über, den er professionell zu verbergen suchte. Er wusste, dass es falsch war, was er gleich sagte:

„Ja ... freilich ... Es lasst si ja kaum no vermeiden, oder?"

Sie lächelte ihn an. Die Grübchen kamen wieder.

„Hast du eigentlich einen Vornamen, Herr Kommissar?"

Hattinger schüttelte den Kopf.

„Sag einfach Hattinger, wie alle andern …"

Sarah Beck sah ihn an. Nein, sie versenkte wieder diesen abgründigen Blick in ihm.

„Ich bin aber nicht wie alle anderen. Hattinger …"

Eine Armeslänge stand sie von ihm entfernt.

„Gut, pass auf", sagte sie, „ich will heute noch meinen Geburtstag vorbereiten und ein bisschen aufräumen. Ich hab also nicht viel Zeit …"

„Des trifft si guad, i muass ah no hoam", sagte er, fast ein bisschen erleichtert. „Die paar Fragen …" – die ich habe, sind schnell erledigt, wollte er sagen, aber Sarah Beck unterbrach ihn mitten im Satz.

„Gut. Dann komm jetzt her …"

Sie öffnete ihren Bademantel.

Hattinger stand da wie vom Donner gerührt.

Sarah Beck kam auf ihn zu und küsste ihn. Sie schlang unter seiner Jacke langsam die Arme um ihn. Gott, roch die Frau gut!

Es war zu viel. Seine vernunftgesteuerten Sicherungssysteme verabschiedeten sich mit Totalausfall.

Sie fielen übereinander her, als ob es kein Morgen gäbe.

36

Andrea Erhard wäre natürlich auch am liebsten nach Hause gegangen. Aber jetzt war es anders gekommen, also hatte sie sich entschieden, das heute noch fertig zu bringen, auch wenn es schwierig sein würde. Es musste eben sein.

Der Karli von der Chiemseezeitung hatte angeboten, gleich noch vorbeizukommen. Für die morgige Zeitung sei es zwar schon zu spät, aber er könne es gleich in die Online-Ausgabe bringen. Das wäre vielleicht sogar wirkungsvoller, meinte er, weil die Leute, die sich für sowas interessieren, oft gern im Internet rumstöbern. Statistisch könne er das nicht belegen, aber gefühlsmäßig.

„Wennst moanst …", sagte Andrea Erhard und zeigte ihm das Bild der jungen Frau aus Hansi Kammlers Werkstatt.

„Des kemma fei so ned bringa", sagte der Karli, „des is ja pornographisch."

„Nur an Kopf, des is doch klar. Hirsch!"

Sie kannten sich aus dem Sandkasten, so dass sie ruhig etwas Liebevolles zu ihm sagen durfte.

„Moanst, den konn ma einigermaßen guad rauskopieren? Oder is der dann ned scharf gnua?"

„Von scharf oder ned scharf möcht i in dem Zusammenhang gar ned reden", antwortete der Karli.

Er fischte seine Brille aus der Jacke und sah sich das Bild noch einmal genauer an.

„Des is ma jetz a bissl peinlich", sagte er, „aber des Madl kenn i. Des is die Tochter von am Nachbarn. Die wohnt aber nimmer dahoam …"

Er sah Andrea Erhard an.

„Wenn i die Nummer rausfind, kemma des mit der Veröffentlichung dann bleibn lassn? Die Eltern wern ned begeistert sei …"

„Ja freilich", versprach sie. „Des is mir sowieso liaba."

Der Karli verschwand für ein paar Minuten mit seinem iPhone, dann kam er mit der Nummer zurück. Er hatte den Eltern einen harmlosen Vorwand geliefert, warum er nach ihr fragte: Sie würden eine lose Reihe über junge Berufstätige planen, und da habe er unter anderem an die Jessica gedacht.

Jessica Strixner war zunächst alles andere als kooperativ, als Andrea Erhard sie am Telefon erreichte und nach Hansi Kammler fragte. Die Lage änderte sich schlagartig, als sie das Foto erwähnte, durch das sie auf sie gekommen waren.

„Um Gottes willen … Bitte sagn S' meine Eltern nix, mei Vater derschlagt mi!"

„I glaub, des lasst si einrichten", sagte Andrea Erhard. „Aber Sie müssen vorbeikommen, am besten sofort. Ich kann Sie abholen lassen …"

„Naa, bloß ned, i fahr selber!"

Keine Viertelstunde später fuhr ein alter roter Polo auf den Parkplatz. Andrea Erhard empfing die verschüchterte junge Frau. Der Karli hatte sich inzwischen wohlweislich verabschiedet, um ihr nicht zu begegnen.

Andrea Erhard ging mit Jessica in einen kleinen Nebenraum. In Natura wirkte sie um einiges jünger als auf dem Foto, und sie war jetzt rothaarig. Der Karli hatte Andrea erzählt, dass sie Friseurin lernte.

„I hab des ned wollen, des mit dene Fotos, des

müssen S' mir glauben. Aber der Hansi hat mir versprochen, dass die niemand zum sehn kriegt." Jessica war den Tränen nahe. „Wie kommen denn die jetz zur Polizei?"

Andrea Erhard sah sie an.

„Derf i Jessica sagn?"

Jessica nickte.

„Wie alt bist'n du?"

„20."

„Also, Jessica, uns geht's überhaupt ned um die Fotos. Es is ned verboten, solche Fotos zu machen. Es is höchstens, sagn ma amoi … unklug, wenn ma ned weiß, was damit passiert."

„Ja. Des woaß i ja selber. Sie ham jetz wahrscheinlich an ganz an falschen Eindruck von mir. Des mi'm Hansi …, der is a ganz a lustiger, i mag'n ja irgendwie, und außerdem repariert er mir immer umsonst mei Auto, i hab ja gar koa Geld, meine Eltern gebn ma überhaupt nix dazu, des können s' ja ah gar ned, aber i brauch doch des Auto, i komm ja ned amoi in d' Arbeit ohne Auto oder überhaupt irgendwohi … Wenn ma auf'm Land wohnt! Und dann hat er auf oamoi die Kamera in der Hand ghabt und fotografiert – es is ja nix Mausi, nur für mi, hat er gsagt …"

Jetzt heulte sie richtig los.

„Jessica, wie gsagt, es geht gar ned um die Fotos", versuchte Andrea Erhard sie zu beruhigen. „Magst an Kaffee?" Sie brauchte jetzt auf jeden Fall einen.

Jessica Strixner nickte.

Andrea Erhard holte eine Kanne und Tassen, dazu eine Packung Kekse aus ihrem Geheimvorrat.

„Wann warst denn as letzte Mal beim Hansi?"

Am Telefon hatte sie schon gesagt, dass sie letzte

Woche dort war, sonst hätte Andrea Erhard sie nicht gleich einbestellt.

Jessica aß Kekse und hatte sich einigermaßen beruhigt.

„Des war am Freitagabend. I hab no amoi überlegt. I konn ja sowieso nur abends …“

„Is dir da irgendjemand begegnet, außer'm Hansi?“

„Scho, kurz, aber erst wia i weggfahrn bin. Da is einer kommen wegen seim Auto, glaub i. Weil, des hat mir der Hansi erzählt, dass er jetzt extra wegen mir an andern verschiabt, und dass der wahrscheinlich sauer is, weils eahm pressiert. Und dass er des nur macht, weil er mi so mag …“

„Wie hat der ausgschaut?“

„Ziemlich groß war er. Und rote Haar hat er ghabt, relativ kurz, vor allem an der Seite, und oben hat er ganz leichte Locken ghabt. San aber gfärbt gwesn, die Haar, die Augenbrauen warn braun. Und ganz lange Wimpern hat der ghabt …“

Andrea Erhard war überrascht über die präzise Beobachtung. Aber klar, was die Haare anging, war sie schließlich vom Fach. Sie überlegte sofort, ob sie um die Zeit noch jemand herkriegen würde, um ein Phantombild zu erstellen. Sie musste nur noch ein paar Dinge abklären vorher.

„Sag amoi, Jessica, wie du hin'kommen bist zum Hansi, war da no a anderes Auto gstandn? Außer seim eigenen?“

„Ja, da wollt er ja grad anfangen mit dem andern Wagn, den hat er dann rausgfahrn. Des war a grauer …“

„Kannst dich erinnern, welche Marke? Oder was für a Typ?“

„Mei, da hab i überhaupt ned aufpasst … Vielleicht a BMW, oder a Audi? Typ woaß i ned, aber es war halt a ganz a normales Auto …"

„Normal?"

„Ja halt so mit am Kofferraum, oiso koa Kombi. Und ah koaner von dene aufgmotzen Suvis, oder wia de hoassn … Die oan immer am liabstn in d' Straß planieren wolln. Die konn i überhaupt ned aussteh."

„Guad, jetz pass auf, du konnst uns wirklich helfen: Wir brauchen unbedingt a Phantombild von dem Mann, und i hab den Eindruck, du kannst den ziemlich gut beschreiben. Oiso am besten, du trinkst in aller Ruhe no an Kaffee und isst a paar Kekse, und i organisier des. Konn aber dauern. Des werd wahrscheinlich a kurze Nacht."

„Jetz glei?", fragte Jessica verwundert. „Is des so wichtig?"

In dem Moment wurde Andrea Erhard erst klar, dass sie noch gar nicht wusste, dass der Hansi tot war. Sie musste es ihr schonend beibringen. Später …

„Mhm, es is wirklich wichtig", sagte sie nur.

„Und des erfährt niemand? Mit de Fotos und so …?"

„Versprochen."

An diesem Punkt entschloss sich Andrea Erhard, Wildmann ins Boot zu holen. Der kannte sich im Präsidium in Rosenheim besser aus als sie. Hattinger sollte lieber mal ausschlafen, der brauchte es dringender.

Wildmann hängte sich sofort rein und telefonierte. Eine Stunde später saßen sie mit einem müden Spezialisten für die Erstellung von Phantombildern am Computer.

Jessica Strixner erwies sich als Naturtalent in der präzisen Beschreibung von Menschen. Auf der Fahrt nach Rosenheim brachten sie ihr bei, dass Hansi Kammler ermordet worden war. Sie fiel erst mal völlig in sich zusammen. Sie schien ihn wirklich gemocht zu haben. Als es losging, hatte sie sich wieder berappelt, und nun steckte sie ihre ganze Energie in die Erstellung dieses Phantombildes.

Ein paar Stunden später, weit nach Mitternacht, fuhren sie zurück nach Prien, mit einem Bild im Gepäck, das einen sehr lebendigen Eindruck vermittelte. Wenn der Mann so aussah, dann müsste ihn doch jemand erkennen, dachte Andrea Erhard.

Sie war ziemlich stolz auf ihre nächtliche Aktion.

37

Es war zum Kotzen. Wieso musste immer er die Drecksarbeit machen? Aber bald wäre es ja vorbei. Vor ein paar Monaten hätte er sich noch gar nicht vorstellen können, dass er dazu überhaupt in der Lage wäre. Obwohl … Wenn man ihn reizte, bis aufs Blut, dann konnte er auch früher schon zuschlagen. Hat nur kaum einer getan. Er sah zwar friedlich aus, fand er, er war sogar ausgesprochen gutmütig, vielleicht zu gutmütig, aber trotzdem sah er nicht so aus wie jemand, mit dem man sich freiwillig anlegen wollte. Das war auch gut so, hatte ihm schon einigen Ärger erspart. Er hatte auch lang genug dafür trainiert. Gut, die Körpergröße konnte er sich nicht als eigenes Verdienst anrechnen. Aber die Muckis schon …

Der kleine Fettsack sollte jedenfalls kein Problem darstellen. Er kannte ihn ja lang genug. Und er hatte ihn noch nie ausstehen können. Er würde ihn halt noch ein bisschen beknien müssen. Das hätte er natürlich gleich tun sollen. Andererseits war's auch gut gewesen, erst mal in Deckung zu gehen, vor allem nach der Scheiße mit dem Auto. Er mochte gar nicht dran denken. Außerdem konnte man ja nicht ahnen, dass sie ihn verhaften würden. Seit wann wurden denn Betrüger sofort verhaftet? Aber er hatte ja gleich geahnt, dass sie ihn wieder rauslassen mussten.

Auf den Trick mit dem Anwalt war er richtig stolz. Der Typ war so eitel, dass er geredet hatte wie ein Wasserfall. Er musste das Wort Presse nur in den Mund nehmen, und schon wusste er, wann sie den Fettsack rauslassen würden. Und dass das natürlich nur an seinen großartigen Fähigkeiten als Anwalt lag. Ha ha …

Aber wieso war er jetzt immer noch nicht da? Er schaute auf die Uhr: Vor zwei Stunden hatten sie ihn entlassen. Hat der Anwalt ja brav bestätigt, wie er noch mal angerufen hat. Gut, das mit dem Interviewwunsch war vielleicht eine Nummer zu dick gewesen, aber der hatte trotzdem nichts gemerkt, da war er ziemlich sicher. Aber jetzt könnte er ja langsam mal eintrudeln, der Herr Filialleiter. So wie er ihn kannte, ist er wahrscheinlich gleich irgendwo zum Essen gegangen. Und die Fahrerei war natürlich auch eine Zumutung im Moment. Bei dem Nebel brauchte man schon eine Zeitlang, um von Prien nach Feldwies zu schleichen.

Er hoffte nur eines: Dass sie ihn nicht observierten. Das wäre schlecht. Aber er glaubte es nicht. Auf jeden Fall würde er es merken, wenn hier in der Straße mehr als ein Auto auftauchte. Von seinem Standpunkt hier hatte er die ganze Straße im Auge, und zu Fuß würden sie ja wohl nicht kommen.

Sicherheitshalber hatte er ein bisschen entfernt geparkt. Er hatte nur noch keinen genauen Plan, ob er ihn gleich in der Garage packen sollte, oder lieber abwarten, bis er ins Haus ging. Er war noch nie hier gewesen. Vielleicht hatte er eine Alarmanlage? Aber die haben ja dann wohl die Bullen schon abgestellt. Oder sollte er lieber warten, bis er drin war und dann klingeln?

Jedenfalls sollte er jetzt bald aufkreuzen, es war arschkalt hier draußen. Da half selbst sein gefütterter alter Parka nicht viel. Er hatte ihn sowieso eher mitgenommen, weil so viel Zeug in die Taschen passte.

Noch einmal tastete er in der linken Außentasche nach dem Klebeband, dessen Anfang er schon vorher ein Stückchen umgeklebt hatte, so dass es sich nicht anlegen konnte, sonst wäre es schwer gewesen, mit den Lederhandschuhen schnell ein Stück abzureißen. Und er musste auf jeden Fall verhindern, dass er rumschrie, der Geldsack. Aber das würde er schon hinkriegen.

Beim Hansi hatte er echt Muffe gehabt. Der war irgendwie unberechenbar. Und ganz schön kräftig. Da musste der erste Schlag sitzen. Mit dem hätte er sich nicht gern rumgeprügelt. Beim Georg … Er mochte nicht dran denken.

Jetzt bogen links endlich Scheinwerfer in die Straße und kamen langsam näher. War er das? Der Wagen kam näher und wurde noch langsamer. Das musste er sein. Er bog auf jeden Fall gegenüber in die Garageneinfahrt, die Scheinwerfer leuchteten das Garagentor an, der Motor lief weiter … Ja, das war er.

Wachler stieg aus und sperrte das Garagentor auf. Gab's da einen direkten Zugang von der Garage ins Haus? Er wusste es nicht. Es sah aber nicht so aus, soweit er von hier aus einsehen konnte.

Woah, Scheiße. Das war jetzt so ein Moment, wo's einem schlecht werden könnte. Aber er hatte gar nichts gegessen, was er kotzen könnte. Spontan entschied er sich, das Ganze erst im Haus zu starten.

Wachler stieg wieder in den Wagen und fuhr ihn in die Garage.

Gut, jetzt galt's. Auf der Straße war kein anderes Auto zu sehen, also huschte er hinüber und ging hinter dem Zaun in Deckung. Das Klebeband hatte er schon in der Hand. Das Garagentor ging wieder zu und Wachler kam um die Ecke, auf den kurzen Weg zur Haustür. Er hörte ihn leise fluchen, als er in seiner Jackentasche nach dem Haustürschlüssel kramte. Als der Schlüssel sich mit zweimaligem Klicken im Schloss drehte, lief er los. Mit ein paar leisen Schritten war er hinter Peter Wachler. Der bemerkte ihn erst, als er ihm schon das breite Klebeband über den Mund zog und ihn gleichzeitig in den Hausflur schob. Er hatte noch nicht einmal das Licht angemacht.

Der kleine Dicke versuchte sich noch zu wehren und trat nach hinten aus, aber er packte seine Arme, riss sie nach hinten und schob ihm sein Knie ins Kreuz. So drängte er ihn an die Wand.

„Mmmf!“, war alles, was er rausbrachte. Er hatte an Gegenwehr nicht viel zu bieten. Seine Arme waren schnell hinter dem Rücken verschnürt, mit ein paar Lagen Klebeband um die Handgelenke. Die Haustür fiel hinter ihm ins Schloss.

„Du machst keinen Mucks, oder du bist erledigt.“

Er konnte die Angst des Geldmenschen körperlich spüren. Am liebsten hätte er ihn gleich erledigt. Das wäre viel einfacher gewesen. Er hatte gar keine Erfahrung mit dem, was er jetzt tun musste. Mit einer Hand bugsierte er den Typ an den Handgelenken den Flur entlang und sah sich um. Er war lange genug draußen gestanden, um sich an die Dunkelheit zu gewöhnen. Aber sein Gefangener war hier immerhin zuhause, also musste er aufpassen.

„Wo is der Keller?“

Peter Wachler schwitzte. Er strömte einen unerträglichen Angstgeruch aus. Er sperrte sich.

„Hey! Der Keller. Los …“

„Mmn …“ Wie eine verstopfte Heulboje klang er. Er wies mit dem Kopf auf eine Tür rechts am Ende des Ganges.

„Guad, auf gehts …“

Wachler versuchte sich umzudrehen.

„Nnmmm!!!“

Er hat die Stimme erkannt …

Egal. Das war sowieso klar gewesen. Es machte keinen Unterschied, aber trotzdem war es ihm unangenehm. Er öffnete die Tür und schob den Fettsack die Treppe hinunter.

„Bleib da stehn“, wies er ihn an. Wachler wagte es tatsächlich nicht, sich zu bewegen.

Er schaute kurz in alle Kellerräume und entschied sich für den Partykeller. Wieso musste eigentlich jedes nach 1960 gebaute Haus einen Partykeller haben? Er konnte sich nicht vorstellen, dass jemand wie Wachler Partys feierte. Scheißegal, da drin gab es eine Bar, ein Sofa und ein paar Stühle, alles aus irgendeinem Kaufhaus und offensichtlich unbenutzt. Zwei Souterrainfenster, nach hinten raus zum Garten, mit Rollläden. Er ließ sie runter und knipste eine kleine Lampe an. Dann holte er Wachler herein und schubste ihn zu einem Stuhl.

„Hinsetzen.“

Wachler machte keine Anstalten zu folgen. Er starrte ihn nur verängstigt an.

„Jetz setz di da hi! Sofort.“ Er packte den Banker an seinem Jackettkragen und half ihm dabei. Dann zerrte er dessen Arme hinter die Stuhllehne und begann damit, sie ausgiebig mit Klebeband zu befestigen. Schließlich fesselte er auch noch seine Unterschenkel an die Stuhlbeine.

„Nnnnn!“ Wachler zuckte und zerrte an den Bändern, aber die gaben keinen Millimeter nach.

„I nimm dir des jetz ab, und du bist ganz ruhig, verstanden?“

Er riss Wachler das Klebeband vom Mund, und am Hinterkopf mussten ein paar Haare dran glauben.

„Au! Aah …“

„Du sollst leise sei!“

Wachler gab sich Mühe.

„Sag mal, bist du wahnsinnig?“, keuchte er. Er heulte fast. „Was treibst du denn hier? Was soll denn das werden?“

„I stell die Fragen. Is des klar?“

Zur Bekräftigung seiner Ansage trat er Wachler heftig gegen das Schienbein. Er musste sich von Anfang an Respekt verschaffen, sonst würde das hier eine unerfreuliche Arie werden.

Der Banker heulte vor Schmerz auf, er versuchte es aber halbwegs leise zu tun, aus Angst vor weiteren Misshandlungen.

„Wenn du Geld willst, ich hab nichts mehr hier, die Polizei hat alles beschlagnahmt!“

Er brauchte nur mit dem Fuß gegen sein anderes Bein auszuholen, und Wachler verstummte sofort. Er wies aber mit dem Kopf in die Ecke, wo sich sein Safe befand. Der stand offen und war leer.

„Scho klar. Aber es geht eh ned um Kleingeld … Die Nummernkonten san doch wesentlich interessanter, oder?“

Er beobachtete Wachler, der gleich noch ein Stück bleicher wurde. Er schwitzte wie die Sau.

„W…welche Nummernkonten?“, sagte der Banker ganz leise.

Er musste Wachler gegen das andere Schienbein treten. Der krümmte sich, soweit er das mit den Fesseln konnte.

„So geht des ned." Er sah den kleinen Dicken ganz ruhig an. „Überleg da des guad. Als nächstes reiß i da an Finger aus, oder …", er holte sein Messer aus der Jackentasche und ließ es aufspringen, „vielleicht schneid i dir erst amoi a Ohr ab. Mhm, i glaub, des is besser …"

Wachler wich mit dem Kopf zurück so weit er konnte.

„Bitte, ich … du, du hast doch jetzt schon die 400 000, das warst doch du, oder? Die hast doch du dem Georg …?"

Er verstummte, als ihm klar wurde, was das bedeutete.

„Ich, du …", stotterte er, „das … war ja von mir, das Geld, ich, ich hab ja gar nichts mehr … Ich, das, das Geld, was die Polizei hat, kannst du haben, wenn ich es wiederkriege, bitte …"

„Jetz pass auf", er hob drohend das Messer, „der Georgie hat ja gern amoi was erzählt, wenn eahm langweilig war … Deswegn woaß i genau, dass du no die oane oder andere Million hast, in der Schweiz, und in Österreich …"

Der Kleine lachte hysterisch auf.

„Der Georg! Der hat doch laufend Scheiße erzählt. Das musst du doch wissen, oder? Und wenn … ich hab vielleicht ein bisschen angegeben, das musst du doch verstehen! Der Georg hat ja seine Kohle immer gleich zum Fenster rausgeworfen, und ich hab halt ein bisschen was gespart, fürs Alter, aber das sind doch keine Millionen, ich …"

„Okay, i lass dir die Auswahl: Fang i mi'm linken Ohr o, oder mi'm rechten? Was is da liaba …?" Er hielt ihm das Messer unmittelbar vor die Nase. „I sag nur oans: Ihr habt's mi scho amoi übers Ohr ghaut, ihr Zwoa. Um 10 Mille habts ihr mi b'schissn, des woaßt du genau, und mit mir macht ma sowas nur ein einziges Mal. I bin nämlich nachtragend, du Drecksack! Woaßt du, was i bin? I bin a Steinbock, a ganz a typischer, i hab a Gedächtnis wie a Elefant, i vergiss nia was, vor allem ned, wenn mi oana schlecht behandelt … Und der Georgie, der hat no oans draufglegt, der hat ma ah no die Uschi ausgspannt, und wo is er jetz …? Oiso, rechts oder links?"

Er packte Wachler mit der Linken am Scheitel, um sich seinen Kopf zurecht zu legen.

„Nein! Bitte!", wimmerte der Banker los. „Das tut mir leid, das mit dem Geld, ich weiß, das war ein Fehler, aber das war doch eigentlich der Georg, der dich beschissen hat. Ich weiß, ich hätte dir das ersetzen sollen, du kriegst das Geld natürlich … Und für die Uschi kann ich schon gleich gar nichts!"

„Damals warn's 10 000, jetz kost's a bissl mehr. Überziehungszinsen, Inflation – hast mi? Du bist doch vom Fach! Jetz kost's halt deine Nummernkonten. Links oder rechts? Ha? Ach, des magst du ned entscheiden, oder? Dann entscheid hoid i …"

Im selben Moment, als er das Messer ansetzte, läutete es irgendwo im Haus. Lang und laut …

„Was …?"

Das musste die Türklingel sein. Gleichzeitig wollte Wachler losquieken, er konnte ihm gerade noch den Mund zuhalten und setzte ihm das Messer an den

Hals, so fest, dass die Spitze ein bisschen eindrang und ein paar Tropfen Blut in seinen Kragen rannen.

„Maul hoitn, oder i schlitz di auf … Verstanden?"

Wachler versuchte sich ruhig zu halten. Er nickte.

„Wer konn des sei? Wart'st du auf jemand?"

Ein zögerliches Kopfschütteln als Antwort.

Aus seiner Jackentasche fischte er eine Packung Tempos und schob sie Wachler in den Mund. Dann umwickelte er seinen Kopf mit Klebeband.

Scheiße, wer konnte das sein? Schnell machte er die kleine Lampe aus. Wenn es die Polizei war, dann müsste er sofort irgendwie hinten über die Wiese abhauen …

Es half nichts, er musste nachsehen.

„Du gibst koan Laut von dir, oder du leistest am Georg Gsellschaft."

Wachler nickte schwach.

Er streifte schnell seine Schuhe ab und schlich die Kellertreppe hinauf.

In dem Moment läutete es wieder! Verdammt nochmal …

Lautlos, tief geduckt bewegte er sich den Flur entlang Richtung Haustür, das Messer in der Hand. Er wusste, dass es einen Spion in der Tür gab, das hatte er schon abgecheckt, bevor Wachler kam. Ein leises Scharren von Füßen konnte er draußen wahrnehmen.

Er war schon fast an der Tür, da läutete es ein drittes Mal. Fast direkt neben seinem Ohr. Obwohl er ja damit rechnen musste, zuckte er wieder zusammen.

Jetzt stand er direkt hinter der Haustür.

Zum Glück war der Hausflur dunkel, also konnte er auch kein Licht abdecken, wenn er durch den

Spion schaute. Er richtete sich vorsichtig auf und äugte hinaus.

Was er sah, konnte er kaum glauben – da stand der Winnie vor der Tür! Winfried Grabmann! Was wollte der denn hier?

Im selben Moment entschied sich der Winnie wieder zu gehen. Er nahm wohl an, dass Wachler nicht zuhause war. Gott sei Dank.

Sehen konnte er ihn nicht mehr, aber die Schritte entfernten sich draußen auf dem Weg, dann fiel eine Autotür zu und kurz darauf fuhr Winnies 5er BMW am Haus vorbei.

Der Winnie …

Bloß gut, dass es nicht die Polizei war. Aber was wollte der Winnie hier? Glaubte der vielleicht, dass er sich bei Wachler das Geld abholen konnte? Egal, Hauptsache er war wieder weg.

Keinen Moment zu früh, denn jetzt drang ein lautes Scharren aus dem Keller.

Zeit, sich wieder seinem Problem dort unten zuzuwenden …

38

„So, jetzt muss ich was tun“, sagte Sarah Beck und setzte sich auf, „und dich leider rauswerfen …“

Sie stand auf und schlüpfte wieder in ihren Bademantel.

Schade, dachte Hattinger. Am liebsten wäre er jetzt einfach liegen geblieben, obwohl er sich sonst eher zu den Fluchttieren zählte.

„Das war die Vorspeise … Morgen gibt's den Hauptgang, wenn du willst.“

Sollte das ein Witz sein? Er wollte ab sofort jeden Tag das ganze Menü, mit acht Gängen.

„Und ob …“, sagte er nur.

Er schaute auf die Uhr: Es war dreiviertel Zwölf.

„Es is ja scho fast morgen“, sagte er.

„Eben“, antwortete Sarah. „Deswegen: Raus jetzt hier. Ich will dich erst an meinem Geburtstag wiedersehen …“

Hattinger stand auf und zog sich an. Er wollte ja eigentlich noch was fragen, aber er konnte jetzt nicht. Morgen war auch noch ein Tag.

„Wann?“, wollte er nur noch wissen.

„So gegen Abend wäre gut. Ich hab noch eine Überraschung für dich …“

„Klingt guad. I'll do my very best …“

Sarah brachte ihn zur Tür und küsste ihn zum Abschied. Als er die Treppe hinunter ging, sagte sie leise „Hey …“ und er drehte sich noch mal um.

Sie hielt ihren Bademantel weit auf.

„Bis morgen Abend.“

„Bis morgen …“

Der Nebel war dicht wie selten, als er heimfuhr.

Gefühlt flog er nach Hause, auf weichen weißen Wolken.

Für die Schinkennudeln war's natürlich längst zu spät …

Daheim angekommen, stellte er zunächst mal fest, dass Lena gar nicht da war. Sie hatte einen Zettel auf dem Küchentisch hinterlassen:

Falls du heimkommst: Bin bei Peter
¿– Bis irgendwann –? Dann —> Schinkennudeln!!!
(Küche räum ich später auf, sorry ;–)

Damit er den Zettel auch fand, hatte sie das Licht angelassen, praktischerweise gleich überall … Aber heute konnte ihn nichts erschüttern. Er war müde, aber so angenehm wie schon lange nicht mehr.

Der Anrufbeantworter blinkte. Das tat er selten, weil ihn fast niemand mehr auf dem Festnetz anrief. Kein Wunder, er war ja eh nie zuhause. Er hatte schon überlegt, ob er sich den Anschluss nicht sparen sollte, aber jetzt zeigte sich ja, dass sich manchmal doch jemand an ihn erinnerte …

Nämlich seine Vermieter!

„Ja Herr Hattinger, jetzt wollten wir uns doch mal melden, weil wir noch gar nix gehört ham, auf unsere Kündigung hin … Also, entschuldigen Sie die Störung, aber …", stopselte die Frau vor sich hin, in so einer Art ehrfurchtsvollem Hilfshochdeutsch, „aber, oiso mir wissen ja, dass Sie da schon noch Zeit haben, mit dem Ausziehen … also, aus der Wohnung, mein ich natürlich, ähm …, und es is aber nur so, dass …"

Der Telefonhörer wurde ein bisschen abgedämpft

und die Frau keifte in den Hintergrund: „Jetz lass mi halt in Ruah telefoniern, wennst as scho ned selber machst!“ Dann wieder in den Hörer: „Entschuldigung, Herr Hattinger, so, jetzt also …, wo war i? Ja, dass Sie schon noch Zeit ham natürlich, aber …“

Tut – tut – tut – und Ende. Die Minute Redezeit, die am Anrufbeantworter eingestellt war, war abgelaufen.

Hattinger ahnte schon, dass es das noch nicht war. Er startete die nächste Nachricht.

„Ja, des war jetz bläd, Entschuldigung, Herr Kommissar, normalerweis red i ned so lang, aber mei Mo … Also, was ich sagen wollte, war, dass Sie natürlich die volle Zeit abmieten können, wenns ned anders nausgeht, aber dass – wenn Sie jetz zufällig die Möglichkeit sehen täten, dass Sie vielleicht schon vorher was Neues finderten … fänden, also: Dass ma mir da dann natürlich ah ned unglücklich waarn, verstehn S’?“

Jetzt wurde sich die Frau dessen bewusst, dass die Zeit schon wieder rapide verrann und sie beschleunigte ihren wirren Sermon: „Oiso auf jeden Fall kriagt ja unser Sohn a Kind … oiso sei Frau nadirlich und de brauchan hoid möglichst schnell, des verstehn Sie doch sicher, weil Sie ja ah a Dochter ham und wo jetz Ihr Frau … – aber des geht mi ja nix o, aber wenn Sie jetz früher rausgeh daadatn ois zum Termin, dann miassatn S’ nadirlich de Zeit, wo S’ eher rausgehn nim…“

Tut – tut – tut.

Naa, bittschön ned!, dachte Hattinger, als der Wiedergabeknopf immer noch weiterblinkte. Aber jetzt war sie ja schon fast zum Punkt gekommen …

Er drückte heldenhaft noch einmal auf Start.

„Alfons, könntest du mir *bitte* mal erklären, was das soll?"

Oh je – Elke! Die hatte ihm gerade noch gefehlt. Ihr Ton war eisig. Und sie nannte ihn beim Vornamen, obwohl sie genau wusste, dass er das nicht leiden konnte. Das ließ nichts Erfreuliches erwarten.

„Lena hat mich angerufen: Sie habe mit dir besprochen, dass sie ab sofort bei dir in Wasserburg wohnt! Und dass sie das Gymnasium schmeisst und dir stattdessen den Haushalt führt … Seid ihr eigentlich jetzt komplett ausgetickt da unten?! Ruf mich bitte *so-fort* an – dein Handy ist seit Stunden tot! Ich bin fassungslos. *Fas-sungs-los!*"

Hattinger hörte das Klacken des aufgeknallten Hörers. Okay, da war offensichtlich noch Überzeugungsarbeit zu leisten, aber das war ja klar gewesen …

Was?! Der Knopf blinkte immer noch! Jetzt war's auch schon egal.

„Ja, i bin's no amoi, jetz aber ganz kurz: Oiso dass Sie, wenn Sie eher rausgehn aus der Wohnung, dann ah nimmer zahlen müssen, des wollt'ma nur sagen. Und dass wir des natürlich sehr begrüßen würden, im Namen von unserm Sohn. So, des war's jetz eigentlich scho. Also, vielleicht rufen S' uns bald amal an, gell? Danke und: Auf Wiederschaun."

Nein, dachte Hattinger. Das würde er nicht tun! Aber morgen würde er den Anschluss kündigen, endgültig und unwiderruflich. Er stellte schon mal den Ton leise, falls Elke auf die Idee kommen sollte, nochmal anzurufen.

Er schaute auf die Uhr: Schon fast Zwei. Ein Weißbier würde er sich noch gönnen und dann ins Bett gehen. Auf der Anrichte neben dem Kühlschrank lag das Einschreiben vom Amtsgericht, von dem Lena ihm am Telefon erzählt hatte. Er schenkte sich erst einmal das Weißbier ein, dann nahm er den Brief mit an den Tisch. Er hatte keinerlei Bedürfnis, den jetzt aufzumachen. Nachlassgericht, las er auf dem Absender. Wieso Nachlassgericht? Wollte ihm jetzt irgendjemand seine Schulden hinterlassen? Er überlegte, ob er überhaupt jemand kannte, der ihm etwas vererben könnte. Nach reiflicher Überlegung kam er zu dem Schluss, dass dem nicht so war. Seine Eltern waren schon lange gestorben, sein Bruder Fritz war nach Brasilien ausgewandert, sie hatten zwar kaum Kontakt, aber er war sich ziemlich sicher, dass er noch nicht das Zeitliche gesegnet hatte, und sonst …? Nein. Vielleicht ging es ja auch um was ganz anderes. Aber er würde sich jetzt nicht den Abend versauen, indem er sich diesen Brief anschaute. Er legte ihn auf den Tisch.

Er wollte viel lieber an das denken, was ihm heute Abend widerfahren war. Es war irgendwie unwirklich, er konnte es kaum glauben. Aber wenn er langsam die Luft einsog, konnte er immer noch ihren Geruch wahrnehmen.

Er empfand es fast als ein Wunder, was da passiert war … Er freute sich jetzt schon auf morgen. Aber schuldig fühlte er sich auch ein bisschen, nicht moralisch, aber berufsmäßig. Das ging eigentlich gar nicht …

Und sonst? Konnte das vielleicht wirklich was werden? Er als alter Knacker mit so einer jungen Frau? Er war skeptisch. Aber im Moment trotzdem glücklich, wie kaum mal in letzter Zeit. Die Zukunft war ihm gerade egal.

Hattinger ging ungeduscht ins Bett und schlief sofort ein. Er träumte, dass er jemandem Fragen stellen sollte, er hatte aber nicht die geringste Lust.

39

„Ich weiß nicht, ich erreiche ihn nicht", sagte Karl Wildmann zu den Kollegen. „Der Teilnehmer ist vorübergehend nicht erreichbar …", zitierte er. Er hatte es jetzt schon dreimal probiert, aber Hattinger ging nicht dran.

„Hast as scho bei ihm daheim probiert?", erkundigte sich Andrea Erhard.

„Nein. Hast du die Nummer?"

Andrea Erhard schüttelte den Kopf.

„Telefonbuch?", schlug sie vor, aber Bamberger war gerade gekommen, der konnte die Nummer auswendig.

Wildmann rief an. „Anrufbeantworter", sagte er den Kollegen, dann sprach er drauf: „Hallo Chef, wir wollten uns nur mal erkundigen, wann du kommst. Es gibt neue Erkenntnisse. Bis später."

„Na ja, kurz nach Acht … Der kommt sicher glei", sagte Andrea Erhard.

„Genau. Machen wir schon mal weiter", schlug Wildmann vor.

Petra Körbel hatte die Kontounterlagen der Grabmanns präsentiert. Zumindest die letzten zwei Jahre hatten sie bereits bekommen.

„Also da steht alles auf Anschlag im Minus", fasste sie die finanzielle Lage von Winfried Grabmann und seinem Onkel kurz und bündig zusammen. „Vor zwei Monaten hat der Neffe die letzte größere Summe abgehoben, 30 000 Euro. Die Summen sind im Lauf der letzten zwei Jahre immer größer geworden. Er war übrigens auch bei der HypoSpar, aber in der Aschauer Filiale."

„Also kann man sagen, dass er dringend Geld gebraucht hat", sagte Martin Haller. „Ich habe das mit dem Altenheim überprüft. Winfried Grabmann hat tatsächlich seinem Onkel ab nächstem Monat einen Platz reserviert. Kostenpunkt: Etwa 4 000 Euro pro Monat …"

„Also hat er des Haus ja dringendst verkaufen müssen", stellte Andrea Erhard fest.

Poschner kam herein und reichte dem Nächstsitzenden, das war in dem Fall Bamberger, ein neues Fax. Der stellte seinen Kaffee kurz ab und überflog das Schreiben.

„Da schau her. Der Grabmann war letzten Mittwochabend ah in Bernau! Des san seine Funkzellendaten."

Wildmann nahm das Papier. „Und uns hat er erzählt, dass er zuhause bei Onkel Theo war", stellte er fest.

„Soll'ma auf'n Chef warten, oder bestell'ma ihn gleich ein?", meinte Andrea Erhard.

„Wir bestellen ihn gleich, würde ich sagen." Wildmann übernahm die Initiative. „Oder noch besser, wir lassen ihn bringen."

Alle waren mit dem Vorschlag einverstanden. Wildmann rief die Observierungsmannschaft an, die die Nachtschicht übernommen hatte, und gab Anweisung, Winfried Grabmann so schnell wie möglich nach Prien zu bringen.

„Unser Winnie war außerdem auch noch in Feldwies, letzte Nacht", gab er bekannt, als er das Telefonat beendet hatte. „Er hat ein paar Mal bei Wachler geklingelt, dann ist er wieder nach Hause gefahren."

„Der muss uns jedenfalls noch einige Fragen

beantworten, sonst hat er ein Problem", meinte Martin Haller.

„Und was mach'ma jetzt wegen der Veröffentlichung von dem Phantombild?", fragte Andrea Erhard.

Bis jetzt hatten sie auf Hattinger gewartet, um ihm die Entscheidung zu überlassen.

„Das machen wir jetzt einfach", entschied Wildmann. „Es spricht so viel dafür, dass der Mann zumindest beteiligt ist, wenn nicht der Täter selbst …"

Er bat Andrea Erhard, sich selbst darum zu kümmern. Schließlich war es ihrer Initiative zu verdanken, dass es dieses Phantombild überhaupt gab. Der Karli versprach ihr, das Bild schnell auf die Website zu stellen und morgen, also Donnerstag, in der Zeitung zu veröffentlichen.

Wildmann probierte es noch einmal bei Hattinger, ohne Erfolg. War sein Handy kaputt, oder der Akku leer, oder was? Er wunderte sich, weil das normalerweise nicht vorkam. Aber gut, so lang würden sie eben ohne ihn weitermachen, es gab genug zu tun.

Es blieb sowieso nicht viel Zeit zum Grübeln. Kurz darauf wurde auch schon Winfried Grabmann angeliefert.

Er wirkte ziemlich gehetzt und verunsichert.

„Was wollen S' denn von mir scho wieder? Ich muss doch mein Onkel versorgen, des ham S' doch gsehn …"

„Je schneller Sie unsere Fragen beantworten, desto schneller sind wir fertig", sagte Karl Wildmann, der sich zusammen mit Andrea Erhard um ihn kümmerte.

„Wo waren Sie denn zum Beispiel gestern, so gegen Mitternacht?"

„Ich hab Ihnen doch scho gsagt, dass ich abends praktisch ned weg kann."

„Herr Grabmann, Sie hören jetz sofort auf mit dem Schmarrn", wies ihn Andrea Erhard zurecht. „Des Einzige, was Sie jetz überhaupt no retten kann, is die Wahrheit. Nichts als die Wahrheit! Sie stehen schon mit einem Bein im Kittchen. Hamma uns da verstanden?"

Wildmann war beeindruckt. So resolut hatte er Andrea Erhard noch nicht erlebt.

Grabmann nickte.

„Also, wo warn S'?"

„I bin no amoi wegg'fahrn …"

„Und wohin?"

„Nach Feldwies."

„Herr Grabmann, wir haben nicht ewig Zeit", mischte sich Wildmann ein. „Was wollten Sie da?"

„Ich wollt zum Wachler … Der war aber ned da. Dann bin i wieder gfahrn …"

„Und was wollten Sie von ihm?"

Grabmann zuckte mit den Schultern. Immerhin hatte er jetzt schon mal die Wahrheit gesagt, aber seine Auskunftsfreude schien wieder versiegt zu sein.

Wildmann fixierte ihn.

„Sie wollten mit ihm über das geplatzte Geschäft reden, nehme ich an?"

Grabmann sagte nichts.

„Herr Grabmann! Was wollten Sie?"

Grabmann räusperte sich.

„Er wollt was. Er hat mich am Abend ang'rufen. Er hat gsagt, er is jetz noch mit seim Anwalt beim

Essen, und später daheim. Ob ich vorbeikommen könnt, er müsst dringend mit mir reden. I hab ja gar ned gwusst, dass er wieder draußen is … Und dann war er ned da, alles war dunkel. Dann bin i wieder hoamg'fahrn. Am Handy hab i'n ah ned erreicht …"

„Des war auch ned möglich", sagte Andrea Erhard, „sei Handy is no bei uns. Genauso wie sei Laptop. Da find'ma bestimmt no einiges …"

Wildmann kramte in seiner Mappe und zog den Hefter mit dem Gutachten heraus. Er reichte ihn Grabmann.

„Das hier kennen Sie ja bestimmt, oder?"

Winfried Grabmann blätterte das Papier durch und wurde blass. Er warf den Hefter auf den Tisch. Man sah ihm an, dass er innerlich kochte.

„Und?"

„Nein! Ich kenn's nicht!", warf er patzig hin. „Sollte ich?"

„Wie meinen Sie –", fragte Wildmann ironisch, „sollten Sie das Verkehrswertgutachten über die Villa Ihres Onkels kennen? Die Sie verkaufen wollten? Davon sollte man eigentlich ausgehen, oder?"

„Wie könnte des denn sein", fragte Andrea Erhard betont einfühlsam, „dass der Herr Wachler a so a wichtiges Gutachten anfertigen lässt, ohne dass Sie davon erfahren?"

Einen Moment riss sich Winnie Grabmann noch zusammen, dann explodierte er.

„Diese Schweine … Diese verfickten Bluadsauger, die vermaledeiten! Des is ja so was von zum Kotzen! Dieses scheiß Immobilieng'sindl … Ma sollt eahna ihr scheiß Geld ins Maul stopfen, bis s' dro erstickn und bloß no Münzen scheißn! I glaub's ja ned!" Er griff sich den Hefter vom Tisch und fuchtelte damit herum: „Oans komma acht Millionen! I hab oiwei gsagt: Oanahoib miasst's scho zahln. Dann san s' durchs Haus marschiert wia die Aasgeier und ham alles schlecht gredt: Der Keller is feucht, as Dach is undicht, die Fenster ah, die konnst komplett vergessn, die Heizung is a Fossil, die Elektrik is aus'm vorletzten Jahrhundert, die Sanitäranlagen konn ma bloß no rausreissen! Und so weiter und so fort! Da miassma ja erst amoi a Million neisteckn, wenn ma de oide Hüttn verkaufen wolln, ham s' gsagt!"

Winnie Grabmann lachte hysterisch auf und schleuderte den Hefter an die Decke, so dass die einzelnen Blätter herabregneten. Er stand auf und beugte sich über den Tisch. Er sah Andrea Erhard in die Augen und äffte in schleimigem Tonfall offenbar Beimer nach:

„I moan, du konnst as natürlich ah selber renoviern, wennst des Geld aufnimmst … Des dauert ja höchstens zwoa Jahr, da muasst hoid dann durch, dann kriagst ah mehr …" Er setzte sich wieder. „Dabei ham die genau gwusst, dass i weder des Geld kriag von der Bank, noch die Zeit hab …"

„Deshalb haben Sie sich auf die Million eingelassen", sagte Wildmann.

Grabmann nickte. Er war nicht mehr in der Stimmung zu leugnen.

„600 000 offiziell und 400 000 schwarz?", hakte Wildmann nach.

Grabmann nickte wieder.

„Und wann wollten die die 400 zahlen?", wollte Andrea Erhard wissen.

„Am Mittwoch. Aber was hoaßt wollen … Ich hab

ihnen halt klar gmacht, dass ich den Notarvertrag nur unterschreib, wenn i vorher as Geld hab. Nach der Unterschrift hätt i ja keinerlei Garantie mehr ghabt."

„Sie haben in letzter Zeit ganz schön viel Geld ausgegeben." Wildmann zog Grabmanns Kontounterlagen aus seiner Mappe. „Sie hatten also einen gewissen Erfolgsdruck ..."

„Ich hab a Pechsträhne ghabt, des is alles. Irgendwann wärs ah wieder aufwärts 'gangen ..."

„Casino ...", riet Andrea Erhard.

Grabmann nickte. „I hab so a guads Gfühl ghabt an dem Abend – hab an Einsatz mehr als verdoppelt! Und dann war alles weg ... I muass ja mein Onkel versorgen."

„Herr Grabmann, wir wissen, dass Sie letzten Mittwochabend in Bernau waren, entgegen Ihrer ersten Aussage. In der Zeit, in der man Georg Beimer umgebracht hat."

Karl Wildmann versuchte, Winnie Grabmann in die Augen zu sehen. Der hatte seinen Kopf auf die Brust gesenkt und reagierte nicht.

„Haben Sie uns dazu irgendwas zu sagen? Dann würde ich dringend empfehlen, dass Sie das auch tun. In Ihrem eigenen Interesse ..."

Grabmann rappelte sich langsam wieder auf.

„Ja, i war in Bernau, wegen dem Geld. Ich sollt die 400 Riesen bekommen, der Georgie hat die gholt für'n Wachler, weil der ned wegkann, und weil's bei dem vui wahrscheinlicher is, dass'n filzen wegen Geld, hat er gsagt. Irgendwo in Österreich oder in der Schweiz, keine Ahnung ... War mir ah scheißegal, wo er des Geld herholt, Hauptsach, er bringts! Aber er is ned komma ..."

Es klopfte zweimal schnell an der Tür zum Vernehmungsraum, dann kam auch schon Poschner herein.

„Entschuldigung, aber es is wichtig.“ Er gab Wildmann einen Zettel:

Peter Wachler ist tot / erstochen? / von Putzfrau gefunden

40

„Liebe macht blind, Hattinger. Sollten Sie das nicht wissen? Als erfahrener alter Mann?"

Ostermeier führte eine Frau aus dem Nebel, an der Hand. Sie schien ihm freiwillig zu folgen. Sie sah aus wie Sarah Beck. Es war aber nicht Sarah Beck.

„Nein. Des is sie ned", protestierte Hattinger schwach.

„Sehen Sie doch hin, Sie Tor."

Ostermeier führte das Wesen, das Sarah Beck ähnelte, an einer langen Reihe gutgebauter junger Männer entlang. Ohne hinzusehen, schubste er die Frau und sie fiel dem jungen Mann um den Hals, der ihr gerade am nächsten stand.

„Und, was wolln S' damit beweisen?"

„Ich kann gar nichts beweisen, ich bin nur der Spiegel Ihrer Angst …"

Ostermeier lachte von Herzen und verschwand langsam wieder im Nebel, während die Phalanx junger Männer kollektiv über die rothaarige Frau herfiel, die Sarah Beck sehr ähnlich sah.

„Nein, sie is es nicht", versuchte Hattinger noch einmal einzuwenden, „sie konns gar ned sei, weil …" – da drehte Sarah Beck sich um und lächelte ihm zu.

Hattinger wachte auf. Was verdammt … wo …? Er schaute sich um. Er war zuhause … Wieso das denn? Wieso träumte er so einen Scheiß?

Jetzt fiel es ihm wieder ein … Sarah …

Er war total verschwitzt. Sein T-Shirt klebte an ihm, er stank.

Aufstehen, duschen, dachte er, Kaffee … Sein Blick fiel auf den Wecker – was?! Halb Zehn! Scheiße!

Mit einem Satz war er aus dem Bett. Er schaute sich nach seinem Handy um, es lag auf dem Schreibtisch, mausetot. Wieso zum Teufel … Er hatte es nicht wieder eingeschaltet. So ein Mist.

Als es endlich gestartet war, sah er, dass der Akku fast leer war. Wollte er alles gestern … Neun Anrufe in Abwesenheit!

Jetzt ganz langsam und in Ruhe alles überdenken … Handy ans Ladegerät, Kaffee – viel Kaffee!, Duschen, Anziehen und ab …

Das Erste war schon erledigt, er ging in die Küche – der Kaffee war aus! Das durfte doch wohl nicht … Aaahhh! Also Tee … Ein Beutel Earl Grey war noch da, Gott sei Dank, Teewasser aufgestellt. Der Anrufbeantworter blinkte schon wieder, das blöde Teil. Er hörte ihn ab: Wildmann, neue Erkenntnisse … Na gut, das klang zum Glück nicht ganz so dringend. Er rief zurück.

Wildmann ging nicht dran. Wieso ging er nicht dran? Das konnte eigentlich nur bedeuten, dass er in einer Vernehmung war. Die Mailbox meldete sich …

„Ja, Karl, bei mir hat alles versagt, Wecker, Handy … duad ma leid. I bin jetzt praktisch auf'm Weg. I … muass nur no was erledigen, unterwegs. I komm oiso a bissl später. Ihr machts bestimmt des Richtige."

Dann legte er schnell auf, bevor der Karl am Ende doch noch dran ging. Das mit dem unterwegs erledigen hatte er so ins Blaue erfunden, um noch ein bisschen Zeit zu haben.

Als der Tee endlich fertig war, ging es ihm gleich

ein bisschen besser. Aber zum Essen war überhaupt nichts mehr da. Ein alter Kanten Brot und verschiedene angebrochene Marmeladen, wegen Lena. Er mochte keine Marmelade. Überhaupt um Gottes willen nichts Süßes in der Früh! Eine Dose Thunfisch in Olivenöl fand er noch. Er drehte sie dreimal um … Das war ihm jetzt vielleicht doch zu heftig, um diese Uhrzeit, noch dazu mit hartem Brot. Mit frischem Baguette vielleicht, aber so …

In seinem Hinterkopf formierte sich langsam aber sicher eine ganz andere Lösung für das Problem. Er hatte da sowieso noch was nachzuholen.

Er trank den Tee aus, duschte ausgiebig, rasierte sich und suchte frische Klamotten. Das war nicht leicht, aber irgendwann hatte er es doch geschafft, halbwegs zufrieden.

Den Brief vom Amtsgericht steckte er in die Jackentasche, vielleicht würde er den heute irgendwann anschaun, wenn es die Zeit erlaubte. Dann holte er noch sein halb geladenes Handy und verließ die Wohnung.

Hattinger fuhr nach Prien. Es war wieder neblig, aber nicht ganz so dicht wie gestern. Es war auch etwas wärmer geworden. Dem Wetterbericht nach bestand sogar die Chance, dass es im Lauf des Tages aufklarte. Er überlegte noch mal, dann nahm er wieder den Weg über Schafwaschen und bog hinter dem Ortseingang links ab nach Osternach. Er hatte das Gefühl, dass es besser wäre, seine Fragen an Sarah Beck gleich zu stellen, nicht erst abends. Irgendwas spukte noch in seinem Hinterkopf rum, er konnte es nur noch nicht greifen. Eine Kleinigkeit hatte sich eingehakt. Er wollte rausfinden, was das war, und das ging nur bei Sarah. Sagte er sich. Außerdem hatte sie ja vielleicht Zeit für ein Frühstück …

Er parkte vor dem Haus, hinter einem kleinen Fiat. Als er ausstieg, stellte er sein Handy auf lautlos, einer Eingebung folgend. Schließlich hatte er ja Bescheid gesagt, dass er später kommen würde.

41

„Gut, wie machen wir's?", sagte Wildmann zu Andrea Erhard, als auch sie den Zettel gelesen hatte. Er deutete auf Winnie Grabmann, der nach seinem letzten Ausbruch wieder desolat über den Tisch hing. „Er kommt ja wohl nicht in Frage …"

„Lass'ma ihn halt wieder heim, derweil", schlug sie vor. „Und dann alle zammtrommeln …"

Wildmann nickte.

„Herr Grabmann, wir müssen die Vernehmung später fortsetzen. Wir lassen Sie erst mal heimbringen. Und da bleiben Sie bitte."

„Okay." Winnie Grabmann war etwas erleichtert.

Sie verließen den Vernehmungsraum und gingen zur Pforte, um seinen Transport zu veranlassen. Im Wachraum hängte gerade ein Streifenbeamter das neue Phantombild an die Pinnwand. Als er es ganz abrollte, um die unteren zwei Reißnägel anzubringen, sagte Grabmann im Vorbeigehen:

„Des is ja der Beni."

„Was?" Andrea Erhard blieb stehen. „Sie kennen den Mann?"

„Ja freilich. Des is der Beni, wie er leibt und lebt."

„Und woher kennen S' den?"

„Des is a Freund vom Georgie, oiso – gwesn."

Da klingelte was bei Wildmann. Er suchte eine Liste in seiner Mappe.

„Beni … Sie meinen nicht etwa Benjamin Staller?"

„Doch, genau den."

„Ist der nicht in Urlaub?"

„Ja, i glaub scho. I hab'n scho länger nimmer

gsehn. Auf jeden Fall hat er sich rar gmacht in letzter Zeit. I glaub, dass der Georgie eahm die Uschi ausgspannt hat, des hat eahm gar ned taugt …"

Andrea Erhard fiel auch etwas auf in dem Zusammenhang.

„Ach, des is *die* Uschi? Mit der hab i ja telefoniert. Aber des hat's natürlich ned erzählt …"

Wildmann notierte gleich wieder mit.

„Haben Sie die Adresse von Herrn Staller? Ich hab hier nämlich nur die Adresse von seiner Mutter."

„Ja, bei der wohnt er ja …"

„Ach so? Und a Handynummer?", wollte Andrea Erhard wissen.

„Ja freilich … Aber da war er nie erreichbar in letzter Zeit. I hab's zwoa-, dreimoi probiert, weil i fragn wollt, wia's eahm geht. Hat er wahrscheinlich ausg'schalten. Ausland und so … Der hat ja ah koa Geld", meinte Winnie Grabmann, mit einer Portion Mitgefühl in der Stimme.

„Jetz vielleicht scho …", murmelte Andrea Erhard, aber so leise, dass es Winnie Grabmann, alias „Spaten" nicht verstehen konnte. Dabei fiel ihr was ein: „Sagn Sie, graben Sie eigentlich gern, oder woher kommt der Spitznam?" Sie dachte automatisch an Harald Strengers Grundstück, bzw. Beimers Grab.

„Naa, überhaupt ned. Von Grabmann kommt des halt, no aus der Schulzeit. Is irgend so am Idioten eigfalln, und dann ham's alle gsagt. Hat mi scho immer gnervt."

„Übrigens, was für einen Wagen fährt denn der Beni?" Jetzt hätten sie die wichtigste Frage beinahe vergessen, dachte Wildmann.

Winfried Grabmann musste nicht lang überlegen.

„An Audi A4, an älteren …“

„Farbe?“

„Grau. So eher dunkel … Wieso?“

Nach dieser Information entließen sie ihn, ohne seine Nachfrage zu beantworten. Er wurde von einem Streifenwagen nach Hause gebracht.

„So, jetzt ruf ich als Erstes den Chef an. Vielleicht versammelst du schon mal die Crew?“, schlug Wildmann Andrea Erhard vor. Die war schon so gut wie unterwegs.

Wildmann stellte seinen Klingelton wieder laut. Er sah, dass er eine neue Nachricht hatte, von Hattinger: Verschlafen offensichtlich. Und er kündigte an, dass er später kommen würde.

Er wählte Hattingers Nummer. Es läutete … und läutete … Jetzt ging er schon wieder nicht dran! Okay, wenigstens die Mailbox dieses Mal … ohne Ansage, wie gewohnt.

„Hallo Chef … Ahm, ich glaube es wär gut, wenn du bald kommen würdest, hier überschlagen sich die Ereignisse. Hallo? … Okay: Peter Wachler ist tot, wurde uns gerade gemeldet, und wir haben ein Phantombild identifiziert …, äh, du weißt, was ich meine, und das ist ein Freund von Georg Beimer, Beni Staller, und so wie's aussieht, hat der seinen grauen Audi A4 bei Kammler reparieren lassen! Wir werden hier schon mal loslegen, aber wie gesagt … Hallo …? Gut, dann bis dann.“

Das war mehr als ungewöhnlich, dass Hattinger nicht erreichbar war. Aber immerhin hatte er eine Nachricht hinterlassen.

Wildmann ging in den Besprechungsraum, wo alle anderen vom Team schon versammelt waren.

„Okay, der Chef ist noch unterwegs", sagte er, „er hat noch was zu erledigen. Am besten, wir legen los."

Er schlug vor, mit großem Aufgebot nach Feldwies zu fahren, er selbst, Bamberger mit seinem Team und Martin Haller. Petra Körbel könnte in der Zentrale die Stellung halten und Andrea Erhard sollte mit Hattinger dann zu Beni Stallers Mutter fahren, um rauszubringen, wo er sein könnte. Sie könne ja noch etwas warten vielleicht …

Wildmann war ein bisschen unsicher, als Ersatzchef sozusagen. Er beobachtete vor allem Bamberger, wie er auf seinen Vorschlag reagierte. Der war mit Abstand der Dienstälteste und fraglos eine Autorität.

„Guad." Bamberger nickte wohlgefällig. „Genau so mach'mas."

42

Andrea Erhard hinterließ Hattinger eine Nachricht auf der Mailbox mit der Adresse von Benjamin Staller, und dass sie jetzt da schon mal hinfahren würde. Sie fand es nicht besonders sinnvoll, unter den Umständen auf ihn zu warten. Also stieg sie in ihren roten Käfer und brauste los Richtung Sankt Salvator. Kurz davor rechts ab nach Pinswang und geradeaus weiter nach Greimharting. Als sie danach Richtung Weingarten hinauffuhr, löste sich der Nebel auf. Hier war man schon hoch genug über dem Chiemsee, der irgendwo da hinten in der Suppe lag. Ein Stück ging es noch weiter, dann kam sie zu einem alleinliegenden kleinen Haus. Es lag in einer Senke, fast im Wald, so dass es schon wieder vorbei war mit der Aussicht.

Das Haus machte einen ziemlich heruntergekommenen Eindruck. Andrea fuhr erst einmal langsam dran vorbei und hielt nach dem grauen Audi Ausschau, aber die Garage stand offen und war leer. Neben dem Haus war ein betagter Renault Kastenwagen geparkt. Niemand war zu sehen, auch nicht auf dem Grundstück, soweit man es einsehen konnte, also drehte sie wieder um und parkte am Straßenrand. Als sie auf das Haus zuging, tastete sie nach ihrer Waffe unter der Jacke. Sie wusste, dass sie da war, aber es beruhigte sie, sich noch einmal zu vergewissern. Es war ja sowieso unwahrscheinlich, dass Beni Staller in dem Haus saß und auf die Polizei wartete.

Als sie den verwilderten Vorgarten durchquerte, ging die Haustür auf und eine verhärmte ältere Frau mit strähnigen grauen Haaren kam heraus. Sie musterte Andrea Erhard argwöhnisch.

„Mir kaufen nix. Oder ham Sie si' verfahrn?"

Sie schaute hinüber zu dem roten Käfer.

„Des kommt oft vor da herobn, na fahrn s' oiwei alle im Kreis …"

„Des kommt drauf an", sagte Andrea Erhard. Sie war doch immer wieder mal froh, dass man ihr die Polizistin offenbar nicht gleich ansah. „Wenn Sie die Frau Staller san, dann bin i richtig."

Die Frau schaute noch misstrauischer und zog die Haustür von außen zu. Sie behielt die Hand an der Klinke und schwieg.

„Also, sind Sie die Frau Staller?"

„Und wenn …? Wer san denn Sie überhaupt?"

„Andrea Erhard. Ich wollt Ihren Sohn besuchen, an Beni."

„Mei Sohn is ned da."

„Ach … Schad. Wo is er denn?"

„Im Urlaub."

„Ach so, des is ja schön für ihn. Wo is er denn hin?"

„Italien irgendwo …"

„Ah super. Wie lang is er denn scho weg? Hab i gar ned mitbekommen, dass er wegg'fahrn is."

„Seit zwoa Wochen."

„Aha. Und wissen Sie vielleicht, wann er wiederkommt?"

„Naa. Außerdem bin i koa Auskunftsbüro. I muass jetzt dann eh weg, zum Einkaufen."

„Des wird leider nicht gehen", sagte Andrea Erhard bestimmt. Sie zog ihren Dienstausweis aus der Jacke und reichte ihn der Frau.

„Frau Staller, wir müssen uns unterhalten. Am besten gehma vielleicht nei …“

„Polizei …“, stellte Annemarie Staller fest, und es klang fast so, als ob sie die schon erwartet hätte.

Sie gab den Ausweis zurück und öffnete wortlos die Tür. Sie gingen hinein, in ein etwas schmuddeliges, abgewohntes Wohnzimmer. Ein paar Bierflaschen standen auf dem Couchtisch und ein übervoller Aschenbecher. Frau Staller zündete sich eine Zigarette an und deutete auf das abgewetzte braune Kunstledersofa. Andrea Erhard setzte sich und sah sich um. Die Luft war zum Schneiden.

„Ham Sie Besuch ghabt?“ Sie schaute auf die Flaschen.

Frau Staller schüttelte den Kopf.

„Alles von mir.“

„So Frau Staller, jetzt nochmal von vorn: Wo is Ihr Sohn?“

„Ich weiß es ned.“

„Frau Staller, wir wissen, dass er vor Kurzem noch da war. Und wir vermuten stark, dass er immer noch hier is, und ned in Italien.“ Inzwischen könnte er in Italien sein, dachte sie, oder sonstwo, aber das sagte sie natürlich nicht. „Und am besten für alle Beteiligten wäre, Sie würden uns die Wahrheit sagen, auch für Ihren Sohn.“

Annemarie Staller sagte nichts. Man sah ihr aber ihre Verzweiflung an.

„Ihr Sohn fährt an grauen Audi, richtig?“

Frau Staller nickte.

„Und der war kaputt, letzte Woch …?“

„I hab nix gmerkt“, sagte die Frau, dann legte sie erschrocken die Hand über den Mund.

„Er war also letzte Woche doch da …“, stellte Andrea Erhard fest.

„Ich … er, er is in Urlaub! Er hat gsagt, er macht Urlaub. Was soll i denn machen, er hat gsagt, es is wichtig, dass des a jeder weiß.“ Die Frau wand sich, sie hatte Angst. „Er is einfach ned da, verstehn S’? Und jetz is er ja wirklich nimmer da!“

„Wie meinen S’ des?“

„Dass er jetz wirklich in Urlaub geht, hat er gsagt. Und dass er a Zeitlang wegbleibt.“

Annemarie Stallers Augen füllten sich mit Tränen. Sie machte sich Vorwürfe, dass sie für ihren Sohn nicht gut genug lügen konnte.

„Wann war er denn as letzte Mal da?“

„Heut in der Früh. Da hat er si’ verabschiedet. Er hat gsagt, irgendwann kommt er scho wieder …“

„Frau Staller, Sie kennen doch den Georg Beimer?“

„Ja freilich. Die san ja mitanander in d’ Schul gangen, die zwoa. Die warn ja immer guad befreundet. Aber der Beimer is halt a elendiglicher Hallodri. Mit dem hat ja ois o’gfangt.“

„Was genau?“, fragte Andrea Erhard nach.

„Ja, was der sonst treibt, is mir ja wurscht. Aber dann hat er ausgerechnet mit der Uschi was angfangt, und die hat an Beni verlassen wegen eahm. Des hat mein Buam ins Mark troffen, des sag i Eahna. Des hat der ned verwunden …“

„Frau Staller, ich muss mir des Zimmer von Ihrem Sohn anschaun“, sagte Andrea Erhard, mit einer Stimme, die keinen Widerspruch duldete. Aber Annemarie Staller schien inzwischen sowieso schon alles gleichgültig zu sein – der Beni war ja weg.

„Gut. Kommen S' mit …"

Sie ging voran in den Flur und durch eine Verbindungstür hinüber in eine Art Einliegerwohnung, die zwei Treppenstufen tiefer lag. Sie kamen an einem kleinen Bad vorbei, die Tür stand offen und es lief eine Waschmaschine. Im Vorbeigehen bemerkte Andrea Erhard, dass auf einem Wäscheständer frisch gewaschene Männerklamotten hingen.

„Moment amoi, san die von Ihrem Sohn?", fragte sie.

„Jaja", antwortete Annemarie Staller. „Er hat ja gsagt, i soll's wegschmeißen, weil er koa Zeit mehr hat, aber i hab ma denkt, es is ja schad um die Sachen, die san ja no guad … Wenn er wiederkommt is er froh, oder?"

„Vielleicht …", sagte Andrea Erhard, um Frau Staller zu beruhigen.

Sie ging in das Bad und stellte die Waschmaschine ab, die auf 90 Grad lief. Die Kleidungsstücke auf dem Wäscheständer waren zum Teil deutlich fleckig.

„Was machen S' denn da?", fragte Annemarie Staller. Dass die Polizistin eigenmächtig ihre Waschmaschine abstellte, gefiel ihr überhaupt nicht.

„Es is alles gut, Frau Staller. Wenn S' mir jetz vielleicht noch as Zimmer vom Beni zeigen würden?"

Andrea Erhard hatte inzwischen schon deutlich mitbekommen, dass Annemarie Staller nicht wirklich auf der Höhe des Geschehens war. Sie hatte in diesem Leben wahrscheinlich zu oft und zu tief ins Glas geschaut …

Benjamin Stallers Zimmer machte bei oberflächlicher Betrachtung einen fast unberührten Eindruck. Es sah nicht nach einem Zimmer aus, das jemand aufgegeben hatte. Es war ziemlich voll mit verschiedenstem Zeug. Aber Andrea Erhard wusste, wo sie hinschauen musste. Sie zog schnell Schreibtischschubladen auf und checkte die Schränke und Kommoden. Sie fand auf die Schnelle nichts, was wirklich wichtig gewesen wäre – Ausweise, Geld, Laptop, Handy etc., das war alles weg. Und auch bei den Klamotten waren offensichtlich gezielt einzelne Regalbretter abgeräumt. Es war also so, wie Frau Staller gesagt hatte.

Sofort die Spurensicherung drauf ansetzen und nach Benjamin Staller fahnden, sagte sie sich.

Als Erstes rief sie Hattinger an. Der ging nicht dran. Sie hielt sich nicht lange auf und probierte es bei Wildmann. Der meldete sich sofort. Sie erzählte ihm, was passiert war.

„Okay, wir schicken gleich zwei Leute zu dir rüber. Hier ist sowieso nichts mehr zu retten. Die Rechtsmedizin ist noch unterwegs, aber auch ohne den Keul würde ich sagen: Der Wachler ist hingerichtet worden, mit einem Messer von hinten ins Herz. Und vorher ist er noch ein bisschen gefoltert worden. Ihm fehlen beide Ohren und zwei Finger …“

Andrea Erhard wurde es ganz anders. Sie hatte Wachler auch äußerst unsympathisch gefunden, geradezu geekelt hatte sie sich bei dem Kerl. Aber so einen Tod wünschte man nicht mal seinem schlimmsten Feind.

„Du bleibst am besten dort, bis die zwei da sind“, schlug Wildmann vor. „Oder der Chef. Wo bleibt der eigentlich? Das gibts doch gar nicht …“

Andrea hatte keine Ahnung, wo Hattinger sein könnte.

43

„Du?“ Sarah Beck war irritiert. „Ich hab dich eigentlich erst heut Abend erwartet …“

Hattinger stieg die Treppe hoch in den ersten Stock. Es hatte ein bisschen gedauert, bis sie den Türöffner gedrückt hatte. Er hatte ein leises Rumpeln von oben gehört, meinte er jedenfalls. Vielleicht räumte sie ja immer noch auf. Jetzt stand sie vor ihrer Wohnungstür und wartete auf ihn. Heute war sie voll angezogen, Jeans und Rollkragenpullover. Schade eigentlich …

„Alles Gute zum Geburtstag“, sagte er zur Begrüßung.

„Danke“, sagte Sarah und blieb vor der Tür stehen.

Als er auf dem Treppenabsatz angekommen war, gab sie ihm einen flüchtigen Kuss.

„Was machst du denn um die Zeit schon hier?“

„Ich will dich gar ned lang stören, aber i hab gestern ganz vergessen, dir die Fragen zu stelln, wegen denen ich eigentlich kommen bin.“

„Ja. Du hattest ja auch Wichtigeres zu tun …“, sagte sie, ein bisschen schnippischer als sonst. „Das kann ich verstehn.“

„Mhm … Aber es hat leider nimmer Zeit bis heut Abend. Du woaßt ja, wir ermitteln immer no. Soll'ma vielleicht …“

Hattinger deutete auf die Wohnungstür.

„Okay“, sagte Sarah Beck, „aber es ist immer noch ziemlich ungemütlich. Komm rein.“

Sie ging voran ins Wohnzimmer, wo der Matratzen- und Polsterhaufen, den sie gestern zerwühlt hatten, wieder streng geordnet war. Es sah irgendwie – Sarah hatte recht – … ungemütlich aus, und auch leerer als gestern.

Sie bemerkte seinen Blick.

„Ja, ich bin schon vorangekommen mit dem Aufräumen. Könnte sein, dass ich nächsten Monat eine neue Bleibe habe. Eine alte Freundin zieht da aus, das ist um einiges billiger."

Komisch, dachte Hattinger, wieso konnte er sich gar nicht vorstellen, dass Sarah Beck Freundinnen hatte? Sie war absolut der Typ, der sich nur mit Männern umgibt.

„In Prien?", fragte er.

„Ja, aber im Zentrum, leider nicht in Osternach."

Sie setzten sich auf eine Polstergruppe. Hattinger fand es gerade nicht sehr bequem.

„Also, was ich dich fragen wollt: Dein George Best – wie war denn dem sei Lebensstil – was as Geld angeht, mein ich …? Kannst du dir vorstellen, dass der irgendwo größere Bargeldreserven ghabt hat?"

Sarah Beck musste lachen.

„Der Georgie? Ausgeschlossen! Und sag bitte nicht ‚dein' George …"

„Okay, 'tschuldigung. Aber ab und zu muss er größere Summen ghabt ham, oder? Des is auf jeden Fall der einzig logische Schluss aus unseren Recherchen."

„Ja sicher, aber das war immer schnell wieder weg. So ein Leben als Möchtegern-Playboy ist ja nicht billig. Da gab's immer wieder mal Phasen, da war der Georgie echt großzügig: Ein paar Tage im Luxushotel, Essen beim Winkler in Aschau und so, mit mir ist er übers Wochenende nach London geflogen und nach Paris, und mit seinen Schlampen war er in Rom, in Barcelona, in New York sogar … Vor Kurzem war er mit einer 'ne Woche in Ibiza, und so weiter und so weiter. Die Uschi, seine letzte Dauerflamme, wollte er nach Las Vegas einladen, wie man hört …"

„Zum Heiraten vielleicht?"

Sarah Beck lachte gehässig auf.

„Das glaub ich kaum. Wohl eher zum Geldrauswerfen. Wie gesagt, nach ein paar Wochen höchstens war die Kohle weg, und dann ließ er sich wieder das Essen bezahlen. Oder mich hat er regelmäßig an der Tanke angepumpt, wenn er für seinen scheiß Porsche wieder mal Benzin gebraucht hat, der Karrn frisst 25 Liter auf 100 Kilometer, aber das musste ja schließlich sein – man gönnt sich ja sonst nix!"

Hattinger war irritiert über den kaum versteckten Männerhass, der aus dieser Frau so zwischendurch herausbrach. Er sah sie an. Wenn sie nicht so eine Schönheit wäre … Er dachte den Gedanken nicht zu Ende.

„Weißt du was?", sagte sie, wieder ganz mild. „Wir könnten doch jetzt schon mal ein kleines Glas Sekt auf meinen Geburtstag trinken. Wer weiß, wann du dann heut Abend Zeit hast. Man weiß ja wohl nie so genau, wann du aufkreuzt …"

Hattinger wollte protestieren, aber sie hatte sich schon erhoben und war in der Küche verschwunden. Na gut. Sie hatte ja recht, man wusste nie … Er hörte den Sektkorken knallen und kurz darauf kam sie mit zwei Gläsern zurück. Sie reichte ihm eins.

„Prost!"

„Auf dein Geburtstag."

„Und auf dich", fügte sie hinzu. „Ich bin so froh, dass ich dich kennengelernt hab."

Sie stießen an und tranken.

„Und, was willst du noch alles wissen? Ich stehe wieder zur Verfügung …“, sagte sie, in unzweifelhafter Zweideutigkeit. Sie lächelte ihn an.

„Ja … Bei der Liste von Freunden, die du mir letzte Woch zammgstellt hast, da fehlt einer, der angeblich der beste Freund vom Georg Beimer war.“

„Nämlich?“

„Der Beni …“

„Ach Gott, der …, ja. Den hab ich wohl ganz vergessen.“ Sie überlegte einen Moment. „Wahrscheinlich, weil es in letzter Zeit nicht mehr so weit her war mit der Freundschaft.“

„Mhm. Woaßt du, warum?“

„Mm…ja, das hängt vermutlich mit der Uschi zusammen. Die war Benis Freundin. Die wollte er eigentlich heiraten, glaub ich. Dann hat sie sich eben in den Georgie verknallt. Wie's eben so geht … Prost!“

Sie nahm ihr Glas und sie tranken wieder. Sekt fuhr Hattinger immer unmittelbar in die Birne, ganz anders als Bier.

Sarah rückte ein Stück näher an ihn heran auf dem Polster. Er nahm es wohl zur Kenntnis, aber er musste sie noch was fragen, vorher war es ihm plötzlich wieder eingefallen: ‚Aber nicht jetzt.‘

„Wie ich neulich ang'rufen hab bei dir, wann war des … vorgestern erst?“, wunderte er sich, „da hast du was gsagt am Anfang, aber ned zu mir, sowas wie: ‚Aber nicht jetzt.‘ Des war irgendwie … seltsam.“

Sarah Beck lächelte ihn an.

„Bist du jetzt schon eifersüchtig? Herr Kommissar, Herr Kommissar …“

Das erinnerte Hattinger an etwas, die spöttische Art, wie sie das sagte.

„Nein", protestierte er, „des is in dem Fall a rein berufliches Interesse. Ehrlich. Du hast di fast irgendwie ... bedroht ang'hört."

„Du hast dich getäuscht. Das war meine Freundin, die war hier wegen der Wohnung. Auf uns!"

Sie nahm ihr Glas und prostete ihm zu. Sie tranken ihre Gläser aus. Hattinger fühlte sich wirklich schon ein bisschen beschwipst, dabei hatte er noch einen langen Tag vor sich. Es war sowieso höchste Zeit wieder aufzubrechen. Die Kollegen würden sich schon fragen, wo er blieb.

Sarah Beck schien seine Gedanken zu erraten. Sie rückte noch näher heran und nahm Hattinger das Glas ab. Sie schaute ihm tief in die Augen.

„Was hältst du davon, wenn du schon einen kleinen Vorgeschmack auf deine Überraschung bekommst?", schnurrte sie und zog sich mit einer Bewegung den Pullover über den Kopf. Sie hatte nichts drunter an.

Sarah Beck lehnte sich langsam zurück.

Was konnte man einwenden gegen so ein Angebot?

Hattinger bewunderte ihre perfekten Brüste. Ihm kamen sie jedenfalls perfekt vor. Natürlich, nicht zu groß und nicht zu klein ... Er sollte das nicht tun, das war ihm klar, sonnenklar ... Auf jeden Fall nicht jetzt, nicht jetzt ... heut Abend vielleicht – aber ... er konnte gar nicht anders ... Er hob seine Hände, um ... diese ... Um sie ... zu ... aber – sie ... verschwammen auf einmal ... Vor seinen Augen ... verschwammen sie ... und wurden ... ganz dunkel –

Was ...?...?

Er wäre mit dem Kopf genau auf Sarah Becks

Oberkörper gefallen, wenn sie sich nicht mit einer geschickten Drehung entzogen hätte. So plumpste Hattinger wie ein nasser Sack auf das Polster und machte keinen Mucks mehr.

„Aaah, Scheiße, echt!", fluchte Sarah Beck und zog ihren Pullover wieder an. „Typen …"

Sie ging schnell in die Küche und steckte das kleine Fläschchen mit den K.O.-Tropfen wieder ein. Dann ging sie ins Schlafzimmer und öffnete die Balkontür.

„Okay, du kannst reinkommen …"

„Des is aber ah Zeit worn!"

Beni Staller kam frierend herein, in T-Shirt und Unterhose. Er war ziemlich angefressen.

„Was machst'n du eigentlich für an Scheiß? I hab dir doch gsagt, du sollst die Finger von dem Typ lassen!"

„Ohne meinen ‚Scheiß' hätte dich der Typ doch schon längst am Haken, Blödmann! Ich hab ihn eingeseift, das ist alles. Du könntest mir dankbar sein! Also los jetzt …"

Sie ging wieder ins Wohnzimmer hinüber, Beni Staller trottete hinterher.

„Ich fasse es nicht", fluchte Sarah Beck weiter, „jetzt hast du das mit dem Wachler versaut, und über mich willst du dich beschweren, oder was?"

Beni beugte sich über Hattinger und bewegte dessen Kopf hin und her. Keinerlei Reaktion.

„Der ist weg für die nächsten Stunden", kommentierte Sarah Beck. „Jetzt lass uns den Rest erledigen, und dann nichts wie weg."

Beni schaute nachdenklich auf den bewusstlosen Hattinger.

„Vielleicht sollt'ma erst ihn erledigen …"

44

„Frau Staller, am besten geh'ma wieder rüber ins Wohnzimmer, damit ma hier koane Spuren verwischen“, schlug Andrea Erhard vor.

Gleich bereute sie wieder, was sie gesagt hatte.

„Spuren? Was für Spuren denn? I versuch ja alles sauber zum halten, aber des is halt schwierig. I bin ja ah nimmer die Jüngste, und a Putzfrau konn i ma koane leisten.“

Annemarie Staller wirkte leicht verwirrt. Zumindest schien sie daran gewöhnt, die Wirklichkeit auszublenden.

Als sie ins Wohnzimmer kamen, zündete sie sich als Erstes eine Zigarette an, dann schaute sie auf dem Couchtisch nach, ob in einer der Bierflaschen noch was drin war. Sie fand einen Rest und trank ihn in einem Zug aus.

Andrea Erhard versuchte noch einmal, Hattinger anzurufen. Langsam fand sie es ziemlich seltsam, dass er nicht zu erreichen war. Es musste schon was Wichtiges sein, das ihn davon abhielt, sich zu melden, denn dienstlich hatte sie ihn bis jetzt immer als absolut zuverlässig erlebt. Was heißt dienstlich – sie hatte ihn ja bisher sowieso nur dienstlich getroffen. Schade eigentlich, dachte sie. Sie schob den Gedanken aber schnell wieder beiseite.

Annemarie Staller ging in die Küche hinüber und holte ein neues Bier aus dem Kühlschrank. Die leeren Flaschen auf dem Wohnzimmertisch ließ sie stehen. Sie öffnete die Flasche mit dem Feuerzeug und trank.

„Ham Sie irgendeine Ahnung, wo Ihr Sohn hinfahren könnt, Frau Staller, wenn er jetzt in Urlaub geht?"

„Naa!", sagte die Frau vehement. „Null!"

Sie trank einen kräftigen Schluck Bier, dann sagte sie:

„I glaub des ned."

„Was glaubn S' ned?", fragte Andrea Erhard nach.

„Des mit dem Urlaub. I glaub, er kommt ned wieder. So wia der mi heid o'gschaugt hat, der Beni ...", sagte sie mit feuchten Augen. „Der is nimmer derselbe wia früher."

Andrea Erhard war es unangenehm, aber sie hielt die Zeit für gekommen, ihr die Frage zu stellen: „Können Sie sich vorstellen, dass der Beni irgendwas mit dem Tod vom Georg Beimer zu tun hat?"

Annemarie Staller knallte unwillkürlich die Flasche auf den Tisch und starrte sie an.

„Was? ... Der is dood? Der Georg?"

Es war offensichtlich, dass sie nichts davon gewusst hatte. Zum Schauspielern hatte sie kein Talent.

„Seit wann?"

„Letzten Mittwoch – heut vor einer Woche", klärte Andrea Erhard sie auf.

„Und der Beni hat ned amoi was gsagt ..."

Eine ganze Weile schwieg sie und überlegte.

„Des is ois die Roude ..." sagte sie bedeutungsschwanger, wie in einem schlechten Heimatfilm.

„Wer?", fragte Andrea Erhard nach.

„Die Hex, die rothaarige ... Seitdem er mit der zamm is, is er nimmer er selber. Die hat ihn ‚getröstet'!" Sie spuckte das Wort aus wie einen Fluch. „Und wia die den getröstet hat ... I hab des Gschrei gar nimmer hörn können, wenn die da war!"

Andrea Erhard fiel es wie Schuppen von den Augen.

„Meinen Sie die Sarah Beck?"

„Ja freilich. So a Luader wia de gibts nur oamoi!"

Andrea Erhard ging innerlich schnell alle Möglichkeiten durch, aber das musste es sein! Sie konnte nicht hier warten.

„Frau Staller, ham Sie a Handy?"

Die schüttelte den Kopf.

„Nur des Telefon", deutete sie in den Flur.

Andrea Erhard ging hinaus und stopselte den Apparat ab.

„Wo is Ihr Autoschlüssel?"

„Der liegt normal daneben ...", sagte Frau Staller.

Da lag er auch. Andrea Erhard steckte ihn ein und klemmte Annemarie Stallers Telefon unter den Arm. Sie glaubte zwar nicht daran, aber sie musste auf jeden Fall verhindern, dass die Frau ihren Sohn warnen konnte. Zu Fuß würde sie nicht weit kommen.

„Sie bleiben hier im Wohnzimmer. Und Sie machen koan Unsinn! Es kommen jeden Moment zwei Polizeibeamte vorbei", befahl sie der verdutzten Frau und lief aus dem Haus.

Andrea Erhard sprang in ihren Käfer und fuhr los Richtung Prien, so schnell es die alte Karosse hergab. Unterwegs rief sie Poschner an und ließ sich die Adresse von Sarah Beck geben. Gott sei Dank wusste sie gleich, wo das war. Dann sagte sie Poschner noch, er solle vorsichtshalber auch eine Streife hinschicken.

„Es kannt sei, dass der Hattinger a Problem hat ..."

„A Problem? Ach so ... Ja dann ..." würde er natürlich jemand schicken, sobald er jemand frei hätte, versprach er.

Gott sei Dank war der Nebel endlich weg. Andrea Erhard fuhr über Rimsting und die Abkürzung, die die Einheimischen nahmen, hinunter Richtung Westernach, mit quietschenden Reifen, und vorsorglich hupte sie ausdauernd, bevor sie unter der Bahnlinie durch und gleich danach über die Prienbrücke schoss. Ein Streifenwagen war's natürlich nicht, aber da es praktisch ständig bergab ging, war sie nach wenigen Minuten in Osternach.

In der kleinen Straße entdeckte sie sofort Hattingers Auto und ließ den Käfer dahinter mit abgestelltem Motor ausrollen. Sie tastete nach ihrer Waffe und schob vorsorglich die Handschellen aus dem Handschuhfach in die Jackentasche. Dann stellte sie noch ihr Handy leise und stieg aus.

Gerade war's noch ein Vorteil gewesen, aber jetzt war es natürlich ein Nachteil, dass der Nebel weg war. Das Haus lag an einer Straßenecke, und sie entschied sich dafür, erst einmal so viel wie möglich von außen zu erkunden. Es war völlig ruhig hier, das ferne Wiehern von Pferden war das einzig Lebendige im Moment.

Sie ging um die Ecke. In der Nebenstraße parkte ein grauer Audi. Das musste er doch sein, der von Benjamin Staller. Die Farbe stimmte jedenfalls, die hatte sie jetzt oft genug gesehen. Der war also vermutlich hier. Das hieß doppelt und dreifach aufpassen.

Vielleicht lag sie ja auch völlig daneben, was Hattinger anging. Aber wenn sie eins und eins zusammenzählte … Sie kannte Sarah Beck von früher, vom Sehen. Und Hattinger hatte sie ja auch schon ein bisschen kennengelernt. Da war dieses Funkeln in seinen Augen gewesen, als er über sie sprach. Das sagte ja eigentlich alles. Und dass er sie immer nur allein getroffen hatte, das war auch eher ungewöhnlich. Und jetzt hatten sie seit gestern Abend keinen direkten Kontakt mehr zu ihm. Das passte leider alles zusammen.

Von der Streife war nichts zu hören und zu sehen. Mist. Sie konnte auch nicht warten, sie machte sich echt Sorgen.

Nachdem sie alle Fenster kontrolliert hatte, die von außen einzusehen waren, ohne jemanden zu sehen oder irgendwas zu hören, entschloss sie sich ins Haus zu gehen. Der Anordnung der Klingelschilder neben der Haustür nach musste es die Wohnung im ersten Stock sein. Sie zog ihre Waffe und entsicherte sie.

Die Haustür stand einen Spalt offen, also ging sie hinein und lauschte erst einmal … Nichts. Nicht einmal irgendwelche sanitären Nebengeräusche, Wasch- oder Spülmaschinen, Ölheizung … Gar nichts. Die Ruhe war schon fast unheimlich. Und da sollte sie jetzt über diese alte Holztreppe nach oben? Aber es half ja nichts.

Andrea Erhard setzte einen Fuß auf die erste Stufe und belastete ihn vorsichtig. Es ging eigentlich, sie verursachte nur ein leises Knarren. Das war aber mit Abstand lauter als alles andere in diesem Haus, zumindest im Moment. Sie dachte nach: Was war besser – schleichen oder stürmen? Stürmen war im Alleingang vielleicht ein bisschen blauäugig, also entschied sie sich doch fürs Schleichen. Stufe für Stufe arbeitete sie sich nach oben, immer versuchend, das alte Holz zu interpretieren. Meistens gelang es ihr, manchmal gar nicht. Sie hielt sich vor allem an die

Stellen am Rand der Stufen, wo normalerweise niemand auftreten würde, wenn er nicht sturzbetrunken war. Im Verlauf einer Minute hatte sie sich bis zur Hälfte hochgearbeitet, da hörte sie in der Ferne ein Martinshorn, das langsam lauter wurde.

Na toll. Danke, Kollegen! Wollt ihr nicht vorher anrufen: Übrigens, wir kommen jetzt gleich?!

Jetzt half nur noch die Flucht nach vorn, bevor der Beni Staller aufgeschreckt würde, um dann in die Enge getrieben um sich zu schießen, oder was auch immer er dann tun würde. Andrea zitterten die Knie, aber jetzt lief sie nach oben, die Waffe im Anschlag, sie erreichte die Wohnungstür, die hatte auch außen eine Klinke, sie drückte sie herunter, die Tür war nicht abgeschlossen, sie öffnete sie ein Stückchen, dann gab sie der Tür einen Schubs und sie ging ganz auf und dann sah sie mit einem Blick durch den Flur in das Zimmer geradeaus – und da lag er …

Hattinger … Um Gottes willen!

Sie war zu spät gekommen … Verfluchte Scheiße, das gibts doch nicht! Vorsicht, schrie es in ihr, du musst dich immer noch absichern, der Beni ist auch noch da. „Polizei! Sie sind verhaftet!“, brüllte sie in den Flur, dann tastete sie sich hinein, links, rechts die Türen sichernd, da war keiner, aber es konnte ja immer noch ein Hinterhalt … Er konnte jeden Moment irgendwo rausspringen, der Wahnsinnige, der so verrückt war, dass er nicht einmal vor einem Polizeikommissar Halt machte, was musste das für ein irres Arschloch sein! Rechts und links rührte sich nichts, aber … Mensch Hattinger … da lag er und war tot, und –! Jetzt konnte er nur noch hinter der Tür sein, der Mörder. Das Martinshorn wurde immer lauter aber jetzt brauchte sie auch nicht mehr zu warten, sie stürmte in das Zimmer und warf sich um die Ecke nach links, rollte auf dem Boden ab, um möglichst schnell den Raum hinter der Tür abzudecken und aus dem Schussfeld zu sein und den Überraschungsmoment zu nutzen und, und … und – was?! Da lag ja noch einer … da lag noch einer, und der rührte sich auch nicht, war der auch tot, oder was …?

Sie rappelte sich hoch und legte auf ihn an und schrie ihn an, aber er rührte sich immer noch nicht … Da ging sie hin und stieß ihn mit dem Fuß in die Seite, und gleich nochmal, aber der gab keinen Mucks von sich!

Sie sah seinen Kopf und seine roten Haare und, dass er sehr groß war und sie erkannte ihn gleich vom Phantombild, das war er, der Beni, der Staller …

Andrea Erhard versuchte kurz wieder Luft zu kriegen, ihr Herz raste so, dass sie das Gefühl hatte, es würde sich gleich selbständig machen und aus ihr rausspringen … und … draußen, das Martinshorn …? Was …? Das entfernte sich langsam wieder …

„Verfluchte Scheiße!", schrie sie laut in den Raum. „Boah …"

Der Staller bewegte sich nicht, also konnte sie endlich zu Hattinger schauen – verdammt noch mal, der lag da total verdreht auf so einem Polster und … Ihr war nach Heulen zumute, warum war sie nur nicht eher drauf gekommen, dass …

Andrea beugte sich über Hattinger und fasste vorsichtig seinen Hals an … warm war er noch, der Hals, wenigstens, jetzt tastete sie nach seinem Puls, sie war nicht so sicher, wo … aber irgendwo da musste er sein … da … da! …… Ja. … Da pochte es … Gott sei Dank! Sie ließ sich vorsichtig neben Hattinger zu Boden gleiten, ohne die sachte, aber gleichmäßig klopfende Stelle loszulassen. Mit der einen Hand fühlte sie das Pochen, mit der anderen begann sie, ihm über den Kopf zu streichen …

Ein Stein fiel ihr vom Herzen!

Sein Puls schien stabil …

Gut.

Jetzt schaute sie zu Beni Staller hinüber. Vielleicht …

Andrea Erhard stand auf und stieg vorsichtig über Hattinger hinweg und fühlte auch bei Staller den Puls.

Auch der lebte … Aber sein Puls fühlte sich ungleich schwächer an als bei Hattinger.

Endlich hatte sie den Schock überwunden. Sie holte ihr Handy aus der Jacke und rief Poschner an. Er ging gleich dran.

„Wo bleibts ihr eigentlich? Mir brauchen sofort zwoa Notärzte und Sankas etc. …“

Sie erklärte ihm die Details, die er wissen musste.

Als sie aufgelegt hatte, ging sie zu Staller und legte ihm Handschellen an, für alle Fälle.

Erst jetzt, als sie vom Adrenalin langsam wieder runterkam, bemerkte sie einen handgeschriebenen Zettel, der neben Hattinger auf dem Boden lag.

Sie überflog ihn. Dann las sie ihn noch einmal ganz genau:

Tut mir leid, es musste sein …
aber du wirst vor ihm aufwachen
Er war's !

Ich sollte doch ein gutes Alibi haben, oder?
Ich muss gehen.
Mit einem Mörder kann ich nicht leben.
Leb wohl …

Und, Andrea Erhard mochte es kaum glauben, unter den Text hatte sie tatsächlich ein Herz gemalt …

Sie überlegte, sie sah den ausgeknockten Hattinger an, dann steckte sie den Zettel ein.

Draußen war jetzt wieder ein Martinshorn zu hören. Es kam ziemlich schnell näher. Plötzlich fiel ihr auf, dass sie das Wichtigste beinahe vergessen hätte. Sie rief Poschner noch mal an.

„Wir müssen die Sarah Beck zur Fahndung ausschreiben, sofort. Vor allem Flughäfen, glaub i – München, aber ah Salzburg unbedingt. Die haut grad ab!"

Poschner versprach, sofort alles in die Wege zu leiten.

45

Hattinger wachte auf. Er wusste nicht, wo er war. Er lag in einem fremden Bett, das spürte er im Kreuz. Es war alles anders. Er versuchte sich aufzusetzen und bemerkte, dass sein Schädel brummte wie ein Umspanntrafo. Das sollte bitte sofort aufhören!

Weiterschlafen …

Bevor er sich wieder zurücksinken ließ, öffnete er vorsichtig die Augen. Nur kurz. Auch die taten ihm weh. Er machte sie gleich wieder zu. Er hatte genug gesehen, um zu erkennen, dass er in einem Krankenhaus lag.

Oder hatte er gar nicht geschlafen, und das hier war in Wirklichkeit schon …? Nein!

Mach die Augen auf … Mach die Augen auf!

Na gut.

Es half ja nichts …

Aahh, war das unangenehm. Seine Augäpfel fühlten sich wie aufgebohrt an. Zumachen …

„Hattinger?"

Die Stimme kannte er. Trotzdem musste er weiterschlafen …

„Hattinger …?"

Die Stimme war hartnäckig. Vielleicht sollte er antworten – ?

„Ja …"

Was war da eigentlich los? Wieso war er im Krankenhaus, wenn das ein Krankenhaus war, wo er war?

Oh je! Da war was …

Oder eher: Da fehlte was. Wie lang …

„Hallo?"

Frau Erhard – erkannte er. Andrea Erhard, zu der

gehörte die Stimme. Da sollte er … Er schlug die Augen wieder auf und suchte nach ihr. Er sondierte den ganzen Raum, vergeblich. Sie stand direkt am Fußende des Betts.

„Da komm i ja grad richtig“, sagte sie. „Wie geht's?“

„Ha ha!“, entfuhr es ihm.

Unendlich mühsam setzte sich Hattinger auf im Bett, so gut es ging.

„Geht scho …“, log er. Ihm wurde schon vom Aufsetzen schlecht.

„Dann is's ja guad. Können Sie sich an irgendwas erinnern?“

Hattinger überlegte, so gut er konnte. Und das war nicht gut.

„An irgendwas scho … Bloß an was, hab i vergessn. Verschlafen hab i, des woaß i no.“

„Sonst nix?“ Frau Erhard klang durchaus einfühlsam, das konnte er wahrnehmen. „Sarah Beck … Sagt Ihnen des was?“

Ach du Scheiße. Natürlich sagte ihm das was. Blitzartig! Mehr als ihm lieb war.

„Hab i … hab i was, mit ihr …? Oder sie?“, stopselte er rum.

Er konnte sich auf einmal lebhaft an gestern Nacht erinnern. Er sah sie vor sich … ouh, ouh, Hattinger! Wie, das konnte er auf keinen Fall erzählen. Aber war es überhaupt gestern gewesen? Dass er am Morgen zu ihr gefahren war, wusste er gerade noch. Dann setzte es aus …

„Keine Sorge, es is alles gut aus'gangen“, versuchte Andrea Erhard ihn zu beruhigen. „Mir ham s' no erwischt, am Flughafen. Und er war sowieso no da …“

Hattinger verstand nur Bahnhof. Wer – er?

„Also es is alles erledigt. Am besten Sie schlafen no a paar Stund. Spätestens morgen sollt alles vorbei sein, sagt der Arzt. Dann kemma in Ruhe den Rest aufarbeiten."

Sie griff in ihre Jackentasche und holte einen Zettel heraus.

„Den wollt ich Ihnen nur geben, den hat die Frau Beck für Sie gschriebn. I find, des is Ihre Sache, was Sie damit machen."

Sie gab ihm den Zettel.

„Guade Besserung no", wünschte sie. „Bis morgen."

Sie lächelte ihn an und ging.

Hattinger schaute sich den Zettel an. Ach du Scheiße!

Er konnte sich zwar noch nicht alles zusammenreimen, aber was er sich zusammen reimte, reichte ja schon.

Herr Kommissar, Herr Kommissar, du hast dich sauber zum Narren gemacht …

Sein Kopf hämmerte und hinter den Augäpfeln schienen gerade größere Mülldeponien errichtet zu werden. Das war ihm alles zu viel im Moment. Er legte den Zettel in die Nachttischschublade und beschloss, Andrea Erhards Rat zu befolgen und noch ein paar Stunden zu schlafen. Kluge Frau …

„Na wie geht's uns? Alles paletti? Was macht der Kreislauf?", weckte ihn eine joviale männliche Stimme.

Was war das jetzt, ein Déjà-vu oder was? Hattinger machte die Augen auf und sah den smarten jungen Doktor über sich gebeugt, der auch Sarah Beck verarztet hatte, anno dazumal …

„Wie's Ihnen geht, woaß i ned. Mir gehts hervorragend!", antwortete er, um ja kein Mitleid aufkommen zu lassen. Das hätte er jetzt nicht ertragen. Als er sich im Bett aufrichtete, merkte er allerdings, dass es ihm tatsächlich schon viel besser ging.

„Na na, jetzt wollen wir mal nicht übertreiben", sagte der Doktor. „Gamma-Hydroxy-Buttersäure, kurz: GHB", dozierte er fröhlich, „das ist vielleicht in geringen Dosen ein spaßiges Präparat. Aber die Menge, die Sie abgekriegt haben, das ist nicht von Pappe, in Ihrem Alter … Da ist schon der eine oder andere abgenippelt!"

Der Doktor fühlte nach seinem Puls und schickte sich an, den Blutdruck zu messen.

„Aber i leb ja no. Deswegen geh i jetz hoam."

„Aha, Sie sind also ein Krankenhausflüchter. Das unterscheidet Sie von der netten Frau, die Sie unlängst hier besucht haben, wie hieß sie noch – Sarah Beck? Die ist ganz gern hiergeblieben. Aber die habe ich auch lieber aufgehalten als Sie, ehrlich gesagt …"

Er ließ die Luft aus der Blutdruckmanschette langsam ab und horchte mit seinem Stethoskop.

„130 zu 90, das ist ja vorbildlich. Sie leben tatsächlich."

„Danke."

„Den anderen hat's übler erwischt, der ist immer noch bewusstlos. Liegt zwei Zimmer weiter, unter schwerer Bewachung", sagte der Doktor heiter. „Ja, dann will ich Sie nicht aufhalten. Bis zum nächsten Mal", grinste er vieldeutig und ging wieder.

Hattinger stand auf. Das ging schon mal ganz gut.

Das Kopfweh war auch fast weg. Er ging erst mal aufs Klo. Danach trank er in einem Zug die Flasche Mineralwasser aus, die auf seinem Nachttisch stand. Er suchte nach seinen Klamotten und fand sie sauber aufgehängt im Schrank. Er nahm die Jacke raus und suchte nach seinem Handy. Es hatte sogar noch ein bisschen Restakku. Er verzichtete darauf, sich die unzähligen Anrufe in Abwesenheit anzuhören und wählte Wildmanns Nummer. Der ging sofort dran.

„Hattinger!", meldete er sich besorgt. „Schön von dir zu hören, endlich … Wie gehts denn?"

„Alles okay, Karl. I hab mi grad aus'm Krankenhaus entlassen."

Dann bat er Wildmann, ihn kurz auf den neuesten Stand zu bringen, damit er nicht völlig ahnungslos auf der Wache einlief. Karl erzählte ihm, dass man Sarah Beck am Münchner Flughafen verhaftet hatte. Sie war schon auf dem Weg zum Flugsteig, hatte ein Ticket nach Venezuela, über Madrid, und circa 395 000 Euro im Handgepäck.

„Sie muss sich wahnsinnig aufgeführt haben bei ihrer Verhaftung, hat gebissen und getreten wie eine Furie. Jetzt ist sie wieder in Prien bei uns."

„Mhm …", sagte Hattinger, der es immer noch nicht wirklich glauben mochte. Er hörte Karl weiter zu, der von Beni Staller erzählte, und zog den Vorhang im Zimmer zurück.

Draußen lag der See im Abendlicht, der Himmel war tiefblau und die letzten Sonnenstrahlen streiften gerade noch die Baumkronen gegenüber auf der Herreninsel. Vielleicht sollte er doch noch dableiben und den Rest erst mal vergessen. Es war richtig schön hier.

„Sie hat übrigens behauptet, dass sie dir das Leben gerettet hat …“, schloss Karl Wildmann seine Zusammenfassung der Lage.

Hattinger überlegte.

„Vielleicht stimmt des sogar …“

Er blickte nach Süden hinüber auf die Berge. Endlich war dieser Nebel mal wieder weg. Ein Stück weiter rechts kam ein Mann auf den Balkon. Er sah sich um, dann begann er um die Trennwand herum auf den nächsten Balkon zu klettern – sie waren hier im dritten oder vierten Stock!

„Karl, wie schaut der aus, der Beni Staller?“

„Das ist so ein großer, rothaariger, ziemlich durchtrainierter. Liegt übrigens auf derselben Station wie du …“

„Ich weiß. Der haut grad ab!“

Hattinger stürmte auf den Flur hinaus, in Unterhose und T-Shirt, zwei Zimmer weiter saß ein Streifenbeamter vor der Tür.

„Unser Gefangener haut ab, Mensch! Übern Balkon. Los, hinterher!“, schrie er den verdatterten Polizisten an. „Auf gehts!“

Nach einer Schrecksekunde sprang der auf und lief ins Zimmer. Hattinger nahm den Weg zum Lift, er hatte keine Lust über Balkone zu klettern. Als er im vollverglasten Treppenhaus ankam, gingen gerade die Lifttüren zu. Hattinger warf sich dazwischen und drückte sie wieder auf. Er griff den smarten Doktor am Kragen seines weißen Kittels und zog ihn unsanft heraus. Der glotzte ihn an wie eine Erscheinung in der vierten Dimension. Er war so verblüfft, dass er keinen Ton herausbrachte.

Hattinger drückte den untersten Knopf, der gläserne Aufzug setzte sich in Bewegung. Er konnte Staller sogar sehen da draußen, der hangelte sich am Ende der Balkonreihe ein Stockwerk tiefer. Der Polizist war hinter ihm her, aber ein ganzes Stück zurück. Er konnte ahnen, wo Staller hinwollte, auf jeden Fall zur Seeseite und nicht zum Haupteingang. Zum Glück war er schon ein paarmal hier gewesen, und zum Glück hatte niemand unterwegs den Liftknopf gedrückt, also kam er schnell nach unten. Er irrte ein bisschen hin und her, bis er einen Hinterausgang fand, dabei starrten ihn alle, denen er begegnete, an wie einen entflohenen Sträfling. Dabei war doch der Staller der Entflohene!

Als er hinten rauskam, hörte er ihn irgendwo über sich rumklettern, und der Polizist rief ihm hinterher, dass er stehenbleiben solle, was gut war, denn so hatte der seine volle Aufmerksamkeit. Hattinger ging ein kleines Stück Richtung Bootshafen, da sah er ihn schon. Es war klar, wo er runterkommen würde. Er zog sich wieder zurück in den Schatten der Mauer.

Kurz darauf landete Beni Staller genau vor Hattinger, dabei ging er in die Knie, und als er sich stöhnend wieder hochrappelte, packte Hattinger seinen rechten Arm und nahm ihn in den Polizeigriff.

„Endstation", sagte er. Staller drehte verblüfft den Kopf nach ihm um und leistete, vermutlich noch nachhaltig geschwächt von Gamma-Hydroxy-Buttersäure, keinerlei Widerstand mehr.

„Sie scho wieder, des derf doch ned wahr sei …", das war alles, was er an diesem Tag noch von sich gab. Er war fertig mit der Welt.

Kurz darauf wurde er abgeführt und Wildmann kam, um Hattinger abzuholen.

„Unglaublich …“, sagte er nur.

Hattinger nickte.

„Kannst du fahren?“, wollte Wildmann wissen. „Dann bring ich dich zu deinem Auto und du fährst heim. Sonst fahr ich dich.“

„Naa, geht scho, danke. Und die Vernehmungen?“

„Morgen. Das kann alles warten“, sagte Karl Wildmann sehr entschieden. Er füllte die Rolle des Interimschefs offensichtlich gut aus.

„I … bin …“, fing Hattinger zögernd an, er machte eine hilflose Handbewegung, „… des …“

„Du brauchst nichts zu erklären. Alles gut.“

„Okay …“

Eine Weile sagte keiner von beiden etwas. Irgendwann gab sich Hattinger einen Ruck.

„Ahm, Karl … Würd'st du vielleicht morgn die Sarah Beck übernehmen? Dann verhör ich den Beni Staller.“

„Ja klar. Gern …“

Hattinger war sich nicht ganz sicher, aber er meinte bemerkt zu haben, dass sein Assistent ein kleines bisschen grinste.

Als er zuhause ankam, musste er feststellen, dass Lena immer noch nicht da war, es sah genauso desolat aus wie am Morgen, und der Anrufbeantworter blinkte wie verrückt.

Das alles interessierte ihn nicht. Er ging direkt ins Bett und sank in einen tiefen Schlaf. Nicht einmal für Albträume hatte er noch Energie.

46

Benjamin Staller hatte erst über Nacht halbwegs begriffen, was ihm da gestern widerfahren war: Sarah Beck, die Frau, für die er bereit war, alles zu tun, für die er eigentlich schon alles getan hatte, die hatte ihn betäubt, um ihn zurück zu lassen und alleine mit dem Geld abzuhauen.

Als diese Erkenntnis bei ihm wirklich ankam, war er bereit, umfassend auszusagen. Er wollte nicht einmal einen Anwalt.

„Sie wollten zusammen abhaun, oder?", fragte Hattinger.

„Ja logisch", sagte Beni Staller leise. „Bloß fürs Geld hab i des ned ois gmacht. Mir wolltn neu anfangen …"

Er schüttelte über sich selbst den Kopf.

„Die hat mi sowas von verarscht."

Das konnte ihm Hattinger nachfühlen. Allerdings hatte er keine drei Morde auf dem Gewissen.

Andrea Erhard sah Staller an. Was für sie schwer zu begreifen war: Er war nicht mal unsympathisch. Eher bedauernswert, verirrt …

„Erzähln S' uns doch amal was … Den Herrn Wachler, den ham S' ja praktisch hingerichtet. Gefoltert. Warum machen S' denn sowas?"

Staller traten Tränen in die Augen. Er sah die Tischplatte an und zuckte mit den Schultern.

Als er nichts sagte, hakte Hattinger nach:

„Der war doch eh scho erledigt. Und die 400 000 habts ja ah scho ghabt."

„Scho … Aber des war ihr ja z'wenig … Da war ja no vui mehr. Der Georgie hat erzählt, dass der

Wachler mindestens zwoa, drei Millionen hat, im Ausland."

„Und die sollten Sie aus ihm rauspressen?"

Staller nickte.

„Er hat gsagt, er kommt ned hin, an die Nummern …" Er blickte auf. „Weils ihr ihn verhaftet habts. Er hat gsagt, die Kontonummern san in seim Bankschließfach, und da kommt er ned hi! Er woaß die ned auswendig, hat er gsagt. I hab ma denkt, der verarscht mi …"

Jetzt ging Hattinger ein Licht auf. Der Schlüssel, den sie hinter seiner Schreibtischschublade in der Bank gefunden hatten, war also gar nicht der Zweitschlüssel zu seinem Safe zuhause. Da hätte er auch drauf kommen können.

„Er wollt abhaun", fuhr Staller fort, „weil er Angst kriagt hat. Er hätt nur no die Nummern aus der Bank braucht, aber dann san Sie kemma …"

„Und dann ham S' ihn um'bracht", sagte Andrea Erhard.

„I konn ihn doch ned leben lassn, oder? Er hat ja gwusst, wer i bin!"

Hattinger beugte sich ein Stück über den Tisch.

„San Sie eigentlich wirklich so naiv? Glauben Sie im Ernst, mir hätten Sie ned gfundn, wenn Sie abg'haut wären, früher oder später?"

„Sie hat gsagt, sie kennt oan in Venezuela, von ihrer Zeit als Animateurin …" Staller lachte sarkastisch auf. „Über den wollt s' uns neue Pässe besorgen, und dann ab auf irgend a Insel in der Karibik."

„Mit zwoa, drei Millionen Bargeld im Koffer?", fragte Andrea Erhard skeptisch.

„Schmarrn. Mir san ja ah ned ganz blöd. Des

Geld vom Wachler seine Nummerkonten hätt ma ja später in aller Ruhe holen können."

„Stattdessen sitzen Sie jetzt den Rest Ihres Lebens im Gfängnis", sagte Hattinger. „Und Ihre Sarah is wahrscheinlich schnell wieder draußen und geht alloa nach Venezuela", stachelte er Staller an. „Vielleicht hat s' des ja von Anfang an vorghabt? Ham Sie sich des scho amoi überlegt?"

„Was?!" Benjamin Staller lachte hysterisch auf.

„Sie behauptet jedenfalls, dass sie mit den Morden nix zu tun hat, wie ma hört ...", fügte Andrea Erhard hinzu.

Staller konnte es nicht fassen. Er schaute fast hilflos zwischen Hattinger und Andrea Erhard hin und her.

„Der ganze scheiß Plan is von ihr! Sie hat des gwusst, mit dem Gschäft vom Winnie, und wann der Georg des Geld holt. Des is unser Chance, hat s' gsagt! Die hat die Schnauze gstrichn voll ghabt vom Georg, und i ja ah ... Der hats doch verdient, hat s' gsagt, und dann gehma in Süden und fangan no amoi ganz von vorn o! Und des Schwarzgeld, was der Wachler im Ausland hat, des hol'ma uns ah no, der konn ja schließlich ned zur Polizei geh'!"

„Dann erzähln S' doch amal, wie des mit dem Georg Beimer glaufn is", schlug Hattinger vor.

Einen Moment zögerte Beni Staller. Man merkte ihm an, dass es jetzt ans Eingemachte ging. Aber dann redete er doch.

Sarah Beck wusste, dass Beimer am späten Mittwochabend mit Winnie Grabmann verabredet war, um ihm die 400 000 Euro Schwarzgeld zu übergeben, das er im Auftrag von Wachler aus Österreich geholt hatte. Sarah hätte Georg unter einem Vorwand, der mit der Zwangsversteigerung am nächsten Tag zusammenhing, auf das Grundstück von Harald Strenger gelockt. Dort hätten sie auf ihn gewartet. Er habe sich mit der Eisenstange versteckt und Sarah wäre in seinem Auto gesessen, auf dem Fahrersitz, weil sie den Audi zurückfahren sollte, und er Beimers Porsche.

„Dann is er komma. Er hat an Wagen abgstellt. Bis dahin hab i ma no gar ned wirklich überlegt ghabt, was des hoaßt – so blöd's klingt vielleicht … Er war ja amoi mei Freind gwesn", sagte Staller. Er hatte ganz glasige Augen. „Er is ausgstiegn und hat die Sarah in meim Auto gsehn, da is er hi'ganga. Des war ja ah der Plan – so war i hinter eahm. I hab no gedacht: I konn des ned, kemma eahm ned einfach des Geld abnehmen und schnell abhaun, aber i hab ja gwusst, dass des ned geht … Und dann hat er zu ihr gsagt: ‚Hey, derfst jetz scho sei Auto fahrn, Respekt! I hab gedacht, du fickst'n bloß.' Dann hab i zuag'schlagn …"

Beni Staller musste eine Pause einlegen. Er stierte vor sich hin und kämpfte mit den Tränen.

„Er is zamm'brochen. I hab gar ned hingschaut … Und dann schreit sie auf oamoi: 'Der lebt ja noch! Mach doch was!', und i hab ned können … I bin bloß dagstandn. Dann hat sie Gas gebn …"

Es war ganz still im Raum. Lange sagte niemand etwas. Dann erzählte Beni Staller noch, wie sie Georg Beimer vergruben, was im Sand ziemlich schnell ging. Die Eisenstange ließen sie absichtlich da, damit es wie ein spontaner Totschlag aussehen konnte. Sie fuhren mit beiden Autos zu Beimers Haus und stellten den Porsche an seinen Platz. Dann nahmen sie das Geld, seinen Laptop, Handy, Unterlagen etc. mit und ließen absichtlich die Terrassentür offen.

Akribisch schilderte Staller auch ihre Vorbereitungen – wie sie vorsorglich schon länger nicht mehr miteinander telefoniert hatten, ihre Handys zuhause ließen, alles. Und wie alles von Anfang an völlig aus dem Ruder lief: Die Autoreparatur, Hansi Kammler, der Geld wollte, sein Versuch, einen Unfall vorzutäuschen, schließlich Wachler, der verhaftet wurde und und und …

Und der Kater, dachte Hattinger, der dazu beigetragen hatte, dass man Georg Beimer so schnell fand.

Eine Katastrophe hatte die nächste nach sich gezogen, und aus Beni Stallers Mund hörte sich alles ganz zwingend an.

„Die hat mi so eing'seift, des können Sie sich gar ned vorstelln", sagte er am Ende über Sarah Beck.

Zumindest im Ansatz konnte Hattinger das schon, aber dass es so weit gehen konnte?

Mittags hatten sie ein ausführliches, unterschriebenes Geständnis vorliegen, und wenn überhaupt in diesem Fall etwas für Beni Staller sprechen sollte, dann war es das.

Als er abgeholt worden war, wendete sich Hattinger Andrea Erhard zu.

„I muass mi wirklich bei Ihnen bedanken. Was Sie da gestern für mi riskiert ham, oiso – des war ganz und gar unvernünftig, so ganz alloa … Trotzdem: Danke."

„Gern. Des hätt i doch für jeden gmacht …", log sie. „Und unvernünftig san ma doch alle gelegentlich, oder?"

Kaum hatte sie es ausgesprochen, ärgerte sie sich über sich selbst. Konnte sie nicht einfach mal den Mund halten?

„Wem sagn S' des?" Hattinger konnte ihr nur zustimmen. „I hab mi übrigens entschieden, dass i den Zettel auf jeden Fall in die Akten leg … Entlassen wern s' mi scho ned glei."

Als sie hinüber in den großen Besprechungsraum gingen, kam Sarah Beck, begleitet von zwei Beamten, aus dem anderen Vernehmungszimmer, Wildmann und Petra Körbel folgten. Hattinger wäre Sarah gerne erst mal aus dem Weg gegangen, aber jetzt war's zu spät.

„Aah, mein Kommissar", höhnte sie, als sie Hattinger sah. „Ist dir eigentlich klar, dass du ohne mich gar nicht mehr leben würdest! Der Beni hätte dich fertiggemacht!"

Wie hatte er sich nur so täuschen können? Ihre Augen waren kalt, hasserfüllt.

Hattinger blieb stehen.

„Frau Beck, es is vielleicht ungewöhnlich, aber ich schlag vor, dass wir wieder zum ‚Sie' zurückkehren", sagte er so ruhig wie möglich. „Und zum andern: Is Ihnen eigentlich klar, dass es ohne Sie die ganze Situation überhaupt ned gegeben hätt?"

„Ihr Scheißtypen seid alle dieselben undankbaren Weicheier!", fluchte sie los. „Wenn's drauf ankommt, zieht ihr den Schwanz ein! Schade eigentlich, du warst gar nicht so schlecht …"

„So, jetz geh'ma, Frau Beck", sagte einer der Beamten. Sie führten sie ab.

„Sie streitet alles ab", sagte Wildmann, der neben Hattinger in den Besprechungsraum ging. „Sie hat nur zugegeben, was ohnehin offensichtlich ist: Dass sie mit dem Geld abhauen wollte. Alles andere war angeblich der Staller. Über dich hat sie übrigens nichts erzählt. Sie hat nur gesagt, sie hätte dich betäubt, um dich zu schützen, weil der Staller draußen auf dem Balkon war. Sie war sicher, dass der dich sonst erschlagen hätte …“

„Und über den Abend vorher?“, wollte Hattinger wissen.

„Nichts. Da warst du doch zuhause, oder …?“

47

„Paps! Sag mal, wo bist du denn? Jetzt bin ich mal wieder da und du bist wieder mal weg, und du hast überhaupt nicht aufgeräumt, obwohl du da warst, und zum Essen ist rein gar nichts mehr da, und übrigens, die Mama dreht durch, aber die beruhigt sich schon wieder, du kennst sie ja."

„Dein Wort in Gottes Ohr …", murmelte Hattinger und hielt sein Handy ein Stück weit weg vom Ohr, um nicht einseitig taub zu werden.

„Was?"

„Nix … Manchmal streift mi was aus meim geflügelten Wortschatz."

„Und der Brief ist auch weg, hab ich gesehen. Was ist denn jetzt mit dem Amtsgericht? Wenn wir morgen auf die Straße gesetzt werden, kann ich schon hören, was die Mama sagt. Die killt mich, wenn ich sage, ich zieh jetzt erst mal unter die Innbrücke …"

„Den hab i ganz vergessen", fiel Hattinger auf.

„Na, du kriegst ja wieder mal gar nix auf die Reihe?!"

Wenn er nicht gewusst hätte, wie Lena oft dahersprudelte in ihrem jugendlichen Wahn, wäre er vielleicht sauer geworden. Obwohl sie im Moment ja fast recht hatte.

„Okay, i schau moi. Is eh scho wurscht."

Sie machten gerade Mittagspause, das ganze Team, was sie sich seit einer Woche nicht gegönnt hatten. Er zog den Brief aus seiner Jacke und öffnete ihn.

„Geht's dir auch gut?", hörte er Lena skeptisch fragen.

„Ja ja, alles bestens."

Er entfaltete das Blatt und überflog es:

Testamentseröffnung, stand da ... Was? ... hm hm hm ... *zur Testamentseröffnung in der Erbsache* – WAS? – *Albrecht Ostermeier!*

Hattinger ließ das Papier fallen ...

„Paps? Bist du noch da? Was geht eigentlich ab?"

Er hob das Blatt wieder auf. Er musste prüfen, ob er jetzt schon tagsüber Albträume hatte.

Nein. Da stand es schwarz auf weiß: *Sehr geehrter Herr Hattinger, Sie sind geladen zur Testamentseröffnung in der Erbsache Albrecht Ostermeier am* ... was? Scheiße! Das war ...

„Hallo ...? Papa? Lebst du noch?"

... in zwei Stunden. Er überflog noch einmal das Blatt. Was sollte das? Wieso zur Hölle kam er in Ostermeiers Testament vor?

„Paaapaaa! Soll ich jetzt auflegen? Ich hab ja nicht den ganzen Tag Zeit."

„Lena?"

„Na endlich! Hab schon gedacht, die Verbindung wär abgekackt. Was geht ab?"

„Was haltst von am Ausflug?"

„... *vermache ich mein Haus in Prien, Ortsteil Ernsdorf, inklusive Inventar, Herrn Hauptkommissar Alfons Hattinger. Möge es ihm dienen, und möge er sorgsam damit umgehen.* Handschriftlich unterzeichnet von Albrecht Ostermeier, Prien, den ... "

Der Rest, den der Rechtspfleger des Nachlassgerichts vorlas, ging in Lenas Quietschen unter.

„Wahnsinn! Paps! Ein Haus, ein Haus! Das is doch awesome! Was ist denn, freust du dich nicht? Juhuuu! Wir haben ein Haus!"

Hattinger war absolut fassungslos. Er konnte es einfach nicht glauben. Wieso …

„Schön, dass die junge Dame sich freut“, sagte der nette Beamte, „aber dazu muss der Herr Kommissar das Erbe erst einmal annehmen. Gesetzliche Erben von Herrn Ostermeier sind uns nicht bekannt, so dass dem letzten Willen des Erblassers von dieser Seite nichts entgegensteht.“

Hattinger war wie vor den Kopf geschlagen. Wieso vermachte ihm der Mann, der ihn jetzt immer nachts heimgesucht hatte, sein Haus? War das eine Vorahnung gewesen? Er war doch gar nicht empfänglich für irgendwelchen esoterischen Spuk …

„Hallo, Papa! Annehmen …? Annehmen! Yes, yes yes!!“, tanzte Lena neben ihrem versteinerten Vater herum.

Der Beamte begann die Papiere wieder einzusortieren.

„Sie haben sechs Wochen Zeit, das Erbe auszuschlagen. Wenn Sie bis dahin nichts unternehmen, werden Sie automatisch vom vorläufigen zum endgültigen Erben“, sagte er.

„Okay …“

Langsam wachte Hattinger wieder auf. Das war ja gut zu wissen, dass er es sich in aller Ruhe überlegen konnte.

„Komm, wir fahren hin. Ich will es sehen, jetzt jetzt jetzt, sofort!“, quietschte Lena im Auto, als sie wieder zurück nach Prien fuhren. „Mann, jetzt freu dich doch mal! Muss ich alles allein machen?“

Er kannte ja das Haus. Der Fall war erst ein paar Monate her. Und nicht im Traum hätte er gedacht … Es war ein richtig altes Haus, nicht sehr groß, aber schön gelegen, am Hang. Mit Aussicht … Und nicht einmal verschuldet, hatte er noch erfahren.

Unglaublich!

Die Sonne schien, strahlendblauer Himmel, es hatte fast 15 Grad … Was war da los?

„Guad, schau ma's uns o …", sagte er, und Lena umarmte ihn so ungestüm, dass er beinahe in den Graben gefahren wäre.

„Aber erst muass i no amoi auf die Dienststelle."

„Aber nicht zu lang, ja?"

48

„Was'n mit dir los? Is da a Gspenst übern Weg glaufn?", fragte Bamberger, als er zurückkam. Alle waren platt, als Hattinger von seinem völlig unerwarteten Erbe erzählte.

„Aber warum macht der des, der Ostermeier?", überlegte er laut.

„Da ham S' ja dann Zeit, des rauszufinden", sagte Andrea Erhard. „wenn S' des Erbe annehmen. I find's guad, wenn Sie a Priener wern."

Gerade in dem Punkt war er sich überhaupt nicht sicher, aber Andrea Erhard schien sich wirklich zu freuen. Hattinger wusste, dass sie in Ernsdorf gleich um die Ecke wohnte.

„Vielleicht hat er gedacht, besser du kriegst es als der Fiskus. Oder die Kirche …", fiel Wildmann dazu ein.

„Und wennst ned da wohnen magst, konnst as ja immer no vermieten, oder verkaufen", schlug Bamberger vor.

Das war ein Aspekt, an den Hattinger noch gar nicht gedacht hatte.

„Auf jeden Fall daad i sagn, du gibst uns jetz oan aus!", meinte Bamberger. „Fürs Haus, und überhaupt … Wia waar's mit Schampus?"

Hattinger verzog das Gesicht.

„Wer mag, gern. Aber i hab da schlechte Erfahrungen …"

Sie entschieden sich, für heute Feierabend zu machen und besorgten einen Kasten Weißbier. Der Fall würde sie natürlich noch einige Zeit beschäftigen, aber nichts war mehr so dringend, dass es heute noch stattfinden musste. Als alle an der Ermittlung Beteiligten versammelt waren, ergriff Hattinger das Wort. Er entschuldigte sich bei seinem Team.

„I woaß, i hab die Ermittlung gefährdet, die Frau Erhard, mi selber … Des duad ma leid. I woaß ah ned, was da in mi gfahrn is."

Wildmann sagte etwas später unter vier Augen, er wüsste es schon.

„Ich hab sie ja verhört heute. Ich kann dich verstehen. Sie war ganz lieb und absolut unschuldig. Und nachher auf dem Flur … Ich finde, sie hat was von einem Chamäleon. Einem sehr gutaussehenden Chamäleon …"

„Werd ned einfach, ihr des nachzuweisen, wenn Aussage gegen Aussage steht. Aber mir finden scho no was. Jedenfalls find i den Beni Staller glaubwürdiger."

Er nahm einen Schluck Weißbier, aber irgendwie schmeckte es ihm heute nicht so.

„Wennst überlegst: Du triffst oa so a wahnsinnige Entscheidung, und dann machst immer weiter … Bloß weils d' denkst, du konnst jetz nimmer aussteign. Bloß weil …"

Hattinger beendete den Satz nicht.

Draußen ging Lena am Fenster vorbei, sie telefonierte ganz aufgeregt.

„Willst du sie nicht reinholen?", fragte Wildmann.

„Die kommt scho, wenn's ihr langweilig is. I glaub, sie muass jetz 200 Telefonate führen und jedem die Neuigkeiten erzählen. I hab ihr gsagt, sie soll's erst amoi für sich b'haltn …"

Wildmann lachte. Petra Körbel gesellte sich zu ihnen.

„Harald Strenger hat angerufen: Einen schönen Gruß soll ich Ihnen ausrichten“, sagte sie zu Hattinger. „Der war ganz aufgekratzt. Er ist so dankbar, dass Sie Wachler verhaftet haben. Er hat einen neuen Job in Aussicht und hat mit der Zentrale der HypoSpar über eine Umschuldung verhandelt. Die haben ihm grünes Licht gegeben. Ich glaube, dass Wachler tot ist, weiß er noch nicht.“

„Was wird wohl aus Winnie Grabmann?“, wollte Wildmann wissen.

„Ned unser Abteilung“, meinte Hattinger. „I find's ja guad, dass der sein Onkel pflegt. Da gibt's ja ah ganz andere … As Geld hat er halt ned im Griff.“

„Ein netter alter Herr“, sagte Wildmann.

Hattinger nickte. „Find i ah …“

Lena klopfte ans Fenster und signalisierte ihrem Vater, jetzt mal aufzubrechen.

Hattinger überlegte einen Moment. Er nickte, dann stand er auf.

„Die Herrschaften …“, sagte er in die Runde, „mir sehn uns.“

„Gehst du scho?“, fragte Bamberger verwundert.

„Mir is grad ned so nach Feiern. Woaß ah ned, warum … Außerdem hab i no was vor.“

Als er hinausging auf den Parkplatz, kam gerade Andrea Erhard mit einem großen Brotzeitkorb zurück.

„Gehn Sie scho?“ Sie klang etwas enttäuscht.

Hattinger nickte.

„Schad …“, fand sie. „Dann san S' jetz wieder in Rosenheim, die nächste Zeit?“

„Ja, schaut so aus. Aber mei Angebot steht: Ich hätt Sie gern in meim Team.“

Sie schaute ihn an, irgendwie anders als sonst.

„I überleg's ma … Aber vielleicht wern ma ja jetzt bald Nachbarn?"

„I überleg's ma …", antwortete Hattinger. „Oiso dann …"

Einen Augenblick standen sie etwas hilflos voreinander, dann stellte Andrea Erhard den Brotzeitkorb ab und sie umarmten sich. Es war eine erstaunlich warme Umarmung, und sie hielten sich einen Moment länger aneinander fest, als beide erwartet hatten.

„Paps? Kommst du jetzt mal?", drängelte Lena, die schon am Auto stand.

„I muass …", sagte Hattinger.

„Ja. Dann, bis … dann …"

Andrea nahm ihren Korb und ging schnell hinein. Jetzt hatte sie es doch nicht gesagt, dabei hatte sie es sich doch schon genau zurechtgelegt: Dass es ihr zwar nicht zustünde, weil sie ja jünger sei, aber dass sie eigentlich auch gern Du zu ihm sagen würde …

Na ja, noch war nicht aller Tage Abend.

„Die is ja mal ganz nett", sagte Lena, die die Szene interessiert beobachtet hatte.

„Ja. Scho …"

Sie stiegen ins Auto.

„Die wär doch was für dich. Ich finde du brauchst dringend mal wieder 'ne Frau. Sonst verkommst du noch total. Aber nicht so 'ne Zicke wie die Letzte!"

„I glaub, i überleg mir des no amoi, ob du zu mir ziagst. Mehr ois a gewisses Maß an Bevormundung vertrag i ned …"

„Paps! Das überlegst du dir nicht!"

„Komm, lass uns des Haus oschaun", sagte Hattinger und gab Gas.

Kleine Sprachkunde

Es geht nicht. Punkt! Das können wir unseren Lesern nicht zumuten, die kriegen ja Augenkrebs. Wer soll das denn verstehen, außerhalb Bayerns?

Auf solche Angriffe sollte man gefasst sein, wenn man mit einem Dialog ankommt, der in Bairisch verfasst ist, und ihn dann auch noch in ein Buch schreiben will. Zum Glück nicht bei meinem Verlag.

Daher wage ich es also: Ich verbiege Wörter, lasse Buchstaben aus und füge fremde hinzu in einer Weise, die dem Germanisten vermutlich die Tränen in die Augen treibt, nur um dem, wie z.B. ein Kommissar Hattinger redet, möglichst nahe zu kommen. Schon das ist nicht leicht, weil der sich je nach Laune, Tagesform, Uhrzeit und Gegenüber natürlich immer anders anhört. Von den anderen bayerischen Protagonisten gar nicht zu reden. Dabei macht der Dialektanteil dieses Buches trotzdem höchstens 10 Prozent aus, und ich versuche, es nicht zu übertreiben mit der Schreibweise, so dass es auch der West-, Ost- und Norddeutsche noch gut lesen kann – vielleicht sogar der Schwabe … Bisher hat es übrigens noch jeder geschafft, der in seinem Leben wenigstens ein Mal in Bayern war, eine bayerische Fernsehserie angeschaut oder zumindest mal unserem Kaiser Franz Beckenbauer bei seinen Ball- und sonstigen Analysen gelauscht hat.

Klar ist, dass durch einen Verzicht auf das Bairische das Wesentliche verloren ginge – wenn nicht die Seele des Ganzen. Dann könnte dieser Kriminalroman genauso gut in Timbuktu oder Ouagadougou spielen, oder im Extremfall sogar in Wanne-Eickel, aber da bin ich nunmal nicht zu Hause.

Ausführlich begründet habe ich das alles bereits in der Kleinen Sprachkunde in Hattingers erstem Fall Chiemsee Blues. Deshalb: Wer ihn noch nicht gelesen hat, bitte sofort den Chiemsee Blues kaufen und erst mal dort nachlesen.

An dieser Stelle will ich mich auf die Analyse eines weiteren „Lehrsatzes" beschränken. Und möge Ihnen der Bierernst dieser Abhandlung stets bewusst sein! Also: „Hans?! Da Hansi hat gsagt, dass dir des wurscht is, ob as Essn koid werd oder ned. Seit wann is da des jetz wurscht? Na braachert i's ja ned kocha, wann da des wurscht waar!"

Übersetzung: „Hans?! Der kleine Hans behauptete, dir sei es egal, ob das Essen kalt wird oder nicht. Seit wann bitte ist dir das egal? Dann müsste ich es ja nicht kochen, wenn dir das egal wäre!"

So, jetzt nehmen Sie bitte Ihre Stifte heraus und schreiben Sie mit: „Hans?!" Hans-Fragezeichen-Ausrufezeichen bedeutet, dass ein erwachsener Mann, dessen Name sich ursprünglich von Johann ableitet, jetzt möglicherweise gleich Probleme bekommt ... Hans wird mit einem seriösen, dunklen a gesprochen, wie etwa in Bank. Wobei man darüber streiten könnte, wie seriös eine Bank tatsächlich ist (das Geldinstitut – nicht die Gartenbank).

„Da Hansi ..." Der kleine Hans. Den spricht man im Gegensatz zum großen mit einem hohen, hellen a, ebenso wie das vorausgestellte „da" – der. Das ist schon fast gar kein a mehr, sondern eher so ein kurzes Stöhnen hinter dem d. Dem Namen stellt man in Bayern sowieso immer ein Demonstrativpronomen voran (der, die, das), also: Da Max, d' Susi oder as Herzibopperl (das kleine Herzpopöchen?). Jedenfalls muss sich der Hansi ein tiefes erwachsenes a erst noch verdienen, daher die Verkleinerungsform. Was allerdings keineswegs bedeutet, dass ein 90-Jähriger nicht immer noch und bis in alle Ewigkeit ein Hansi sein könnte.

„… hat gsagt …", beides mit jenem unschriftfähigen Vokal – eine dunkle Mischung aus a und o, wie im Englischen „wall" oder „mall". Das nordisch überkringelte å zu verwenden wäre grundsätzlich eine mögliche Lösung für das Problem, aber wer möchte schon in einem bayerischen Kriminalroman in jedem zweiten Dialog an einen Åke Lindström erinnert werden? Das führt in die völlig falsche Richtung. Das gilt für alle bairischen Dialoge in diesem Buch, also bitte: Immer dunkel denken! Und dass das e in „gesagt" im Bairischen ersatzlos gestrichen ist, bedarf sowieso keiner weiteren Erwähnung, oder?

„… dir …" Wenn es im Satz betont ist, sagt auch der Bayer „dir", bzw. mehr „dia", mit zusammenfließendem i–a. Ich schreibe aber trotzdem „dir", weil es besser erkennbar ist. Wenn das „dir" unbetont ist, sagt man „da", Aussprache siehe oben: „Seit wann is da des jetz wurscht?"

„… des …" Das, mit ganz hellem und langem e, wie etwa in Fegefeuer oder Meeresrauschen. Man könnte es rein theoretisch mit zwei ee schreiben, aber bitte, wie sieht das denn aus? Und ein bisschen Mitdenken kann man ja vom Dialektbegabten wohl verlangen, auch wenn er nicht aus Bayern ist.

„… wurscht …" In dem Fall heißt es egal und hat nichts mit den unterschiedlichst geformten Brätbehältern zu tun, die je nach Provenienz Wiener, Frankfurter oder Weißwurscht heißen. Ich schreibe es vorsichtshalber gleich mit s-c-h, damit sich auch der Hamburger nicht vertun kann. „Wurschtig" leitet sich z.B. davon ab, was nicht etwa wursthaltig bedeutet, sondern ein moderates Nach-mir-die-Sintflut-Verhalten beschreibt. Und dass mir in Oberbayern ja keiner mit „Würschtle" ankommt! Das überlassen wir den Menschen am Neckar, die müssen an alles ein „–le" anhängen, ob es jetzt klein ist oder nicht. Übertroffen nur noch vom fränkischen Werschtla: „Ich hädd gärn a Baar Braadwerschtla bidde, aber brondo!" (Anmerkung: „brondo" ist ein Lehnwort aus dem Italienischen – der Franke ist polyglott und isst auch gern „Bizza"). Seien Sie also froh, dass ich aufgrund meiner Herkunft dieses Buch nicht in Fränkisch schreiben musste: „Allmächt, haid hamma scho widda zwaa Doodesfälle raingriecht …"

Zur Halbzeit und gemeinsamen Brotzeit betrachten wir: „… as Essn …", das Essen, logisch. Das E am Anfang ist wiederum ein ganz helles und langes, fast noch heller als in Mehrzweckhalle oder Besenkammer, ein zweites e kommt nicht vor. So wichtig ist das Essen also auch wieder nicht, dass wir ihm gleich zwei e gönnen würden.

„… koid …", heißt kalt, klar. Und das o–i wird nahtlos ineinandergeblendet wie etwa das e–u in Freud (dem Sigmund) und nicht getrennt, wie etwa beim Koitus …

„… ned …" – nicht. Hell und ausdauernd, das e. Eingehendere Betrachtungen zum Thema „ned" empfehle ich dringend nachzuschlagen in: Chiemsee Blues / Kleine Sprachkunde. Zur Erinnerung: Niemals mit zwei ee, weil es dann aussieht wie das englische „to need". Man hat allerdings schon von einzelnen gehört, die es genau so schreiben. Pfui, sage ich!

„… jetz …" heißt natürlich jetzt, spricht man im Bairischen aber ohne dieses harte t hinten dran. Im Sinnzusammenhang des Satzes: „Seit wann is da des jetz wurscht?" und der vorhergehenden Behauptung bedeutet es allerdings nicht weniger als die Unterscheidung zwischen argloser Frage und eindeutigem Vorwurf. Gehen wir davon aus, dass es dem besagten Hans tatsächlich wurscht ist, ob das Essen kalt wird, dann ist es ihm vermutlich schon länger wurscht, und nicht erst seit jetzt. Die Ungeheuerlichkeit liegt in dem Umstand, dass es der Fragestellerin erst jetzt klar zu werden scheint, dass es dem Hans wurscht sein könnte … Dass sie sich möglicherweise jahrelang völlig unnötig abgemüht hat, ein warmes Essen auf den Tisch zu stellen! Trotz dieser erschütternden Erkenntnis wird das „jetz" aber nicht betont in dem Satz, betont werden „wann" und „wurscht".

„… Na braachert i …" – dann bräuchte ich … Mit hellem, ganz langem aa! Da haben wir ihn wieder, unseren wohlgepflegten bairischen Konjunktiv. Ebenso wie in dem, den Satz beschließenden: „… waar …" – wäre. Aber auch zum bairischen Konjunktiv empfehle ich dringend die Lektüre der ersten kleinen Sprachkunde. Danach werden Sie selbst als Norddeutscher in der Lage sein, den im Chiemgau altbekannten Spruch: „I gangert gern auf d' Kampenwand, wann i mit meiner Wampn kannt", nicht nur zu verstehen, sondern obendrein die zwei enthaltenen Konjunktive zweifelsfrei zu benennen. Damit können Sie möglicherweise sogar einen Einheimischen beeindrucken – solange Sie nicht auf die Idee kommen, den Satz nachzusprechen!

Zum Abschluss muss ich aber doch noch einmal auf die ungeheure Sprengkraft hinweisen, die in dem vermeintlich harmlosen Wortgeplänkel: „Da Hansi hat gsagt, dass dir des wurscht is, ob as Essn koid werd oder ned. Seit wann is da des jetz wurscht?“, eigentlich drinsteckt. Das warme Essen um Zwölf Uhr Mittags, bei dem Einen oder Anderen vielleicht auch um halb Eins, das Essen als Fels in der Brandung einstürzender Familientraditionen ist in Gefahr – nicht mehr und nicht weniger. Das Infragestellen zentraler Bindungen, so stark einst wie die Molekularverbindung von Wasserstoff und Sauerstoff, das Auszehren der Kräfte, die einem Essen innewohnen, das man pünktlich gemeinsam um den Tisch sitzend zu sich nimmt, das Aufweichen grundlegender Prinzipien – dass so ein Essen natürlich warm zu sein hat und nicht lauwarm oder gar kalt – all das ist nicht weniger als der Anfang vom Ende, der Weg ins Verderben …

Es ist der Weg in die Pommesbude!

Wollte ich nur mal gesagt haben. Aber in diesem Buch geht es ja zum Glück nicht ums Essen. Oder?

Pendragon Verlag
gegründet 1981
www.pendragon.de

Gedruckt auf holz- und säurefreiem Naturpapier

Originalausgabe
Veröffentlicht im Pendragon Verlag
Günther Butkus, Bielefeld 2014

Lektorat: Anja Schwarz
Umschlag & Herstellung: Uta Zeißler
Umschlagfoto: Thomas Bogenberger
Satz: Pendragon Verlag auf Macintosh
Gesetzt aus der Adobe Garamond
ISBN 978-3-86532-390-3
Gedruckt in Deutschland

Jessica Kremser

Frau Maier hört das Gras wachsen

Originalausgabe

344 Seiten • Paperback • Euro 12,99

ISBN 978-3-86532-371-2

Eigentlich möchte Frau Maier, die mit ihrer Katze in einem kleinen Haus am Chiemsee wohnt, nur ihre Ruhe haben. Eigentlich. Doch als in ihrer Nachbarschaft seltsame Dinge geschehen und auch noch ein Gast aus dem nahegelegenen Kurhotel verschwindet, ist es mit der Ruhe vorbei. Frau Maier will den Dingen auf den Grund gehen und macht dabei eine grausige Entdeckung. Sie ahnt allerdings nicht, dass der Täter sie schon längst ins Visier genommen hat.

P E N D R A G O N - Verlag